U0096775

茅盾研究
八十年書系

錢振綱・鍾桂松◎主編

莊鍾慶◎著

10

茅盾史實發微／茅盾的文論歷程

花木蘭文化出版社

國家圖書館出版品預行編目資料

茅盾史實發微　莊鍾慶　著／茅盾的文論歷程　莊鍾慶　著—
初版 — 新北市：花木蘭文化出版社，2014〔民103〕
目 2+116 面＋目 2+184 面；19×26 公分
（茅盾研究八十年書系；第 10 冊）
ISBN：978-986-322-700-7（精裝）
1. 沈德鴻　2. 中國當代文學　3. 文學評論
820.908　　　　　　　　　　　　　　　103010116

中國茅盾研究會《茅盾研究八十年書系》編委會

主　編：錢振綱　鍾桂松

副主編：許建輝　王中忱　李　玲

特邀顧問：

邵伯周　孫中田　莊鍾慶　丁爾綱　萬樹玉　李　岫

王嘉良　李廣德　翟德耀　李庶長　高利克　唐金海

茅盾研究八十年書系

第 十 冊　　　　　　　　ISBN：978-986-322-700-7

茅盾史實發微

本書據湖南人民出版社 1985 年 2 月版重印

茅盾的文論歷程

本書據上海文藝出版社 1996 年 7 月版重印

作　　者　莊鍾慶
主　　編　錢振綱　鍾桂松
總 編 輯　杜潔祥
副總編輯　楊嘉樂
編　　輯　許郁翎
出　　版　花木蘭文化出版社
社　　長　高小娟
聯絡地址　235 新北市中和區中安街七二號十三樓
　　　　　電話：02-2923-1455 ／傳眞：02-2923-1452
網　　址　http://www.huamulan.tw 信箱 hml 810518@gmail.com
印　　刷　普羅文化出版廣告事業
初　　版　2014 年 7 月
定　　價　60 冊（精裝）新台幣 120,000 元

茅盾史實發微

莊鍾慶 著

作者簡介

莊鍾慶，福建省惠安縣人。1933 年 10 月出生。1955 年 7 月廈門大學中文系畢業。曾在人民文學出版社、河北《唐山勞動日報》擔任編輯工作。1961 年 6 月調到廈門大學中文系任教，應聘為講師、教授。《魯迅全集》修訂工作委員會特聘為《魯迅全集》修訂編輯委員會委員、曾任中國茅盾研究會副會長、中國丁玲研究會副會長。主要著作有：《茅盾的創作歷程》、《茅盾的文論歷程》、《茅盾史實發微》、《茅盾的文學風格》、《魯迅雜文的現實主義衍變》、《丁玲創作個性的演變》、《中國現代文學研究方法論與實踐》。主編《東南亞華文新文學史》、《論語派作品選》。列入中國多家文學辭典，獲英國劍橋傳記中心授予的「國際 20 世紀成就獎」。

提　　要

　　莊鍾慶著的《茅盾史實發微》1985 年 2 月由湖南人民出版社出版。出版前該社對外作了介紹，認為這本書是莊鍾慶作的一本研究茅盾生平史實和著作的書。書中材料，一部分是作者長期研究的成果，另一部分是作者在茅盾生前與之接觸時獲得的，都非常珍貴。本書作者另著有《茅盾的創作歷程》，是本書的「姐妹篇」。

　　本書出版後，《全國新書目雜誌》、《文藝報》、《茅盾研究》、香港《文匯報》、《明報》以及《中國現當代文學學科概要》、《二十世紀茅盾研究史》等書都對《茅盾史實發微》作了有力的評價，正如有的文章所說：「全書行文簡潔，容量大，辨析細微，不乏獨到之見」。日本及東南亞華文報刊刊登過本書的若干篇，並在編後記中有所評價。

　　本書據湖南人民出版社 1985 年 2 月版重印。

目次

我閱讀的中外文學作品[註1]

（一九六二年九月）

茅盾

　　青年時我的閱讀範圍相當廣泛，經史子集無所不讀。在古典文學方面，任何流派我都感興趣；例如漢賦及其後的小賦，我在青年時代也很喜歡。因此，欲說我受何者之影響最大，自己也說不上來。不過，有一點可以告訴你：我在十五、六歲以前，作文用散體（即所謂古文，那時喜歡的是《左傳》、《莊子》、《史記》、韓、柳、蘇等），二十左右作文用騈體，那時就更喜歡兩漢至六朝的騈體。我那時很看不起明清人的散、騈，頗受明七子書不讀秦漢以下、詩宗盛唐等議論的影響。但我對晚唐詩（如李義山），對宋詞也很喜歡。

　　當然，元、明戲曲，一般都喜歡，但不大喜歡《琵琶記》。

　　至於中國的舊小說，我幾乎全部讀過（包括一些彈詞）。這是在十五、六歲以前讀的（大部分），有些難得的書（如《金瓶梅》等）則在大學讀書時讀到的。我那時在北京大學盡看自己喜歡的書，不聽講，因為那時的教授實在也不高明。我家有一箱子的舊小說，祖父時傳下的，不許子弟們偷看，可是我都偷看了。這些舊小說中有關色情的部分大都已經抽去，——不知是誰做的，也許是我的祖父，也許是我的父親。大概因為已經消毒過，他們不那麼防守得嚴緊，因而我能偷看了。

　　我讀過不少的契可夫的作品，但我並不十分喜歡他，我更喜（歡）大仲馬，甚於莫泊桑和狄更斯，也喜歡斯各德。我也讀過不少的巴爾扎克的作品，

［註1］這是茅盾給筆者的手箋，詳情請參閱本書《學貫中外　別成一體》一文。題目是筆者加的。

可是我更喜歡托爾斯泰。我從前在《小說月報》（一九二四年前後罷）寫過不少介紹外國作家作品的短訊，但這只是介紹而已，說不上我當眞是喜歡他們。

我喜歡《神曲》，甚於莎士比亞。我以爲《神曲》比《浮士德》高明得多。

對於外國文學，我也是涉獵的範圍相當廣，除英國文學外，其他各國文學我讀的大半是英文譯本。原因是那時候，三十年前，漢文譯本少，而且譯的不好，到現在，我還是寧願讀好的英譯，而不願讀不好的漢譯，例如 L·托爾斯泰的作品。我更喜歡古典作品，希臘、羅馬、文藝復興時代各大師，十九世紀的批判現實主義文學。曾經對波蘭、匈牙利等東歐民族的文學有興趣，那是一方面也從政治上考慮。二十年代後的英、美、法、德文學，除少數大作家外，看得很少。對於斯坦培克，我的評價不高，我以爲他不但遠不及特萊賽，還不及於 Aldridge〔註2〕（英國現代作家）。可以說，我喜歡規模宏大、文筆恣肆絢爛的作品。

〔註 2〕中譯名：阿爾德利奇。

學貫中外　別成一體
——茅盾給我的手箋讀後聯想

　　我沒有想到自己能有機會同茅盾同志接觸，也沒有想到會花了很多精力去鑽研他的作品，實在是意料之外！然而，細究起來，這一些客觀的事實都有存在的可能。

　　早在解放前夕，作為一個剛剛跨進高中門檻的學生，由於追求進步，參加了黨領導的地下鬥爭活動。那時，在同志們的指引下，閱讀了許多革命的進步的書籍。茅盾同志的作品也是其中的一部分。當時我看不懂他的作品，例如《子夜》。解放後進了大學，因為學習的需要，使我再次接觸他的作品，大概是年齡和經歷的緣故吧，我慢慢覺得他寫的東西有自己的特點，使人們看到了廣闊的世界，形形色色的人物，像這樣的作家和作品在現代文學史上並不太多。因此，大學行將畢業時，我選擇了關於茅盾創作的論文。從此，我就下定決心寫一部研究茅盾創作的書。大約花了六年左右的業餘時間，看了茅盾的主要作品及有關材料，還寫了一些分析茅盾創作的筆記。我深深感到，僅僅借助現成的資料是不夠的，必須獲得第一手的活材料。一九六一年五月間我給他寫了第一封信，向他請教了八個問題。六月間即接到他的回信，並逐一解答。從此，我就同他通訊了，並且有機會訪問了他。

　　我在研討茅盾同志創作的過程中，深深感到他這樣一位大作家，並不是從天上掉下來的，而是有許多因素造成的。其中接受中外文學遺產是個重要原因。為了了解茅盾同志同中外文學的關係，我根據他在著作中涉及到的有關方面，開了四張書單，題為《先生受影響最大的文學作品書目表》（初稿），

於一九六二年八月間寄給他，同年九月，他把書目表（初稿）退回給我，我看到他在書目表上親筆寫了密密麻麻的字迹，高興極了，反覆地閱讀了好幾遍。

從茅盾同志給我的手箋，引起了我許多聯想，我深深覺得一個文學大師總是十分精通本民族的文學，特別是古代文學，而這種深厚的文學基礎必須從孩提時代逐步培養起來。魯迅、郭沫若是這樣，茅盾也是這樣。茅盾進入創作之前，認眞研究了中國古代文學，撰寫了有關研究論文，注釋過《莊子》、《淮南子》、《楚辭》等書。他從事創作後，還繼續研究中國古典文學。例如一九二八年作了《中國神話ＡＢＣ》，一九三五年爲開明書店搞了個《紅樓夢》刪節本，並寫了一篇非常出色的序言。

古典文籍包括文學在內對於茅盾的創作有著直接的影響。他在創作歷史小說《大澤鄉》、《石碣》、《豹子頭林冲》等都是取材於歷史文籍的。當時他認眞研究了有關史書中記載的材料。他說，那時他在寫作《大澤鄉》之前，「打算從秦始皇吞併六國寫起，於是就埋頭於故紙堆中，研究秦國商鞅以後的經濟發展，戰國時代一些重要的思想潮流，乃至典章文物等等。」〔註1〕

不錯，茅盾同志早年的創作吸收外國文學的長處是明顯的。不過，並非全是「外來貨」，仍然依稀可見中國傳統的某些特色。例如《秋收》、《林家鋪子》就運用了古典小說的手法刻劃人物，即使《子夜》也不例外。茅盾曾經說過：「寫《子夜》擬用舊小說筆法這個念頭，在當時容或有之。」〔註2〕又說：「在當時小說中，《子夜》的文字還是歐化味道最少的。」

抗日戰爭期間，茅盾同志爲了使自己的創作更加貼近人民大眾，在藝術形式的民族化方面作了認眞的探討。他系統地研究了古典小說如《水滸》、《金瓶梅》、《紅樓夢》等名著的創作經驗，寫了《論如何學習文學的民族形式》等論文。我們從他的長篇《霜葉紅似二月花》等作品可以看出它在藝術上同《紅樓夢》的某些聯繫。

解放後，茅盾同志爲了指導文藝創作及理論活動，認眞地總結古代文學的發展的規律，如《夜讀偶記》一書就中國古代文學的發展脈絡及其特點發表了精到的見解。《歷史和歷史劇》一書認眞地探索歷史劇的創作規律，對當時歷史劇的理論探討與創作實踐是大有裨益的。

〔註1〕 《茅盾文集（七）‧後記》，人民文學出版社，1959 年 3 月出版。
〔註2〕 1961 年 6 月 15 日，茅盾致筆者信。

　　茅盾同志一生費了不少精力研究古代文學，這對他吸收其中的精英化爲自己的血肉，或者指導文學運動，都是很有用處的。可見一個偉大的文學巨人的出現，如沒有祖國的文學傳統的哺育，那是不可能的。

　　五十年代初期，文壇新人不斷出現，他們雖然有一定的生活積累，然而普遍缺乏民族傳統文學的素養，爲了提高他們的創作水平，以推動社會主義文學的發展，茅盾同志曾和周揚同志、鄭振鐸同志一起商量搞了一個供青年作者學習的讀書目錄，其中中國古典文學名著占有相當比重。不少青年作者認眞學習古典文學名著，擴展了眼界，豐富了文學修養，推進了自己的創作。

　　粉碎「四人幫」後文壇出現新的景象，新人新作陸續湧現，茅盾同志予以熱情的肯定，然而他也清醒地看到，新的一代對於中國古代歷史文化（包括文學）「所知不多」，他希望青年作者認眞學習本國歷史，熟悉中國文學史。他說：「我想，中國人總不能不曉得中國的歷史吧，還有，既然是搞文學的，總不能不曉得中國文學發展的歷史吧！」〔註 3〕他還勉勵青年作者：「應當讀讀古今中外的公認的不朽之作，從中吸取營養。」〔註 4〕

　　五四以來許多知名作家都是經過長期的文學準備而後進入文壇的，其中包括從小就酷愛本國的古典文學。而解放以來，很多新作家開始露面，反響不錯，可是以後寫出來的作品還不如處女作。茅盾同志尖銳地指出：有些青年作者之所以出現後勁不足的現象，恐怕是由於基礎比較差，怎麼辦？這就要「補課」，「就是要多讀中外古今的好作品。」〔註 5〕

　　記住茅盾同志的遺訓，認眞補課，學習民族傳統的好作品，對於改變青年作者的「後勁不足」的現象，恐怕是很有用處吧。

　　學習民族的傳統文學的創作經驗，對於從事創作的人是不可缺少的。同樣的，吸收外國文學的精華也是不可忽視的。一個大家，或者是有成就的作家，都是廣泛地接觸外國文學的。茅盾同志一生的創作實踐就是生動而有力的證據。他的早年創作給人留下的深刻印象是深深地嵌著歐洲文學的印痕。難怪蘇雪林曾經指出：「茅盾取歐化文字加以一己天才的熔鑄，別成一種文體。」〔註 6〕

〔註 3〕茅盾：《在一九七八年全國優秀短篇小説評選領獎大會上的講話》，《茅盾近作》四川人民出版社，1980 年 5 月出版。
〔註 4〕茅盾：《關於培養新生力量》，《文藝報》1978 年第 2 期。
〔註 5〕《未來的魯迅和郭沫若必將在新時期誕生》，《中國青年報》1979 年 5 月 5 日。
〔註 6〕蘇雪林：《〈阿 Q 正傳〉及魯迅創作的藝術》，原載《國聞周報》1934 年 11 月 5 日，第 11 卷第 44 期。

　　茅盾同志精通外國文學，是從掌握外國語言文字入手的。他在審讀我寫的《茅盾的創作歷程》初稿時談到他在「小學階段打下了堅實的外語基礎」，這對他「後來的文學活動影響很大。」〔註7〕他小時候進家鄉「植材小學開始學英語，課本是英國人編的。」〔註8〕茅盾同志從小好學英語，為他以後閱讀英國文學作品或英譯的外國文學名著打下一定的基礎。

　　茅盾同志熱心閱讀介紹外國文學是在五四前夕。他對我說：「五四運動前一二年，我才開始讀外國文學。在此之前，我是看不起外國文學的；因為在中學時代、北大預科時代，對我影響較深，是擔任國文的教員——都是章太炎的朋友或學生——在當時學術界頗有名氣，因而我喜歡駢體文，喜歡詩詞，喜歡雜覽。」〔註9〕五四新思潮興起後，他的「思想改變，讀外國書了。」〔註10〕那時，他非常重視世界文學作品的介紹工作，把它同現實鬥爭和新文學的發展聯繫起來。

　　從革命鬥爭的要求出發，大力介紹世界文學作品，這是茅盾同志一貫的主張。早在五四前後，他就竭力推薦批判現實主義作品，以為當時作家批判黑暗現實的借鑒。五四前夕，他介紹批判現實主義大師托爾斯泰的創作，一九一九年八月翻譯了愛爾蘭劇作家格萊葛雷夫人的獨幕劇《月亮東升》，還譯了契訶夫的短篇《在家裏》。一九二〇年他在《小說月報》的《小說新潮欄宣言》中介紹了很多批判現實主義作品。茅盾同志對新興的無產階級文學作品也是非常重視的。五四時期他在《小說月報》「海上文壇消息」中報導高爾基、馬雅可夫斯基的動態。從三十年代起他親自動手翻譯了許多蘇聯社會主義文學如吉洪諾夫的中篇《戰爭》，卡達耶夫的小說《團的兒子》，以及《蘇聯愛國戰爭短篇小說譯叢》等，從而引導人們從中汲取有益的教育，以利當時反帝反封建的革命鬥爭。

　　茅盾同志還十分重視研究世界文學的發展歷史。他在《西洋文學》〔註11〕

〔註7〕陳小曼轉述茅盾同志的談話，1979年6月28日來信。

〔註8〕韋韜轉述茅盾同志答筆者問，1970年7月。

〔註9〕茅盾與筆者談話，1961年6月26日，記錄稿經茅盾同志審閱。

〔註10〕同上註。

〔註11〕《西洋文學》，作者方璧，世界書局1930年8月初版，這個書名見之於書脊，一些學者認可，並加以引用。不過，此書版權頁及內文都寫著《西洋文學通論》，也有學者認為書名應是《西洋文學通論》。《西洋文學》、《西洋文學通論》的內容是一樣的，只是書名不同而已。以上兩者書名筆者都有用過。書名傾向採用《西洋文學》的學者認為從有關材料中獲悉1933年世界書局出版過《西

一書中系統地論述歐洲文學發展的歷程。他還選擇了從古代希臘到本世紀中有代表性的世界文學名著，包括各種流派如古典主義、浪漫主義、批判現實主義、自然主義以及唯美主義和社會主義現實主義在內的幾十部作品作了介紹。其中收入集子的有《漢譯西洋文學名著》、《世界文學名著講話》等書。他希望愛好文學的青年從各種文學名著中汲取有益的養分。茅盾同志在晚年仍然這樣主張，他說：「我以為既然要從外國文學求借鑒，那就不應劃地為牢，自立禁區，而是對於凡在一個時期發生巨大影響的作家，都應當作為或正或反的借鑒對象。這才能達到取精用宏的目的，才能擴大眼界，解放思想，在文藝園地實現百花齊放，而且這將有久長的生命力而不是熱鬧一陣以後漸漸褪色了。」〔註 12〕

　　當然，茅盾同志主張「借鑒的範圍必須擴大」，各種流派的文學作品都應閱讀，並不是兼收並蓄，而是採取有分析的科學態度。例如如何看待「現代派」問題，他說：「『現代派』是抽象的形式主義的文藝，是指它的創作方法，而說它是頹廢文藝，則指它的對現實的看法和對生活的態度」，同時，茅盾同志也指出「現代派」「在藝術的表現手法（即所謂技巧）方面有些新的前人未經探索過的成就」，這些「技巧上的新成就就可以為現實主義作家或藝術家所吸收，而豐富了現實主義作品的技巧。」〔註 13〕又如，「盛行於十七世紀歐洲的古典主義，就其提倡恪守某些僵化的藝術形式（如三一律之類）而言，也可以稱為形式主義。」〔註 14〕茅盾同志作為現實主義的偉大作家對於古典主義並非一概抹煞，他充分地肯定卓越的古典主義大師拉辛、莫利哀等人的歷史地位。同時他在自己創作中也吸取古典主義的藝術形式的某些特點。他在寫第一個短篇《創造》時就採用過「古典主義戲曲的三一律」〔註 15〕。

　　茅盾同志在介紹外國文學時，還非常注意藝術大師的獨創風格。以批判現實主義大師來說，他認為陀思妥也夫斯基是「心理寫實派」，屠格涅夫作品是「詩意的寫實文學」，托爾斯泰的創作是「主義（即人道士義）的寫實文學」

　　　　洋文學通論》有的書說，1935 年 12 月世界書局將《西洋文學》改稱為《西洋文學通論》出版。不過尚未見到那本名為《西洋文學》而後改稱為《西洋文學通論》的書！

〔註 12〕茅盾：《為介紹及研究外國文學進一解》，《外國文學評論》第 1 輯，1979 年 9 月出版。

〔註 13〕以上引文均見《夜讀偶記》，（天津）百花文藝出版社，1958 年 8 月出版。

〔註 14〕茅盾：《漫談文藝創作》，《紅旗》1978 年第 5 期。

〔註 15〕外文版：《茅盾選集·序》，《光明日報》1981 年 4 月 7 日。

〔註 16〕。茅盾同志又指出，要了解藝術大師的獨創風格，必須了解作家的生平及其所處時代的思潮主流，以及作家與本國及外國文學的關係。唯有這樣，才能明白藝術大師的風格是怎樣形成的。茅盾同志介紹藝術大師的藝術風格及其形成原因，旨在於促使作家風格的多樣化，有利於文學事業的發展！

茅盾同志向來主張青年，尤其是青年作者閱讀外國文學名著，並從中汲其養料。粉碎「四人幫」後，他一再告誡文學青年學習外國文學。他說：「重版和新版的外國文學五光十色，琳琅滿目」，青年作者應該有批評地加以吸受其中精華，認真研究文學傑作「在結構、環境、人物形象的塑造等等方面的表現手法，以及那些文學傑作各自不同的獨特風格。〔註 17〕」

茅盾同志一生的創作實踐和文藝主張都充分地說明了：有成就的、卓越的文學家的出現，是同作家學貫中外文學並經過天才的熔煉而後別成一格密切不可分的。當然，作家還必須具有進步的世界觀，豐富的生活經歷和高度的藝術技巧等等。

融化中外文學，別出一格，這是偉大的革命作家茅盾同志留給我們的文學創作的寶貴經驗。我們應該時時記住！

〔註 16〕 茅盾：《文學上的古典主義浪漫主義和寫實主義》，《學生雜誌》第 7 卷第 9 號，1920 年 9 月 5 日。

〔註 17〕 茅盾：《關於培養新生力量》，《文藝報》第 2 期，1978 年 8 月 15 日。

茅盾致莊鍾慶

（1961 年 6 月 15 日）

莊鍾慶同志：

　　五月二十一日來信敬悉，遲覆爲歉。現就所提問題，簡單答覆如下：

　　（一）錢杏邨在《北斗》雜誌中所提到的那幾篇拙作，我已無存底。那些筆名是隨手拈來的，事過境遷，便已忘懷。如果不是您舉了錢杏邨在《北斗》的文章作爲旁證，我是不會承認「石萌」是我用過的筆名的。但我也未查《北斗》，且也完全忘記了錢杏邨有此論文。但當時在《文學導報》刊登的批判那時的民族文藝的文章如果除署「石萌」者兩文外，更無別文（魯迅先生也寫過批判民族文藝的評論，已收在魯迅全集），則錢杏邨所稱，當是實在之事。

　　（二）我用過的筆名很多，有一個捷克留學生費了大功夫弄出一張表來，可惜我看後就還他了，沒有留底。我勸您不必多費精力去做這個「考證」工作，因爲除了文集所收的東西，其餘的都是不起作用的可有可無的東西，在當時爲了趕任務而寫，仕今大早已失卻意義。

　　（三）我的生日，自己也弄不清，但只記得是丙申五月廿五日或廿七日（這是舊曆），丙申是一八九六年。該年陰曆五月廿五或廿七究屬公元何年何日，本來查一查萬年曆就可知道，但是我懶得去查，故至今仍然讓它模糊。至於一九四五年重慶《新華日報》的消息，當時暫定六月廿四日是我以意爲之的。

（四）那一句話，沒有什麼象徵意義；只是隨手用了一個洋典故。北歐的運命女神見北歐神話。當時用這個洋典故，寓意蓋在蘇聯也。這也有點「順手牽羊」，因按歐洲人習慣，北歐實指斯坎的納維亞半島。

（五）所謂「溝通中蘇文化」，無非是翻譯蘇聯文學作品，介紹蘇聯情況。在抗戰時期，張西曼是重慶中蘇文協的總幹事，我也是中蘇文協的一個理事。中蘇文協是以「溝通中蘇文化」為任務的。在那時，我曾譯過蘇聯衛國戰爭的文學作品。至於張西曼說大革命時代云云，則沒有根據。那時我還不認識他。張西曼有點神經病，他常常無的放矢。

（六）事實上，《霜葉紅似二月花》已不能像寫《子夜》那樣做好準備工作。因為該時生活極不安定；無隔日之糧，不可能多化時間作細緻的準備工作也。

（七）您原信中無此標號。

（八）沈志堅早已死了（在抗戰時病死在上海）。據我所知，此人並無政治上的問題；也是個老實人，不過倒也有點正義感。但不知他的文章（回憶）講的是何事？

（九）寫《子夜》時擬用舊小說筆法這個念頭，在這時容或有之。不過，後來卻並未貫徹，但在當時的小說中，《子夜》的文字還是歐化味道最少的。

　　匆此奉覆　順頌
健康

　　　　　　　　　　　　　　　　　　　　　　　　茅盾
　　　　　　　　　　　　　　　　　　　　　　　　六月十五日

讀茅盾六月十五日的信

　　我第一次給茅盾同志寫信是一九六一年五月二十一日，他第一次給我回信是同年六月十五日。我之所以寫信給他，是事出有因的。一九五五年，大學畢業後，我一直從事古典文學及當代文學的編輯工作。可是我心底卻埋下一個願望——寫一本關於探索茅盾創作的書，而這一宏願只能利用點點滴滴的業餘時間來兌現。寫書需要時間，也需要資料。我以為光讀茅盾同志的作品是不夠的，即便讀書，也是不易的。因為《茅盾文集》集外的作品多得很，且難以搜齊；況且不能僅讀作品，還需要有關活材料。不過要獲得第一手材料，自己心中要有個數。於是我經過將近六年邊讀邊寫的準備，才給茅盾同志寫了第一封信，了解有關材料。我感到自己是個無名的年輕人，擔心給馳名全球的大作家寫信會遭到冷遇。所以當時寫信心裏很緊張，竟把提出的八個問題誤寫成九個問題。茅盾同志接到我的信後立即給我回信，逐一回答我提出的問題，並指出我信上的脫漏。我讀到茅盾同志給我的來信，高興極了。從此，我就鼓起勇氣來，繼續同他通訊，並有幸跟他會晤。他為我寫作《茅盾的創作歷程》一書（此書已由人民文學出版社出版）提供了不少方便條件，每每想到這裏，更增加了對茅盾同志的尊敬、懷念！

　　重讀茅盾同志給我的這封信，我想到研究現代作家的若干問題。五四以來的老作家由於「新陳代謝」的不可抗拒的自然規律的支配，存留下來的，日漸減少，我們必須抓緊進行調查工作。有些情況，如果不是作家親自提供，讀者、研究工作者很難了解，例如茅盾同志給我的信中回答的（四）（五）（六）個問題。以第四個問題來說，我當時是這樣請問茅盾同志的：「您在《從牯嶺到東京》一文中寫道：《追求》中間的悲觀苦悶是被海風吹得乾乾淨淨了，現

在是北歐的勇敢的運命女神做我精神上的前導,這裏,『北歐的勇敢運命女神』指的是什麼?」,茅盾同志明確地指出其中的含意,這就清楚地說明了他當時思想的轉變是同受到十月革命後蘇聯的新形勢的影響分不開的。又如第五個答題是他針對張西曼寫的《我們在武漢時代的共同努力》〔註1〕一文而發的,如果不是茅盾同志的回覆,我們很難知道大革命時期他和張西曼毫不相識。長期以來,我以爲長篇《霜葉紅似二月花》之所以寫得如此精密,大概同寫作《子夜》情況有點類似,是經過充分準備的。茅盾同志在第六個答題中否定了我的想法。倘使我不作調查研究,信筆下斷語,那是要出笑話的。

作家本人提供材料是十分重要的,不過由於歷史久遠,年齡增多,作家的記憶也會受到影響。爲此,爲作家提供當年的報刊資料,以利本人的回憶,也是必不可缺少的。茅盾同志在給我的信中確認自己三十年代初期發表的幾篇文章,就是以當時的報刊爲依據的。那時錢杏邨(阿英)在《一九三一年文壇之回顧》〔註2〕一文提到茅盾同志發表的《關於「創作」》〔註3〕、《中國蘇維埃革命與普羅文學之建設》〔註4〕,錢文還提到茅盾同志對「民族主義文學」運動的批判,但沒有具體指明文章篇目。我把錢文提到的文章篇目以及我初定的兩篇署名「石萌」的文章(《「民族主義文藝」的現形》〔註5〕、《評所謂「文藝救國」的新現象》〔註6〕)告訴茅盾同志,請他考慮是否全是自己所作的。他在第一個答題中給予肯定的回覆。近年來有些好心研究者把《文學導報》上署名「石崩」的批判「民族主義文學」的文章也算作茅盾同志的,實在是誤解。第八個答問中,我先是請問茅盾同志關於沈志堅的情況,後來我把他寫的回憶文章《憶茅盾》(收入《文壇史料》)內容告知茅盾同志,又在拙著《茅盾的創作歷程》一書中引用了沈志堅有關回憶材料,茅盾同志讀了之後,沒有提出異議,大概認爲沈志堅的回憶是屬實的!

當然,有些史實作家本人前後回憶是有出入的,我認爲研究者可以根據已有的資料,表明自己的看法,可能的話還要請作家自己來審定。例如關於茅盾同志的生日問題,歷來眾說紛紜。茅盾同志在這封信第四個問題答覆中

〔註1〕刊於重慶:《新華日報》1945年6月25日。
〔註2〕刊於《北斗》第2卷第1期,1932年1月20日。
〔註3〕署名朱璟,刊於《北斗》創刊號,1931年9月20日。
〔註4〕署名施華洛,刊於《文學導報》第1卷第8期,1931年11月15日。
〔註5〕刊於《文學導報》第1卷第4期,1931年9月13日。
〔註6〕刊於《文學導報》第6、7期合刊,1931年10月23日。

說，他的生日大約是一八九六年陰曆五月二十五日或二十七日。他曾告訴別人，應以陰曆五月二十五日爲準。不過，他在《自傳》（1979 年元月作）中認定爲陰曆五月二十四日即陽曆七月四日〔註7〕。胡耀邦同志在茅盾同志追悼會上的致悼詞採用了《自傳》的說法。

研究工作者聽取作家的意見是必要的。比如有人認爲《子夜》的語言在適應大眾的要求方面「有點失敗」，覺得它的歐化傾向比較嚴重。對此，我很想聽取茅盾同志本人的意見，我寫信給他問及此事的時候，曾經引用過吳組緗先生的一段話：「我聽朱自清先生談，他親自聽作者和他說，作者寫這本小說（按指《子夜》）有意模仿舊小說的文學，務使它能爲大眾所接受，」〔註8〕茅盾同志在給我的信中明確地表明了自己的看法，並不同意有的評論者對《子夜》的語言的非難。我覺得茅盾同志的意見是符合實際的。事實上當年有的評論者對茅盾的作品如《秋收》等在語言上大眾化方面所作的努力是給予肯定的。〔註9〕

尊重作家的意見，並不等於一切都要按照作家主張去辦，或是依其看法去解釋、分析作品。如果按此辦理，評論、研究工作者就沒有存在的必要了。這就要求評論工作者對作家的意見有自己的主見。茅盾同志出於對自己的嚴格要求，不贊成考證他的筆名，也不贊成研究《茅盾文集》以外的作品。我認爲從研究的角度來考慮，查清他的全部筆名及作品，以便於全面地研究他的創作和文藝思想。因此，在這些問題上，我對茅盾同志的看法採取了保留的態度。近幾年來，我曾編了《茅盾文集集外集》（一）、（二），寄請他看，他來信說，切勿再編下去，只是同意我選印一小部分作爲教學參考之用。我仍然「一意孤行」，續印好幾本《茅盾文集集外集》。茅盾同志在許多文章中談到對自己作品的看法，有的出於他的謙虛，我認爲不一定全部汲取；有的只是他的創作意圖，未必同作品相符合，還要從作品的實際出發；有的主張需要經過時間的檢驗。這些都是研究茅盾過程中的正常現象。

研究作家，首先了解作家情況，其次才談得上評論。按理說，評論工作

〔註7〕 參閱徐州師範學院編：《中國現代作家傳略》，共五輯，二輯收入茅盾《自傳》（1979 年元月作）。該套書分別於 1981 年 5 月、1983 年 5 月由四川人民出版社分上下集出版，茅盾《自傳》收入上集。
〔註8〕 《〈子夜〉》，《文藝月報》創刊號，1933 年 6 月 1 日。
〔註9〕 參閱羅浮：《評茅盾的〈春蠶〉》，《文藝月報》第 1 卷第 2 號，1933 年 7 月 1 日。

者應該在理論、知識水平方面接近，或者超過作家本人。事實上，我們有些評論工作者往往在許多方面不如所評論的作家。像茅盾同志這樣卓越的大作家，以我的能力、水平，居然寫起評論他的創作的書來，有點不自量力，冒冒失失。

《衣食住》最初譯本究竟怎樣

　　《衣食住》最初譯本到底怎樣？這是許多研究者關心的問題。據悉，此書原署美國謙本圖著，沈德鴻譯，孫毓修校，由商務印書館出版並發行。一九一八年四月初版，孫毓修寫了一篇序言，這篇序文一九一七年五月作於無錫。

　　據茅盾在《我走過的道路〔上〕》中所談，《衣食住》一書中《衣》的部分第一至三章由孫毓孫翻譯，其餘的都由他譯出，最後經孫毓修校訂。該書原作者茅盾認爲應譯爲卡本脫，而孫毓修則主張譯爲謙本圖，最初版本採用孫的譯名。

　　《衣食住》最初譯本和茅盾談當年此書譯校的情況，可以澄清歷來對該書一些不準確的說法，例如有人籠統地認爲那是一九一六年以後由商務印書館出版；也有人不標明此書原作者的名字；還有人雖然說出原作者名字，但並不是根據原版譯名，等等。

茅盾的第一篇文學論文

　　茅盾第一篇關於文學的論文，究竟是哪一篇？有人說，「他的第一篇重要的文學論文是《新舊文學平議之評議》」。

　　我認為這個說法，值得商榷。茅盾在《〈鼓吹集〉後記》（寫於 1958 年）說：「三十九年前我開始寫第一篇關於文學的論文，為了趕任務。」「這是什麼樣的任務呢？這就是反對那既有封建思想又有買辦意識的鴛鴦蝴蝶派文學！」這裏茅盾並沒有具體點出第一篇文學論文的篇名，只是告訴我們這篇文章寫作時間，它是針對鴛鴦蝴蝶派的。

　　有人認為《新舊文學平議之評議》是茅盾第一篇文學論文，該文發表於一九二〇年一月二十五日。〔註 1〕它是抨擊新舊文學平行的折衷論，並非批判鴛鴦蝴蝶派。

　　茅盾於一九二〇年一月十日以筆名「佩韋」發表的《現在文學家的責任是什麼？》〔註 2〕應是他的第一篇文學論文。這篇論文發表的時間比《新舊文學平議之評議》早了半個月，而寫作時間當是一九一九年，即作者一九五八年所說的三十九年前，從內容上看，確實如他說的是反對鴛鴦蝴蝶派。該文指出現在文學家積極的責任是「掃除貴族文學的面目」，文學「不是供貴族階級賞玩的」，「不是茶餘酒後的消遣的東西！」這裏茅盾指斥把文學視作「賞玩」和「消遣」，就是對鴛鴦蝴蝶派而發的。正如他在《「寫實小說之流弊」？》〔註 3〕一文指責吳宓所說的，難道不見鴛鴦蝴蝶派刊物如《禮拜六》等的「小

　〔註 1〕 刊於《小說月報》第 11 卷第 1 號，1920 年 1 月 25 日。
　〔註 2〕 刊於《東方雜誌》第 17 卷第 1 號，1920 年 1 月 10 日。
　〔註 3〕 刊於《時事新報‧文學旬刊》第 54 期，1922 年 11 月 1 日。

說常把人生的任何活動都作爲笑謔的資料麼？」他還在《眞有代表舊文藝的作品麼？》〔註4〕中肯定了當時《北京晨報》副刊一段雜感對鴛鴦蝴蝶派的批評，即「把人生當作遊戲，玩弄，笑謔」。

　　《現在文學家的責任是什麼？》一文的重要性還在於這是茅盾最早闡發爲人生的文學主張的。他說：「文學是爲表現人生而作的。文學家所欲表現的人生，決不是一人一家的人生，乃是一社會一民族的人生」，所以文學家要使「文學成爲社會化」，「放出平民文學的精神」，以「『血』和『淚』寫成」文字等等。

　　由此看來，《現在文學家的責任是什麼？》一文不但表明茅盾在五四時期對新文學運動總的看法，而且在中國現代文學史上也是有著重要意義的。五四前夕文壇上如《新青年》等刊物已有了批判鴛鴦蝴蝶派的文章，五四運動後，茅盾的《現在文學家的責任是什麼？》一文是當時反對鴛鴦蝴蝶派中最早出現的文章之一，值得重視。

〔註 4〕刊於《小說月報》第 13 卷第 11 號，1922 年 11 月 10 日。

再談茅盾的第一篇文學論文

　　拙作《茅盾的第一篇文學論文》（刊於《新文學史料》一九八○年第三期）發表之後，有些文章提出異議，因此，我還想談些看法，以供討論。

　　有的文章說：「茅盾的第一篇文學論文，應該是刊登在一九二○年一月出版的《小說月報》第十一卷上的《小說新潮欄宣言》」，文章說，「茅盾在他自己所寫的回憶錄《商務印書館編譯所生活之二》中，對此曾講得很清楚……這種『窮本溯源』的想法，也是我在一九二○年初為《小說月報》部分改革而寫的《小說新潮欄宣言》中所表述的主要觀點之一。這是我最早的一篇文學論文。」〔註1〕文章引用茅盾的話，係根據《新文學史料》第二輯（一九七九年二月出版），後來茅盾在《我走過的道路（上）》（一九八一年十月出版）一書中對上引那段話作了修補，他說：「我在一九二○年初為《小說月報》部分改革而寫的《小說新潮欄宣言》中所表述的主要觀點之一。另外一篇更早一些發表在《東方雜誌》第十卷第一號上署名佩韋的文章《現在文學家的責任是什麼？》」（p.134）這裏茅盾準確地說明了比之《小說新潮欄宣言》更早發表的《現在文學家的責任是什麼？》一文是他最早的一篇文學論文。

　　還有的文章說：「茅盾的第　篇文藝論文」是一九一九年四月——六月在《學生雜誌》連載的《托爾斯泰與今日之俄羅斯》」〔註2〕，這篇文章認為《托爾斯泰與今日之俄羅斯》連同《俄國近代文學雜譚》（一九二○年一～二月）一起，「充分體現著五四思想解放運動的時代特徵：突破一切傳統束縛，以清

〔註1〕　《關於茅盾的第一篇文學論文》，《嘉興師專學報》，1982年4月。
〔註2〕　《茅盾的現實主義理論和藝術創新》，《中國現代文學研究叢刊》1981年第4輯。

醒的理性重新估計一切；從廣泛比較鑑別和批判中取我所用，創立新知。茅盾在這兩篇文章中通過對英、法、美、俄及北歐諸國文學的比較分析，提出了自己的現實主義原則。」以《托爾斯泰與今日之俄羅斯》一文來說，其內容與主旨那是非常清楚的，全文著力介紹托爾斯泰的文學成就，藉此說明「俄國革命遠因」。人們從中可以引出這樣有益的啓示：文學對社會革命和社會思潮是有一定影響和作用的。誠如茅盾自己所說的：「十月革命以後和馬克思主義傳到中國以前這一段時間裏，對於俄國革命的『動力』和『遠因』，是當時『有志之士』們常常議論和探究的。我的這篇《托爾斯泰與今日之俄羅斯》，是試圖從文學對社會思潮所起的影響的角度來探討這個問題的一點嘗試。」〔註3〕

從茅盾的自敘中或許可以如此引申：俄國文學與俄國革命關係密切，同樣的，中國新文學運動與中國革命也是非常密切。因之，新文學運動的興起，對中國革命必定產生影響。

我們認爲茅盾的《托爾斯泰與今日之俄羅斯》一文的內容和他自己的意圖是相吻合的，而同上面談及的那篇文章的看法並不一樣。我們贊成茅盾的看法。茅盾自己清楚，他寫的《托爾斯泰與今日之俄羅斯》比之《現在文學家的責任是什麼？》寫作和發表的時間都是較早的，就內容說，也是談及文學的，爲什麼他仍認爲《現在文學家的責任是什麼？》是他的第一篇文學論文呢？

根據我的理解，《托爾斯泰與今日之俄羅斯》等文都是通過對外國文學的介紹，闡發他對外國文學的看法，以及申述外國文學與社會思潮關係等方面的觀點，而《現在文學家的責任是什麼？》一文才是他第一次正面而又有概括地表述了對中國新文學運動的見解。在茅盾看來，這篇文章是他登上文壇後最初直接而又鮮明地論述自己對創造新文學的重要主張，因之，他才確定那是他眞正的第一篇文學論文。

在文章中茅盾認爲新文學運動與新思潮有著密切的關係，他說：「自來新思潮的宣傳，沒有不靠文學家做先鋒」，「中國現在正是新思潮勃發的時候，中國文學家應當有傳播新思潮的志願」，因此，他認爲應使「德謨克拉西（即民主）充滿在文學界」。

〔註3〕 茅盾：《我走過的道路（上）》第131～132頁，人民文學出版社，1981年10月出版。

　　茅盾的文章還指出新文學，必須「掃除貴族文學的面目，放射出平民文學的精神」，文學應「表現人生」，但「決不是一人一家的人生，乃是一社會一民族的人生」，這樣才能「使文學成爲社會化」。

　　爲了使新文學很好地擔負「表現人生、宣傳新思想」的責任，茅盾在文章中還主張新文學家應「將西洋的東西一毫不變動的介紹過來」，爲此，「先得研究他們的思想史，他們的文藝史」等。這就是，借鑒西洋文學，應「窮本溯源」，從而取精用宏，始能創造富有時代性的新文學。

　　茅盾認爲《現在文學家的責任是什麼？》一文，加上以後陸續寫出的《新舊文學平議之評議》、《爲新文學研究者進一解》等基本上表達了他在「還沒有接觸馬克思主義的文藝理論之前的文學觀點」〔註4〕。

　　茅盾在致邵伯周的信中，也肯定《現在文學家的責任是什麼？》是他的第一篇文學論文。〔註5〕陳小曼同志給我的信，說道：「沈老最早的文學論文《現在文學家的責任是什麼？》」，「這一篇在回憶錄（按指刊於《新文學史料》）中漏掉了，是很重要的」〔註6〕。

　　我們從《現在文學家的責任是什麼？》一文的內容以及茅盾本人的看法，都可以斷言那是他的第一篇文學論文。

〔註 4〕茅盾：《我走過的道路（上）》第 134～135 頁。
〔註 5〕參閱《茅盾的文學道路》第 8 頁，長江文藝出版社，1959 年 5 月出版。
〔註 6〕1979 年 4 月 2 日來信。

茅盾的《雷雨前》等三篇散文作於何時

　　茅盾的《雷雨前》、《黃昏》和《沙灘上的腳跡》三篇是一組著名的抒情散文，在現代文學史著作裏經常提到，許多現代散文名作也選入，流傳極爲廣泛。可是這組散文究竟作於何時，歷來說法不一。

　　有的同志說：「茅盾另有一篇散文——《沙灘上的腳跡》（收在《速寫與隨筆》中），可以幫助我們了解他在寫《蝕》和《虹》這時期中的思想動態。」〔註1〕這裏未曾明確指出《沙灘上的腳跡》寫於何時，不過從行文中可以看出似乎是與寫《虹》同一時期。

　　有的同志認爲：《沙灘上的腳跡》這篇散文「是《雷雨前》、《黃昏》的姐妹篇。它們大抵寫於一九三二年左右。」〔註2〕

　　有的同志說：《雷雨前》這篇作品最早見之於一九三五年七月出版的《速寫與隨筆》中，可見它是寫於一九三四年十月（《話匣子》的作品收到一九三四年十月爲止）到一九三五年七月之間。」〔註3〕

　　茅盾在寫給蕪湖衛生學校語文教師的信中說：《雷雨前》寫作時間「可能是一九三四年，而且大概是夏秋之交。」〔註4〕

　　《雷雨前》等三篇作品到底作於何時？據查：《雷雨前》原載《漫畫生活》月刊第一號，一九三四年九月二十日出版；《黃昏》、《沙灘上的腳跡》兩篇均發表於一九三四年十一月二十四日出版的《太白》第一卷第五期上，

〔註1〕葉子銘：《論茅盾四十年的文學道路》，上海文藝出版社，1959 年 8 月出版。
〔註2〕鄭乙：《論茅盾的散文創作》，《文藝論叢》第 3 輯，1978 年出版。
〔註3〕史明：《關於〈雷雨前〉的寫作時間》，《語文教學》1960 年第 3 期。
〔註4〕見《語文教學》1960 年第 7 期。

後來新少年社編的《新少年讀本》曾把《雷雨前》等三篇隨筆收入。茅盾在一九三六年八月二十一日寫的題記中說:「我把《雷雨前》、《黃昏》、《沙灘上的腳跡》,獻給年青的朋友們。這裏是三篇散文。這都是一九三四年夏天寫的。」〔註5〕

　　根據《黃昏》等篇發表的時間以及茅盾當年談的《雷雨前》等三篇創作時間來看,這三篇散文作於一九三四年夏天是可信的。

─────────────

〔註 5〕刊於《新少年》第 2 卷第 7 期,1936 年 10 月 7 日。

《風景談》最初收入哪個集子

　　有人說，茅盾的散文名篇《風景談》「直到抗戰勝利後出版大地文學叢書時，才收入《時間的記錄》作爲開卷第一篇。」

　　《時間的記錄》先是重慶良友復興圖書印刷公司於一九四五年七月出版，後由大地書屋以大地文學叢書（2）於一九四六年十一月出版。良友版或大地版的《時間的記錄》的第一輯均以《風景談》爲開卷文章，這是事實。

　　不過，應該指出，《風景談》最早不是收入《時間的記錄》，而是收入《白楊禮贊》集子。此集係桂林柔草社於一九四三年二月出版。茅盾在該集自序裏說：「答應了柔草社的請求了。重翻舊作，擇其近於所謂『散文』而尚不十分惡俗者凡若干篇……，近年來所寫的若干篇中又採取了三篇，共十八篇，都爲一集。題名爲《白楊禮贊》。」這裏所說採取「近年來」三篇，《風景談》便是其中一篇。它列入該集第一輯第三篇。《白楊禮贊》集子一九四六年五月又在上海新新出版社出版。

《多角關係》什麼時間出版

茅盾的中篇《多角關係》什麼時間出版，說法不一。過去一般流行說法有二種：一是一九二六年五月由生活書店出版，一是一九三七年五月由生活書店出版。

我在翻閱《文學》雜誌時，發現該刊一九三六年七月號上刊登《多角關係》出版的消息，但沒有說明何時出版，只說由文學出版社出版，生活書店經售。從這條廣告可以窺測《多角關係》大約是一九三六年七月前後由文學出版社出版。

《多角關係》究竟何時由文學出版社出版？這是值得考證的問題。前些日子有一個偶然的機會看到《多角關係》最初版本，這個謎底才揭開。《多角關係》是一九三六年五月由文學出版社出版，生活書店總經售，一九三七年五月由生活書店再版。

《幻滅》是何時寫成的

　　《幻滅》作於何時？茅盾曾在《從牯嶺到東京》一文中說那是在「一九二七年九月中旬至十月底寫的」，隨後他在《我的回顧》、《談我的研究》及《茅盾選集・自序》（開明版）等文都認為《幻滅》開始寫於一九二七年九月。

　　到了《寫在〈蝕〉的新版的後面》〔註1〕一文，茅盾對《幻滅》創作時間的看法似乎有了些變化，他說：「一九二七年八月，我從武漢回到上海，一時無以為生，朋友勸告寫稿出售，遂試為之，在四個星期中寫成了《幻滅》。」這裏沒有說明是一九二七年九月開始寫《幻滅》，只是大體地說一九二七年八月到上海後，「遂試為之」創作《幻滅》。直到《回憶錄・創作生涯的開始》〔註2〕一文茅盾才明確地說：「《幻滅》從八月下旬（按指一九二七年）動筆」，「九月中旬（按指一九二七年）寫成」，共「用了四個星期」。

　　《幻滅》寫於一九二七年八月下旬到九月中旬，這個說法是合乎事實的。據茅盾在《創作生涯的開始》一文中說，《幻滅》寫完前半部是在一九二七年八月底，葉聖陶看完後認為寫得很好，很快就脫稿了，《小說月報》一九二七年九月號（九月十日出版）便刊登出來；九月份茅盾又寫了《幻滅》後半部，登在《小說月報》一九二七年十月號。

　　如果說，按照茅盾早先所說的《幻滅》開始寫於一九二七年九月中旬，結束於同年十月底。那是同《幻滅》發表時間不相吻合的；假如根據《創作生涯的開始》中所敘述的寫作時間則是符合的。

〔註1〕見《茅盾文集》第1卷，人民文學出版社，1958年出版。
〔註2〕刊於《新文學史料》1981年第1期。

茅盾的《秋潦》與《霜葉紅似二月花》

　　前不久出版的一部中國現代文學史這樣寫道：茅盾在抗日期間創作了長篇小說《秋潦》。

　　這就使我聯想起「文革」前有人告訴我，抗戰期間重慶《時事新報》上連載過茅盾的長篇《秋潦》。那時，我又從一篇文章中得知《霜葉紅似二月花》第二部發表在重慶《時事新報》上。《秋潦》與《霜葉紅似二月花》兩部作品關係如何？這就引起了我的興味，認為有必要弄個一清二楚。

　　於是，我花了一些工夫，終於從《時事新報》副刊《青光》上找到了答案。該刊從一九四一年一月到五月即第一期至二十九期確實連續刊載過茅盾的《秋潦》。

　　然而，《秋潦》並不是獨立的一部長篇小說，而是長篇《霜葉紅似二月花》中的一部分。茅盾在刊載《秋潦》時曾寫了解題，他說：「這是《霜葉紅似二月花》第一部的最後五章。前九章登在《文藝陣地》八卷（按，應為七卷）一號至四號，……現在所刊登的就從錢良材回家時開始，《文藝陣地》因故只出到八卷（按，應為七卷）四號為止，這部小說最後五章在全書中亦有相當的獨立性，所以又抽出來在《青光》上發表。」〔註1〕

　　我曾把《青光》上茅盾為《秋潦》寫的解題、原文，同《霜葉紅似二月花》全書對照一下，確實《秋潦》是《霜葉紅似二月花》最後五章。有文章說《時事新報》上刊載的是《霜葉紅似二月花》第二部也不對，它當是《秋潦》。茅盾說過，《霜葉紅似二月花》這部書本來是一部規模比較大的長篇小

〔註1〕《時事新報》1943 年 1 月 22 日。

說的第一部分，茅盾當時（一九四三年）「迫於經濟不得不將這一部先出版」，後來由於種種原因「沒有續寫一字」〔註2〕。《霜葉紅似二月花》根本沒有出版過第二部。《霜葉紅似二月花》於一九四三年由桂林華華書店出版，至一九四八年九月發行過六版。解放後編入人民文學出版社出版的《茅盾文集》第六卷，同時出過單行本。最近由四川人民出版社重印。

《霜葉紅似二月花》問世後，曾受到廣泛的注視。王若飛在《中國文化界的光榮，中國知識分子的光榮》一文指出：「《霜葉紅似二月花》這長篇小說的第一部──我們可以看到茅盾先生的作風，是在利用民族形式爭取更廣大的讀者群這一點上，作了很大的努力」〔註3〕埃籃在題爲《讀〈霜葉紅似二月花〉》一文中稱讚道：「不少這樣的文藝作品，是記載五四前後的時代的人和事的」，「可是從未有一本像《霜葉紅似二月花》中所分析得那樣詳細眞實，描寫得那樣親切，並且規模那樣宏大的」。〔註4〕巴金、田漢、艾蕪等作家曾爲此書舉行過一次座談會，當場通過由參加座談諸作家聯合致電作者茅盾先生，祝賀他的成功，公認此作爲文藝之「巨大收穫」並盼作者「早竟全功」〔註5〕。抗戰以來《霜葉紅似二月花》在國外也頗受重視。捷克已有譯本，日本也譯過，且「被廣泛閱讀的」〔註6〕。

〔註2〕 均見《霜葉紅似二月花・新版後記》，《茅盾文集》第六卷，1958年9月出版。
〔註3〕 刊於《解放日報》1945年7月9日。
〔註4〕 刊於《新華日報》1944年1月3日。
〔註5〕 《〈霜葉紅似二月花〉第一部座談記錄》，《自學》第2卷第1期（總七期）1944年2月1日。
〔註6〕 中島健藏：《中國現代文學在日本》，《世界文學》1959年第9期。

《鍛煉》是茅盾最後一部長篇嗎

有人說：「茅盾最後一部長篇《鍛煉》」(《抗戰初年的時代風雲錄》)〔註1〕，這一說法符合實際嗎？

先看看以下一些材料：

據《中國青年報》編者說：「五十年代，本報了解到茅盾同志正在創作一部主要以對資本主義工商業進行社會主義改造為題材的小說，便致函向他約稿」，茅盾同志很快回信，他說，「我的小說稿子」「擱在那裏，未曾續寫，也沒有加以修改」，「即便寫起來」，「至多選一點登登，那是希望得到青年讀者提提意見，以便修改」〔註2〕。

周而復同志在《永不殞落的巨星》〔註3〕一文談到：「新中國建立以後，特別是『五反』運動以後，我在北京和上海見到茅盾同志的時候，曾經建議他再寫一部關於民族資產階級生活的文學作品」，「有一次德沚夫人告訴我，茅公寫好一部長篇小說，可是他不願意拿出來」。

在《中國作家的導師——敬悼茅盾同志》〔註4〕一文中，陳白塵同志寫道：茅盾同志在「解放後所寫的一部長篇小說，在沈師母口中透露過，卻從來未以示人的原稿，究竟是被抄去還是被毀掉，或者被藏在何處，也無人知道了」。這裏所說的茅盾同志「寫一部長篇小說」，當指那部反映解放後民族工商業者的生活的長篇。

〔註1〕見《光明日報》1981年12月21日《文學》第248期。
〔註2〕見《中國青年報》1981年4月2日第4版。
〔註3〕見《光明日報》1981年4月12日第3版。
〔註4〕見《青春》1981年第5期。

一九六一年六月二十六日下午，我在北京同茅盾同志談話時，曾經請問他：「聽說先生解放後寫了一部長篇小說，眞的嗎？」先生說：「有的。大約十萬字，只開了個頭，暫時停下來，以後再說。內容很多，講鎭壓反革命，講工商業改造。」

一九八一年九月三十日下午，我見了章韜同志，同他談及茅盾同志解放後曾作長篇一部，他說此事有所聞，《中國青年報》編輯也談過，並要求選載，但原稿尚未查到。

從以上材料可以看出，茅盾同志解放後確實以資本主義工商業的社會主義改造作爲題材進行了長篇創作，或者已寫出一部分（如茅盾同志告訴我已寫了十萬字，僅是開個頭）；或者已寫好（如德沚夫人告訴周而復同志和陳白塵同志那樣）。總之，可以確定茅盾同志解放以後寫過長篇（或許是未完的長篇，或許是完成了的），而這個長篇才是茅盾同志最後的一部長篇，不能說《鍛煉》是茅盾同志的「最後一部長篇」，準確地說，《鍛煉》是茅盾同志解放前「最後一部長篇」。

茅盾和文學期刊編輯工作

　　文學史上常常有這樣的現象，文學巨匠往往同時又是文學編輯大師。魯迅、郭沫若是這樣，茅盾也是如此。

　　偉大的革命作家茅盾對現代文學雜誌的創辦和發展，作出了卓越的貢獻。《小說月報》是我國現代文學第一個專門雜誌，一九二〇年初，當茅盾接編時，先是主持該刊《小說新潮》欄的半革新工作，同年十一月任主編，實行全部革新。由於當時《小說月報》是由鴛鴦蝴蝶派文人控制的，茅盾接編後，他們所有的稿件，全部不用，引起了他們的怨恨，同時也遭到商務印書館內守舊的實權派的反對，一九二三年終於辭去了《小說月報》主編職務。儘管如此，茅盾在《小說月報》的革新作用是不可估量的。他第一個運用《小說月報》這塊陣地，鼓吹新文學，反對舊文學，為正在成長中的中國現代文學的發展而吶喊，而抗爭！這個功績永遠記在光榮的歷史簿上！

　　茅盾總是把自己的編輯工作同中國革命的鬥爭、現代文學的進展聯繫起來的。三十年代，為了推動革命文學運動，他參加了大型文藝刊物《文學》的創辦和編輯工作，這個刊物是《小說月報》停刊後，在社會上影響較大的文學刊物。為了借鑒外國文學，他還和魯迅發起創辦《譯文》雜誌。抗日戰爭期間，他主編的《文藝陣地》在國統區進步文學活動中起了巨大的作用。他還在香港主持過小型報紙《立報》副刊《言林》及參加《大眾生活》的編委。這些刊物在推動抗日鬥爭及抗戰文藝的發展方面作出巨大成績。解放戰爭時期，他主編了《文聯》、《小說》等刊物，以文藝配合反對美蔣的鬥爭，迎接了新中國的誕生。解放後他主持過《人民文學》，為發展社會主義文學作了不懈的努力！

　　茅盾主辦的文藝雜誌，方向明確，取材廣泛，形式多樣。他主編的《文

藝陣地》在《發刊辭詞》明確地寫道：「《文藝陣地》上立著一面大旗，大書『擁護抗戰到底鞏固抗戰的統一戰線』！」他在《本刊七卷革新啓事》中又說：「作品呢，或題材把握有獨到之處，或形式上有新的嘗試；論文則不患其立論之無懈可擊，易患其庸俗與公式化，缺乏新知灼見」。我們從茅盾主編的十八期《文藝陣地》來看，雖然不能說每期文章都是精彩卓異，然而卻是不乏耐讀篇章。內容服務抗戰現實，取材國內國外，前線後方；形式詩歌小說，散文報告，通俗文藝，雜感論文，問題討論，眞是無所不包！正如葉以群所說的，茅盾主編的《文藝陣地》「作品取材的多方面，以及形式、風格的多樣化，可以說是那時《文藝陣地》的一大特色。討論的問題也很廣泛，諸如深入生活、反映時代、創造典型、浪漫主義與寫實主義、大眾化民族形式、暴露與諷刺、通俗與提高、報告文學等等問題，以及關於魯迅作品的問題，都有所論及。這些固然反映著各方面的作者努力，但也反映著主編者的勤勞」。〔註 1〕茅盾主編的《文聯》，既有國內外的文藝活動乃至一般文化活動概況的報導，又有國內外出版的文藝新書介紹，還有對當時文化包括文藝運動的意見，而一切旨在把當時文化及文藝運動引向反蔣的巨流中。

　　茅盾在《歡迎〈文學報〉》一文中寫道：「這樣一張《文學報》需要群眾的支持和愛護」，又說：「群眾的智慧往往可以彌補編輯者埋頭苦幹時的疏忽，也可以給嘔盡心血的作者提供參考。」這是茅盾臨終前對編輯工作的昭示，也是他一生從事編輯工作的總結。從他主辦《小說月報》開始，到主編《人民文學》爲止，一貫非常重視來自群眾的意見。他在《小說月報》上設立《通訊》欄反映來自群眾中的各種不同意見，如第十三卷第二期上發表了讀者譚國棠來信，提出對《阿Q正傳》的不同看法，他認爲這個作品「稍傷眞實，諷刺過分」，茅盾在回信指出這種看法「實未爲至論」，他充分肯定了阿Q的典型性；他還在第十二卷第八期上刊登了一位讀者的來信，讚揚了該刊發表的《春季創作壇漫談》一文，文中說「我覺得很喜歡，因爲這種評論，很可以引起現在一般作家底興趣，也是熱鬧中國文壇的一種方法，使得他可以蓬蓬勃勃地興旺起來」。他在主編《文聯》時，對讀者聲音是很注意傾聽的，他在《發刊詞》中說：「我們誠懇地請求文化——文藝界的師友們和本刊讀者諸君不吝賜教，隨時賜以助力。」

〔註 1〕葉以群：《〈文藝陣地〉雜憶》，《中國現代文藝資料叢刊》第 1 輯，1962 年出版。

　　當然，建立一支強大的寫作隊伍對於辦好文學刊物是非常重要的。茅盾向來重視充分調動文藝界的一切的積極力量，反對關門作風。他在評述左翼文藝刊物《北斗》時指出：這個月刊「執筆者除了左聯的作家外，也有『自由主義』的中間作家。這和以前《拓荒者》等不同的地方。以前《拓荒者》對於『自由主義』的中間作家是取了關門的態度，而《北斗》則是誘導的態度。」（《中國左翼文藝定期刊編目》）他和魯迅在為美國友人伊羅生編選的《草鞋腳》一書中，所選的作品不僅有左翼作家，還有進步作家。他參加編輯的《文學》，不少進步作家在那裏發表了作品和理論文章。除了魯迅和他外，還有陳望道、郁達夫、鄭振鐸、葉紹鈞、夏丏尊等知名作家。他主編的《文藝陣地》在《發刊辭》明確地寫道：《文藝陣地》「這陣地上將有各種各類的『文藝兵』，在獻出他們的心血」。《文藝陣地》上發表了包括鄭振鐸、老舍、丁玲、夏衍、艾青、豐子愷、葉聖陶、巴人、適夷等在內的二十多位愛國的、進步的、革命的作家的文章，表明了作家隊伍的廣泛性。

　　發現、支持、培養文壇新秀，是茅盾編輯文藝刊物中極為突出特點。在他主持《小說月報》時期，特設創作欄，刊登文學新人作品，有時組織他們參加討論，或者通過讀者評論他們的文章，從這些活動中發現文藝新秀，從而推動創作活動。葉聖陶在一九二一年一月號《小說月報》（即革新號）上發表了《母》一文。茅盾在篇末加了個按語，評論《母》和他的《新潮》上發表的《伊和他》，指出：「從這兩篇，很可看見聖陶兄的著作中都有他的個性存在著。」

　　這個按語對葉聖陶的鼓舞很大，他後來回述當時情況時說：「《小說月報》革新號印出來，我的一篇小說蒙受雁冰兄加上幾句按語，表示獎贊，我看了真有點受寵若驚的感覺。」〔註2〕他在編輯《文學》時曾作《幾種純文藝的刊物》一文推薦了當時無名作家葉紫等幾個青年合編的《無名文藝》，他讚賞刊登在該刊創刊號上葉紫的第一篇創作《豐收》，他說：「豐收是近年來文壇上屢見不鮮的題材，但是，我們在這裏鄭重地推薦《豐收》，因為此篇的描寫點最為廣闊，在兩萬數千言中，他展開了農事的全場面，老農的落後意識，『穀賤傷農』以及地主的剝削，苛捐雜稅的壓迫，這是一篇精心結構的佳作」。葉紫得到茅盾的鼓勵後，更加嚴格地要求自己，他說：「《豐收》算是初次的嘗試，我擔心別辜負了那班為人間的真善、光明與正義而抗爭的人所流去的心

〔註2〕葉聖陶：《略談雁冰兄的文學工作》，《文哨》第1卷第3期，1945年10月。

血。」〔註3〕之後，葉紫的作品表明，他的創作是沿著無產階級文學的方向前進！茅盾在主編《文藝陣地》時極爲推崇新進作家。據沈志堅回憶說：「他（指茅盾）把《文藝陣地》送我兩冊，又將各作家的來稿給我看。一面對臧克家、歐陽山等各個新作家大加讚美。我想他還像從前一樣，對於新進作家，多方獎掖，以求中國之文學大放燦爛，難怪一般前進的文學青年都要集其門下而奮勉起來啦。」〔註4〕

推薦新人新作，得要同對新人新作嚴格要求結合起來。在這方面，茅盾也是做得很出色的。當年在主編《文藝陣地》時，有位親屬叫阿福，是個初學寫作者，在《文藝陣地》上發表過三篇作品後，又投了《安樂村》一稿，茅盾閱完即退回並尖銳地指出他在創作上存在的問題。他說：「我對他作了嚴格的批評。初作者立即多產，是危險的；而他已經到了這樣危險，他應當再用功。多寫是練習之一道，但寫時必須『惜墨如金』，冗詞泛語、不必要的枝節通通刪去。再者，他的感覺，也不見銳敏；故而無論寫心理寫自然都不免於浮面而平凡。這方面，其實也可由刻苦學習而得進步的。」〔註5〕

茅盾在辦文學雜誌時，自己是嘔心瀝血的，一心撲在編輯工作中。他曾經告訴我，那時編《小說月報》，主要是他一人，同時又兼商務印書館的編輯工作。青年時代的茅盾，以其飽滿的精力，戰鬥激情，既當編輯，又當作者，不論寫文章，搞翻譯，都表現出高度的責任感。這種全心全意的服務精神，一直貫串在他的一生中。他在擔任《文學》編輯時，撰寫了不少評論文章，產生了巨大的影響，如《丁玲的〈母親〉》、《冰心論》、《盧隱論》等都是著名文學評論。他主編《文藝陣地》時，除親自閱讀大量來稿，從中選定文章外，「還幾乎每期都寫了文章，尤其是短篇和書評二欄，大部分是他自己執筆的，有時每期發表五、六篇之多。」〔註6〕他主持《筆談》時還特闢《客座雜憶》專欄，連續刊載他的回憶文章；他的長篇《第一階段的故事》就是在主編《言林》副刊時逐日發表而後集成的。茅盾除擔任編輯工作外，還動筆寫了大量文章，表現出他的勤奮與毅力，實在令人敬佩！

茅盾不僅把自己主辦的文學雜誌搞好，而且爲其他許多刊物做份外編輯

〔註3〕滿紅：《悼〈豐收〉的作者——葉紫》，《長風》半月刊第1卷第2期。
〔註4〕沈志堅：《懷茅盾》。
〔註5〕茅盾致孔令俊信（1938年11月16日），香港《海洋文藝》1980年第10期。
〔註6〕葉以群：《〈文藝陣地〉雜憶》。

工作，艾蕪說過，茅盾「曾替許多的文藝刊物看過小說方面的投稿，暗中幫助不少的青年作者使他們的習作的努力，得到正常的發展，且從事文藝的志願，得到更大的信心。」〔註7〕艾蕪就是其中一個，三十年代他在上海時，曾寫了一篇以上海電車工人的罷工爲題材的速寫，投給《文學月報》，該刊編者約請茅盾審閱此文，茅盾看過，寫了意見，認爲寫得不好，不能用，後來他又寫一篇以在雲南昆明親身經歷的事情爲題材的小說，題爲《人生哲學的第一課》，茅盾看過，認爲可用，後登在《文學月報》五六期合刊上。艾蕪說：「只有在茅盾先生這一鼓勵之下，我才對於終身從事文藝習作的志願，更加努力不懈，堅定不移。」〔註8〕沙汀於一九三一年寫了三篇小說投給《文學月報》，半個月後，編者答應把《在碼頭上》一篇先刊出來，而且附了茅盾寫的評語，大意略謂：「東西還可以，只是他不喜歡那種印象式的寫法。」他在茅盾的啓示後，改變了印象式的寫法，《老人》、《丁跛公》就是新的創作起點。沙汀說：「他（指茅盾）既不抹煞不合自己口氣的東西，視同狗屁，但也並不閉起眼睛吹」〔註9〕，這些表明茅盾具有胸襟開闊而又嚴格要求的作風。唯有如此，人才方能大批湧現！那種王倫式的編輯作風，對於發展出版事業極其有害！

　　茅盾雖然離開了人間，然而他在中國現代文學史上包括在文學編輯工作方面的功績將千秋萬代地傳下去，成爲後代的精神財富！

一九八一年四月四日凌晨寫完

〔註7〕艾蕪：《記我的一段文藝生活》，《文哨》第一卷第三期，1945 年 10 月 1 日。

〔註8〕同上註。

〔註9〕沙汀：《感謝》，《文哨》第 1 卷第 3 期，1945 年 10 月 1 日。

茅盾與文學書籍的出版工作

　　一個傑出的文學家，總是會這樣或那樣地同文學書籍的出版工作發生各種聯繫，或多或少地推進文學書籍出版工作的發展。

　　在中國現代文學史上的大作家，茅盾如同魯迅、郭沫若一樣，都曾對我國文學出版事業作過不少貢獻，他們在支持文學書籍的出版方面都留下許多美談。這裏，我們想談談茅盾有關的佳話。

　　在茅盾看來，多出版好的文藝書籍，必將有利於推進新文學事業的繁榮，而出版優秀的文藝作品及理論著作，則是出版社或書店的主要職責，茅盾雖然沒有獨自開設過書店或出版社，不過他十分熱情地為它們推薦好書。著名作家端木蕻良的第一部長篇小說《科爾沁旗草原》是抗戰後最早出現的長篇小說。茅盾讀過該書的原稿後，認為寫得很好，便介紹給開明書店，當時端木蕻良並不知道。由於印刷廠起火，未能印成。端木蕻良從茅盾那裏拿回原稿，才知道茅盾默默地為他的長篇的出版耗費心思，心情極為激動。隨後茅盾還替他保存書稿，並同開明書店夏丏尊、葉聖陶商量，終於答應重排、重印。在茅盾逝世時，端木蕻良這樣寫道，「《科爾沁旗草原》這本微末的書，呈獻在先生面前吧！它受過您的光和熱，它經過了火，現在，再加上我的淚……。」〔註1〕

　　茅盾還為許多無名氏的寫作者的處女作問世費盡心機。例如雲南小說作者張天虛，他的第一部長篇《鐵輪》，約五十萬字，如果不是茅盾替他四處奔走，那是無法同讀者見面的。〔註2〕三十年代李喬以舊礦工生活為題材寫了一

〔註1〕端木蕻良：《文學巨星隕落了》，《北京日報》1981 年 4 月 9 日。
〔註2〕馬子華：《敬致文藝界諸先生》，《雲南晚報》1945 年 6 月 25 日。

部長篇叫《走廠》，他斗膽寄給茅盾，茅盾很快地給他回信，說：「統觀你這部作品，平順有餘，波俏不足。惟書中故事人物甚爲可愛，極都望能出版，已介紹給天馬書店編爲文學叢書，不知您對出版有何意見？」〔註3〕因八一三滬戰發生，上海陷落，《走廠》未能出版，然而李喬對於茅盾的熱心提攜，眞是終身難忘！

茅盾爲寫作者推薦作品，非常重視作品的質量，並爲此而付出巨大的勞動。宋霖（胡子嬰）寫的中篇《灘》，這是一部描寫民族工商業者在三座大山的重壓下掙扎與苦難歷程的作品，當她寫出五萬字初稿時，便請茅盾審閱，茅盾看過之後，明確指出，「這是政治口號加些藝術的形容」，建議「重新寫過」。宋霖遵照茅盾的意見，重新從頭寫起，終於寫出十萬字。茅盾閱畢認爲「基本可以，但要作很多修改」。隨後茅盾把意見寫成幾十張紙交給她，她又作了很多修改與改寫。至此茅盾認爲稿子已達到出版水平，於是親自對該書作了部分修改，這樣才把稿子推薦給開明書店出版〔註4〕。《灘》出版後，他還專門寫了一篇評論文章，指出它是在反映抗日大後方經濟動態的文學作品中「最值得注意的一部」，同時也指出它在表現民族工業的典型性格方面存在的弱點。〔註5〕這一些都表明茅盾對出版文學作品的高度負責精神！

茅盾還常常運用文學評論方式支持新書的出版，他樂於爲作品寫序文，便是其中的一種。抗日期間葉以群和田仲濟在重慶創辦自強出版社，曾出版過三部青年作者的作品，這就是《新綠叢輯》一、二、三，即穗青的中篇《脫繮的馬》、郁茹的中篇《遙遠的愛》、王維鎬的《沒有結局的故事》。茅盾分別寫了《關於〈脫繮的馬〉》、《關於〈遙遠的愛〉》、《讀〈沒有結局的故事〉》作爲各書的序言。由於茅盾爲這些作品作序，影響很大。《脫繮的馬》一九四三年十二月出版，一九四六年又在上海印出了第三版。

茅盾認爲替作品寫序文，並不是推薦作品的唯一方式，他倒是經常借助報刊發表評論文字，以擴大作品的影響。于逢和易鞏合作寫長篇《鄉下姑娘》，茅盾看過之後認爲內容和結構都很好，只是對話不夠傳神，于逢就請求茅盾爲該書撰寫一篇序言，茅盾說待書出版後撰文「鼓吹鼓吹」〔註6〕，果眞書出

〔註3〕 李喬：《感激與悲痛》，《大地》1981 年第 3 期。

〔註4〕 胡子嬰：《回憶茅盾同志二三事》，《人民日報》1981 年 4 月 20 日。

〔註5〕 茅盾：《讀宋霖的小說〈灘〉》，重慶《大公報》1945 年 9 月 16 日。

〔註6〕 于逢：《茅盾，偉大的靈魂》，香港《文匯報》1981 年 5 月 10 日～13 日。

版後他就在《抗戰文藝》上發表《讀〈鄉下姑娘〉》一文，對該書作了充分的肯定。他的那篇評述文字經常為文學史家所引用。臧克家的第一個詩集剛出版不久，茅盾就著文題為《一個青年詩人的〈烙印〉》給予支持，使這位「默默無聞的文藝學徒，一下子登上了文藝龍門」〔註7〕。馬子華的長篇《他的子民們》三十年代由春光書店印行後，他曾在上海請求幾位文學界前輩給予指正，當時只有茅盾在《文學》雜誌上發表了《關於鄉土文學》一文予以介紹與評論。茅盾這一獎掖，使他「冷了的情緒重新溫暖了起來」，讓他「知道還有點能力在文藝上做一個小小的走卒」。〔註8〕

茅盾當年不僅力薦國統區進步的文藝作品，而且熱心鼓吹解放區出版的新作。趙樹理的小說《李家莊的變遷》一九四七年由上海新知書店印行，茅盾特地作一序言，熱情評介。柯藍的章回體的中篇《紅旗呼啦啦飄》在解放區發表後，不久就在香港出版，茅盾在《再談〈方言文學〉》一文給予熱情的肯定。柯藍說，茅盾的這一「鼓勵成為我以後能堅持通俗化寫作的一種力量。」〔註9〕茅盾還撰文推薦小說《李有才板話》、《呂梁英雄傳》、歌劇《白毛女》等。這些解放區文學新作在國統區擁有大量的讀者，並且成為國統區進步文藝工作者不可缺少的精神食糧，這同茅盾等革命文藝家對解放區文藝作品熱情介紹大有關係。

茅盾認為要繁榮革命的進步的文藝事業，還應擊退出版界的頹風，他指出諸如描寫玉腿酥胸、武俠迷信，以至悲觀頹廢、玩世遊戲之類麻痺人心的作品都應當在掃蕩之列。

茅盾支持文學書籍的出版，並不僅止於介紹、推薦、評述，他還為出版社或書店默默地做了不少編輯工作。

茅盾經常應書店或出版社之約編輯文藝作品的選集，他慣於從大量的創作中抉取精品，予以入選。因之，經他編選的文藝作品，往往能成為傳世之作。他為良友圖書印刷公司編選的《中國新文學大系‧小說一集》即是一例。他在編選這個集子時廣泛地接觸了文學研究會各位小說家的作品，並且很有眼力地選取在當時文壇很有影響又有長遠作用的作品，從中使人了解到那些作品具有共同的為人生的思想傾向，又有各自不同的藝術風貌。這個編選工

〔註7〕臧克家：《往事憶來多》，《十月》1981年第5期。
〔註8〕馬子華：《敬致文藝界諸先生》。
〔註9〕柯藍：《茅盾同志對通俗文藝的關懷》，《中國通俗文藝》1981年第2期。

作相當艱巨，不是茅盾那樣的大家，難以完成。他為生活書店主編的《中國的一日》，其編輯工作之浩大，令人驚奇。可是在他的主持下，編選工作做得十分出色。全書近五百篇，約八十萬字，是從三千多篇、六百萬言中選定的，在體裁上幾乎包盡了所有文學上的體式，如短篇小說、報告文學、小品文、日記、信札、遊記、速寫、印象記、短劇。作品多為「素人」的處女作，反映的生活面極為廣泛，包括了「中國的每一角落」，然而從那「醜惡與聖潔，光明與黑暗交織著的橫斷面上，我們看出了樂觀，看出了希望，看出了人民大眾的覺醒」〔註10〕，從《中國的一日》的編選中，我們看到了茅盾的雄偉氣勢與精細作風！

茅盾十分注意在編寫工作中扶植有作為的寫作者。一九三六年良友圖書出版公司約請茅盾等人從一九三五年十一月至一九三六年十一月間選出短篇小說五十六篇，題為《二十人所選短篇佳作選》。茅盾選了六篇，其中有端木蕻良的《遙遠的風沙》、陳白塵的《小魏的江山》。陳白塵很有感慨地回述當年茅盾選用他的《小魏的江山》時的心情說，那時他到上海做「亭子間作家」，遭到一次無端的誣蔑，許多刊物奉令「封鎖」他的稿子，正當他處於困境，茅盾把他的短篇選入佳作選，他「不由得感激淚下了」。他說，正是在茅盾「這一鼓勵之下，堅定了終身從事創作的信念」〔註11〕，像陳白塵等這樣有作為的作者，經茅盾的拔擢而逐步成為著名的作家，可謂不乏其人！

茅盾還樂於為書店或出版社做編輯加工的工作。解放前夕，三聯書店約秦牧寫了《世界文學欣賞初步》一書，此書解放後出版。書店組稿者曾把該書初稿送請茅盾審閱，他像編輯同志對待書稿一樣，細心閱讀，並動筆修飾，同時還補充了一些該提及而沒有談到的材料。秦牧看過修改稿後，十分感動。〔註12〕茅盾為出版社作編輯加工的，並不限於《世界文學欣賞初步》一書，他暗中幫助許多作者看稿、改稿、提意見，做了很多編輯加工的工作。

茅盾不僅善於為出版社作具體的編輯工作，而且也樂於做編輯的顧問、參謀。一九七九年年底，茅盾已是八十三歲高齡的老人了，還為人民文學出

〔註10〕茅盾：《關於編輯〈中國的一日〉的經過》，原題《編輯的經過》，收入《中國的一日》，生活書店，1936年9月出版。
〔註11〕陳白塵：《中國作家的導師》，《青春》1981年第5期。
〔註12〕秦牧：《中國文學巨星的殞落》，《羊城晚報》1981年4月2日。

版社做了參謀的工作。那時有青年作者馮驥才的《鋪花的歧路》、竹林的《生活的路》等三部作品，大膽地揭露「文化大革命」中駭人聽聞的摧殘人心的罪行。可是對這些問題的看法文學界還存在著分歧，怎麼辦？人民文學出版社請教了茅盾，他看了有關材料，毫不含糊地肯定了那幾位青年作者的創作傾向，並對《鋪花的歧路》的構思，特別是結尾部分提出頗有見地的修改建議。茅盾的意見，堅定了人民文學出版社對出版那三部作品的信心，也為作者指出修改的路向。正如韋君宜所說的，茅盾「對於青年作者的這種思想解放的探討，表示了明確的支持，這使我們大家都受到很大鼓舞。」〔註13〕《鋪花的歧路》等書出版後引起了激烈的反響，證明了茅盾對它們的支持是完全正確的。茅盾這種熱心為出版社當顧問、參謀的事例還多著啦！據我所知道，不少書稿經茅盾閱過認可，而當出版社徵求他的意見時，他總是給予支持。

茅盾這樣一位大作家，如此熱情地為出版社做出了大量的不分巨細的編輯工作，實在是不可多得！

為發展新文學事業，茅盾熱心推薦、介紹及親自編選文學新作出版，然而他對自己作品的印行，卻是非常嚴格的。

茅盾一生發表的文字約一千多萬字，而正式作為書籍出版的大約只有一半多些，解放後編入《茅盾文集》十卷本僅有三百多萬字。從研究工作的角度來說，僅僅藉助已出版的茅盾作品，遠遠不夠。為此，七十年代末，我曾編印了《茅盾文集集外集》數集，寄給茅盾並希望得到他的支持，以便繼續匯編下去，力求其全。沒有想到，他卻囑陳小曼寫信轉告我說，《茅盾文集》十卷本以外的文章不值得編輯成集，不要再編集外集了，如因教學需要，可適當選編集外文章，作為內部參考。從這些簡單的敘述裏可以看出茅盾的謙遜的美德和嚴謹的學風！

茅盾生前不願印行他已發表的全部文字，更不樂意出版他已寫出的未發表的文稿。據悉，他寫下大量的日記，選注不少古典文學的作品、創作未完稿長篇，還寫了許多詩詞、散文、評論文字等，這些文字很少為別人所知道，即使被人了解到，要求給予發表，他總是不輕易拿出來。五十年代末中國青年報得知他寫了一部以工商業改造為題材的長篇，希望他選出部分章節先行發表，他婉言謝絕說，待寫畢並修改後才來考慮是否發表問題。

〔註13〕韋君宜：《敬悼茅盾先生》，《文匯月刊》1981年第5期。

　　茅盾從來不是把自己的創作當成名山的事業，而是把它作為革命事業的一個組成部分。他認為創作不應「只看到眼前的效果而忘記了長遠的利益」〔註14〕基於這類思想，茅盾總是認真地審核自己的作品質量。他在三十年代中期發表的中篇《少年印刷工》，在當時是頗有影響的。茅盾認為該書在藝術上還有缺陷，如結尾生硬等。對此，他「極不滿意，故不印單本，亦未收入別的集子裏」〔註15〕。六十年代初有人建議將此書印行，他說「不必浪費人力物力」，不同意印出。〔註16〕中篇《走上崗位》抗日期間在《文藝先鋒》雜誌上發表之後，一九四五年六月二十三日重慶《新華日報》登載《茅盾先生著譯目錄》中曾提及此書將由黃河出版社出版，但終未見印出。這個中篇在當時刊出後是有一定影響的，藍海（田仲濟）撰寫的《抗戰文藝史》曾以此書的發表作為抗戰後期長篇小說繁榮的例子來援引。我曾通過韋韜請問茅盾為什麼《走上崗位》不再印出，他說茅盾對此書很不滿意，不打算再印，只選取其中第五、六章匯入《鍛煉》一書。不難看出茅盾十分重視作品的思想與藝術的統一性，作品的眼前效果與長遠作用的一致性，在他看來，凡是只有一時作用而又缺乏藝術性的作品，他都不願意印出來。

　　不過，茅盾也出版一些他不滿意的作品，那是他把它們「當作自己成長的過程之一階段來看」的〔註17〕，不過對這些作品，他都作了自我批評。例如《三人行》，他的「主觀企圖雖然想用兩個否定人物來陪襯一個肯定的正面人物，而結果三個人都不是有血有肉的活人」。他說自己從《三人行》的失敗教訓中，初步體會到「徒有革命的立場而缺乏鬥爭的生活，不能有成功的作品」。〔註18〕《三人行》作為茅盾創作成長過程的重要階段的代表作來看，作為我國革命文學發展歷程中曲折階段的代表作來看，都是很有意義的。

　　然而，即使茅盾認為自己用過一番心思進行創作的作品，他也毫不掩飾其中的疏漏、不足之處。例如《子夜》中的工人、革命工作者形象不夠鮮明、清晰，結構也有「半肢癱瘓」的毛病等，茅盾多次說及這些毛病，並表示深以為憾！又如《林家鋪子》等優秀的短篇，他也感到存在著有點「像壓縮了

〔註14〕茅盾致馬爾茲信，《光明日報》1981 年 6 月 16 日。
〔註15〕參閱魏紹昌為《少年印刷工》寫的跋，該書已由少年兒童出版社 1982 年 4 月出版。
〔註16〕同上註。
〔註17〕茅盾：《〈宿莽〉弁言》，大江書鋪，1931 年 5 月出版。
〔註18〕《〈茅盾選集〉自序》，開明書店，1952 年 4 月出版。

的中篇」的弱點，他希望自己能寫出「像樣些短篇小說來」〔註19〕。

　　茅盾在重印舊作時，總是堅持嚴謹的科學態度和實事求是精神，據我所知，解放後重印的《蝕》，雖然作了不少改動，然而全都是在語言文字上的潤色，並未從內容上作重大的修改。文化藝術出版社在付印他的《茅盾文藝評論集》時，編輯部認為有的文章，根據時間的推移，應作些改動，曾向他提出建議。他同意對舊作某些文字作必要的更動，唯對學術觀點的問題，不作修改〔註20〕，他說：「為了存真，不作改動」。百花文藝出版社曾將他的舊作《漢譯西洋文學名著》和《世界文學名著講話》合為一集，題為《世界文學名著雜談》印行。該書出版前，編輯建議他刪去《漢譯西洋文學名著》中各篇後面一段介紹中譯本的文字，茅盾沒有採納編輯的意見，他認為一則保存史料，二則證明名著可以有二種譯本。他覺得當年那種復譯的方法，可供當今翻譯界的參考。〔註21〕

　　從茅盾認真對待自己的作品的印行及重印的事情中，可以看出他的嚴於律己、謙虛謹慎的高貴品格，表現了一個偉大的作家的靈魂！

　　茅盾為著中國人民的文學出版事業的發展，傾注了多少珍貴的心血呀！人們將會時時記起他，並從他那裏承受寶貴的精神遺產，進一步開創文學出版工作的新局面！

〔註19〕茅盾：《〈春蠶〉跋》，開明書店 1933 年 5 月出版。
〔註20〕楊愛倫：《無法償還的心願》，《光明日報》1981 年 7 月 19 日。
〔註21〕《世界文學名著雜談‧序》，（天津）百花文藝出版社，1982 年 8 月。

茅盾與中國現代作家

　　茅盾以其創作、文論和外國文學的評介的巨大成就，廣泛地影響著我國的現代作家，同時他也從現代作家中吸取精華，化爲自己的血肉，從而表現出偉大作家的博取精神和創造威力。

　　茅盾一生創作了《蝕》、《虹》、《子夜》、《春蠶》、《林家鋪子》、《霜葉紅似二月花》、《清明前後》、《鍛煉》等大量傑出的文學作品，這些作品哺育了大批現代、當代的文學家，成爲他們不可缺少的思想養料和文學食糧。

　　一些作家當他們還是尋求革命的文學青年時，茅盾的作品成爲他們思想上的啓蒙導師。陳沂說，年輕時代他讀到《蝕》，儘管當時有人寫了評論文章非難它，然而他及和他類似的尋求前途和出路的青年，卻從中得到了啓示，都認爲只有動搖、追求、幻滅是不能解決出路的。所以他說：「茅盾的作品（指《蝕》）在我們這些青年身上起了激勵、鞭策和推進的作用」〔註 1〕。關沫南說，茅盾「描寫五四以來知識分子形象的中篇《虹》」，「使我們在探索、覺醒和前進道路上受過鼓舞。」〔註2〕韋君宜回憶當年讀茅盾作品的感受時說：「我讀過《蝕》、《虹》、《三人行》、《子夜》、《春蠶》……這些作品對於引導我走上革命道路起了重大作用。」〔註3〕可見，許多文學青年走上革命文學家的道路，是同受到茅盾作品的薰陶分不開的。

〔註 1〕 陳沂：《一代文章萬代傳》，《文匯報》1981 年 4 月 3 日。
〔註 2〕 關沫南：《悼念茅盾》，《黑龍江日報》1981 年 3 月 31 日。
〔註 3〕 韋君宜：《敬悼茅盾先生》，《文匯月刊》1981 年第 5 期。

　　茅盾的作品又是培育作家的形象化教材，許多青年作家從中吸取認識舊中國社會的眞實面貌的能力。《子夜》出版後，上海、東京等許多國內外左聯組織都有青年作者參加讀書會或討論會。杜埃追述當年《子夜》出版情況時說道，那時他們都是憑著一股熱情參加革命，而對於革命的性質、任務等還缺乏應有的認識，當時左聯組織他們參加地下讀書會，討論《子夜》，受益不淺。他說：「通過小說中的吳蓀甫形象（這個資產階級人物終於買辦化），認識到中國的資產階級是不能成爲中國革命的領導階級的，革命領導權應該掌握在共產黨手中，中國的社會性質依然是半封建半殖民地的性質，革命任務是反帝反封建。」杜埃還說：「通過學習，明確了中國革命的一些根本問題」，這對於他們當時「是十分重要的一課」〔註4〕。

　　老一代的不少作家從茅盾創作中接受革命思想，新一代的許多作家也從他的作品吸取精神力量。白族作家曉雪說：「從洱海邊走向革命的許多文學青年，都曾從他的作品中受到過思想的啓迪。」他還說：「（《白楊禮贊》中）所塑造的『傲然挺立』、『堅強不屈』的白楊形象，那迴蕩激揚在作品中的愛國主義的崇高精神和熱烈情感，是那樣深刻地打動著我們每一個白族少年的心靈，使我們思潮澎湃，熱血沸騰。」〔註5〕

　　茅盾創作的魅力還在於指引許多作家走上革命文學之門。杜宣在十四、五歲以前讀的是《水滸》等舊小說，他說：「自從讀了茅盾了三部曲《幻滅》、《動搖》、《追求》後，吸引了我對新小說的極大興趣，以後我就走上學習新文學的道路了」〔註6〕。陳殘雲也說：「我從文學的道路走向革命，而跨向文學門檻的啓蒙老師，就是茅公。」他說當時「不知文學是怎麼一回事的時候」，「讀了茅公的短篇小說集《野薔薇》」，「書中《創造》裏的人物和故事，在我的腦海裏留下了難忘的印象」。從此，他「走進了新文學的大門」〔註7〕。王汶石說，茅盾的散文《霧》、《虹》、《雷雨前》「培育我心靈的文學素質，它吸引我進入文學」〔註8〕。

　　茅盾作品中的現實主義精神對於現代作家的創作有著很好的影響。吳奚如參加左聯後，曾受到蘇聯拉普派的影響，創作上出現過公式化、概念化的

〔註4〕杜埃：《臨歸凝睇，難忘蓓蕾》，《羊城晚報》1981年4月10日。
〔註5〕曉雪：《洱海的悼念》，《民族團結》1981年第5期。
〔註6〕杜宣：《雨瀟瀟》，《文學報》1981年4月2日。
〔註7〕陳殘雲：《摯誠的悼會》，《作品》1981年5月號。
〔註8〕王汶石：《哀悼茅盾導師》，《延河》1981年第6期。

弊病，一九三四年以後，才有所改變，寫出了《活搖活動》等為讀者矚目的短篇。他說，這同「茅盾同志的作品示範」分不開的，因為茅盾那種堅持寫真實、寫自己最熟悉的生活的創作態度和思想，對他很有影響〔註9〕。葉君健開始寫作有關中國農村故事時，茅盾作品就是他「從事『創作』的一種靈感的源泉」。他說，茅盾創作中「所堅持的嚴峻的現實主義」，「對中國社會生活的敏銳觀察力和分析能力，一直是我學習的標準」。〔註10〕

茅盾是以描寫民族資本家的生活與命運的作品聞名於文壇的，一些作家從他的有關作品中受到啟迪，且有成效。周而復說，在中國現代小說中給他影響最大的是茅盾的長篇小說，特別是三十年代在上海讀到的《子夜》，給他留下難忘的印象。〔註11〕我們從他創作的《上海的早晨》，很自然地聯想到它與《子夜》的血緣關係。宋霖（胡子嬰）的《灘》是一部描寫抗戰後期民族工業家生活的作品，它是在茅盾的指導下進行創作的，受到茅盾的啟示和影響也是明顯的。〔註12〕

茅盾的短篇名作如《春蠶》、《林家鋪子》等深受作家喜愛，並成為他們學習的榜樣。王汶石說，「老通寶、林老板的藝術典型」，「是我畢生學習和追求的目標」〔註13〕。馬烽讀了《春蠶》後，深有感觸地說：「我們的家鄉不種桑不養蠶，但『穀賤傷農』的悲慘遭遇，從小也曾見過。看了這篇作品以後我曾想，如果自己也有那麼兩下子，將來一定要寫老百姓的事情」〔註14〕。馬烽走上文學道路後，創作了不少反映農民生活的作品，其間不也是可以發現它們同《春蠶》等作品在精神實質、創作手法方面的聯繫嗎？

不少作家稱讚茅盾創作藝術的獨特性，且有意地擇取，化為自己的養分。吳強認為茅盾的作品具有「謹嚴、凝煉的特色」。他說：「我有心學習茅盾這種謹嚴的寫作態度和文風」〔註15〕，茹志鵑說：「我讀茅盾先生的《春蠶》……覺得一個數千言的短篇，竟能包含這樣多、這樣深的社會內容，這是我所羨慕，我想追求的。」〔註16〕碧野說：「對我的創作影響較大的作家是托爾斯泰

〔註 9〕 吳奚如：《悼念茅盾同志》，《新文學史料》1981 年第 3 期。
〔註10〕 葉君健：《「我的心向著你們」》，《人民文學》1981 年第 5 期。
〔註11〕 周而復：《永不殞落的巨星》，《光明日報》1981 年 4 月 12 日。
〔註12〕 胡子嬰：《回憶茅盾同志二三事》，《人民日報》1981 年 4 月 20 日。
〔註13〕 王汶石：《哀悼茅盾導師》。
〔註14〕 馬烽：《懷念茅盾同志》。《汾水》1981 年第 5 期。
〔註15〕 吳強：《悼念茅公》。《解放日報》1981 年 4 月 15 日。
〔註16〕 茹志鵑：《追求更高的境界》，《文匯報》1962 年 5 月 24 日。

和茅盾」。〔註17〕不難看出茅盾創作上那種恢宏博大而又謹嚴簡煉的藝術獨特性，已被一些作家所師法、繼承。

茅盾的名作以其深湛的社會思想、廣闊的歷史內容和高度的藝術技巧的完美融合，受到廣大作家的歡迎。他們不僅樂於學習，而且也樂於傳播，紛紛改編成電影。夏衍說：「從我學習寫作的時候開始，我就是茅盾同志作品的愛讀者，其中，我特別喜歡他的短篇小說。」〔註18〕一九三三年他曾經將《春蠶》改編成為電影劇本；解放後他又改編《林家舖子》。《腐蝕》出版後深受群眾及作家、藝術家的好評。為了擴大影響，佐臨、柯靈在解放戰爭期間計劃改編成為電影，因戰爭勝利迫在眉睫，沒能改成，解放後才如願以償。

茅盾作為新文學運動的開拓者之一、中國現代偉大作家，不僅以其傑出的文學創作薰陶不少現代作家，而且以其豐富的文學理論影響他們。

茅盾寫了大量的文學論文及文學論著哺育現代作家的成長。方紀說，茅盾那種「積極主張文學起到『激勵人心』『喚起民眾』的作用」的文學觀點，「指引我從一個文學寫作的青年走向文學的道路，使我的作品起到推動社會進步的作用」。〔註19〕茅盾著的《西洋文學》一書，概括論述西洋文學從原始人類最簡單的舞蹈發展到高爾基為代表的無產階級文學的歷史過程。王汶石早年讀完這部論著後，認為那是指明他「從事文學活動的正確的方向和道路」的。〔註20〕馬烽讀的「第一篇作家談創作經驗的文章，是茅盾的《創作的準備》這本小冊子」，他說，那本書是他「走上創作道路的引路書」〔註21〕。

應該特別提到的是，茅盾通過《小說月報》、《文學》、《文藝陣地》、《人民文學》等重要刊物，對五四以來的現代、當代作家的作品進行廣泛而又精闢的論述，在作家中產生了深遠的影響。

茅盾是最早而又準確地評論魯迅作品的人，為新文學沿著正確的方向前進鳴鑼開道，五四時期，他就高度地評論了《故鄉》、《風波》，當《阿Q正傳》受到不正確的評論時，他即給以反駁，指出它「實是一部傑作」〔註22〕。

〔註17〕 《作家自述──碧野》，《中國代文學研究叢刊》1979 年第 1 輯，北京出版社。

〔註18〕 夏衍：《〈林家舖子〉改編者言》，《電影創作》1959 年 3 月號。

〔註19〕 方紀：《深切的悼念》，《天津日報》1981 年 4 月 10 日。

〔註20〕 王汶石：《哀悼茅盾導師》。

〔註21〕 馬烽：《懷念茅盾同志》。

〔註22〕 茅盾在《小說月報》上答覆讀者的《通訊》，見該刊 1922 年 4 月號。

《吶喊》成書後，他即著文論述它在文學史上的地位。以後他又在《魯迅論》一文對《吶喊》、《徬徨》以及魯迅雜文的價值作了充分的論述。《故事新編》出版後，他就作出很有見地的評價，肯定它的歷史地位。他說：「同歷史事實為題材的文學作品，自五四以來，已有了新的發展。魯迅先生是這一方面的偉大的開拓者和成功者」〔註23〕。茅盾對魯迅作品的評論，已為不少作家、評論家和文學史家所讚賞、引用，並成為作家們推動創作的理論武器。

茅盾還對中國現代文學發展過程中產生過重大影響的作家作品進行了論述。例如評介了郭沫若、郁達夫、葉聖陶、丁玲、許地山、王統照、巴金、曹禺等及其作品，指出他們創作的特點及其在現代文學史上的地位和作用。這些評論文章對作家們發生了明顯的影響。

以評論葉聖陶的作品來說，葉聖陶在一九二一年一月號《小說月報》上發表了《母》一文，茅盾在其篇末加了按語，評論《母》和他在《新潮》上發表的《伊和他》，指出這兩篇作品都有「他的個性存在著」。〔註24〕茅盾這個按語給葉聖陶的鼓勵很大，他說當時「看了有點受寵若驚的感覺」。〔註25〕之後他又寫出《一課》，茅盾認為那是當時反映學生問題的同類作品的「『尖兒』，不可多得」〔註26〕，這一篇比起《母》等篇有了新的進步。後來他又創造出《倪煥之》的名篇。茅盾即寫出《讀〈倪煥之〉》〔註27〕一文，充分肯定它在現代文學史上的地位，指出它是五四以來第一部長篇將背景「安放在近十年（按即五四到第一次大革命）的歷史進程中的」，也是第一部長篇描寫「一個富有革命性的小資產階級知識分子」「由自由主義到集團主義」的。這些評論為《倪煥之》的歷史價值作了結論，給作家們在創作上很好的啟示。

丁玲是大革命失敗後開始創作而馳名文壇的，左聯時期，她已成為一位很有影響的作家。對此，茅盾以明快的筆力給丁玲有力的評論。他在《女作家丁玲》〔註28〕一文中明確論斷，她是左聯中「一個重要的而且最有希望的

〔註23〕 茅盾：《〈玄武門之變〉序》，宋雲彬《玄武門之變》，開明書店 1937 年 4 月出版。

〔註24〕 見《小說月報》第 12 卷第 1 號，1921 年 1 月 10 日。

〔註25〕 葉聖陶：《略談雁冰兄的文學工作》，《新華日報·副刊》1945 年 6 月 24 日。

〔註26〕 茅盾：《評四五六月的創作》，《小說月報》第 12 卷第 8 號，1921 年 8 月 10 日。

〔註27〕 見《文學週報》第 8 卷第 20 期，1929 年 5 月 12 日。

〔註28〕 見《文藝月報》第 1 卷第 2 期，1933 年 7 月。

作家」，丁玲當時及以後的創作都證實了茅盾對她的評價是非常正確的。丁玲說：「茅盾同志對我的獎勵和對我的文章的評價，至今爲許多研究工作者和評論家考證引用」。自然，丁玲也會「爲自己能有所進步而感謝他」。〔註 29〕曹禺是三十年代出現並成爲有名的戲劇家的，他在我國現代戲劇史上占有重要地位。茅盾在《渴望早早排演》〔註 30〕，《讀〈北京人〉》〔註 31〕及《關於歷史和歷史劇》〔註 32〕等篇中對曹禺的名作《雷雨》、《日出》、《蛻變》、《膽劍篇》等作了很有見地的評論。曹禺說，當年茅盾在《渴望早早排演》一文對《日出》的評論，「那是最懇切的鼓勵的」。茅盾對他的《膽劍篇》「還作過十分中肯的分析」。他說，茅盾的「眞摯的關心，使我感激」。〔註 33〕

　　爲了促使現代文學的發展，茅盾傾注了大量的心血，培養大批青年作家成長。從五四時期開始到粉碎「四人幫」之後的各個歷史階段，都有不少青年作者在他的影響與支持下走上文學道路，而後成爲著名的作家。五四期間，許杰已是個初露角頭的文學青年，他之所以「走上文學這條道路」，從茅盾「那裏得到的影響，是很大的」〔註 34〕。左聯時期，他爲發現和扶植青年作家寫了不少評論文章，如艾蕪、沙汀、吳組湘、臧克家、田間、草明、陳白塵、端木蕻良、周文等都得到他的獎掖。抗日戰爭到解放前，他著文推薦了張天翼、姚雪垠、碧野、于逢、易鞏、嚴文井、周鋼鳴、郁茹等一大批新進作家；他還爲解放區成長起來的新作家如趙樹理、馬烽、西戎、柯藍等的作品熱情鼓吹。解放後到「文化大革命」以前，他爲楊沫、茹志鵑、王願堅、杜鵬程、王汶石、瑪拉沁夫等新崛起的作家吶喊。粉碎「四人幫」後，他爲馮驥才、劉心武等文藝新秀助威。可以毫不誇張地說，中國現代、當代中一大批閃耀出光彩的作家，都得到過茅盾的扶植或支持而成長起來的。

　　茅盾熱情鼓勵作家，充分肯定其作品的成就，然而他不是無原則地捧場，而是實事求是的評論，決不迴避作品中存在的問題。沙汀是個受到茅盾好評的作家，不過他也指出他早期創作中存在著公式化、概念化的毛病，並提出克服的辦法，對此，沙汀非常感激，說：茅盾的評論，「使我有勇氣把寫作堅

〔註 29〕　丁玲：《悼念茅盾同志》，《人民文學》1981 年第 5 期。
〔註 30〕　見上海《大公報》《文藝副刊》第 276 期，1937 年 1 月 1 日。
〔註 31〕　見《戲劇春秋》第 2 卷第 1 期，1942 年 5 月 20 日。
〔註 32〕　作家出版社 1962 年 10 月出版。
〔註 33〕　曹禺：《「我的心向著你們」》，《中國青年報》1981 年 4 月 16 日。
〔註 34〕　許杰：《不可遺忘的紀念——悼茅盾同志》，《解放日報》1981 年 4 月 3 日。

持下去。」〔註35〕陽翰笙作的長篇《地泉》，邀請茅盾作序，他欣然命筆，指出《地泉》存在著「臉譜主義」和「方程式」的弱點，並說明這是「對於全體文壇的進向，也是一個教訓」。他還對創造成功的文學作品的條件和標準，發表了精闢的見解，陽翰笙對於茅盾的評論，十分重視，將他的文章放在卷首〔註36〕。

中國現代文學發展過程中，曾經出現過各種不同流派，正確地對待這些流派的作家及其作品，這是一個很重要的問題。在這方面茅盾作出了榜樣，以對待新月派的代表作家徐志摩來說，他認爲，《猛虎集》是徐志摩的「中堅作品」，最能代表詩人的思想和藝術傾向，他說，詩作「技巧上最爲圓熟」，然而「淡到幾乎沒有內容，而且這淡極了的內容也不外乎感傷的情緒」。他還指出這種感傷的情調是來自於盼望中的資產階級民主不能實現，而又害怕「革命」的影子。因之，他認爲是徐志摩是「布爾喬亞『開山』的同時又是『末代』的詩人」。這是非常明確地指出徐志摩是中國文壇上傑出的資產階級詩人的代表，並揭示其悲哀的命運。茅盾還指出徐志摩「這悲哀不是個人的」，它是資產階級文學已經發展到最後階段的必然產物。〔註37〕茅盾對於徐志摩的公允而又深刻的論斷，是深爲作家和評論家所稱讚的。茅盾關於鴛鴦蝴蝶派的作家的評論對於作家們也是很有影響的。爲了促使新文學運動發展，五四時期茅盾曾經對鴛鴦蝴蝶派作了批判，指出它是封建思想與買辦意識混合的產物。但他對具體作品作具體分析，不是一棍子打死。例如，張恨水的《啼笑姻緣》，他是肯定的，因爲內容是有暴露性，技巧也有長處。〔註38〕不少作家認爲茅盾同鴛鴦蝴蝶派的鬥爭，引導他們跟上新文學發展潮流，這是正確的。茅盾對於張恨水及其作品如《啼笑因緣》的看法，許多作家認爲是合乎實際的，張恨水也非常滿意。〔註39〕

茅盾譯介外國文學作品對培育現代文學家作用是不小的。傅鍾說，二十年代初，他們一群青年人在法國勤工儉學，讀到《小說月報》上茅盾撰寫的《海外文壇》裏有關法國文學家作品的介紹，以及他編寫歐洲大戰和文學的文章，深受教育。他說，那些譯介「提高了我們的思想，啓發了我們更加認

〔註35〕沙汀：《沉痛的悼念》，《光明日報》1981 年 4 月 3 日。
〔註36〕茅盾的序題爲：《〈地泉〉讀後感》，《地泉》湖風書局，1932 年 7 月出版。
〔註37〕茅盾：《徐志摩論》，《現代》第二卷第四期，1933 年 2 月。
〔註38〕柯藍：《茅盾同志對通俗文藝的關懷》，《中國通俗文藝》1981 年第 2 期及張恨水：《一段旅途的回憶》重慶《新華日報》1941 年 6 月 24 日。
〔註39〕張恨水：《一段旅途的回憶》。

識到革命文學的重要作用」〔註 40〕。黃源在青年時代很喜歡閱讀茅盾主編的《小說月報》，其中《俄國文學研究》、《被損害民族的文學號》打開了他的眼界，把他「引入世界現實主義文學的潮流」，〔註 41〕孫犁說，三十年代他在《譯文》上經常讀到茅盾的譯作，非常喜歡，他的譯文集《桃園》出版後，便買了一本〔註 42〕。這些說明茅盾的譯介工作對作家是很有幫助的。

茅盾的創作、理論和譯介，給予現代、當代作家的影響是巨大的、深遠的，因而受到了他們的好評。他從事文學活動以來直到逝世後，魯迅、郭沫若、瞿秋白、丁玲、馮雪峰、巴金、周揚、葉聖陶、曹禺、老舍等一大批作家都熱情讚頌，美稱他為「偉大作家」、「現代文學巨匠」、「偉大的革命文學家」、「中國作家的導師」等。

茅盾雖然以自己的創作、文論和譯介影響了廣大的現代、當代作家，但是他也很虛心向他們學習。他認為「凡同國同時代的作品，對於一個寫作者或多或少總有助益」，「都能夠給我們以啟迪」〔註 43〕。茅盾正是按照這種主張去實踐的，他從魯迅一直到青年作家的作品都是廣泛閱讀的，並從中得到借鑒。他說：「只有魯迅能從夾縫中直刺敵人要害，我雖極力想學他，奈認識、學力都大不如他，努力追隨，寫了些，亦只是可憐無補費精神而已。」〔註 44〕他創作的《虹》是在研究葉聖陶的《倪煥之》之後寫成的，其中可以看到他受到《倪煥之》的啟示。他不但向同輩作家請教，而且也向後輩作家學習。他的短篇《春天》中的華威先生，同張天翼的《華威先生》中的華威先生有著相似之處，不難看出茅盾受到張天翼的影響。

茅盾還善於從代代評論家中吸取理論批評中的有益成份。瞿秋白曾給他的《蝕》、《三人行》、《子夜》等以「正確的分析和批評」，他認為「幫助都很大」〔註 45〕。他在作協第二次會議時作的報告，起草後，經邵荃麟詳細修改才定稿。他說邵荃麟「類此的幫助，實在很多」〔註 46〕。錢杏邨曾批評《追

〔註 40〕傅鐘：《鮮紅的黨旗覆蓋在他身上》，《人民文學》1981 年第 5 期。

〔註 41〕黃源：《沉痛悼念導師雁冰同志》，《浙江日報》1981 年 4 月 7 日。

〔註 42〕孫犁：《大星隕落》，《新港》1981 年第 5 期。

〔註 43〕茅盾：《「愛讀的書」》，《茅盾文集》第十卷，人民文學出版社，1961 年 11 月出版。

〔註 44〕茅盾致沈楚信（1975 年 4 月 13 日），引自《紀念茅盾》陝西人民出版社，1981 年出版。

〔註 45〕茅盾：《瞿秋白在文學上的貢獻》，《人民日報》1949 年 6 月 18 日。

〔註 46〕茅盾：《沉痛哀悼邵荃麟同志》，《邵荃麟評論選集》（上冊），人民文學出版社，1981 年出版。

求》「所表現思想，也仍舊的不外乎悲哀與動搖」，茅盾承認這種「觀察是不錯的」〔註47〕，表示要克服作品中的消極情緒，他說：「悲觀頹喪的色彩，應該消滅了」〔註48〕。

茅盾與現代作家的密切關係，說明偉大作家的文學活動必定會廣泛地影響同時代及後代作家；同時偉大作家也會受到同時代作家的啟迪。這兩者的匯合，有力地促成了文學的演進！

〔註47〕茅盾：《讀〈倪煥之〉》。
〔註48〕茅盾：《從牯嶺到東京》，《小說月報》第 19 卷第 10 號，1928 年 10 月 10 日。

茅盾作品在國外

　　我國現代文學偉大作家茅盾，他的作品包括創作和評論，在世界上有著廣泛的影響，享有很高的聲譽。

　　茅盾的作品在國外被譯成英、俄、法、日等二十多個國家的文字，其中譯本最多的是長篇《子夜》、《腐蝕》、《虹》、《霜葉紅似二月花》，中篇結集《蝕》，短篇《林家鋪子》、農村三部曲《春蠶》、《秋收》、《殘冬》等。

　　以俄文翻譯來說，一九三四年《國際文學》第三、四合期刊登《春蠶》，一九三四年《青年近衛軍》第四期選載《子夜》一部分題爲《罷工之前》，一九三六年在哈爾科夫出版的文選《中國》上刊《子夜》中的一部分叫《暴動》，一九三七年國家文學出版社出版《子夜》全書。一九三五年國家文學出版社出版《動搖》譯本。一九四四年《中國小說》刊載《林家鋪子》。解放後出版了《茅盾作品集》（三卷本）內收《動搖》、《虹》、《子夜》及短篇、論文等。據一九五五年統計，蘇聯以十種文字翻譯茅盾的作品，共印二十次，總印數爲七十萬三千冊。〔註1〕

　　英譯方面，據了解，《虹》出版後美國某大書局即列入東亞文學叢書〔註2〕。一九三二年六月出版的《中國論壇》發表了英譯的短篇《喜劇》，譯者奧爾基・愛・肯尼迪。一九三四年美國友人伊羅生譯的《草鞋腳》一書收入短篇《春蠶》、《大澤鄉》，此書一九七四年才在美國出版。一九三六年美國友人埃德加・斯諾於英國倫敦喬治・G・哈拉普公司出版了《活的中國》（副標題《現代中國短篇小說選》）中收入短篇《自殺》、《泥濘》。一九三六年美國友

〔註1〕　《蘇聯大量出版中國書籍》，《光明日報》1959 年 11 月 10 日。
〔註2〕　《文藝新聞》1931 年 6 月 15 日，據《紐約時報》消息。

人史沫特萊找人把《子夜》譯成英文，由她潤色，並請魯迅寫序，魯迅叫胡風搜集了材料，後未寫成。這個《子夜》英譯本原想在美國出版，因抗戰爆發，未能出成。不過《子夜》早已有英譯的片斷，如一九三五年《國際文學》第五期刊載《子夜》的部分章節就是從英文轉譯的。一九五二年十月翻譯、一九五三年在印度德里出版了英譯的《林家鋪子》。

茅盾的作品的日文翻譯由來已久，舉出概要來說，一九三六年出版小田嶽夫譯的《動搖》、《追求》，一九七三——一九七五年古谷久美子譯的《蝕》的全部，刊於《伊啞》雜誌第一至五期；一九三七年發表了山上正義譯的短篇《水藻行》；一九三八年出版小田嶽夫譯的《秋收》、《大澤鄉》；一九四○年出版了武田泰淳譯的長篇《虹》及曹欽源譯的《春蠶》、《小巫》；一九四一年出版短篇《微波》；一九四六年出版了柳澤三郎譯的短篇《煙雲》；一九五一年出版了尾坂德司譯的《子夜》；一九五四年出版了小川環樹譯的《脫險雜記》；一九五四年出版了小野忍譯的長篇《腐蝕》；一九五五年出版的尾坂德司譯的《林家鋪子》；一九五八年出版了奧野信太郎譯的《霜葉紅似二月花》；一九五八年出版加藤平八翻譯的《夜讀偶記》；一九六二年出版了散文集《見聞雜記》。以上有些譯作是多種譯本的，如《子夜》、《春蠶》、《林家鋪子》、《脫險雜記》等。此外日本還譯了茅盾許多論文。日本是翻譯出版茅盾作品（創作及文藝理論）最多的國家之一。

捷克也是非常重視翻譯茅盾作品的，如一九五○年出版了普實克戰後翻譯的《子夜》，一九五三年出版《茅盾選集》，一九五九年出版了吳和譯的《腐蝕》，一九六一年出版了《林家鋪子及其他短篇小說集》一書，內收《春蠶》、《秋收》、《殘冬》、《小巫》、《林家鋪子》、《泥濘》、《喜劇》、《自殺》、《兒子開會去了》、《第一個半天的工作》、《微波》、《水藻行》、《某一天》、《報施》、《驚蟄》、《大澤鄉》。

茅盾作品的德譯本，有一九三八年德國德累斯頓市威廉·海恩出版的弗朗茨·庫恩譯的《子夜》，後由英格里德和漢學家沃爾夫岡、顧彬校正，於一九七九年重版，此外還譯出了長篇《虹》，短篇《林家鋪子》、《春蠶》、《小巫》等。

茅盾作品從二十世紀五十年代起譯成了許多國家文字，例如法國譯了《虹》等作品，羅馬尼亞譯了《林家鋪子》（一九六一年出版），蒙古譯了《子夜》（一九五七年出版）。越南譯了《子夜》及《春蠶》（一九五八年出

版），匈牙利譯了《子夜》（一九五五年出版）、《春蠶集》（一九五八年出版），保加利亞譯了《子夜》、《茅盾選集》（一九五九年出版），印尼譯了《子夜》（刊於《共和國雜誌》）、《春蠶》（選入《中國小說選》），波蘭譯了《子夜》（一九五六年出版），阿爾巴尼亞譯了《春蠶》、《子夜》（一九五七年出版），朝鮮譯了《子夜》（一九六〇年出版），丹麥譯了短篇《小巫》（收入《中國短篇小說選》），芬蘭譯了短篇《秋收》（收入《中國小說選》，一九五八年出版），泰國譯了《春蠶》、《秋收》、《殘冬》、《林家鋪子》，新西蘭譯了短篇《牯嶺之秋》。此外還有巴基斯坦、荷蘭、瑞典、挪威、冰島等都譯了茅盾的作品。

　　解放後我國外文出版社用英文、法文和印地文翻譯並出版過《子夜》，還用英文、法文、西班牙文翻譯出版過《春蠶集》。

　　茅盾的作品譯成外國文字後，立即引起國際上的好評。蘇聯偉大作家高爾基讀過俄譯《動搖》及《子夜》部分之後，「很稱道」〔註 3〕。美國友人斯諾在《〈活的中國〉編者序》一文指出，茅盾「是中國最知名的長篇小說家」，他的《春蠶》是一篇「傑作」。

　　從二十世紀五十年代起茅盾的作品廣泛地受到許多國家的作家、文學評論家和研究者的稱讚。蘇聯著名的作家法捷耶夫說：「我們國內前進的人們以極大的興趣讀過茅盾的作品《動搖》和《子夜》，至於在我們雜誌上所登載的他的短篇小說和論文，我們喜愛更不必說了」〔註4〕。日本知名文學評論家藏原惟人說，茅盾的作品，「早為我國讀者熟知，評價很高」〔註 5〕。日本著名文藝評論家中島健藏也說：「茅盾的《子夜》、《腐蝕》和《霜葉紅似二月花》，都是在戰後翻譯出版而被廣泛閱讀的」〔註6〕。日本學者非常重視研究並充分評價茅盾的創作及文學評論。山田富夫在《論〈子夜〉》一文中指出：「《子夜》是現代中國作家茅盾最享盛名的著作，可以說是第一部成功的描寫中國現代社會的小說，因此它在中國文學史上占有重要地位」〔註7〕。東京都立大學教授、中國文學研究者松井博光撰寫了《黎明時期的文學——中國現實主義作

〔註 3〕轉引趙景深：《文壇舊憶》一書，（上海）北新書店 1948 年 4 月初版，此書談及高爾基對於茅盾的《動搖》《子夜》「很稱道」。
〔註 4〕法捷耶夫：《在中蘇友好協會總會大會上的講話》，《文藝報》第 1 卷第 2 期。
〔註 5〕藏原惟人：《中國文學的期望》，《文藝報》1959 年第 18 期。
〔註 6〕中島健藏：《中國現代文學在日本》，《世界文學》1959 年 9 月號。
〔註 7〕見日本京都大學出版的《中國文學報》第九冊（1958 年 10 月）。

家：茅盾》一書，這是日本第一本系統介紹茅盾文學道路的專著。捷克著名的漢學家普實克談及他們「很重視對茅盾的著作的研究」。如研討茅盾早期的小說，特別是《蝕》，還有茅盾的短篇小說〔註 8〕。德國漢學家顧彬博士認為《子夜》是「中國現代第一部偉大的作品」〔註 9〕。美國進步作家馬爾茲讀了《春蠶》英譯本後，「對茅盾的天才深表欽佩」〔註 10〕。美國友人伊羅生在《草鞋腳・序言》一文中說到，茅盾是魯迅的「青年朋友和同行則當時被公認為繼魯迅之後最重要的作家」〔註 11〕。近年來美國學者逐步注意研究茅盾的創作，如喬治・伯寧豪森的《茅盾早期小說中的主要矛盾》〔註 12〕一文評述了中長篇《蝕》、《虹》以及短篇《創造》等作品，指出茅盾的作品富有時代性的特點。

茅盾的作品不但受到國外不少作家、評論家、研究者的重視，而且也在讀者中廣為傳布。拉丁美洲各國的書店裏可以看到出售茅盾的作品如《子夜》〔註 13〕；茅盾的著作在二十世紀五十年代的蘇聯讀者中是深受歡迎的，莫斯科書店店員說：「茅盾的作品銷售得非常快，我們的書店不得不向中國補訂」〔註 14〕。越南八月革命以前崑崙島、山夢牢保等大集中營裏的政治犯手中秘密傳閱過茅盾的短篇創作〔註 15〕。茅盾的作品在美國也擁有不少的讀者，有的還寫信給他，他在逝世前四十天親筆給美國一位讀者回信。〔註 16〕

茅盾作品之所以受到國際上的好評，同他的作品思想的深刻性分不開的。荷蘭《圖書評論》雜誌評論員別布・弗伊克指出茅盾的創作「在暴露資本主義社會的缺陷與描寫勞動人民的苦難方面具有特別的力量」〔註 17〕。有

〔註 8〕 普實克：《中國現代文學在日本》，《世界文學》1959 年 9 月號。

〔註 9〕 引自《〈子夜〉德文版在西德重版發行》，《世界文學》1979 年 5 月號。

〔註 10〕 沙博理：《關於茅盾與馬爾茲的交往》，《光明日報》1981 年 6 月 16 日。

〔註 11〕 引自《魯迅茅盾選編〈草鞋腳〉的有關資料》，《魯迅研究資料》（6），天津人民出版社，1980 年 10 月出版。

〔註 12〕 引自《五四時代的現代中國文學》一書。梅爾・古德曼編，美國哈佛大學出版社出版。

〔註 13〕 周而復：《中國和拉丁美洲文學之交》，《世界文學》1960 年 6 月號。

〔註 14〕 哈里東諾夫：《中國圖書在莫斯科・書店售貨員記事》，《蘇中友好》1959 年第 37 期。

〔註 15〕 《越南人民熱愛中國文學作品》，《世界文學》1959 年 9 月號。

〔註 16〕 《茅盾先生遺札》，《茅盾致美國讀者胡叔仁信》，香港《大公報》1981 年 4 月 15 日。

〔註 17〕 據《世界文學》1961 年 11 月號。

的批評家還結合茅盾名作進行評論，如泰國《沙炎叻評論周刊》登載巴拉差雅・康沙木評論《春蠶》、《秋收》、《殘冬》和《林家鋪子》文章時談到，這四篇小說「反映了在帝國主義和封建主義的壓榨下，中國農村經濟崩潰的景象」〔註18〕。蘇聯科學院語文學博士索羅金比較系統和全面地論述了茅盾創作思想的特色，他說：「茅盾自己的文學作品，從一九二五年——一九二七年大革命失敗後不久的《蝕》三部曲，到一四八年人民解放鬥爭勝利前夜寫下的《鍛煉》，就是這種現實主義文學的典範，中國作家中大概沒有人描繪出中國歷史上這大變動的幾十年間國家生活的如此遼闊多彩的畫面，沒有人描繪出幾乎代表著社會生活各個方面的如此五光十色的人物畫廊」〔註19〕。

外國不少作家、評論家充分肯定茅盾作品在藝術上具有獨異的成就。蘇聯著名作家卡達耶夫說：「茅盾的風格的特點是極其樸實和細膩。情節展開得強健有力。人物的性格在行動中逐漸點出。事件一件緊接著一件。對話簡潔，沒有雕琢。人物的形象和作品的『氣氛』，不是用描寫造成的，而是事件活動造成的，這就是極其高明的成熟技巧的確切標誌。」他還認為《林家鋪子》以純粹的巴爾扎克般的技巧描繪出了林家所代表的階級的破產和滅亡的圖畫。〔註20〕法國評論界人士阿蘭・佩羅布指出：「茅盾在作品中所包含的創造力、文風和抒情的氣息，只有魯迅的作品可以媲美」。〔註21〕法國作家蘇珊娜・貝爾納說：「在《子夜》中茅盾文筆之純熟達到了令人目眩神移的程度」，「作家之高妙也正在於此：他既有登臨縱目，駕馭全局的氣勢，表現出一個階層的沒落，又善於察事物於毫末之端，將轉瞬即逝的分秒捕捉到手」。〔註22〕

茅盾以其作品思想與藝術的巨大獨創性而進入世界文學名人之林，那是為國際上許多作家、評論家及學術研究單位所承認的。日本出版的《世界文學辭典》把茅盾及其作品《蝕》、《子夜》、《霜葉紅似二月花》列為辭條，還把茅盾的作品收入《世界文學大系》；蘇聯的《大百科全書》有著茅盾的專門辭條；一九七四年英國的《東方文學大辭典》中有普實克為茅盾寫的條目，指出《蝕》、《子夜》、《腐蝕》是茅盾作品中最為成功的；法國評論家阿蘭・

〔註18〕 1980 年 11 月 30 日出版。
〔註19〕 索羅金：《紀念茅盾》，蘇聯《文學報》1981 年 4 月 8 日。
〔註20〕 均見《蘇聯報刊對我國文學作品的點滴評論》，《作家通訊》1955 年 4 月 5 日。
〔註21〕 阿蘭・佩羅布：《茅盾——希望和幻滅的描繪者》，法國《世界報》1981 年 4 月 24 日。
〔註22〕 蘇珊娜・貝爾納：《走訪茅盾》，《新文學史料》第三輯，1979 年 5 月。

佩羅布認爲「毫無疑問，他（指茅盾）是一個偉大的作家，現代中國最偉大的作家之一」〔註23〕；法國作家蘇姍娜・貝爾納稱頌茅盾是個「偉大的作家」，他「創建了自己宏篇巨著大廈，例如《子夜》」。她說：「我也在從事寫作，但筆觸所及的天地之狹小……」，「他（指茅盾）開擴了我的視野，使我放眼社會，把無際的世界和生活作爲馳騁的疆場，……好似撥開了陰霾，拉開了舞台的幕布一般。」〔註24〕蘇聯索羅金認爲：「茅盾的優秀作品是世界進步文化寶庫的有機組成部分」〔註25〕。新加坡《南洋商報》著文指出茅盾的逝世「是中國文壇和世界文壇的巨大損失」〔註26〕。

〔註23〕阿蘭・佩羅布：《茅盾——希望和幻滅的描繪者》，法國《世界報》1981 年 4 月 23 日。

〔註24〕蘇姍娜・貝爾納：《回憶茅盾》，《人民日報》1981 年 4 月 25 日。

〔註25〕索羅金：《紀念茅盾》。

〔註26〕史風：《文壇巨匠茅盾逝世》，新加坡《南洋商報》，1981 年 4 月 8 日。

蘇雪林的《關於茅盾》片談

　　茅盾逝世後不久，爲了深入開展學習和研究茅盾，幾位研究茅盾的朋友發起籌組全國茅盾研究學會，是時他們希望我從已編出的國內外研究茅盾論文數集中，選出一部分有代表性的文章集成一冊，爭取公開出版，以供研究茅盾的同行參考。由於篇幅限制，國內部分所選只限於解放前發表的文章，這樣不少該入選的只好割愛了，其中久居台灣的老作家蘇雪林的《關於茅盾》一文即是這樣，此文儘管有的觀點並不敢苟同，然而也不乏己見，因之值得略加介紹，以饗讀者。

　　茅盾的作品具有強烈的時代性，這是歷來許多作家和學者所肯定的，儘管他們對於文學的時代性的理解並不一致，然而把反映舊時代的黑暗作爲時代性的重要依據卻是共同的看法。蘇雪林的文章也是如此主張，她認爲舊時代「中國人民的痛苦已經超過人類所能忍受的程度」，作家要「代爲聲訴與呼籲」。因之她推崇茅盾的作品表現「現代中國的危機，和整個民族的痛苦」，具有鮮明的時代特色。她說，「《虹》是以梅女士爲主人公，以從五四到五卅的歷史時期爲背景，寫出一般青年思想變遷的階段」；她還說《蝕》描述第一次大革命的情景；《春蠶》、《秋收》、《林家鋪子》等作品，在她看來是描寫三十年代「農村破產」、「城市商業蕭條的情況」，《子夜》則是寫當年「帝國主義的侵略」，這些作品洋溢著時代氣息，已是膾炙人口的。

　　茅盾不少作品不僅反映時代生活，而且具有推進時代的作用，這是同他的文學主張相一致的。蘇雪林在文章中說過：「茅盾說文學具有推進新時代輪子的力量，我們相對的可以承認。」不過，對於推進時代的力量的看法，蘇雪林和茅盾是不同的，她認爲「茅盾個人的所抱主義」，「不適合於中國，有

甚大的謬誤」。事實上茅盾「所抱主義」是「適合於中國」的。因為中國社會現實的發展已證實了共產黨和馬列主義是創造新時代不可缺少的力量。

蘇雪林對於茅盾的評論的矛盾在於，一方面肯定他的作品反映舊時代黑暗生活的價值，另方面又否定他所主張的推動時代的力量。她這種矛盾性的觀點也表現在對其他進步作家的評述上，她認為葉聖陶的《多收三五斗》、丁玲的《水》也如同《春蠶》、《林家鋪子》一樣「寫得深刻動人」，然而又指責這些作品對建立「理想政權」的追求。

我們從蘇雪林對茅盾等作家的評論中，不難看出處於台灣的一些作家面對社會發展的歷史事實，雖然，看到了舊中國的黑暗，然而由於受到台灣當局的箝制，以致對於理想的追求，陷於錯誤的泥沼！

偉大文學家的時代性作品總是同藝術的創新有機地結合一體的。茅盾的許多名著也是如此。蘇雪林在《〈阿Ｑ正傳〉及魯迅創作的藝術》一文中曾經指出魯迅與茅盾有創新的不同特色，她認為魯迅小說在吸收西歐文學技巧的同時，相當成功地運用中國古典小說技法，從而達到「化腐朽為神奇，用舊瓶裝新酒」的妙境，而茅盾的作品則是「取歐化文字加以一己天才的熔鑄，別成一種文體」。如果這是對茅盾二十年代末到三十年代中期作品的藝術評價而言，那麼無疑地是有一定道理的。茅盾作品汲取外國文學技法，其中特別注意師法西歐文學的長處，這同他具有廣博的世界文學的學識有著密切的關係。蘇雪林指出：「茅盾研究希臘及歐洲神話頗能精到，所以他也善作神話小說。」

藝術的創新往往能促成藝術風格的獨特性。在蘇雪林看來茅盾創作的藝術特色，同汲取外國文學而加以創造有密切關係的。她認為茅盾對於時代生活的反映，具有「繪聲繪影，形容盡致」的細描藝術風格。

茅盾作品的獨創藝術也表現在塑造典型人物方面。蘇雪林認為茅盾《春蠶》中的老通寶「寫得活龍活現，與魯迅阿Ｑ異曲同工」。這是很有見地的，然而她認為茅盾只塑造了一個老通寶的典型，這個說法未免失之偏激。《子夜》中的吳蓀甫、《虹》中的梅行素、《腐蝕》裏的趙惠明等都是著名的典型人物。

茅盾不但是個偉大的文學家，而且也是傑出的文學活動家。蘇雪林指出五四時期成立的文學研究會，以《小說月報》為機關報，「該會成為南方新文學界最有勢力的一個文藝團體」，她還正確地評價了茅盾在文學研究會中的作用，同時她對他「後來活躍文壇」作了肯定。

　　我們從《關於茅盾》一文中發現蘇雪林對茅盾在抗日戰爭以後的創作和活動，並沒有作過隻字的評述，或許同她對那些創作和活動的偏激看法有關，如果是這樣的話，那麼不能不說是個不足！

　　蘇雪林評述茅盾的一些見解，我們是不贊同的，其中有的是屬於學術探討的問題，有的顯然是她的政治偏見。儘管如此，我們認為她對茅盾創作不少看法是比較客觀的。她是個現代作家，寫過小說，對於茅盾的創作、活動是有所了解的，她又是個文學史家，熟悉文學發展的客觀實際，使她能夠比較清醒地認識茅盾創作的價值。

　　蘇雪林的《關於茅盾》一文發表於台灣《聯合報》一九八一年三月二十八日，那時正是茅盾逝世後第二天，不知出於偶合，還是有意為之，在客觀上給人的印象是對茅盾的悼念。她對茅盾的較為公允的評價，在受政治偏見支配的台灣文壇上實屬難能可貴。我們希望蘇雪林以及台灣的文學研究者拋棄政治偏見，與大陸研究者一起共同在學術上探索偉大作家茅盾的創作成就，從而共同繼承我國五四新文學的傳統，發揚並創造中華民族的新文化！

一九八四年春節

略說茅盾怎樣看待現代派

近年來文藝界關於如何看待現代派的問題爆發了一場激烈的爭論，這種爭論並非突然冒出來的，應該說，它是與現代派的形成與發展同時發生的，只是人們對現代派的看法，有著各自的觀點，儘管各有不同的出發點，然而不少人對於現代派的批評卻是共同的。早在現代派出現之後，茅盾就對它作過評介，他一生中對現代派問題的看法有過發展變化，不過也有其穩固的見解。我們略作介紹，或許對於當前有關現代派的討論不無助益。

茅盾認為現代派包括未來派、表現派、達達派和超現實派等形形色色資產階級文學流派，而象徵派則是這些五光十色的現代派諸家的始祖。

五四時期茅盾就對現代派作過介紹，他在《未來派文學之現勢》、《法國藝術的新運動》、《近代文學體系的研究》等文中，評介象徵派、未來派、表現派、達達派等現代派諸家出現的背景、特點及其興衰命運。他認為象徵派詩人「大都注意於言簡意遠」，〔註1〕指出未來派詩人「要從奇中見美」，格式「更奇」；〔註2〕肯定表現派注重詩的音節，批評不注意詩的意義。〔註3〕到了寫作《論無產階級藝術》一文時，他對象徵派、未來派的藝術形式的看法則是持否定態度，認為它們「一無所用」，未免失之偏頗。三十年代初期出版的

〔註1〕茅盾：《近代文學體系的研究》收入《中國文學變遷史》一書，上海新文化書店，1921年10月初版。

〔註2〕同上註。

〔註3〕茅盾：《德國「霧飆」詩人勃倫納的「絕對詩」》，《小說月報》第12卷第12號。

《西洋文學通論》〔註4〕一書可謂基本上運用馬列主義觀點對象徵派、未來派、表現派、達達派的理論和作品作了階級和歷史的分析，持論較全面。《夜讀偶記》〔註5〕比之《西洋文學通論》來說，對於現代派諸家的文學主張、創作方法、思想基礎等作了更為明晰的馬列主義闡述，然而也不能諱言，其中確有某些不妥之處，例如把現代派歸為反動文學等。

從《西洋文學通論》到《夜讀偶記》，茅盾對現代派文學的看法儘管有些差異，然而大致是一致的。

茅盾認為現代派諸家都是主張主觀是唯一的真實，文學是要表現所謂「內在真實」。他說作為現代派的始祖象徵派便是力主「作家所注重的，不是外界的事象，而是『超感覺』的境界」，〔註6〕未來派鼓吹描寫的事物是「許多感覺的反邏輯的綜合」，〔註7〕表現派「專置重於主觀的潑剌剌的精神，不肯為客觀的『實在』所束縛」，〔註8〕達達派主張「回復到原始的幼稚的衝動」，作品「只要給人印象，那就好了」。〔註9〕現代派諸家說法不一，然而他們都否定現實的客觀性，因之「反對描畫事物的外形」，他們的所謂「內在的真實」，實質上「只是在歪曲（極端歪曲）事物外形的方式下發洩了作者個人的幻想和幻覺」。〔註10〕

現代派諸家主張藝術表現方法必須獨創，不拘成規。藝術是應該創新的，然而現代派的所謂獨創並非促進文學藝術的發展。茅盾指出，現代派主張創新，都是在「反對陳舊的表現方法的幌子下，摒棄了藝術創作的優秀傳統」，〔註11〕未來派和表現派都「主張和過去割斷，一切從頭做起」，主張「文字自由」，「文法之類應當完全不管，應當杜撰新『字』，」〔註12〕達達派以「返回原始」為口號，否定一切，不但不要思想性，不要邏輯性，甚至連『為藝術而藝術』的口號也不要。他們唾棄一切傳統的藝術形式」。〔註13〕現代派諸家

〔註4〕 《西洋文學通論》，作者方璧，世界書局 1930 年 8 月出版。
〔註5〕 《夜讀偶記》。
〔註6〕 茅盾：《西洋文學通論》，作者方璧，世界書局 1930 年 8 月出版。
〔註7〕 同上註。
〔註8〕 同上註。
〔註9〕 同上註。
〔註10〕 《夜讀偶記》。
〔註11〕 同上註。
〔註12〕 同上註。
〔註13〕 同上註。

是在否定舊文學傳統,「反對『形式的貌似』的掩飾下,造作另一種形式主義」。〔註14〕

　　現代派還認為文學是為個人的,不為人們所懂得,因之文學是沒有目的性的。茅盾說象徵派詩人認為「詩是表現個人的興奮和情調」,「本不是人人所可了解」;〔註15〕未來派主張「嘈雜、混亂」乃是文藝的生命;〔註16〕表現派也說文藝應表現人的「意識內還藏有重要的自我」;〔註17〕達達派主張「無意義」。〔註18〕茅盾說現代派諸家的「新奇」作品確實「不是廣大人民而是少數的腦滿腸肥的有閒階級」所欣賞的。〔註19〕

　　現代派否認文學是客觀現實的反映,宣揚文學是表現個人「內在的真實」,這是超現實的文藝主張,如茅盾所說的事實上是提倡文學逃避現實,歪曲現實。

　　茅盾認為現代派的超現實的文學觀是同抽象的形式主義創作方法緊密聯繫的。現代派超現實文學觀要求表現絕對精神自由,主張「不要思想內容而全力追求形式」。〔註20〕然而他們的作品仍然表現出對生活、對現實的看法,他們所追求的藝術形式「越來越抽象,越來越怪誕」。〔註21〕現代派所提倡的正是抽象的形式主義的創作方法。

　　現代派中的未來派、達達派的不少作品是沒有內容的,堪稱沒有內容的抽象形式主義作品。茅盾說未來派的代表人物瑪里納蒂有一篇劇本,只在舞台的幕上露出二十次的姿勢不同的手掌,什麼都沒有,還有他的短劇《月夜》什麼內容都沒有,只是抽寫許多感覺,例如「對於未來的現實的恐怖,夜的冷與寂靜,二十年以後的生活的憧憬,等」;〔註22〕達達派的作品完全沒有內容,如劇本《Vous MDublierez》劇中人物是一件浴衣,一柄傘,和一座縫紉機,不知所云,又如詩作《基督的心》乃是沒有意義的組合成的。〔註 23〕這

〔註14〕 《夜讀偶記》。
〔註15〕 《西洋文學通論》。
〔註16〕 同上註。
〔註17〕 同上註。
〔註18〕 《西洋文學通論》。
〔註19〕 《夜讀偶記》。
〔註20〕 同上註。
〔註21〕 同上註。
〔註22〕 同上註。
〔註23〕 茅盾:《法國藝術的新運動》,《小說月報》第 13 卷第 6 號。

些沒有意思的東西組成的內容，反映著作者的「狂亂、無意識、胡鬧」〔註24〕的心理狀態。

茅盾還說現代派有一些作品是有內容的，然而內容晦澀幾等於無。如奧大利表現派的劇作家科科顯楷的劇作《殺人犯，女性的希望》，其中人物沒有姓名的，一男子一婦女，還有戰士們和女郎們。作者大概是想說明在現代文明戀愛結婚下，還潛伏著野蠻的性的買賣制度，可是表現得極為曖昧，所以茅盾認為這作品「等於沒有說了什麼東西」，科科顯楷另一劇作《火燒的林木》，茅盾說大概是「表現『愛』的神秘」，例如劇中男子說話時，舞台上用白光，女子說話時用紅光。這些同樣叫人猜不透劇中的意思。〔註25〕茅盾指出，這些晦澀的作品「大體是說了一些什麼的」，可以說也是資本主義社會下「混亂人心的產物」。〔註26〕

茅盾認為現代派文學的抽象的形式主義作品，除了那些沒有思想性的之外，還有一些雖然有一定的內容，然而並不是注重反映客觀的現實，而是強調表現內在的主觀精神，例如追求精神自由，個性解放，宣揚抽象的人性等。

現代派不少作品鼓吹資產階級人道主義與和平主義。對此，茅盾給予有力的揭露、批評。德國表現派劇作家哈森克萊凡爾劇作《人類》，敘述一個殺人犯將被殺的人頭裝在一個口袋，交給亞歷山大，自己走進墳裏，亞歷山大埋了那個殺人犯，便周遊各地，到處冒險，看見了許多罪惡，也救助了一些人，後來被控為殺人罪，並被送到瘋人院，終於也回到埋殺人犯的墳裏，並把那個口袋交給殺人犯，殺人犯說，「我愛看呀！」茅盾說，「這篇的命意是模糊的。」「也許是在說明我們人類實在都是有罪的，為洗滌這共有的罪人，人類互相擁抱於愛，便是必要」。茅盾又說，哈森克萊凡爾的又一劇作《安底古尼》除了名字和希臘傳說作為索福克里悲劇主人公之安底古尼相同外，全無同處，作品宣傳「『博愛』的人道主義及和平的世界主義」。德國另一表現派劇作家卡薩爾的劇作《卡蘭市民》，描述戰勝者的武力是渺小到沒有抵抗力的。茅盾說這種「聖哲風的和平主義」，「實在不是資產階級所怎樣討厭的。」〔註27〕

〔註24〕 《西洋文學通論》。
〔註25〕 同上註。
〔註26〕 同上註。
〔註27〕 同上註。

　　茅盾指出現代派抽象的形式主義作品中不管是沒有思想內容的，或者是表現某種主觀精神的，無不在追求形式出奇翻新，然而總掩蓋不了創作的共同特色，「只是追求絕對的個人精神自由，把現實世界描繪成爲荒唐、混亂的集合體」；藝術大多是曖昧、怪誕、陰暗、雜亂。

　　現代派的超現實的文藝主張和抽象的形式主義文學創作，是以其主觀唯心主義爲其共同的思想基礎的。茅盾說未來派和表現派的思想養料是「尼采、柏格森，再加弗洛伊德心理學說」，超現實派依據的哲學基礎是生存主義。這些形形色色的唯心主義都是以非理性爲突出特點的。茅盾又說，非理性論把直覺、本能、意志，無目的盲目力量，提到首要地位，否定理性和思維能力，鼓吹神秘的直覺能力對抗理性、邏輯和科學的認識。〔註28〕

　　茅盾提出現代派諸家出於同一唯心主義思想基礎，因而對待現實的態度是不可知論的，他們否認人類社會發展是有規律的，強調「精神自由」，否認歷史傳統，鄙視人民大眾，反對集體主義，他們成了唯我主義者。

　　現代派諸家的產生決非偶然，如茅盾所指出的，那是發端於第一次世界大戰之前，滋生於第一次世界大戰到第二次大戰歐洲大陸的資本主義國家。「因爲世界是變了，在支配者的資產階級而外，有被壓迫的無產階級運動起來了」〔註29〕對現狀不滿而對革命又害怕的小資產階級知識分子產生了絕望和狂亂的心情。現代派諸家便是在文學上反映資本主義制度下小資產階級知識分子憎惡而又畏葸現實的精神狀態的特點。〔註30〕

　　茅盾認爲，從文學發展史來說，現代派的出現也是有原因的。十九世紀末現實主義（包括自然主義）由於客觀地描寫現實生活，現代派先驅如象徵派便認爲「太平凡」了，主張藝術家應回到主觀的夢幻。現代派諸家承繼先驅們的主張，認爲作家應表現「內在的眞實」，才能更進一步地創造生活，然而他們卻懸空在『超現實』的境界裏，結果在神秘中創造生活，使文藝的感應的範圍縮小在自己派中的專門家中，卻失去了社會意義。〔註31〕

　　茅盾指出現代派諸家產生於資產階級沒落期，其作家和藝術家都是小資產階級知識分子，「他們一方面憎恨大資產階級，一方面卻又看不起人民大

〔註28〕　《夜讀偶記》。
〔註29〕　《西洋文學通論》。
〔註30〕　《夜讀偶記》。
〔註31〕　《西洋文學通論》。

眾；他們主觀上以爲他們的作品起了破壞資產階級的庸俗而腐朽的生活方式的作用，可是實際上，卻起了消解人民的革命意志的作用。」〔註32〕

茅盾對於現代派文學的階級性質及其矛盾性作了科學的分析，肯定在資本主義壓迫下的一大部分小資產階級知識分子「不滿資本主義的社會秩序」的方面，又著重嚴肅批評他們「不信賴人民的力量」，「追求精神自由和個性解放」的唯我主義的方面。這是對現代派思想傾向總的評價，當然現代派裏的各個流派的價值並不都是一樣的。大體說來，茅盾認爲，值得肯定的作品象徵派較多，表現派也有些，未來派少些，達達派、超現實派極少。從藝術上說，現代派的始祖象徵派雖然不要思想性，可是注重形式美，它的末代子孫未來派、表現派、達達派、超現實派等表現手法日漸「不近人情的怪誕」。不過，茅盾認爲未來派下過功夫探求文學的音樂效果，例如俄國未來派繼承了象徵派改革俄國韻律而達到成功；表現派也要探索文字表現現實的更深的意義，儘管有詭辯之說，但總算還是有一套說法；可是達達派連形式主義也不要，那是要不得的。

在正確對待現代派的問題上，茅盾指出必須把文藝觀同政治立場區別開來，他認爲提倡現代派文學「不利於勞動人民的解放運動，實際上是爲資產階級服務的」。〔註33〕不過他又說西方資本主義國家中有些現代派作家，卻是投身於革命鬥爭或支持進步事業的，我們決不能把他們的藝術傾向與政治立場混爲一談，應當在政治上找到共同語言，至於他們的傾向我們是不贊成的。

當然，現實鬥爭的發展也會促使現代派作家的分化。茅盾認爲，某些現代派作家由於對人民革命運動採取積極的態度，遲早總要走向革命文學的道路，如馬雅可夫斯基，就是從未來派走向無產階級文學派；當然也有些現代派作家成爲帝國主義的御用文人，例如墨索里尼的法西斯政權把未來派作爲官方文藝，希特勒的納粹政權保護表現派，在他們的卵翼下養育了一些現代派的作家。

不過，茅盾根據文學發展的規律，早在三十年代就明確指出，現代派文學由於「自身陷於更矛盾的病態」，因之，「將來的世界文壇多半是要由這個受難過的新面目的寫實主義來發皇光大」。〔註34〕事實證明茅盾的論斷是合乎

〔註32〕《夜讀偶記》。
〔註33〕同上註。
〔註34〕《西洋文學通論》。

文學的歷史發展的。「新面目的寫實主義」即社會主義現實主義或革命現實主義已在世界文壇產生強大的威力，儘管有人肆意加以否定，企圖以現代派代替社會主義現實主義或革命現實主義，然而畢竟是行不通的。

茅盾已經逝世三周年了，他的有關現代派的論述雖然有些不合時宜，然而就基本觀點來說，對於當前關於現代派的爭論還是有益的。

我們應該像茅盾那樣充分認清現代派的資產階級文學的性質，指明它是腐朽的垂死的資本主義制度下的產物，它「反映了沒落中資產階級的狂亂精神狀態和不敢面對現實的主觀心理」。〔註35〕

我們還應該像茅盾那樣對現代派作具體分析，肯定其中一些作品有揭露資本主義罪惡的價值，但必須著重批判現代派鼓吹的非理性、唯我主義、不可知論。象徵派、未來派等在技巧上有新的成就，應用正確觀點加以改造、吸取，以豐富社會主義文學創作，但對現代派不近人情的抽象、荒誕的表現手法則必須摒棄。

我們還應當像茅盾當年那樣認識到有關現代派的爭論，決不是什麼派流、手法之爭，而是堅持社會主義文學方向、道路問題。《夜讀偶記》寫作的年代，有人認為社會主義現實主義道路行不通，主張實行「現代派的創作方法」，「希望有一天，現實主義和現代派的一些特點會綜合成為一種新的創作方法」。茅盾明確指出那是不可能的，兩種不同創作方法、文學道路都聯繫著各自不同的世界觀，並受其指導，不同世界觀又有不同的思想方法，不同思想方法又有不同創作方法。因之，決不能將現代派與社會主義文學混為一談，那是大是大非的問題。今天不是有人主張走現代派的道路嗎？說什麼要建立所謂「馬克思主義的現代主義」，這同樣是文藝走什麼道路的原則爭論。我們應該像茅盾那樣堅持社會主義文學的方向，抵制現代派思潮，同時又要吸收現代派的新技巧，增強表現社會生活的藝術能力，讓我們的文學在正軌上不斷奔馳。

〔註35〕《夜讀偶記》。

茅盾小傳

「路不平坦，我們這一輩人本來誰也不會走過平坦的路，不過，摸索而
碰壁，跌倒又爬起，迂迴前進。」〔註1〕

茅盾的生活與創作的經歷充滿著曲折複雜的變化，他是在長期摸索中迂
迴前進的！

那是在中日甲午戰爭後二年的一八九六年七月四日，浙江桐鄉縣烏鎮誕
生了一個平常的孩子叫沈燕昌，以後，他取名德鴻，字雁冰，開始寫小說時
用茅盾作筆名。

茅盾家本是務農，後改為經商，後又做官，他誕生時，正是一個敗落的
紳縉家庭。他雖然未曾在農村住過，可是見過來家做工的農民以及「姑爺」，
他同他們的關係很密切，同時幼年每年清明上墳要到鄉下去走一趟，他童年
所接觸的農民和所見到的農村，對他後來的創作很有影響。

茅盾小時候讀過家塾，私塾，八歲那年進入烏鎮植材小學，他讀過《禮
記》、《古文觀止》等等，他雖然對古籍不感興趣，然而對他以後閱讀古書是
有用的。那時，對他最有吸引力的是一些「閑書」，例如中國的舊小說。他從
小學習好英語，為他以後閱讀英國文學作品和英譯的外國文學名著打下一定
的基礎。

茅盾先是進入浙江省立第三中學（在湖州），以後轉到浙江省立第二中學
（在嘉興），當時辛亥革命爆發，他在革命熱潮的影響下，滋長著反封建的民
主主義思想，積極投入宣傳民主革命的活動。後來他因和同學一道參加反對

〔註1〕 茅盾：《回顧》，《解放日報》1945 年 7 月 9 日。

二中舍監專制的鬥爭而被開除了，一九一三年春天轉入杭州私立安定中學。

一九一三年茅盾考取北京大學預科第一類，一九一六年預科畢業後，到了上海商務印書館編譯所擔任編譯。一九二〇年初主持過半革新的《小說月報》裏的《小說新潮欄》編輯工作，同年十一月擔任《小說月報》主編，由於該刊實行全部革新，引起盤踞該館的鴛鴦蝴蝶派文人的怨恨，也遭到商務印書館內守舊的實權派的反對，一九二三年他終於辭去《小說月報》主編職務，但他仍在商務印書館做編輯工作，一直到一九二五年底。

一九二〇年十月間茅盾參加了上海共產主義小組。籌備建黨時，陳獨秀曾讓他從英文把《蘇聯共產黨黨章》譯為中文，作為起草中共黨章的根據，黨成立以後，他即轉為黨員，擔任黨中央與各地黨組織的聯絡員。一九二三年到一九二五年先後參加了閘北區黨委、商務編譯所黨組織的領導工作，還領導了商務印書館大罷工的鬥爭，在五卅運動中負責宣傳工作。國共合作後，他與惲代英等奉中共中央之命在上海組織了左派國民黨的上海市黨部，一九二五年年底他和惲代英等四人作為國民黨上海市黨部代表，赴廣州參加國民黨第二次全國代表大會。

茅盾在商務印書館工作期間，參加革命活動，同時也從事文藝理論和翻譯工作。一九二〇年一月，茅盾發表第一篇文學論文，題為《現在文學家的責任是什麼？》，一九二二年七月又發表了《自然主義與中國現代小說》，竭力提倡為人生的文學，鼓吹現實主義，把文學與社會現實緊密地聯結在一起，主張文學必須表現下層人民，其中包括無產階級在內的城鄉勞動者的生活與鬥爭。一九二三年他發表了《「大轉變時期」何時來呢？》等論文，提出文藝必須為當時的反帝反封建革命鬥爭服務。一九二五年發表《論無產階級藝術》、《告有志研究文學者》及《文學者的新使命》等論文，表明他企圖運用馬克思主義觀點探索革命文學，與此同時，他熱情介紹與翻譯外國文學，如歐洲被壓迫民族的文學、俄羅斯文學和蘇聯文學。

一九二六年，毛澤東同志任國民黨中央宣傳部代理部長，茅盾擔任秘書，為時兩個月。這年秋天，北伐軍攻克武漢。翌年他擔任漢口《民國日報》主筆。一九二七年七月武漢國民黨政府主席汪精衛叛變，他離開漢口經牯嶺回上海。蔣介石在上海發動「四・一二」反革命政變時，他也是被通輯的一人，因此他到上海後，過著地下生活，開始以寫作為生。

《幻滅》、《動搖》、《追求》（以後結集題為《蝕》）三部中篇就是茅盾當

時在上海寫成的，這是他的處女作。作品所反映的社會生活是相互聯貫的，然而各自獨立，人物、情節並不銜接。它反映了第一次國內革命戰爭從勝利到失敗的部分歷史面貌，描摹大革命時期青年知識分子心靈的震幅。《幻滅》中的靜女士，是個「走進了革命」以後終於被現實鬥爭嚇跑的青年；《動搖》裏的方羅蘭，是個激烈鬥爭中搖擺不定的「革命者」；《追求》裏的章秋柳是個充滿矛盾的女性，她敢於蔑視新軍閥的黑暗統治，然而失去追求未來的信念，思想情緒極爲頹唐。小說的弱點是明顯的，如過多地描寫革命形勢中的黑暗面，對光明未來極爲茫然。作者雖有從廣闊背景中細致地描摹眾多人物和事件的變化的特點，然而浩大氣勢之中失之粗疏，細密描寫之中，微嫌純客觀。這是同作者當年社會思想和創作思想的矛盾中的消極因素有關，這部作品雖然有革命現實主義因素，然而批判現實主義占主導。儘管如此，它卻是現代文學中第一部反映第一次國內革命戰爭時期人事變幻的著名作品。

一九二八年秋天，茅盾避居日本，先住在東京，後遷住京都高原町。他起初創作的短篇集《野薔薇》及《宿莽》集中的散文等，作品的思想情緒和藝術手法，都同《蝕》相似。以後他認眞清理思想，總結創作經驗，創作了長篇《虹》、短篇《泥濘》等作品，標示著作者走上革命現實主義的道路。

《虹》以知識青年梅行素命運爲線索，描述了五四到五卅的社會生活，揭示知識青年只有走與革命鬥爭相結合的道路才有光明的前景。藝術上是成熟的，具有開闊而又精細相結合的特色。

在革命形勢的激勵下，在左翼文藝運動的影響下。一九三〇年四月茅盾回到了充滿火熱鬥爭的上海，隨後加入了左聯，他先是創作短篇歷史小說《大澤鄉》等及中篇小說《三人行》、《路》。短篇表現了秦漢北宋農民反抗封建的鬥爭精神，中篇反映三十年代國統區的生活及青年知識分子的命運。這些作品雖然有著鮮明的革命性，然而有的作品如《三人行》的藝術力量卻是薄弱的，有些概念化的毛病，這是作者在邁進新路後遇到的曲折。

一九三二年前後茅盾創作了長篇《子夜》、短篇小說農村三部曲《春蠶》、《秋收》、《殘冬》以及《林家鋪子》，還有散文《雷雨前》、《黃昏》、《沙灘上的腳迹》等名作。這些作品的問世，才確立了茅盾在中國現代文學史上的卓越的地位，顯示了他的革命現實主義創作的勝利。

《子夜》是一部劃時代的長篇小說。它的誕生，爲中國無產階級革命文學在長篇創作方面的發展起了開闢道路的作用，同時也表明了作者的創作已進入了成熟而又豐收的時期。

　　《子夜》以一九三〇年五、六月間半封建半殖民地的上海爲背景，展現了大革命失敗後到九·一八以前從城市到農村的廣闊社會面貌，揭示當時中國社會的主要矛盾，指出只有在黨的領導下，依靠工人、農民的革命主力，反帝反封建的民主革命才能取得勝利。作品塑造了吳蓀甫這個色屬內荏的民族資本家的典型，這是我國現代文學史上第一個成功塑造的民族資產階級的形象。以詭計多端爲特點的買辦資本家趙伯韜和以「才幹」聞名的資本家的鷹犬屠維岳都是很出色的典型人物。他們在中國現代文學史上都是少見的。

　　《子夜》善於置人物於各種矛盾衝突中，採用各種手法，如神情、動作、心理及環境等，細致地描寫性格的突出特點，長於安排宏偉而又曲折的布局，工於運用細密而又剛勁的藝術語言，從而構成了氣勢雄偉與精雕細刻渾然一體的藝術風格。

　　農村三部曲及《林家鋪子》可視爲《子夜》的補篇，它們從農村和小市鎮角度反映三十年代初期的社會生活，作品還塑造了老通寶、林老板的典型形象，藝術上以其規模宏大而又細針密縷著稱。這些短篇小說在中國現代文學短篇小說發展方面占有重要地位。正如朱自清所說：「我們現代小說，正應該如此取材，才有出路。」〔註2〕這個時期茅盾又創作了中篇《少年印刷工》、《多角關係》，還寫了大量散文，收入《話匣子》、《速寫與隨筆》、《茅盾散文集》及《印象·感想·回憶》等集子。這些作品連同長篇《子夜》，短篇集《春蠶》、《泡沫》、《煙雲集》組成了第二次國內革命戰爭時期社會生活的全景圖。

　　茅盾的創作取得巨大成就，同左聯倡導的革命文學運動的影響分不開的。他在黨的領導下，在文化革命主將魯迅的帶動下，爲無產階級文學的發展作出了積極的貢獻。他在左聯機關刊物《文學導報》上寫過《民族主義文藝的現形》等文，批駁國民黨喧鬧一時的民族文學，批評「論語派」。爲借鑒外國文學，發展革命文學，他和魯迅發起創辦《譯文》雜誌，還譯了《文憑》、《桃園》等書，一九三六年在「民族革命戰爭的大眾文學」和「國防文學」兩個口號論爭中，他先是贊助「國防文學」口號，後來同意和贊成「民族革命戰爭的大眾文學」的口號，認爲這兩個口號可以並存，爲推動革命文學運動沿著正確方向不斷前進而努力。

　　一九三七年，抗日戰爭爆發。上海陷落後，他到了漢口、廣州、香港等地。他主編過《文藝陣地》及香港小型報紙《立報》副刊《言林》，這段期間

〔註2〕　朱自清：《〈子夜〉》《文學季刊》第1卷第2期，1934年4月21日。

他創作長篇《第一階段的故事》、散文集《炮火的洗禮》，這些作品反映抗日最初階段的歷史面貌，揭露日本帝國主義者悍然進攻中國的罪行，剖析漢奸賣國賊的真面目，斥責國民黨政府的腐敗，指摘投機商的卑劣行徑，熱情宣傳抗日統一戰線，反映各階級、各階層人民的抗日熱情，指出只有中國共產黨才能領導神聖的抗日戰爭取得勝利；為適應人民大眾的要求，他在藝術上追求大眾化，力求形式通俗化，作品風格明快而又熾熱，這些表明了抗日初期茅盾在革命現實主義方面有了新的追求，新的進展！

一九三九年春天，茅盾到新疆學院任教，兼任新疆各族文化協會聯合會主席。一九四○年，新疆督辦兼省長盛世才日趨反動，同年四月尾他離開了新疆，經蘭州到西安，旋赴延安，約半年後到重慶。皖南事變後，黨號召文化界人士到香港辦刊物，他也到香港從事抗日文化工作，參加《大眾生活》的編委。日軍占領香港後，在東江游擊隊的幫助下，他和一、二千文化人離開了香港到達桂林，約住八、九個月，然後又赴重慶，直到抗日勝利。

從一九三九年到一九四五年，茅盾創作了長篇《腐蝕》、《霜葉紅似二月花》，中篇《走上崗位》，短篇小說集《委屈》、《耶穌之死》，散文《見聞雜記》、《時間的記錄》、《劫後拾遺》及劇本《清明前後》等，同他的抗日初期的作品比較來說，這些作品有許多特點：以題材論，那是非常廣闊的，既有歷史題材，如《霜葉紅似二月花》反映辛亥革命到五四前夕的社會面貌，又有現實題材，如《走上崗位》表現抗日初期人民抗日的高昂激情，《腐蝕》抨擊抗日相持階段國民黨的法西斯特務統治，《清明前後》反映抗日勝利前後社會生活的急劇變化，這些作品充分地反映國統區政治腐朽，經濟瀕潰，文化頹敗和人民窮困種種情景，揭露香港地區的日本侵略的暴行，讚揚中國共產黨領導下的解放區、敵後根據地的新風貌，歌頌黨領導下的人民抗日的壯舉。這些作品在藝術形式的民族化大眾化方面有了很大的進展，例如歐化的用語、句法大量減少，精煉的民族語言與細密的獨特語言風格日趨和諧統一，人物描寫手法、布局方法等藝術形式的民族化臻於成熟。

《腐蝕》是茅盾這個時期的代表作，也是抗日戰爭時期現代文學的巨著。作品揭露皖南事變前後國民黨蔣介石集團消極抗戰、積極反共反人民的罪行，著重抨擊蔣介石集團的特務統治，小說還塑造了誤入歧途最終幡然省悟的知識青年趙惠明典型形象。作品雖然採用外來的日記體的樣式，然而從人物描寫手法，布局方法、語言藝術等方面的表現形式看，卻是具有民族傳統的特色，作品的風格是蘊藉而又精細。

　　解放戰爭時期，茅盾先是住在上海，一九四六年十二月到一九四七年四月，接受蘇聯對外文化協會邀請赴蘇訪問、參觀。爾後由於國民黨反動派加劇內戰，日益加緊迫害進步、革命的作家，於是茅盾就在一九四七年年底再赴香港。一九四九年年底接黨中央的通知，由香港來到東北解放區的大連和瀋陽，一九四九年二月中旬到達北京。

　　這段期間，茅盾創作了長篇《鍛煉》，這部作品描寫抗日戰爭初期社會各方面的動態，暴露蔣派的假抗戰。還寫了短篇《驚蟄》、《春天》等揭示蔣家王朝滅亡的歷史命運，歌頌中國共產黨領導人民進行解放戰爭的光輝業績，歡呼新中國的誕生。這些作品在藝術形式的群眾化和民族化方面又有進一步的發展，力求簡明與細緻的表現形式相結合，但是也有一些作品藝術上比較粗疏。當時茅盾熱情地宣傳中國共產黨和毛澤東同志提出的文藝為人民，首先是為工農兵服務的方針，並努力從創作上加以體現。

　　茅盾的生活與文學道路是曲折的，五四時期到大革命時期，他主要從事政治鬥爭，以文學理論和批評的工作為副業，大革命失敗後他才開始從事創作。由於那時思想上有著悲觀失望的情緒，因而他在《蝕》一書中思想上出現明顯缺陷。待到《虹》的問世，才表明他跨上了革命現實主義的創作道路。之後，由於只注意作品內容的革命性，忽視藝術質量，因而創作中出現了某種程度的公式化、概念化的傾向，如《三人行》。到了創作《子夜》、《林家鋪子》及農村三部曲，作品的思想與藝術才得到和諧的統一。從藝術手法看，茅盾雖然嘗試運用民族傳統的表現手法，然而更多的是借鑑西歐文學名著的表現技巧，藝術是成熟的，具有廣闊而又精細的獨特風格。這樣茅盾才確立在中國現代文學史上卓越地位。根據抗日現實的需要及當時文壇發展的趨向，茅盾力求自己的創作從內容到形式接近民族化和群眾化。《第一階段的故事》便是最初的嘗試之作，比較粗糙。《霜葉紅似二月花》在藝術形式民族化方面有著可喜的成就；《腐蝕》則是吸收中外藝術技巧而又有獨特風格的佳作。《鍛煉》在藝術形式的群眾化方面有了新的進展，然而並沒有取得圓滿的成功。

　　茅盾的創作歷程是迂迴曲折的，有成功的經驗，也有失敗的教訓，不過，總的說來是力圖把自己的創作同時代、同人民的命運緊密聯繫起來。他的創作真實而又具體地反映舊民主主義革命到新民主主義革命時期，特別是新民主主義時期各個重要歷史階段的社會生活的複雜面貌，還創造了吳蓀甫、老通寶、梅行素、趙惠明等典型人物。在藝術上，他非常重視吸取中外文學名著表現技巧的長處，在中國古典文學方面，兩漢至六朝的駢體及古舊小說《水

滸》、《紅樓夢》、《儒林外史》、《海上花列傳》等等對他的影響是很明顯的；在西歐文學方面，他推崇大仲馬、莫泊桑、司格特，特別是托爾斯泰，他說喜歡那些「規模宏大，文筆恣肆絢爛的作品」〔註3〕，這對他形成獨特的藝術風格是很有助益的。

茅盾在新民主主義時期的創作成就是巨大的，進入社會主義時期的創作極少。他寫了一部未完成的長篇，〔註4〕還有少數的詩詞、〔註5〕散文及回憶錄。長篇意在反映社會主義革命的風貌，散文集如《躍進中的東北》，單篇散文《海南雜憶》及一些詩詞反映祖國從遼闊東北到豐饒的南海如火如荼的社會主義建設的蓬勃景象，還有一些篇什揭露帝國主義的侵略行為，反對霸權主義的行徑，爭取世界持久和平，總之，解放後國內外的巨大變化在茅盾的筆下都留下一鱗半爪的印痕。

解放後茅盾主要活動是負責國家文化方面的領導工作和致力於文藝批評。中華人民共和國成立後，他擔任了文化部長，直到一九六四年，才改任全國政協副主席。他還曾任全國文聯副主席，長期擔任作協主席。他寫作的文藝評論，已彙集成冊的有《鼓吹集》、《鼓吹續集》，長篇論文《夜讀偶記》及《關於歷史和歷史劇》。粉碎「四人幫」以後，他擔任了全國文聯名譽主席、作協主席。

茅盾的創作是舊民主主義革命到社會主義生動的寫照，堪稱中國人民革命的「詩史」，從反映的歷史進程的漫長、表現社會生活的廣闊，迄今為止，在中國現代作家中，茅盾是第一人，無人可以與之媲美！這個歷史功蹟將永遠載入中國文學史冊！

茅盾的文藝理論，其中對於現實主義理論的闡述是相當完整和全面的，他是五四以來第一個傑出的文學理論家，他又是新文學運動中介紹、翻譯外國文學的先驅者之一。

茅盾作為中國新文學的巨匠進入世界名人之列，是當之無愧的。他以八十五歲高齡離開了人間。他六十多年來寫了一千多萬字的著述，在國內外產生過巨大影響。

〔註3〕 茅盾致筆者手箋，1962年9月。
〔註4〕 茅盾解放後寫的一部長篇，「大約十萬字，只開了個頭，暫時停下來」，「內容很多，講鎮壓反革命，講工商業改造。」據1961年6月26日茅盾與筆者談話，記錄稿經茅盾閱過。請參閱本書「《鍛煉》是茅盾最後一部長篇嗎？」一文。
〔註5〕 參閱《茅盾詩詞》，河北人民出版社，1979年出版。

　　茅盾對我國現代文學的發展起過積極的推動作用，不少作家從那裏得到教益。茅盾的作品在國外也得到廣泛的重視，如名篇《子夜》、《腐蝕》、《春蠶》、《林家鋪子》等均已譯成英、法、俄等十多種文字，還受到國際著名作家、評論家的好評，如蘇聯名作家高爾基、法捷耶夫，日本的評論家藏原惟人，捷克漢學家普實克等，都對他的創作給予很高的評價。

　　茅盾，這位卓越的作家、傑出的文藝批評家和優秀的翻譯家，在中國現代文學史上占有重要地位，並在世界文壇上享有很高的聲譽，決非偶然。這使我們聯想到，他的一生，正是在長期摸索著追求著真理的過程中，經過迂迴曲折，從彎路中求得不斷再進！

永不消失的懷念

　　一位尊敬的長者溘然逝去，悲哀的襲擊常常是不能抑制的。文壇老宿茅盾同志像巨星般殞落了，不可名狀的哀情湧上心頭，使我長時間陷入迷惘之中，這損失如何彌補？大而言之，文藝界需要他引導，小而言之，我還有許多問題要請教他……。可是，就這樣，再也見不到他的形影了，聽不到他的聲音了，收不到他的來信了！

　　作爲後輩，作爲讀者，我曾經有過機會同茅盾同志接觸，通過信，儘管我對他的了解仍然不深，但多少總有些熟悉。我應該寫點哀悼文章，回顧他生前的教言，以作紀念。然而不平靜的心境，經常使我放下筆。終於滿含著悲痛，勉力綴成一篇。

　　我常常想，在中國現代文學的巨匠中，茅盾同志是鮮明地帶著自己特色的。他是現代作家群中最早投身於中國共產黨的懷抱的。一九一九年陳獨秀來上海，茅盾同志因經常在報紙上發表文章而認識陳獨秀。一九二〇年春天，陳獨秀在上海會見了共產國際代表，研究了成立中國共產黨的問題。同年五月，開始籌建上海共產主義小組（也叫共產黨小組），八月正式成立，茅盾同志參加了這個小組，並投入籌備建黨活動。一九六一年六月二十六日，我訪問茅盾同志，曾談及此事。茅盾同志說：「陳獨秀曾經叫我把聯共黨章從英文翻譯過來。」後來在修改我的記錄稿時，他加上了一句：「那是一九二〇年的事，中國共產黨尚未成立。」﹝註1﹞當時我沒有詳細問他什麼時候加入共產主義小組？怎樣入黨的？直到一九七九年，我才寫信請問他，他回答說：「一九

─────────────────────

﹝註1﹞　本文所引茅盾的言論，除注明出處者外，都是他在 1961 年月至 1979 年 6 月
　　　　這一期間裏，先後與筆者的談話或答問的覆信。

二〇年陳獨秀在上海建立了馬克思主義小組，」不久，他「就參加了小組」。後來他說，籌備建立共產黨時，陳獨秀曾叫「把英譯的『聯共黨章』譯成中文，作爲起草中共黨章的根據。」還說他是一九二一年二、三月間在上海加入共產主義小組。茅盾同志臨終前，韋韜、陳小曼同志在一九八一年二月二十三日寫給我的信中說：「沈老於一九二〇年十月參加上海共產黨小組，共產主義小組，馬克思主義小組都是過去各種稱謂，現在統一稱爲『上海共產黨小組』。」「一九二〇年十月這時間是最後確定的」。我覺得這一說法比較符合實際。早在一九六〇年，茅盾同志就告訴我一九二〇年譯聯共黨章的事，那時他已加入上海共產黨小組並參加建黨工作。關於茅盾同志參加共產黨上海小組時間，張國燾在六十年代寫作的《我的回憶》一書中也有類似的說法：「中國共產黨第一個小組——上海小組——的正式成立」，「約在八月下旬」，「沈雁冰、俞秀松等人」參加共產黨小組，「都是在第一次正式會議以後的事」。

按照當時的實際情況，加入共產黨小組的成員，黨一成立即轉爲正式黨員，茅盾同志也不能例外。他說：「一九二一年黨成立時，馬克思主義小組成員全部轉爲黨員。」這樣茅盾同志就成爲我黨最早的黨員之一。

黨成立後，茅盾在黨內做了大量的工作。建黨之初，他「擔任黨中央與各地組織間的聯絡員」；「一九二三年不編《小說月報》以後，那時先後參加閘北區黨委的領導工作，商務編譯所黨的領導工作，五卅運動的宣傳工作，以及商務大罷工的領導工作，國共合作後與惲代英等籌組國民黨（左派）上海市黨部的工作。以後又與惲代英等作爲國民黨上海市代表去廣州參加國民黨第二次全國代表大會。」一九二六年他「在廣州擔任過國民黨中央宣傳部的秘書，當時部長是汪精衛，代理部長是毛主席。」一九二七年他在漢口任「《民國日報》主筆，沒有在宣傳部工作。」「中山艦事變後回上海」，「負責交通局的工作（這工作本來是惲代英管的），同時準備在上海出版第一個黨報《民國日報》，後因故未辦成。」

茅盾同志爲追求共產主義，投入黨的懷抱，孜孜不倦地學習馬克思主義，一九六一年六月二十六日我同茅盾同志談話時，他詳細地談了當年學習馬列主義的情況，他擔心我聽不懂他的浙江口音，在談話的過程中，不時把他講的話寫在我帶去的稿子上給我看。他先是介紹當時讀外國書的情況，他說：「五四以後，思想改變，讀外國書了，但抓到什麼讀什麼，讀的很雜。」那時他在上海，出售外國書的伊文思圖書公司（在四川路），出賣英美出版的一般書

籍,別發洋行(在南京路),它的西書部販賣英美出版的關於東方問題的歷史、經濟、文化等書籍。他說:「這些書都是用資產階級觀點寫的,伊文思、別發書籍種類不多,且多陳舊的老書,新書很少;日本東京的丸善書店西書部,專售英德俄法等國的書,新書到得又多又快,可以用押匯辦法去購買,因此後來向丸善買書。」

當時茅盾讀了不少資產階級學者寫的政治經濟文化著作,然而他感到這些書籍不能解決中國革命的問題,於是想方設法尋找英譯的馬列主義著作。他說:「我只懂英文,而英譯的馬列主義書籍不易買到。」他風趣地說:「那時候,懂得日本文的人占點便宜,他們可以從日文讀到馬列主義的經典著作,因為日本譯書既多且快。」英譯的馬克思列寧主義著作不易買到,不過英文版的宣傳馬列主義的刊物,還是可以購買到。茅盾同志說:「第三國際出版的機關刊物叫《國際通訊》(週刊),這個刊物用英、法、德、西班牙等國文字出版,介紹蘇聯的政治、經濟、文化,批判資本主義國家的政治、經濟、文化,其中經常發表蘇聯著名的經濟學家瓦爾加的專文,還有《勞動月刊》(Labour in Monthly),英文出版,介紹有關政治、經濟方面的情況;還有《國際文學》(月刊),蘇聯出版,介紹蘇聯文學。」茅盾同志接著說:「當時,這些刊物還能看到,我就是從這些刊物上讀到介紹蘇聯及馬列主義的文章。讀完後,有的全譯過來,有的節譯過來,有的根據其中的精神,可以發揮,寫成專文。」

茅盾同志還介紹了那時馬列主義著作中文翻譯的情況。他說:「一九二七年大革命失敗後,才有人專門去從事馬克思主義經典著作的翻譯工作。在此之前,讀這方面的著作不太容易。當時翻譯的《共產黨宣言》是分別從日譯本和英譯本轉譯,然後加以校勘的,然而仍然缺點很多。」

茅盾同志學習馬列主義總是同革命鬥爭聯繫一起的,他說:「讀馬列主義著作主要在一九二一年～一九二七年,同時參加大量的革命宣傳活動。」茅盾同志堅持在革命鬥爭中學習馬列主義,改造自己的思想。一九二二年他曾經說過:「我也是混在思想變動這個旋渦裏的一分子,起先因找不到歸宿,可以拿來安慰我心靈,所以也同樣感到了很深的煩悶,但近來我已找到了一個路子。把我的終極希望都放在彼上面,所以一切的煩悶都煙消雲滅了。這是什麼路子呢?就是我確信了一個馬克思底社會主義。」〔註2〕

我們從茅盾的作品中也可以看出學習馬列主義對他的影響。他在日本期

〔註2〕茅盾:《五四運動與青年底思想》,《覺悟》1922 年 5 月 11 日。

間，並沒有專門學習馬列主義：「而是思想靜了下來，回憶了過去。」然而我們從他當時的創作如《虹》一書，就可以看出他早年學習馬列主義的印痕。三十年代他堅持馬列主義，對他的指導作用更爲突出，他說過：「《秋收》、《小巫》中的農民鬥爭指明農村階級鬥爭的必然趨勢，並無事實。」這清楚地告訴人們：茅盾同志自覺把馬列主義的階級鬥爭思想同生動的藝術形象結合成爲一體！

一九二七年大革命失敗以前，茅盾同志主要從事政治鬥爭，文學工作只是副業。然而他對新文學運動極爲關注，在繁忙的政治工作中，他大力學習、介紹外國文學，以促進新文學的發展。在對待外國文學問題上，他並不是一下子就十分清楚的。茅盾同志說：「五四運動前一、二年，我才開始讀外國文學的，因爲在中學和北大預科時代，對我影響較深的，是擔任國文的教員——都是章太炎的朋友或學生，在當時學術界頗有名氣，因而我喜歡駢體文，喜歡詩詞，喜歡雜覽。」

五四時期由於新思潮的影響，茅盾思想開始轉變了。他說：「我，恐怕也有不少人像我一樣，從魏晉小品、齊梁詞賦的夢遊世界伸出頭來，睜圓了眼睛大吃一驚，是讀了苦苦追求人生意義的十九世紀的俄羅斯古典文學」。〔註3〕從此，他熱衷於介紹、翻譯大量的外國文學，爲他以後從事創作作了準備，同時也是他的創作獲得巨大成就的不可缺少的條件。爲了探討中外文學作品對他的影響，我曾經開了《茅盾先生受影響最大的文學作品書目表》，寄請他審閱。他看了書目中有關外國文學部分寫道：「我從前在《小說月報》（1924年前後罷）寫過不少介紹外國作家作品的短訊，但這只是介紹而已，說不上我當眞喜歡他們。」他還說：「我讀過不少契訶夫的作品，但我並不喜歡他。」我讀到這裏，心裏不禁一跳，茅盾同志愛讀的，並熱心介紹過的文學作品，並不一定就是他喜愛的作品，這就使我聯想到有些評論工作者誤把茅盾同志介紹過的如契訶夫的作品，視爲對他的創作起影響的作品，未免可笑。這也引起我對深入鑽研茅盾同志的作品的興趣，使我逐步了解到茅盾同志自己喜歡的作品確實是對他的創作有一定的影響。

茅盾同志經常提到莫泊桑的作品。我以爲莫泊桑是茅盾同志最爲喜歡的作家之一，其實並不盡然。他說過：「我更喜歡大仲馬，甚於莫泊桑和狄更斯，也喜歡斯各德。」又如在談到茅盾與巴爾扎克和托爾斯泰的作品關係時，有些外國評論家總喜歡把茅盾同巴爾扎克聯繫在一起，極少談及托爾斯泰。茅

〔註3〕 茅盾：《契訶夫的時代意義》，《世界文學》1960 年第 1 期。

盾同志說到自己的創作，也一再提起巴爾扎克。在人們的印象中，茅盾同志的創作同巴爾扎克的創作關係極為密切，好像同托爾斯泰作品關係不大，其實並非如此。他說：「我也讀過不少的巴爾扎克的作品，可是我更喜歡托爾斯泰。」當然，我們不能否認茅盾喜歡過巴爾扎克，然而，他更喜歡托爾斯泰。為什麼呢？我想引用他的一段話來說明：托爾斯泰「以驚人的藝術力量概括了極其紛繁的社會現象，並且揭示出各種複雜現象之間的內在聯繫，提出許多重大的社會問題。托爾斯泰作品的宏偉的規模，複雜的結構，細膩的心理分析，表現心理活動的豐富手法以及他的無情地撕毀一切假面具的獨特手法，都大大提高了藝術作品反映現實的可能性，豐富和發展了現實主義的藝術創作方法。托爾斯泰的藝術技巧是世界各國的作家願意學習的。」〔註4〕我們把這段話同茅盾的創作聯繫起來考察，不也是可以從中發現茅盾同志從托爾斯泰作品中學習了不少藝術上的長處嗎？

茅盾同志對外國文學的興趣不限於某幾個重要作家，而是極為廣泛的。他說：「對於外國文學，我也是涉獵的範圍相當廣，」他說：「我更喜歡古典作品，希臘、羅馬、文藝復興時期各大師，十九世紀的批判現實主義文學。」當然在外國文學名作家及名著中，他仍有偏愛，他說：「我喜歡《神曲》，甚於莎士比亞，我認為《神曲》比《浮士德》高明得多。」

當然，茅盾同志喜歡外國文學，也多少是結合政治上的要求。他說：「曾對波蘭、匈牙利等東歐民族的文學有興趣，那是一方面也從政治上考慮。」因為被壓迫民族的文學反映「被損害的民族的求正義公道的呼聲是真的正義真的公道。」〔註5〕這對於當時中國人民正在進行反帝反封建的鬥爭大有裨益，因為由此我們「更確信前途的黑暗背後就是光明。」〔註6〕

至於本世紀二十年代以後的世界文學，茅盾同志也是有所涉獵，他說：「二十年代英、美、德、法文學，除少數大作家外，看得很少。對於斯坦培克，我的評價不高，我以為他不但遠不及特來塞，還不及 AIdridge〔註7〕（英國現代作家）。」

〔註4〕茅盾：《激烈的抗議者，慌恐的揭發者，偉大的批判者》，《人民日報》1960年11月26日。
〔註5〕《被損害民族的文學號，引言》，茅盾以記者名義發表，《小說月報》第十二卷第十號，1921年10月10日。
〔註6〕同上註。
〔註7〕通譯為阿爾德利奇。

茅盾同志在小學時代就好學英語，這就爲他以後直接讀英國文學及英譯的外國文學作品打下了基礎。「除英國文學外，其他各國文學我讀的大半是英譯本，原因是那時候，三十年前，漢文譯本少，而且譯得不好。到現在，我還是寧願讀好的英譯，而不願意讀不好的漢譯，例如 L・托爾斯泰的作品。」

茅盾同志接觸外國文學是在青年時代，那是五四前一、二年，而閱讀中國古代作品是從孩提時代開始的。我開列的茅盾同志所受文學作品影響的書單裏，古典文學部分只有十多種。茅盾同志一看，便知道我對他的了解太少，於是詳細寫道：「青年時我的閱讀範圍相當廣泛，經史子集無所不讀。在古典文學方面，任何流派我都感興趣，例如漢賦及其後來的小賦，我在青年時代也很喜歡。因此，欲說我受何者之影響最大，自己也說不上來。不過，有一點可以告訴你：我在十五、六歲以前，作文用散體（即所謂古文，那時喜歡的是《左傳》、《莊子》、《史記》、韓、柳、蘇等），二十歲左右作文用駢體，那時就更喜歡兩漢至六朝的駢體。我那時很看不起明清人的散、駢，頗受明七子書不讀秦漢以下、詩宗盛唐等議論的影響，但我對晚唐詩（如李義山的），對宋詞也很喜歡。當然，元明戲曲，一般都喜歡。但不大喜歡《琵琶記》。至於中國的舊小說，我幾乎全部讀過（包括一些彈詞），這是在十五、六歲以前讀的（大部分），有些難得的書（如《金瓶梅》等）則在大學讀書時讀到的。我那時在北京大學盡看自己喜歡的書。不聽講，因爲那時的教授實在也不高明。」

茅盾同志從小就好讀書，他生動的敘述他當年的讀書情景：「我家有一箱子的舊小說，祖父時傳下，不許子弟們偷看。可是我都偷看了。這些舊小說中有關色情部分大部已經抽去了，——不知是誰做的，也許是我的祖父，也許是我的父親，大概因爲已經消毒過，他們不那麼防守的嚴密，因而我能偷看了。」

茅盾同志有關學習中外文學作品剴切的自述，引起了我許多聯想，其中之一是，有著民族特色的偉大作家的出現，因素是多方面的，就以文學準備來說，除了必須吸收外國文學的精英外，還必須具有豐富的民族文化，尤其是本國文學方面的素養，而這必須從小時候開始逐步積累起來，否則是很難做到的。我們看到有的作家寫了一些作品成名之後，往往後勁不足，我想恐怕同文學準備不足有關吧！我們作爲文學教學工作者，如果想理解一個偉大作家的作品的出現，不聯繫其豐富的文學修養，那是說不清的！

　　每當讀著茅盾同志的手示的時候，每當回顧他的談話的時候，我並不覺他已離開人間，他還活著，是的，他的教言依然活著，放射著光芒，指引著人們奮然前行！

醍醐灌頂
——《在延安文藝座談會上的講話》
與茅盾的關係管窺

　　溫故而知新。當年《在延安文藝座談會上的講話》（以下簡稱《講話》）
給文藝工作者以廣泛而又深邃的影響，這是有文學史可查的。《講話》不僅對
解放區作家發生過強烈的震蕩，而且也給國統區作家帶來了新的色彩，儘管
不那麼直接、明暢，然而也是有迹可尋的。茅盾當時的文藝理論與創作的新
變化，便是有力的佐證。

　　《講話》與茅盾的關係如何呢？這是我長期以來思索的一個問題。一九
六一年六月二十八日我曾寫信給茅盾同志，請問他作的《五十年代是「人民
的世紀」》（一九四五年四月十九日作）及《文藝節的感想》（一九四五年五月
作）是否讀了《講話》之後寫成的。他在同年十二月五日回信說：「寫此兩文
時，我還沒有看到延安文藝座談會講話（按指全文），原因是當時延安到重慶
交通不便。」大約一九八〇年六月中旬，我寫信給茅盾同志，請問：《講話》
以《毛澤東同志對文藝問題的意見》為題摘要發表於 九四四年元旦重慶《新
華日報》上，他是否讀過。同年六月二十八日韋韜同志轉告我，沈老讀過當
年《新華日報》上刊登的《講話》的摘要。由此看來，抗戰期間，茅盾同志
僅僅讀過《講話》的部分內容，還沒有讀過《講話》全文。

　　茅盾究竟何時讀了《講話》全書，對他有些什麼影響？這些都是值得探
究的。我們從他寫的《學然後知不足》一文可以尋得解決問題的線索，他說，
第一次讀到《講話》的全文「記得是在重慶；那時，抗日戰爭剛剛勝利」。他

又說：「那本《講話》是土紙印的小冊子，已經半爛，看些字句必須反覆猜詳，才能了解書中大意。」他讀完這本書後「全身感到愉快，心情舒暢，精神陡然振作起來〔註1〕。」他認爲《講話》運用馬列主義觀點和方法，把「從『五四』直到那時的文藝工作中的根本問題分析得那麼全面，指點得那麼親切，使人有『醍醐灌頂之感』。」〔註2〕從茅盾這段自敘中，我們可以了解到，抗戰勝利後，他讀了《講話》的全文，對他的影響是較爲分明的。

茅盾從《講話》中攝取有用的養分，然而他並不是教條主義地搬用《講話》的詞句，而是結合國統區革命文藝的實際，做了精微的闡發。

茅盾歷來強調文藝服從於現實鬥爭，《講話》發表以後，他提出文藝面向廣大人民，面向城市，特別要面向農村。他說，當時文藝工作方向「應該是眼光向農村」，但是也不能因爲注意了農村，就完全忽略了城市。文藝必須面向農村和城市，才能使文藝眞正「爲人民了解和接受」〔註3〕。茅盾主張國統區的革命文藝應爲人民服務，面向城市，特別是面向農村，那是同《講話》提出的文藝爲最廣大的人民大眾服務，爲工農兵服務的方針相一致的。

文藝面向人民，作家就必須紮根於人民特別是工農大眾之中，並同他們的思想感情打成一片，這是《講話》一再強調的。茅盾一貫主張革命作家在鬥爭中形成無產階級世界觀。《講話》發表以後，他力主作家應當在群眾生活中逐步改變自己的世界觀。他說，作家要努力「改造自己——生活和寫作方式」，拋棄「洋氣」的生活作風，「眞正生活在老百姓中間」，「把自己和他們打成一片」，這樣才能使自己成爲群眾的代言人。他還說，作家應該改變文學的表現方式，善於「從老百姓口裏攝取生動活潑的字彙，要從他們的生活中學取樸質而剛勁的風格」〔註4〕。茅盾要求國統區作家以解放區作家爲榜樣，堅定地站在人民大眾的立場，深入群眾爭鬥，努力運用人民喜愛的藝術形式表現現實的生活與鬥爭。茅盾這些關於作家如何轉變思想的意見，是同《講話》有關精神相吻合的。

《講話》認爲文藝要堅持正確的方向，文藝工作者必須站在人民大眾立場表現各種人物的生活，同時也強調要描寫「新的人物，新的世界」。對此，

〔註1〕 見《學然後知不足》，《人民文學》1962 年第 5 期。

〔註2〕 同上註。

〔註3〕 以上均引自《茅盾先生在廣州和香港》，延安《解放日報》1964 年 6 月 5 日。

〔註4〕 均見《和平、民主、建設階段的文藝工作》，《文藝生活》新 4 號，1946 年 4 月 10 日。

茅盾非常重視。他對於「文藝上有更完整而偉大的表現」那些「純潔而勇敢的祖國兒女」的形象寄予殷切的希望。〔註5〕他曾號召國統區作家，借鑒解放區作品，努力表現和「現實的鬥爭關係重大的問題」，以及「值得寫而且是人民大眾所迫切要求的」，即使「不熟悉便應該去熟悉，從觀察和研究中，使他變成自己熟悉的東西」〔註6〕。總之，國統區作家應盡力地寫出與人民大眾的重大鬥爭有關的新人物的生活與鬥爭。

文藝要為人民大眾服務，在藝術形式方面也應力求民族化、大眾化。第二次國內革命戰爭到抗日初期，茅盾對於文藝形式的大眾化、通俗化問題作了認真的探討。毛澤東同志在《論新階段》〔註7〕一文中提出創造「為中國老百姓所喜聞樂見的中國作風與中國氣派」問題後，茅盾著文擁護，並發表有關建立文學的民族形式的見解。〔註8〕《講話》發表以後，他以解放區作品為例，就文學的民族形式、大眾化問題闡發了剴切的意見。

茅盾不但運用《講話》的基本精神解決國統區革命文藝運動的方向及實際問題，而且熱情地評價解放區文學創作的成就。他在讀過《講話》後一、二年，又讀到《講話》發表後解放區的文學作品，特別是小說和詩歌，他說：「這也給我極大的興奮和愉快。當時還寫了短文為這批新作品鼓吹」。〔註9〕他認為解放區作品如趙樹埋的小說是「解放區以外的作者們足資借鑒」的。〔註10〕

我們還可以從茅盾的創作窺探《講話》及解放區作品對他的影響。《講話》發表後，他把自己的創作更為自覺地服務於人民大眾的革命鬥爭，努力把自己的思想感情更加貼近人民大眾，著力表現人民大眾特別是工人階級中先進分子的形象，他在汲取解放區文學作品表現形式的民族化、大眾化長處的同時，注意發揮自己藝術風格的特色，例如長篇《鍛煉》以抗日初期為背景，無情地揭露日本帝國主義的侵略野心，有力地戳穿國民黨反動派假抗日真反動的面目，熱情洋溢地謳歌大眾特別是工人階級在抗日戰爭中的偉力；在表現形式方面，作品既保留作者多年形成的細密的描寫方式，又具有質樸、剛

〔註5〕 《茅盾文集‧後記》，上海春明書店 1948 年 1 月。

〔註6〕 均見《和平、民主、建設階段的文藝工作》。

〔註7〕 指 1938 年 10 月在中國共產黨的六屆六中全會的報告，發表時題為《論新階段》。

〔註8〕 茅盾：《通俗化、大眾化、與中國化》，《反帝戰線》第 3 卷第 5 期。1940 年 3 月 1 日。

〔註9〕 茅盾：《學然後知不足》。

〔註10〕 茅盾：《里程碑的作品》，《華商報‧熱風》，1946 年 12 月 6 日。

勁的大眾化、民族化的表現手法，如廣泛地運用簡潔的對話和動作展開人物性格，採用樸實的環境描寫的方法，以及易懂的敘述語言等。短篇《春天》以明快的筆法刻劃解放區大地新人的風貌。散文《脫險雜記》以簡潔的筆觸勾勒出中國共產黨領導的游擊隊的領導幹部及廣大戰士的英姿。

　　《講話》發表四十年了，歷史是在迂迴曲折中前行的，《講話》也經歷著風風雨雨的考驗。儘管今天已進入新的建設時期，文藝理論有了不少新進展，然而《講話》的根本精神，依然閃現著耀眼的光芒，這是鐵鑄的事實。唯有溫故，然後才能創新！這樣，我們的社會主義文藝才能在正軌上奔馳！

1982 年 5 月作

附錄：茅盾答問實錄

我在寫作《茅盾的創作歷程》的過程中，曾經同茅盾見過面，通過信，他親切地接見過我，或親自回信，或通過他的秘書以及兒子韋韜、兒媳婦陳小曼，回答有關他的生平和創作中的問題，對於研究他的創作、文論大有裨益，從中可以看出他的謙虛、務實的作風。現將有關資料整理出來，供研究者參考。〔註1〕

莊鍾慶

一

茅盾於一九六一年六月二十六日三時一刻至五時三刻在他的會客室（北京東四頭條原文化部宿舍人院住處）接見我，問答我提出的問題。

下面是茅盾談話的紀要，並經他校正過。

關於《文學週報》〔註2〕：

《文學週報》，原名叫《文學》，起初是附在《時事新報》上。《時事新報》是研究系的機關報，張東蓀他們那些人辦的，標榜著所謂社會主義，其實是宣傳資產階級改良主義，企圖迷惑青年的思想。《時事新報》給我們許多限制，一九二五年《時事新報》收回，我們自己集資印刷、發行，改名《文學週報》，

〔註1〕 參閱拙著《茅盾史實發微》，湖南人民出版社，1985 年 2 月出版。
〔註2〕 《文學週報》、鄭振鐸等主編，原名《文學旬刊》，1921 年 5 月在上海創刊，出版第 1 期至 82 期；1923 年第 83 期至 1924 年 171 期為止改為《文學》，均為旬刊，《時事新報》副刊之一。從 1925 年 5 月 172 期起至 1929 年 6 月 375 期止，改名《文學週報》，獨立發行。

從一七二期開始發行。那時約有十多人出資（每人十元），撰稿（不取稿酬）；校對、發行工作均大家分擔。但因銷數尚多，資金（即最初籌集的百餘元）已能轉用，後來我們不再捐資，約一年後，始有力請一人專做發行工作，付工資。

關於第一篇譯作：

我是一九一○年到上海商務印書館的，先是在英文部英文函授學校改卷，後來到國文部編《中國寓言初編》，譯《衣食住》及做其它雜事。《四部叢刊》印製前，我幫助孫毓修做選擇善本的工作，印製時擔任校勘工作。我第一次編輯的書叫《中國寓言初編》，署名沈德鴻編纂，一九一七（或一九一八年）出版；〔註3〕又譯 Capentair 的《衣食住》（原書分三冊）。講的是人類穿的、吃的、住的歷史。衣的部分是孫毓修早已譯好，但未出版（孫毓修，無錫人，編輯童話，南菁書院出身，對版本目錄有研究），後來我校勘了孫譯，又加譯食、住兩冊，都用文言文，一九一八（或一九一九）年出版。〔註4〕這是我第一部譯作。（一九一七年一月至四月在《學生雜誌》上發表的科學小說《三百年孵後化之卵》，契呵夫的《在家裏》，發表在一九一八年八月二十日～二十二日《時事新報》上，這不是先生的第一篇翻譯文章。）

有關學習馬克思主義的情況：

五四運動前一、二年，我才開始讀外國文學書，在此之前，我是看不起外國文學的，因為在中學時代，北大預科時代，對我影響較深，是擔任國文的教員——都是章太炎的朋友或學生，在當時學術界頗有名氣，因而我喜歡駢體文，喜歡詩詞，喜歡雜覽。五四後，思想改變，讀外國文學書了，但抓到什麼讀什麼，讀的很雜，當時上海出售外國書的，有伊文思圖書公司（在四川路，出賣英美出版的一般書籍），別發洋行（在南京路），它的西書部販賣英美法出版的關於東方問題的歷史經濟文化類書籍，這些都是用資產階級觀點寫的，但伊文思、別發書籍種類不多，且多陳舊的老書，新書很少；但日本東京的丸善書店的西書部，專售英德俄法等國的書，新書到的又多又快，可以用押匯辦法去購買。因此，後來向丸善買書。

〔註3〕 商務印書館，1917 年 10 月出版。

〔註4〕 商務印書館，1918 年 4 月出版。據茅盾在《我走過的道路》（上）中說，《衣》前三章是孫毓修譯述的，其他章（接四十一章）是由他譯的。《我走過的道路》（上），人民文學出版社，1981 年出版。

馬克思列寧主義的專門著作，那時還沒有翻譯過來，因此學馬列主義只有讀外文書，但我只懂英文，而英文的馬列主義書籍不易買到。《國際通訊》（周刊）是第三國際機關報，用英、法、德、西班牙等國文字出版，介紹蘇聯政治、經濟、文化，批判資本主義國家的政治、經濟、文化；其中經常發表蘇聯著名經濟學家瓦爾加的專文，《勞動月刊》（Labour Monthly，介紹有關政治、經濟方面的），還有《國際文學月刊》（蘇聯出版，專門介紹蘇聯文學）。當時，這些刊物還能看到，我就是從這些刊物上讀到有關介紹蘇聯及馬列主義的文章。讀完後，有的翻譯過來，有的節譯，有的根據其中的精神，加以發揮，寫成專文，如《論無產階級藝術》。陳獨秀曾經叫我把聯共黨章從英文翻譯過來，那是一九二零年的事，中國共產黨尚未成立。

那時候，懂得日本文的人占點便宜，他們可以從日文讀到馬克思列寧主義的經典著作，因為日本譯文既多且快。

一九二七年大革命失敗後，才有人專門去從事馬克思主義經典著作的翻譯工作。在此以前，要讀到這方面的著作太不容易了。當時翻譯的《共產黨宣言》是分別從日譯本和英譯本轉譯，然後再加校勘的，然而仍然缺點很多。

請問：先生在五四運動中的活動情況怎樣？

先生答：五四運動我正在上海工作。五四運動的社會運動、政治運動方面，我都沒有參加。

請問：先生的《從牯嶺到東京》中談到：「《追求》中間的悲觀苦悶是被海風吹得乾乾淨淨了，現在是北歐的勇敢的運命女神做我精神上的前導。」北歐的運命女神，先生在給我的信中說這是指蘇聯。那麼，請問：蘇聯對先生的影響，在這裏指的是一九二七年以後嗎？

先生答：（運命女神，指北歐神話的運命女神，在《從牯嶺到東京》一文中用此洋典故，此洋典故是象徵意義的。）不是的，指的是五四前後以來。

請問：吳蓀甫和林老闆是否有模特兒作依據？

先生答：沒有。

請問：先生寫的長篇《鍛煉》，什麼時候在香港《文匯報》連載過？

先生答：大約在一九四八年春夏之交或者秋天開始連載的〔註5〕，那時我在香港，《文匯報》派任務到我身上，當時邊寫邊發表。有點像《腐蝕》發表

〔註5〕《鍛煉》，最初連載於 1948 年 9 月 9 日至 12 月 29 日香港《文匯報》。

的情況。小說內容講抗日戰爭初期社會各方面的動態，暴露蔣派的僞抗戰。一九四八年十二月底離開香港到大連。小說就沒有再寫下去了。

請問：聽說先生解放後寫了一部長篇小說，眞的嗎？

先生答：有的。大約十萬字〔註6〕。只開了個頭，暫時停下來，以後再說。內容很多，講鎭壓反革命，講工商業改造。我有個五年計劃（從今年算起），這五年內專寫評論文章和研究性質的長論文。五年後，那時已經七十歲了，如果還有精神，我再繼續寫小說。

一九六一年六月二十六日下午同茅盾談話後，經整理，於同月二十八日寄請他修定，同時又附上一信，將二十六日來不及提出的問題提出來請問他，他回覆說：

因爲很忙，直到今天答覆您的來信，十分抱歉，問答的記錄有記錯的，作了一點修改。茲一並奉還。

雁冰十二月五日

茅盾對我同時提出的若干問題，也作了回答：

問：先生在《從牯嶺到東京》一文中說道：「悲觀頹喪的色彩應該消滅了……我們要有蘇生的精神，堅定的勇敢的看定了現實，大踏步往前走，……我自己是決定要試走這一條路。」請問：是哪些原因促使先生「決定要試走這一條路」？

答：我並不是一九二七年以後才搞革命的，倒是在一九二七年以前專搞革命活動，而文學是副業，一九二七年才以文學爲業，因爲搞革命把職業丟了，在社會上不能公開，不得不以賣文爲生。

問：先生在怎樣的情況下讀到毛主席的《在延安文藝座談會上的講話》，對先生有些什麼影響？從哪些文藝論文與創作中體現出來？（記得一九四六年六月六日延安《解放日報》第四版發表的《中國新文藝運動中的一個有歷史意義的文獻》中寫道：「毛澤東同志的文藝爲工農兵的方向，既然不僅是針對一時一地的狀況，而且也是『五四』以來歷史經驗的總結，因而具體的實施雖然因時因地有所不同，但基本上是適合於全中國的整個民主革命的歷史時期的。」事實表現出來的也是一樣，遠在日本投降以前，我們便看到郭沫若和茅盾先生等關於這方面的論著。）請問先生收在《時間的紀錄》中的兩

〔註6〕 參見拙作《〈鍛煉〉是茅盾最後一部長篇嗎》，《茅盾史實發微》，湖南人民出版社，1985年出版。

篇文章，如一九四五年四月十九日寫的《五十年代是「人民的世紀」》，是否根據《在延安文藝座談會上的講話》的精神來寫的？或者還有別的文章根據《講話》的精神來寫作的？

答：我不知道《解放日報》的論文指的是我哪些文章。我想大概還在以前罷。寫此兩文（按指《文藝節的感想》、《五十年代是「人民的世紀」》）時，我還沒有看到《在延安文藝座談會上講話》，原因是當時延安到重慶交通不便。

二

我經常通過韋韜、陳小曼向茅盾瞭解有關他的生平及創作的情況，承他們轉告，現按回信先後彙集一起。

莊鍾慶同志：

下面回答一下你在信中問他（指茅盾）的幾個問題：

（一）略

（二）《我怎樣寫〈春蠶〉》一文中提到的「丫姑爺」，作何解釋，在烏鎮一帶戲稱丫環的丈夫爲丫姑爺，但並非貶意，也有把丫環看作女兒的意思，所以叫姑爺。

（三）父親曾說「生於浙江省桐鄉縣屬一個四萬人口的小鎮」〔註7〕，在另一篇章又說「我幼時的大家庭是在一個十萬人口的大鎮」〔註8〕，不知哪個說法爲準？所謂四萬人口是不包括農村人口，而說十萬人是包括農村人口。

他（指茅盾）最近爲《紅旗》寫了一篇文章叫《漫談文學創作》，談到作家世界觀的改造、創作方法、寫作技巧等問題，您想要瞭解的「馬列主義著作的學習對創作的影響」，在這篇文章中也有所闡述，你可以看看，這篇文章大概在五月份的《紅旗》上會刊登出來。

〔註9〕

〔註7〕 茅盾：《我的小傳》，《茅盾全集》第 19 卷，人民文學出版社，1991 年出版。

〔註8〕 茅盾：《我怎樣寫〈春蠶〉》，《茅盾全集》第 23 卷，人民文學出版社，1991 年出版。

〔註9〕 《漫談文藝創作》，《紅旗》1978 年第 5 期。《茅盾全集》第 27 卷，人民文學出版社，1996 年出版。

父親最近很忙，讓我代他回這封信，他就不再給你寫信了。

祝工作順利！

陳小曼

一九七八、四、二十五

莊鍾慶同志：

前一陣爸爸因爲參加全國文聯全委擴大會，很忙，積壓下許多信件。您的信也沒能及時回覆，請原諒。

現在就您信中提的問題，遵照他老人家的意見代他回答如下：

（一）上海平民女學（校長是李達）是夜校性質，主要是爲紗廠女工掃盲並給她們講點革命道理。學生中有丁玲等三個湖南來的女學生，她們想學點英文，學校決定請爸爸教，每星期去教兩個晚上，後來因爲其他工作，不能繼續教下去，只教了一個多月。

松江景賢女中，他沒有去教過書。

（二）史沫特萊不懂中文，她曾找人翻譯《子夜》，她用英文潤色，（並請魯迅寫序，魯迅則叫胡風搜集材料）原想到美國出版，因爲抗戰爆發沒有出成。

希特勒上臺之前，《子夜》出過德文本。不知是誰翻譯的。

（三）《動搖》中的方羅蘭、縣長等等，沒有具體的模特兒。他所創作的人物，從來不以某一個作模特兒的。

（四）您問他在寫作《蝕》時，托爾斯泰、莫泊桑哪些作品對他影響最大？他在寫作《蝕》之前，已讀過大量古今中外的文學作品，說不上哪位作家對他影響最大。

（五）關於《野草》中的《失掉的好地獄》，魯迅在《野草》英文譯本序中說及此篇寫作情況提到，「那時還未得志的英雄們」，爸爸說，指的是國民黨蔣介石派，他又說：「北洋軍閥的必然倒臺，而同時預言了代替北洋軍閥的蔣介石派會比北洋軍閥更壞。」〔註10〕這裏所指的蔣介石派，是指當初北大投靠蔣介石的那批教授，如朱家驊等人，包括胡適在內。

〔註10〕茅盾：《魯迅——從革命民主主義到共產主義》，《茅盾全集》第 24 卷，人民文學出版社，1996 年出版。

（六）一九二六年他在廣州擔任過國民黨中央宣傳部的秘書，當時部長是汪精衛，代理部長是毛主席。一九二七年他在漢口是任民國日報主筆，沒有在宣傳部工作。

此致

敬禮！

陳小曼上

一九七八、七、三

莊鍾慶同志：

現就你信中提的問題，能夠答覆的答覆如下：

（一）松江暑假講座兩次，一九二二年、一九二三年。

（二）抗戰開始，九月間沈老送孩子經武漢去長沙上學，十月經南昌回上海，年底經香港、廣州到長沙，全家赴廣州，又到香港。

（三）在重慶與周總理有接觸，武漢沒有。

陳小曼

一九七八、十一、一

莊鍾慶同志：

您提的問題，我問了爸爸，有些問題他也記不清了，現簡要答覆如下：

（一）《虹》是在日本寫的，素材是聽人家說的。當時他自己摸索著，思想與過去不同，並非看了一本什麼書，而是思想靜了下來，回憶了過去。

（二）《幻滅》、《動搖》、《追求》中的人物，請看《從牯嶺到東京》。方羅蘭寫的是國民黨左派。（據我理解，國民黨左派是指宋慶齡、鄧寅達等人，汪精衛不算。國民黨左派在蔣、汪叛變革命後也大批被殺。——小曼）

（三）他的文章從來都是臨時約稿即寫，不可能相隔幾年再發表。所以《雷雨前》等三篇散文應是一九三四年寫的，在《語文教學》一九五八年七月號上，他曾回答過這個問題（《語文教學》我手邊沒有，請您自己查一下）。《茅盾文集》是出版社編的，不一定會

按時間來編排，他也不可能記得每篇文章的發表時間。

（四）《野薔薇》意在帶刺。《宿莽》，宿莽，見《楚辭》，有兩種解釋，一曰香草，一曰「拔心不死」之草，這裏指後者。《小巫》係大巫小巫的意思，文章中寫的只是小巫。

（五）一九二○年陳獨秀在上海建立了馬克思主義小組，不久爸爸就參加了小組。一九二一年黨成立之時，馬克思主義小組成員全部轉成黨員。……陳雲同志一九二五年是共青團員。

（六）讀馬列著作主要在一九二一～一九二七年間，那時參加了大量的革命實際活動，在日本期間主要是寫作，思想靜了下來，回憶了過去。（魯迅是在大革命後讀了大量馬列著作，爸爸的情況不同。而且思想的變化並不直接表現在當時讀了什麼書，而在於理論與實際的結合。——小曼）

（七）《殘冬》、《小巫》寫的是江南的事情，那裏還沒有共產黨領導的農民武裝鬥爭。當時知道蘇區在進行武裝鬥爭，但是對毛主席關於農村武裝鬥爭的一整套思想並不知道。毛主席這些思想是在一九三六年才寫成的，在這之前並無小冊子流傳。

（八）《讀〈倪煥之〉》中的「第四期」是哪位朋友的見解，從文章的意思推測，大概是指大革命後的另一次革命高潮。

　　　　　致

敬禮

　　　　　　　　　　　　　　　　　　　陳小曼
　　　　　　　　　　　　　　　　　一九七九、二、九

莊鍾慶同志：

　　……

您提的問題，我問了爸爸，答覆如下：

（一）《新舊文學平議之評議》中提到的兩種論調的代表者，他記不得了。

（二）方羅蘭是假「左派」，葉子銘同志文中的說法是對的，〔註11〕

〔註11〕 參閱葉子銘：《論茅盾四十年的文學道路》，上海文藝出版社，1959 年 8 月初版，修訂本 1978 年 10 月出版。

上封信中我未講清楚。

（三）大革命後直到抗戰，他一直過的是地下生活。

（四）「小巫」是指那些地主、鄉紳、軍警。他們比之蔣介石這個大巫只能算是小巫。

（五）繭廠是民族資本家辦的，官僚資本當時只辦大企業，這種小廠（幾千塊錢的資本，一年只開幾個月）他們看不上眼。

（六）糧商也是民族資本的，但他們與封建勢力關係密切，因為他們大多是地主轉過來的。

（七）繭行比繭廠更小，是一些商行，互相勾結，在流通過程中，剝削農民。當然談不上官僚階級。

（八）一九三〇年……的農運高潮，是指第一次左傾機會主義在那一帶農村的活動。《秋收》、《小巫》中的農民鬥爭是指明農村階級鬥爭必然的趨勢，並無事實。「長毛」是指蘇區的武裝鬥爭，但《殘冬》中的農民武裝鬥爭是自發的，沒有黨的領導和影響。

您給《文學評論叢刊》的文章〔註12〕，有一個事實要訂正：十三頁的文學研究會應是一九二一年一月成立，《小說月報》不是會刊，會刊是《文學旬刊》。

……

匆覆即頌

健康！

陳小曼
一九七九、三、十七

莊鍾慶同志：

沈老最早的文學論文還有 篇《現在文學家的責任是什麼》，登在《東方雜誌》十七卷一號上，署名「佩韋」，這一篇在回憶錄中漏掉了，是很重要的。

所提的問題，有的也不清楚，有的不是三兩句話說得清的，現在先簡單的答覆一下。其他與您的大作有關的問題，就歸入那裏，

〔註12〕指《茅盾在「五四」時期的文學主張》，係《茅盾的創作歷程》第二章，原題是《茅盾為人生文藝觀的形成、發展及其衍變》。

容以後一起答覆。

（一）沈老的母親叫陳愛珠。祖父沒有專門職業，兄弟三房，靠曾祖父置的一點家業——兩家商店生活。

（二）沈老一八九六年七月四日生於烏鎮。

（三）離開湖州中學是因為對一個同學不滿，離開嘉興中學是「被開除」的。

（四）沈澤民生於一九〇〇年，一九二二年入黨，一九二六年留蘇，一九三〇年回國。

（五）《小說月報》改革宣言是沈老寫的，《文學研究會緣起》等文件不知誰擬的。

（六）「丙申」是沈老的筆名。

（七）寫《少年印刷工》不存在「聽來」和「目睹」的問題，是有了人物、主題，再編故事。

（八）沈老有一兒一女，女兒一九四五年在延安去世。

匆覆即頌

健康！

陳小曼上

一九七九、四、二

莊鍾慶同志：

收到您二月一日來信。小曼出差不在北京，因此由我代她回信。

您發表在《文學評論叢刊》上的大作拜讀了。有一點情況需要說明，即文末的注〔註13〕說六十年代沈老說《論無產階級藝術》一文是「編譯」的，這需要更正。六十年代沈老見到這篇文章時，已記不得這篇文章以及當年寫這篇文章的情形和原因了，當時粗略翻了一下，未看完，見文章前部講了許多蘇聯作家的作品，就以為是「編譯」的。以後即沿用此說。現在寫回憶錄，重新看了此文，聯想當時的情形，才記得這篇文章寫作的經過：當時為了論述這樣一個題目，看了一些外國書，材料都是蘇聯的（中國沒有），觀點則是

〔註13〕即《茅盾在「五四」時期的文藝主張》。《茅盾的創作歷程》一書出版前，關於《論無產階級藝術》寫作情況，已根據韋韜的來信作了說明。

沈老的，先作過講演，在講稿基礎上寫成此文。因此，以前「編譯」之說弄錯了。

您寄來的《茅盾第一篇文學論文》也拜讀了。從文章發表的時間先後來說，是對的。但說沈老在《鼓吹集》後記中就記得這篇文章，就牽強了。其實沈老記得的還是登在《小說月報·新潮欄》上的文章，而不是這一篇，《新文學史料》沈老的「回憶錄」中就是這樣寫的。至於《鼓吹集》中說三十九年前，那是大致的估算。我認為那時沈老寫了一組文章，先後發表在《東方雜誌》和《小說月報》上，內容相近，觀點也一致；其中《現在文學家的責任是什麼？》發表最早，但因為用的是「佩韋」的筆名，一般人不知道，連沈老也忘記了有這篇文章，所以後來一般都把《小說月報》上的文章算作第一篇，包括沈老自己。因此，您文章中的某些事實和立論需要修改，請考慮。

今冬沈老身體不好，氣喘嚴重，一切活動都不參加了，健康情況比之一年前差多了。但回憶錄還在寫，想集中力量先把回憶錄寫完，因此其他文章除了特殊情況，都不能寫了，當然亦無精力看他人的文章。

匆匆敬覆　　此致

敬禮！

韋韜

一九八○年二月二十一日

一九八○年六月廿四日寫信給陳小曼，請她代問茅盾若干問題，大約半個月後收到韋韜代為回答的短信，現將我的信件抄錄如下：

小曼同志：

您好！

前些天寄上一信，未知收到否？

在修改拙稿的過程中，有些問題不大清楚，如有可能，請代問沈老一下：

（一）沈老乳名叫什麼？

（二）沈老何時開始學習英語？何時閱讀外文書籍？

（三）沈老在為香港出版的《脫險雜記》所寫的前言一文說道:《腐蝕》這部書「引起了國民黨和共產黨的注意，國民黨把此書翻印⋯⋯」，請問這裏所說的國民黨翻印《腐蝕》是指國統區翻印，或是指國民黨官辦的出版社翻印？如果指後者，未知哪個出版社？

（四）《腐蝕》中的 K、萍、小昭是否指共產黨人？

（五）聽說沈老離開延安到重慶，是周總理從重慶打電話請他的，未知事實否？

（六）據說一九二七年八月蔣介石政府通緝沈老。一九二八年六月沈老赴日本，未知時間對不對？

（七）據說沈老一九四六年三月中旬從重慶啟程經過廣州、香港，五月到上海。同年十二月五日到一九四七年四月赴蘇訪問。一九四七年底又到香港，一九四八年底離開香港到達大連，又從大連到瀋陽，一九四九年二月中旬到北京，未知對不對？

（八）聽韋韜同志說《鍛煉》是沈老計劃寫作的以抗日戰爭為題材的四部長篇小說，未知第二、三、四部計劃怎麼寫？

（九）一九四四年元旦，重慶《新華日報》發表了毛主席的《文藝問題講話》，未知當時沈老讀過沒有？

抗日期間沈老在重慶同周總理有過接觸，不知主要內容是什麼？

請代問韋韜同志好！

祝

撰安！

韋韜同志好！

莊鍾慶

一九八〇、六、二十四

韋韜的回覆

（一）小名叫燕昌，但不用。

（二）植材小學開始學英語，課本是英國人編的。

（三）國民黨內部翻印。

（四）都不是共產黨人。

（五）請參看孫中田同志的文章。〔註14〕

（六）對的。

（七）對的。

（八）沈老《鍛鍊》寫了前言，上面有大略介紹。

（九）讀過。

（十）記不清了。

（沒有注明回信的時間）

莊鍾慶同志：

來信收到了，遲覆為歉。所提問題，就我們所知，簡覆如下，請參考。

（一）沈老於一九二〇年十月參加上海共產黨小組。共產主義小組、馬克思主義小組都是過去各種稱謂，現在統一稱「上海共產黨小組」。一九二〇年十月這時間是最後確定的，以前他說的或寫的各種時間都不準確，不算。

（二）抗戰時蔣管區的「工合」，是一種中小工業的合作組織，比較進步的，美國人搞的，路易‧艾黎（新西蘭共產黨人）即在「工合」中工作。您可以查閱抗戰時的經濟資料。

（三）《霞》是《虹》的姐妹篇，是預計接著《虹》的故事寫的，寫梅女士最終走上徹底革命的道路。「新方向」我的理解就是小資產階級知識分子經過漫長的道路，轉向真正的革命。

（四）《鍛鍊》尚未印出，補上最後一章；中間加了兩章（關於難民收容所），材料取自《走上崗位》，所以《走上崗位》沈老已不打算再印，把其中的材料合到《鍛鍊》中去了。沈老為《鍛鍊》寫了一個小序。

祝
文祺！

韋韜　陳小曼
一九八一年二月二十三日

〔註14〕孫中田：《茅盾在延安》，《茅盾紀實》莊鍾慶編，四川文藝出版社，1986年出版。

三

《茅盾的創作歷程》初稿完成於文革前，粉碎「四人幫」之後作了修改。在寫作、修改的過程中，爲了減少史實上的舛誤，我曾經將書稿的部分章節寄請茅盾訂正史實。

一九六四年，我把書稿的第二章，當時題爲《茅盾爲人生文藝觀的形成、發展及其衍變》寄給茅盾一閱，他在回信中說：

> 莊鍾慶同志：
>
> 　　元月二十四日來信及附稿均收。對於大稿除一二事實不符已爲注明外，餘無意見。茲將大稿另掛號寄還。
>
> 　　匆此奉覆，即頌
>
> 健康！
>
> 沈雁冰
七月二日

拙稿有關《論無產階級藝術》一文注釋中這樣寫道：「這篇文章是從當時介紹蘇聯文藝的英文雜誌上轉譯並加改寫的」，茅盾在「介紹蘇聯文藝的英文雜誌上」一句中批注：「此非文藝刊物，而爲綜合性的周刊，莫斯科出版，有英、德、法等文字的版本，我根據英文版的材料，編譯而成《論無產階級藝術》一文。」茅盾還指出文稿中一二處明顯的筆誤。此文經修改，發表於《文學評論叢刊》第四輯，一九七九年出版。

《茅盾的創作歷程》第七章談《子夜》初稿，曾於一九七八年一月初旬寄給茅盾提意見，並附函請問他當年創作《子夜》時學習馬列著作情況及其對創作的影響，他於同月十九日回信說：

> 鍾慶同志：
>
> 　　來函及大稿《論〈子夜〉》拜讀了，只因雜事甚多，至今始能答覆，甚歉。尊著對《子夜》評價過高，不勝慚愧。您問當時我曾讀過哪些馬列著作，記不起來了。當時馬列的重要著作，尚無譯本，有些從日本譯本轉譯的，亦甚少，而譯文是否完全準確，亦未易論定，魯迅只譯了關於文藝方面的馬列著作。

新版《子夜》有一篇新寫的後記，略作此書寫作意圖，或可供您參考；想來你校圖書館一定有這本書。因爲新版印數不多，市面上不易買到。不過各大專院校的圖書館是保證供應的。近來精神又比去年差些。幸尚未住院，差堪告慰耳。小曼於春節前可回京。

匆此即頌

健康！

沈雁冰

十九日

從這封回信可以看出茅盾對待自己創作成就是非常謙虛的，從他提及的新版《子夜》的後記即《再來補充幾句》中看出他重申從理論鬥爭中學習馬列主義，並以此觀察中國社會現實的觀點與方法。

當時收到茅盾的上述來信不久，《福建文藝》編輯部來組織稿件，我就把壓縮了篇幅的《子夜》給了該刊，遂於一九七八年第三期刊出。

一九七九年初我將《茅盾的創作歷程》初稿寄給茅盾，請他過目一下，以糾正其中史料上的差錯，同時提出了一些問題。他目疾不能親自閱讀，由陳小曼將其內容告訴他，他聽完之後，回答我提出的有關史實問題，並囑陳小曼代覆。她連同應我之請對書稿提出的意見，一並寄給我，現將她的來信摘錄如下：

莊鍾慶同志：

大作拜讀了三章，提一點粗淺的意見供參考。

第一章根據幾篇回憶文章寫出那麼多內容，很不簡單；要挑毛病的話，就是這些回憶文章雖介紹了一些史實，但畢竟是借題發揮，因而史實的準確性就要打折扣，例如祖父的「自然主義」對他的影響，北大預科畢業後不願繼續求學等，都言過其實。另有幾點具體的意見：（1）家鄉應是烏鎮，不稱青鎮爲好，兩個鎮原來是一個，現在也是一個，老百姓習慣只稱烏鎮，十萬人口也是指兩鎮人口。（2）少年時「農村社會的廣闊見聞」，有點講過頭了，只能說有點影響。（3）作者在求學階段打下了堅實的外語基礎，這對他後來的文學活動影響很大。（4）他是一九〇九年（十三歲）進的中學，插班二年級；在湖州中學念了二年，嘉興中學念了半年，杭州安定

中學念了一年半，當時中學是五年制。北大預科畢業是二十歲。

第二章總的感覺較充實，有幾點補充意見：

一、這一階段，作者既從事文學活動又從事政治活動（一九二二年前重點是文學，一九二三年後重點是政治）。政治觀點的形成影響文學觀點的形成，但又有先後深淺的區別，情況比較複雜。我認為，在黨的初創時期，是一群嚮往共產主義的青年人（黨員、團員），在互相探討互相激勵中，通過每個人的社會實踐，摸索著通向真理的途徑，他們都是些很不成熟的馬克思主義者，而當時並不存在某一貫正確的領導者或組織來指導一切。從這樣的歷史背景來敘述，真實感更強。這是一。其二，當時介紹過來的馬克思主義理論，只是 ABC，馬克思主義的文藝觀還幾乎沒有介紹過來，因此就產生了政治活動是共產黨的，政治觀點並非是馬克思主義的，而文藝觀點則基本上是資產階級的這樣一種矛盾的現象。這在當時並不奇怪。但政治觀點又必然要很快地反映到文藝觀點，雖然是探討性，不成熟的。因此研究作者文藝觀點的轉變，不能離開他政治觀點的確立。

二、論述這一階段的文學活動，不應該回避與早期創造社的爭論。這是件很重要的歷史事實，不談它，對理解作者的文藝觀及其發展是很大的缺陷，而且也無法說清大革命失敗後與創造社的那次論爭。關於這方面的材料鄭振鐸有一篇文章談到，收在《中國新文學大系‧文學論爭集》一書中。

以上兩點是最重要的意見。還有一些具體的意見：（1）第一篇論文是《學生與社會》，（2）第一篇文學論文是《現在文學家的責任是什麼？》，比《小說新潮欄宣言》早半個月。（3）一九二一年春（3～4 月）參加上海共產主義小組，〔註15〕籌備建立共產黨時，陳獨秀曾叫他把英文的聯共黨章譯成中文，作為起草中共黨章的依據。黨成立後，他擔任黨中央與各地組織的聯絡員。（4）文學研究會於一九二〇年十二月成立，原稿 29 頁說「在無產階級思想的影響下，在黨的領導下……」等等，說得太過了。文學研究會成立時，他尚未加入共產主義小組，後來加入了〔註16〕，也只是以個人身份發揮

〔註15〕參閱韋韜、陳小曼 1981 年 2 月 23 日給筆者的信。
〔註16〕參閱韋韜、陳小曼 1981 年 2 月 23 日給筆者的信。

作用，黨當時根本顧不上管文藝界的活動，更談不上領導。當時參加黨的工作即從事革命活動，而文學工作則是職業。以後到了一九二三、一九二四年，開始探討革命文學，也主要是從事文藝工作的黨員個人進行的探討和研究，不是有組織有領導的。(5) 離開商務是在一九二六年從廣州回來之後，那時先後參加了閘北區黨委的領導工作，商務編譯所黨的領導工作，五卅運動的宣傳工作，以及商務大罷工的領導工作，國共合作後與惲代英等籌組國民黨（左派）上海市黨部，以後又與惲代英等作為國民黨上海代表去廣州參加國民黨第二次全國代表大會。

另外對兩個問題發表一點個人看法。

（一）對「全人類」的理解。當時馬列主義的階級觀點在社會上知者甚少，進步的知識分子談論「全人類」即是指「全體人民」（這個名詞當時並不通行），或進而指「勞苦大眾」，它不包括剝削者與壓迫者。因此分析這個名詞缺乏階級觀點時，又應肯定它當時的積極意義。

（二）在對「自然主義」和「新浪漫主義」的理解。作者早期的文藝觀是進化論的，所以主張經過寫實主義到新浪漫主義。自然主義就是指寫實主義，當時對這兩者沒有嚴格的區別，即忠實地反映現實、反映人生，但不能指出出路。新浪漫主義，作者沒有深入探討，以後也不提這名詞了，但作者顯然認為它是比寫實主義前進了一步，即在寫實主義的基礎上吸收了浪漫主義的優點，因此，實際上是一種新寫實主義。不過作者當時並沒有明確的完整的科學的認識。那時作者實際上大力提倡的是寫實主義，新浪漫主義只是個空泛的遠景。

三、再回答幾個問題。(1) 一九二三年和一九二四年的夏天曾在松江暑期講演會作過兩次演講，會場在松江的一個學校裏。是否景賢中學，記不清了。沒有在那裏教書。(2)《公理日報》名義上是上海學術界聯合會辦的，實際是文學研究會的成員在負責，他們湊了一些錢，在商務的印刷所偷印（商務老闆不知道）。辦這報是因為當時各大報紙不願如實地大量地報導五卅運動的消息。這報只出了二十餘期，運動轉入低潮，即停刊，剩下的錢轉用於《文學週報》。

（3）上海大學學生是五卅運動的主力，這學校是黨辦的，沈老因爲其他事情太忙，故後來不再在上海大學兼課，但說不上脫離，因爲仍舊是他們這一批黨員在辦這所學校，如瞿秋白、鄧中夏等當時都很熟的。（4）中山艦事件後回上海，沈老負責交通局的工作（這工作本來是惲代英管的），同時準備在上海出版第一個國民黨黨報《民國日報》，後因故未辦成。（5）《漢口國民日報》的經理是毛澤民，不是沈澤民。（6）沈老沒有翻譯過《家庭·私有制和國家起源》，也不認識劉導生。（7）一九二○年一月在《學燈》上發表的是《表象主義的戲曲》，這是一篇評價外國文學的文章，因此第一篇文學論文應是《現在文學家的責任是什麼？》。（8）沈澤民生於一九○○年，他是一九二三年由沈老介紹入黨的。〔註17〕（9）《雷雨前》是一九三四年九月二十日刊於《漫畫生活》月刊第一期上，《黃昏》、《沙灘上的脚迹》和《天窗》刊於《太白》一卷第五期，總題叫《黃昏及其它》。

　　　　　致

敬禮！

　　　　　　　　　　　　　　　　　　　　　　　　陳小曼
　　　　　　　　　　　　　　　　　　　　　一九七九、六、二十八

〔註17〕據《我走過的道路》（上）說：「澤民於 1922 年 1 月回到上海，也參加了文學研究會，以後又由我介紹加入了共產黨。」

後 記

　　在學習與研究茅盾的過程中，寫了一些有關茅盾史實的文字，這些文章的資料，或長期積累的，或與同茅盾同志接觸時獲得的，現結集成一小冊子，其中有的文章已在報刊上發表過，如《文學評論》、《新文學史料》、《中國現代文學研究叢刊》、《出版工作》、《文史哲》、《文學報》，日本的《茅盾研究會會報》、《咿啞》，菲律賓的《菲華時報》、《世界日報》等，但入集時都或多或少作過改動，有的文字發表後引起異議，本集附文答辯。

　　小冊子中好幾篇文章承韋韜和陳小曼兩同志提供資料，本集很多文章的問世得到有關編輯同志的支持，湖南人民出版社對本書的出版給予熱情的幫助，恩師虞愚教授在百忙中熱情為本書題寫書名，沒有他們的關注、幫忙，這本小冊子怎能同讀者見面？

　　為了答謝他們，也為了深入開展茅盾研究工作而吶喊，我將會不斷再寫些有關茅盾史實的文字！

　　沒有批評，就不能前進。我殷切地期待研究者和讀者的批評！

作者

一九八三年五月於廈門

茅盾的文論歷程

莊鍾慶 著

提　要

　　上海文藝出版社認爲《茅盾的文論歷程》是莊鍾慶著的《茅盾的創作歷程》的「姐妹篇」，1996 年 7 月由該社出版。評論指出本書從文學的性質與特徵、文學創作論、文學史觀、文學批評與文學鑒賞、文學研究方法論等方面評析茅盾在創建具有中國特色的無產階級文論過程中理論批評實踐的發展里程和獨特成就，從而確認茅盾的文論形成了完整的科學的理論體系。書中注重歷史地、比較地評析，在同瞿秋白、魯迅、郭沫若等人的理論批評建設的比較中顯現茅盾在這方面的獨特性。

　　《文藝報》的文章指出《茅盾的文論歷程》在茅盾研究中具有「開拓性」、「獨創性」、「科學性與縝密性」及「系統性與完整性」，它與《茅盾的創作歷程》「堪稱雙璧」。《讀者導報》認爲本書在「茅盾研究專著中尚屬首見」。《二十世紀中國文學研究‧現代文學研究》指出，《茅盾的文論歷程》是「迄今最詳備系統全面地考察茅盾文學歷程的專著」。日本及東南亞華文文學學者對本書也有所評說。有的認爲「這樣仔細地全面地論述茅盾文論的歷程，是我們外國人做不到的」。有的說，在「我看過的有關茅盾文論的書」中，這本書「算是較爲突出的一本」。

本書據上海文藝出版社 1996 年 7 月版重印

目次

第一章 「表現人生、指導人生」，「全靠藝術」（1920 年～1922 年 9 月）

　　茅盾從 1920 年發表第一篇文學論文《現在文學家的責任是什麼？》〔註1〕開始到 1922 年 9 月發表的《「半斤」VS「八兩」》〔註2〕為止，是他的為人生的文藝觀的形成期。它是以唯物主義為理論基礎的。

一

　　當時茅盾的文論最引人注目的是提倡文學應該表現人生，即表現「全人類的生活」，〔註3〕這種文學或者說是「表現社會生活的文學」，〔註4〕或者說是表現「社會——民族的人生」〔註5〕的文學。

　　茅盾主張文學反映社會人生，應「有時代特色做它的背景」，表現生活中的矛盾與鬥爭。他在《創作的前途》一文中談到，反映社會生活的文學要敢於表現「中國現在社會的背景」，例如「經濟困難，內政腐敗，兵禍，天災」還要注視社會中勇敢進取的方面，又要「描寫新舊思想的衝突」，同時指出「未來的希望」、「光明的路」，「使新信仰與新理想」在人們的「心中震盪起來」。〔註6〕

〔註 1〕 《現在文學家的責任是什麼？》，《小說月報》1920 年第 1 號。
〔註 2〕 1922 年 9 月 1 日《時事新報·文學旬刊》。
〔註 3〕 《文學和人的關係及中國古來對於文學者身份的誤認》，《小說月報》1921 年第 1 號。
〔註 4〕 《社會背景與創作》，《小說月報》1921 年第 7 號。
〔註 5〕 《現在文學家的責任是什麼？》，《小說月報》1920 年第 1 號。
〔註 6〕 《小說月報》1921 年第 7 號。

　　茅盾認為，不論是客觀地描寫事物，或是主觀地抒寫理想，總須以人生為對象，這才是表現人生的文學。由此看來，表現人生的文學並不限於表現客觀的現實，還包含著表現主觀的理想。〔註7〕

　　茅盾認為，表現「全人類的生活」的為人生的文學，是「人的文學——真的文學」這種文學表露的人的思想感情，「一定確是屬於民眾的，屬於全人類的」。這種「人的文學」，就「他本國而言，便是發展本國的國民文學、民族的文學」。〔註8〕

　　應該指出，茅盾的「人的文學」的主張，儘管有著含混的「全人類」說法，然而不能不看到確實是以表現民眾思想感情為主要內容的。他在《近代文學體系的研究》中說，文學反映「人的生活，——民眾的生活」，它有著「替民眾負荷祈福的使命」。〔註9〕

　　茅盾在《文學和人的關係及中國古來對於文學者身份的誤認》中指出，為人生的人的文學，「是綜合表現人生」的，創作方法是多種多樣的。他說：「不管它浪漫也好，寫實也好，表象神秘都也好；一言以蔽之，這總是人的文學——真的文學。」

　　應當看到，茅盾提倡的「人的文學」，同周作人主張的「人的文學」是有區別的。前者強調表現民眾的生活與思想感情，後者重在提倡文學表現「個人主義的人間本位主義」。〔註10〕這兩種關於人的文學觀，在當時反對舊的文學觀的目標是一致的，然而各自的思想基礎並不相同，影響也不盡一樣。

　　還必須指出，茅盾認為寫實、浪漫、表象神秘等創作方法，都可以納入為人生的人的文學的見解，是可以討論的。依據他的看法，浪漫主義是「和法國革命同時產生的」，「專描寫上等的社會生活」，〔註11〕它是同貴族階級相聯繫的，〔註12〕表象神秘派，產生於 19 世紀末，思想是頹喪和唯我的。〔註13〕誠然，它們各自反映一定的社會人生，但能否表現最大多數民眾的思想感

〔註7〕 參見《文學和人的關係及中國古來對於文學者身份的誤認》。
〔註8〕 同上註。
〔註9〕 《近代文學體系的研究》第 3 頁，此文與劉貞晦作《中國文學變遷史略》一文合印一冊，上海新文化書社 1921 年版。
〔註10〕 周作人：《人的文學》，《中國新文學大系·建設理論集》第 195 頁，上海良友圖書印刷公司 1935 年版。
〔註11〕 《文學上的古典主義浪漫主義和寫實主義》，《學生雜誌》1920 年第 9 期。
〔註12〕 同上註。
〔註13〕 參見《為新文學研究者進一解》，《改造》1920 年第 1 號。

情,還是值得研究的。茅盾也說過「實在眞能夠描寫當代人生的總是寫實派了」。〔註14〕因爲寫實派「專描寫下等社會的生活」,〔註15〕它是 19 世紀末「勞動運動萌發的時代」的產物。〔註16〕

當然,有些創作方法、流派,如浪漫派,在不斷地發展變化中,其中或爲積極浪漫主義,革命浪漫主義,作品是能反映民眾的思想感情的。不過,作爲描寫方法來說,浪漫、象徵和比喻等都可以成爲爲人生文學的表現手段。

茅盾提出爲人生的文學觀,是把文學同人類的社會生活聯繫起來的,確認生活是文藝的源泉。同時他也不否定作家的主觀能動性的作用,例如他在分析文學現象時,非常重視作家的思想在創作中的作用。他在《文學上的古典主義浪漫主義和寫實主義》一文中談到,浪漫派作家由於受到資產階級革命的薰陶,人生觀「是欲創造,是重奮鬥」,因而作品中富有反抗封建世俗的精神。後來在唯心主義的影響下,浪漫派作家把主觀的描寫拔高了,流於空想的毛病。19 世紀「自從工業革命以來,科學長足的進步」,唯物主義思想武裝了現實派作家,他們的作品如實地揭露了現實人生中的醜惡,但是由於未能指明方向,終致使人失望。

在《文學上各種新派興起的原因》中茅盾指出,現代派諸家的創作目標是社會生活的反映,只不過是「有許多不滿人意的地方」,當然,這同他們的思想傾向有密切聯繫。以未來派來說,20 世紀初年,歐洲「物質文明驟然進化,科學和機械挾其雷霆萬鈞之力掃蕩社會,人的心理感受其影響」,「一般人的腦子裏也旋轉著『力』『速』兩個字」,這便是那時人生的眞相,未來派作爲小中產階級的代表受到這種現狀的暗示,「自然也要做出崇拜力、崇拜速的作品來了」。達達派興起於 1916 年——正當歐戰劇烈,法國「犧牲一切以求一不可必得的目的,是何等可笑而無意識的事」。達達派作家避亂於世外桃源,「覺得世界上的事都是可笑的、無意識的」,「他們就要本此見解以創作」,結果就是創作出「不可解釋的束西」;再說,歐戰時,「人類借了好聽的冠冕堂皇的名詞,實行破壞的時候。達達派亦感到了,所以他們實行破壞藝術上的一切法規」,不求人家懂得自己創作的作品。第一次世界大戰後德國一敗塗地,人們在危疑之中生活,終日煩悶,只求肉感的刺激,過著「變態的肉

〔註14〕《近代文學體系的研究》,第 14 頁。
〔註15〕《文學上的古典主義浪漫主義和寫實主義》,《學生雜誌》1920 年第 9 期。
〔註16〕同上註。

欲和自然人沒有意義的生活」，另一方面德國戰敗後，卻不肯認輸，渴望的是「精神復蘇」。這兩方面的原因形成了對「人間悲觀極了」的表現派，創作上的特點即「破棄一切舊規則而努力要創新的精神，以及變態性欲的生活」，這「都是現在這時代的人生的縮影」。〔註17〕

作家能動性的作用，除了思想觀點外，還表現在感情方面。茅盾在《文學和人的關係及中國古來對於文學者身份的誤認》一文中認為，「文學誠然不是絕對不許作者抒寫自己的情感，只是這情感決不能僅屬於作者一己的一時的偶然的」，而應當同時代民眾的情感相通。只有這樣，作者才能在作品中反映時代民眾的感情。

作家還必須重視藝術的表現力。茅盾在《新文學研究者的責任與努力》一文中說：「創作文學時必不可缺的，是觀察的能力與想像的能力」。〔註18〕在他看來，浪漫派、現實派各偏執一邊，或重想像，或偏於觀察，只有新浪漫派「能兼觀察與想像」。當然，茅盾的這些看法並不精當，然而重視創作過程中的觀察與想像的作用卻是對的。

作家的個性、經歷是創作取得成功的重要因素。茅盾在《新文學研究者的責任與努力》一文中認為：「大文豪的著作差不多都帶著他的個性；一篇一篇反映著他生活史中各時期的境遇的」。這就是說，成功的創作，往往打下作家的生活經歷、性格特徵的烙印。

創作需要作家的思想感情的傳遞、想像與觀察的能力、個性與性格的展示等，這些都是作家的主觀能動性的問題，茅盾認為，從生活出發，運用藝術手段，以達到生活形象的塑造。因此，探討反映生活的藝術特徵是創作的不可缺少的問題，茅盾對此作了不少論述。他說，「文學是思想一面的東西，這話是不錯的，然而文學的構成，卻全靠藝術」。〔註19〕這就是說文學反映社會生活必須依靠藝術手段。茅盾指出，文學的藝術手段是多方面的，例如「布局和描寫」、「煉句」、「境界」等。〔註20〕有時，他簡括地指出文學的特點，他說「用文字描寫出來，這才是表現人生的文學，這是現在研究文學的人不可不知道的」。〔註21〕

〔註17〕 《茅盾全集》第18卷，第257～267頁，人民文學出版社1989年出版。
〔註18〕 《小說月報》1921年第2號。
〔註19〕 《小說新潮欄宣言》，《小說月報》1920年第1號。
〔註20〕 《對於系統的經濟的介紹西洋文學底意見》，1920年2月4日《時事新報·學燈》。
〔註21〕 《現在文學家的責任是什麼？》。

　　茅盾不僅指出藝術的共同特徵，而且對不同流派、創作方法的藝術手段也作了探究。他在《藝術的人生觀》中說浪漫派的方法是「專注重主觀方面和情緒方面」，寫實派主張「照著物體的眞相，老老實實描寫出來」。〔註22〕他又在《文學批評的效力》中說「象徵主義不是『附會』，也不是『猜謎』；是表現作者主觀，捉摸事物內心的眞實底手法」。〔註23〕

　　以文學同社會人生的相互關係的唯物主義思想爲依據，茅盾對新文學的理論建設發表了許多獨到的見解。

　　茅盾在《新舊文學平議之評議》中認爲，新文學是有表現人生，指導人生的能力的。所以新文學「要注重思想，不重格式」。〔註24〕新文學不僅要反映社會人生，還要推進社會人生向美好方面發展。因此要求新文學「宣傳新思想」，〔註25〕即「世界的現代思想」，或「現代精神」，〔註26〕諸如民主思想、科學思想。茅盾在《新舊文學平議之評議》中認爲，新文學「要爲平民的非爲一般特殊階級的人的」，因此，新文學「要有人道主義的精神，光明活潑的氣象」。這就是說新文學要爲平民呼籲和鼓吹人道主義，即「出力的攻擊腐敗政府和袒護平民」，〔註27〕爲「下流社會人的苦況」而「悲憤慷慨」。〔註28〕

　　新文學要求反映人生，指導人生，且要爲平民呼籲，因此文學工具必須接近廣大人民，爲他們所掌握。茅盾在《新舊文學平議之評議》中指出新文學「是普遍的性質」，「要用語體來做」，即提倡白話文作爲新文學的文字工具。

　　茅盾指出新文學是爲人生的，需要「用文學描寫出來，這才是表現人生的文學」。可見，他認爲重視文學的藝術特徵是新文學不可缺少的條件。

　　茅盾認爲新文學必須具有民族色彩。他在《新文學研究者的責任與努力》中指出，「現時種界國界以及語言差別尙未完全消滅以前」，「新文學運動都不免帶著強烈的民族色彩」，中國新文學運動也不能例外。

　　在茅盾看來，文學要有民族色彩，必須表現民族的國民性。他在《新文學研究者的責任與努力》中說，「所謂國民性並非指一國的風土民情，乃是指

〔註22〕《學生雜誌》1920年第8號。
〔註23〕1921年7月11日《民國日報・覺悟》。
〔註24〕《小說月報》1920年第1號。
〔註25〕《現在文學家的責任是什麼？》。
〔註26〕《新文學研究者的責任與努力》，《小說月報》1921年第2號。
〔註27〕《安得列夫死耗》，《小說月報》1920年第1號。
〔註28〕《俄國近代文學雜譚》（上），《小說月報》1920年第1號。

這一國國民共有的美的特性」。他又說，「中華這麼一個民族，其國民性豈遂無一些美點？從前的文學家因為把文學的目的弄錯了，所以不曾發揮這些美點，反而把劣點發揮了」。因此，必須強調表現民族的國民性的美點。只有表現國民性的文藝才能有真價值，才能在世界文學中占一席地。

新文學的理論建設，必須正確處理同中國傳統文學、外國文學的關係。茅盾在《小說新潮欄宣言》中提出：「創造中國的新文藝時，西洋文學和中國舊文學都有幾分的幫助」。他主張從中國舊文學和西洋文學中汲取有用的成分，「另創一種自有的新文學出來」，因此既要反對「守舊」的傾向，也要反對「徒然『慕歐』」的現象。

茅盾指出新文學就是「進化的文學」，這是根據進化論提出來的。他認為新文學的形成與發展是「隨時遷善」的。然而，他還認為新文學的形成與變遷又是充滿鬥爭的，決非和平進化。他在《獨創與因襲》一文中說，「新文學革了舊文學底命，自當脫胎換骨，一新面目。」〔註 29〕這就清楚地說明新文學代替舊文學，必須經過革命才能完成「創造」新文學的使命。

據此，茅盾堅決反對新舊文學平行的折衷派、封建復古派、鴛鴦蝴蝶派以及唯美主義文學，為新文學的發展掃清道路。

茅盾認為新文學的形成與發展，必須同形形色色的封建文學作堅決而持久的鬥爭。這種反封建鬥爭的徹底性與不妥協性，充分體現了無產階級思想在五四新文學運動中的領導作用，因為，只有在無產階級思想領導下，才能對封建文學進行不調和的鬥爭。由此看來，茅盾關於新文學的看法既有進化觀念，又有革命思想，這是反封建鬥爭的民主主義思想同無產階級思想因素的交匯。茅盾對於新文學的見解具有自己的特點。胡適在《文學改良芻議》〔註30〕中認為新文學是「文學進化」的，這是與茅盾相同的，然而胡適卻主張「文學改良」，茅盾則主張新文學必須「革了舊文學底命」的。李大釗在《什麼是新文學》中主張新文學應該有「宏深的思想、學理，堅信的主義，優美的文藝，博愛的精神」作為「土壤、根基」，〔註31〕儘管其中「博愛的精神」的提法尚欠周到，然而「堅信的主義」卻是針對胡適反對的馬克思主義而提出的，旨在申明新文學必須堅信馬克思主義的作用。這就為新文學注入了新的思

〔註29〕 1922 年 1 月 4 日《時事新報‧學燈》。
〔註30〕 《新青年》1917 年第 5 號。
〔註31〕 1919 年 12 月 8 日《星期日》（社會問題號）。

想，在當時是少有的。至於魯迅，主要是從創作上體現新文學徹底而不妥協的民主革命精神，以顯示它是符合新民主主義革命的要求的。

茅盾主張：文學是社會生活的藝術反映，作家在表現生活的過程中應發揮獨特的能動作用。形成這種唯物主義文藝觀，並非偶然。他是在同唯心主義文學觀的鬥爭中建立這種文藝觀的。他在《自然主義與中國現代小說》中竭力抨擊新文學中出現的兩種承襲古來脫離社會生活談論文學的觀念的傾向。一是「文以載道」的觀念，它「拋棄真正的人生不去觀察不去描寫，只知把聖經賢傳上朽腐了的格言作為全篇『柱意』，憑空去想像出些人事」，二是「遊戲」的觀念，本著「吟風弄月文人風流的素志，遊戲起筆墨來，結果也拋棄了真實的人生不察不寫」。〔註 32〕他還批判了鴛鴦蝴蝶派的遊戲的文學觀念。他指出，依據「文以載道」及「遊戲文學」觀念創作的文學作品必然同人類隔絕，同社會隔絕。

茅盾善於吸收中國古典文學中的優秀遺產，以豐富文學同社會人生的關係的理論。他在《文學上各種新派興起的原因》中說，「文藝是人生的反映，是時代精神的縮影」，「這種話，初看似乎是西洋來的『舶來品』，不是『國貨』，然而細想起來，中國古人原也早悟到這一層的。古語說『治世之音安以樂……亂世之音怨以怒……亡國之音哀以思……，這就是說，怎麼樣的社會背景產生出怎麼樣的文藝，怎麼樣的文藝是怎麼樣的人生反映」。茅盾還在《中國文學不發達的原因》中肯定了中國古代文學中表現社會人生的作品，指出那「的的確確是真文學，是人的文學了」。〔註 33〕他還引用古代文論中的一些說法如神韻等，來概括和評論文學作品的藝術特徵。

茅盾還借鑒外國進步的文學理論中關於文學同社會人生的關係的看法。他在《文學與人生》中說：「西洋研究文學者有一句最普通的標語：是『文學是人生的反映（Reflection）』，人們怎樣生活，社會怎樣情形，文學就把那種種反映出來。」〔註 34〕茅盾也從這種文學必須反映社會人生的理論，引出新文學應當反映中國社會生活的主張來，同時又根據外國作家的思想同創作的關係的實例，闡述作家的革命思想在創作中的作用。

〔註 32〕《小說月報》1922 年第 7 號。
〔註 33〕1921 年 5 月 10 日《時事新報・文學旬刊》。
〔註 34〕《中國新文學大系・文學論爭集》，第 150 頁，上海良友圖書印刷公司 1935 年版。

茅盾善於從世界文學發展進程中總結文學同社會生活關係的歷史經驗，他在《新文學研究者的責任與努力》一文中說：「翻開西洋的文學史來看，見他由古典——浪漫——寫實——新浪漫……這樣一連串的變遷，每進一步，便把文學的定義修改了一下，便把文學和人生的關係束緊了一些」，這「無非欲使文學更能表現當代全體人類的生活」。茅盾認為這是世界文學發展的總趨勢，儘管中國新文學「帶著強烈的民族色彩」，然而也不能逾越它。他還在《小說新潮欄宣言》中，從西洋文學發展的歷史中探索文學的藝術特徵及各種流派的藝術方法。

茅盾的文學同生活的互相關係的觀念的樹立，是同他具有唯物主義哲學觀點分不開的。他的唯物主義思想，突出表現在觀察和回答現實生活中所提出的問題方面。他把現實生活實踐，看作思想觀念的可靠依據。他在《我們現在所能做而且必須做的》一文中，強調面對「社會實際上的需要」，重視「現在所能做的所必需做的」，〔註35〕注重合乎實際的思想。這種唯物主義哲學思想用於文學，必然承認文學來源於生活實際，注重作家主觀能動性在創作中的作用，同時也要從實踐中檢驗主觀認識是否合乎客觀的反映。

關於文學同生活的關係，李大釗在《馬克思的歷史哲學與理愷爾的歷史哲學》一文中從經濟基礎同上層建築的關係加以論證。他指出「上層的變動隨著基址的變動而變動」，〔註36〕闡述作為上層建築的藝術同經濟基礎的內在聯繫，然而他並沒有以馬克思主義觀點系統地論述生活同文學的辯證關係。魯迅也未能從這方面作出理論的分析，他或是結合美術創作闡發進步的美術家「固然須有精熟的技工，但尤須有進步的思想與高尚的人格」〔註37〕的觀點，或從創作實踐談到作品描寫生活的問題，如說《孔乙己》是「描寫社會上的或一生活」〔註38〕的，稱讚阿爾志跋綏夫的作品是「描寫現代生活」〔註39〕的。

文學研究會同仁在論述文學同生活的關係方面的文字為數不少，其中不乏比較值得注意的見解。周作人在《新文學的要求》中，主張文學同「人生相關」，「著者應當用藝術的方法，表現他對於人生的情思，使讀者能得藝術

〔註35〕1921 年 6 月 30 日《民國日報‧覺悟》。
〔註36〕《李大釗文集》（下），第 357、358 頁，人民出版社 1984 年出版。
〔註37〕《熱風‧隨感錄四十三》。
〔註38〕《吶喊‧孔乙己‧附記》。
〔註39〕《譯文序跋集‧〈幸福〉譯者附記》。

的享受與人生的解釋」。〔註40〕鄭振鐸在《新文學觀的建設》一文中,同茅盾一樣反對「文以載道」與「娛樂」派的文學觀,主張「文學是人生的自然的呼聲」,「以真摯的情感來引起讀者的同情的」。〔註41〕可以看出,茅盾當時在論述文學同社會的關係方面相當具體而周全,然而還未能從馬克思主義意識形態論來加以論述。

創造社對文學同生活關係方面的論述也有自己的看法。不少人幾乎不談文學同社會現實的關係,只談文學同主客觀的關係,其中特別強調主觀創造。郭沫若在《論國內的評壇及我對於創作上的態度》一文中談到「對於藝術上的見解,終覺不當是反射(Reflective)的,應當是創造的(Creative)。前者是純由感官的接受,經腦神經的作用,反射地直接表現出來……後者是由無數感官的材料,儲積在腦中,便經過一道過濾作用,醞釀作用,綜合地表現出來,……真正的藝術品當然是由於純粹的主觀產生」。〔註42〕

就當時文壇有關論述文學同生活關係的問題而言,像茅盾那樣以唯物主義思想作出比較全面與系統的論述,未見可與對壘者。

文學既然是生活的能動的藝術反映,那麼如何進行文學創作呢?這就需要講究創作方法問題。

創作方法是作家進行創作的原則與方法,這牽涉到作家對社會生活的態度、立場,觀察社會生活的觀點、方法以及作家的表現手法。

茅盾用唯物主義觀點探討了創作方法的特點、長處、局限,以及形成的社會條件及其同哲學、文學因素的聯繫。他在《文學上的古典主義浪漫主義和寫實主義》一文中指出,古典主義是在文藝復興時代末期到法蘭西突發的浪漫主義開始為止的 18 世紀出現的。通常的說法這是君主專制的年代。茅盾認為當時法蘭西的哲人師法古希臘、羅馬的文藝,而自創立古典主義文藝,要求有「廣大健全的人生觀,為理性所勻制的情緒,和完全的藝術手段」。這種創作方法的特點,不是強調創作需要從生活出發,表現人物思想感情,而是「偏重理」,強調「『方正中庸』為合於理」,「而這個理字,又是專一崇奉古希臘羅馬文學家的作品」,古典主義又是著重形式,要求「文體的勻稱(Proportion)諧和(Harmony)完具(Completiness 的)全備(Perfection)」,

〔註40〕《中國新文學大系·文學論爭集》,第 141 頁。
〔註41〕1922 年 5 月 11 日《時事新報·文學旬刊》。
〔註42〕1922 年 8 月 4 日《時事新報·學燈》。

即「一成的無可增損的美（Beauty finished and absobute）」。對此，茅盾認爲古典主義在藝術上「自有他的價值」，後人加以模仿，走上形式主義，如 18 世紀中葉到末葉出現的冒牌的古典主義文學，遭到浪漫派的反對。

關於浪漫主義，茅盾認爲那是文藝復興時代的產物，它以上等社會生活爲描寫對象，主張創造，提倡個性，注重想像，描寫不務求勻稱而求動人。這種專注「主觀的文學」，「其弊在不切實」，「只管向壁虛造，沒根沒柢地去發揮他們主觀的眞善美」，變成了同「當時現實人生的衝突」。

茅盾認爲，寫實主義「專描寫下等社會生活」，「注重觀察」，是「客觀的文學」，「其弊在枯澀而乏輕靈活潑之致」，「徒事批評」，不能指出「前途的希望」。這種現實主義的出現，同 19 世紀後半「科學昌明」有直接聯繫，同當時「社會上不安的現象、慘痛畢露」也有關係。

茅盾在論述寫實主義的同時，反覆介紹自然主義，這兩者關係如何，是多年來爭論不休的問題。對此，我在《茅盾的創作歷程》〔註43〕中已有所論述，這裏再作些補充。在當年茅盾看來，自然主義與現實主義是同一創作方法的。他在《自然主義的懷疑與解答·覆呂芾南》〔註44〕中說，「文學上的自然主義與寫實主義實爲一物。」他認爲自然主義有兩件法寶，即「客觀描寫與實地觀察」。同樣，寫實主義也是「注重觀察」、「重客觀的描寫」，他還說，寫實主義的興起同 19 世紀後半「科學萬能」論有關。自然主義的提出「是經過近代科學的洗禮的」，當然，茅盾也指出自然主義同寫實主義的區別。他在《自然主義的懷疑與解答·覆呂芾南》中說，「自來批評家中也有說寫實主義與自然主義之區別即在描寫法上客觀化的多少，他們以爲客觀化較少的是寫實主義，較多的是自然主義」。他又說：「寫實派作者觀察現實，而且努力要把他所得的印象轉達出來，並不用理性去解釋，或用想像去補飾。自然派就不過把這手段更推之於極端罷了。」這說明了自然主義與寫實主義只是在客觀的描寫方法的差異。因而他認爲巴爾札克、佛羅貝爾等均應列爲寫實派，而曹拉則是高高豎起自然主義大旗，所以稱自然主義爲「曹拉主義」，以示區別。

茅盾還指出，歐洲自然主義小說中「是只看見人間的獸性的」，「是迷信定命論的」等，〔註45〕那是符合 19 世紀歐洲普遍的社會人生的。自然主義小

〔註43〕人民文學出版社 1982 年出版。
〔註44〕《小說月報》1922 年第 6 號。
〔註45〕《自然主義與中國現代小說》，《小說月報》1922 年第 7 號。

說的這些特點,是否也包括在寫實主義作品中,他並沒有具體論述。

總之,茅盾認爲,從總體上說,寫實主義、自然主義在客觀描寫方面是有共同性的,因此,他竭力鼓吹它們,主要是取法其中「技術上的長處」。〔註 46〕至於對寫實主義、自然主義的區別,寫實主義及自然主義中間的不同派別的特點,茅盾都作了或詳或簡的評述。

茅盾視現實主義、自然主義爲一物,那是以當年西方一些學者的有關見解爲依據的。他在《自然主義的懷疑與解答·覆呂茀南》中引用英國的珊斯培爾、蘇格蘭的納爾生等持現實主義與自然主義爲一物的看法。其實,左拉提出自然主義理論時,就有類似的看法。例如他認爲「自然主義因巴爾札克而勝利了」。〔註 47〕

究竟歐洲文學發展史上有沒有現實主義與自然主義的理論主張的區別呢?應該說,這兩者的區別是客觀存在的。例如 19 世紀 50、60 年代在法國文壇上就出現過以畫家柯爾培、小說家、文藝評論家夏夫洛利爲代表的現實主義流派。夏夫洛利在他的文集裏主張要「研究現實」,在筆下「表現看見的那個事物」。如果說這個現實主義流派的主張還未能明確地要求作家從本質上揭示社會現實,那麼 19 世紀 90 年代恩格斯關於現實主義的理論就能從根本上解決了這個問題了,他在《致瑪·哈克奈斯》的信中說:「據我看來,現實主義的意思是,除細節的眞實外,還要眞實地再現典型環境中的典型人物。」〔註 48〕

左拉的自然主義在某些方面同法國現實主義流派有相近之處,例如左拉強調客觀事實對於創作的意義。他在《戲劇上的自然主義》中說:「在文學方面」,「自然主義是直接的觀察、精確的解剖,對存在事物的接受與描寫。」〔註 49〕但左拉的自然主義同法國現實主義流派存在著原則的分歧。左拉在《盧貢·馬卡爾家族史·總序》一文中談到,對他來說,「最重要的事件是作一個純粹的自然主義者,一個純粹的生理學家」。又說,「我要這些原則（遺傳學、先天性）。」〔註 50〕這就是說,左拉主張運用遺傳決定論等指導創作,而法國現

〔註 46〕 《自然主義的懷疑與解答——覆周志伊》,《小說月報》1922 年第 6 號。

〔註 47〕 左拉:《戲劇上的自然主義》,《西方文論選》下卷,第 247 頁,人民文學出版社 1964 年出版。

〔註 48〕 《馬克思恩格斯列寧斯大林論文藝》,第 147 頁,人民文學出版社 1986 年出版。

〔註 49〕 左拉:《戲劇上的自然主義》,《西方文論選》下卷,第 245 頁。

〔註 50〕 轉引自讓·弗萊維勒:《左拉》,第 69～70 頁,王道乾譯,平明出版社 1955 年出版。

實主義流派卻沒有這類主張。左拉的自然主義同恩格斯提出的現實主義主張的根本分歧就更爲明顯了。

左拉自然主義同法國現實主義流派相接近的部分，是應該肯定的，至於提倡創作中表現遺傳、先天性等思想，那是不足取的。當年茅盾認爲自然主義與現實主義在客觀地表現現實生活的方面的共同性，是未可厚非的，而他對於自然主義作品中出現的「專在人間看獸性」及「定命論」等的看法，則是值得探討的。他認爲那些「是不健全思想」，不過，它是 19 世紀歐洲社會人生普遍存在的反映，「只能怪社會不好」。倘若當年的中國社會同樣存在這種現象，「難道還假裝癡聾，想自諱麼」？作家不是不能反映這種社會實情，關鍵在於採取怎樣的立場，是否有分析、有批判地加以表現。茅盾這類主張的弱點，在於只是認爲生活中有此現象即可反映，這顯然是受到自然主義純客觀描寫方法的影響的。

茅盾認爲，爲人生的文學是「時代的反映」，而最能充分體現這一特點的便是現實主義，因爲現實主義能夠眞實地反映當代人生。因此，他竭力主張現實主義時代性。

茅盾認爲文學是「時代的反映」，所謂時代，如他在《文學與人生》中所說的，「或者說時勢」，「連時代的思潮，社會情形等都包括在內」。

以文學反映「社會情形」來說，應如茅盾在《創作的前途》一文中指出的，「或隱或顯必然含有對於當時代罪惡反抗的意思和對於未來光明的信仰。」〔註 51〕這就是說，要表現時代生活，就要描寫當時的社會背景，反映反抗黑暗勢力，指示未來前景的生活景象。

茅盾在《文學與人生》中指出，文學要反映時代生活，還要表現「時代思潮」。他著重談到社會思潮對文學的影響，他說法國二次革命與復辟時期，一批大文學家受當時思潮的刺激，不管正面的還是反面的例子都可以從作品中找到印痕。當然一個時代有著共同的一致傾向，即「時代的精神」。這種「時代精神」「支配著政治、哲學、文學、美術等等」，茅盾舉例說，「近代的時代精神是科學的」，因此，求眞成爲近代的共同時尙，這在現實主義作品中表現最爲突出。

由此看來，茅盾主張現實主義文學的時代性，既要求表現時代生活，又要求表現時代精神。

〔註51〕《小說月報》1921 年第 7 號。

茅盾提出現實主義時代性是同反對當時文壇上出現的非時代性或反時代性的創作傾向有關的。正如鄭振鐸所指出的,當時文學研究會「標示著寫實主義的文學的;他們反抗無病呻吟的舊文學;反對以文學爲遊戲的鴛鴦蝴蝶派的『海派』文人們」。〔註52〕作爲文學研究會的中堅,茅盾和文學研究會作家們爲了反對文學脫離時代的惡習,比起「《新青年》派更進一步的揭起了寫實主義的文學革命的旗幟的」,主張文學工作者「必須和時代的呼聲相應答」。〔註53〕

茅盾關於現實主義時代性的主張在現代文學史上也是有獨特性的。我國新文學運動中最早倡導現實主義的,是陳獨秀。他早就在《答張永言信》中談及現實主義:「吾國文藝」,「今後當趨向寫實主義。文章以紀事爲重,繪畫以寫生爲重」。〔註54〕後來他在《文學革命論》一文中重申「推倒陳腐的鋪張的古典文學,建設新鮮的立誠的寫實文學」。〔註55〕陳獨秀對於現實主義的闡釋顯然比較簡單,把它解釋爲「紀事」「立誠」,或許可以這樣說,他認爲現實主義是對現實生活的如實表現。

陳獨秀提出現實主義後,遭到一些人的反對,而魯迅則是支持的。他說:「現在有幾位批評家很說寫實主義可厭了,不厭事實而厭寫出,實在是一件萬分古怪的事。」〔註56〕魯迅對現實主義的闡述比陳獨秀準確,具有自己的特點,那就是主張現實主義文學必須具有思想的深刻性。他認爲現實主義應是「如實描出」「時代的肖像」,〔註57〕但思想要深刻。他稱讚阿爾志跋綏夫的「寫實主義,表現之深刻」;〔註58〕還認爲安特來夫的創作「含著嚴肅的現實性以及深刻和纖細」;〔註59〕他肯定契里訶夫作品「大抵取自實生活,頗善於諷刺和詼諧」,然而「稍缺深沉的思想」。〔註60〕

同魯迅相比,茅盾更爲系統地介紹現實主義理論主張,不過魯迅沒有像

〔註52〕《中國新文學大系・文學論爭集・導言》,第 8 頁。
〔註53〕《中國新文學大系・文學論爭集・導言》,第 9 頁。
〔註54〕《青年雜誌》1915 年第 4 號。
〔註55〕《新青年》1917 年第 6 號。
〔註56〕《譯文序跋集・〈幸福〉譯者附記》。(本書引用魯迅的作品,以人民文學出版社在 1981 年出版的《魯迅全集》十六卷本爲準。)
〔註57〕同上註。
〔註58〕《譯文序跋集・譯了〈工人綏惠略夫〉之後》。
〔註59〕《譯文序跋集・〈黯澹的煙靄裡〉譯後附記》。
〔註60〕《譯文序跋集・〈連翹〉譯後附記》。

茅盾那樣把現實主義同自然主義相提並論，以至於在現實主義理論中夾雜自然主義的因素。在論述現實主義主張方面，魯迅注重表現社會生活的深刻性，而茅盾著重強調文學的時代性。可以這樣說，「五四」時期，茅盾雖然不是最早介紹現實主義理論，然而卻是比較明確而全面地闡述了現實主義主張，其中對於時代性的論述在所有作家中最爲得力。應該說，這是他對於「五四」新文學現實主義理論最初的貢獻。

茅盾還介紹並提倡新浪漫主義。他在《聖誕節的客人‧譯者識》中說，「表象主義和神秘主義復振以來，合而成於新浪漫派。」〔註61〕後來他在《爲新文學研究者進一解》中又說，「新浪漫主義現在主要的趨勢光景可以拿羅蘭做個代表了。」他又在《文學上的古典主義浪漫主義和寫實主義》一文中說：「這種新理想主義的文學，喚做新浪漫運動。」這樣，茅盾又把新理想主義文學視爲新浪漫主義。

後來茅盾在《夜讀偶記》中論述現代派時指出，「現在我們總稱爲『現代派』的半打多『主義』，就是一個東西」，不過，「五十年前人們曾一度使用過的『新浪漫主義』，稍稍有點區別；當時使用『新浪漫主義』這個術語的人們把初期象徵派和羅曼‧羅蘭的早期作品都作爲『新浪漫主義』一律看待的。」〔註62〕

可見，茅盾對當年提倡的新浪漫主義仍持有保留的看法，他當時認爲新浪漫主義是有若干特點。其一，如他在《爲新文學研究者進一解》中說，「浪漫精神常是革命的解放的創新的」，這種精神在文學界「得之則有進步有生氣」的。其二，新浪漫主義「能兼觀察與想像，而綜合地表現人生」。〔註63〕這就是說，新浪漫派如同寫實派具有「客觀的眼光，科學的方法」，〔註64〕又有浪漫主義注重想像的特點。其三，新浪漫主義能補救「寫實主義之全批評而不指引」、「補救寫實主義之不見惡中有善」。〔註65〕換句話說，新浪漫主義兼有批評現實與指引前景的特點。

茅盾歸納了新浪漫主義的幾個長處，認爲從文學發展的趨勢看，新文學運動應提倡新浪漫主義。然而，他鑒於當時文壇治理以文學爲遊戲和不求實地觀察這兩大毛病，主張必須提倡現實主義。

〔註61〕 《東方雜誌》1920 年第 3 號。
〔註62〕 《夜讀偶記》，第 2 頁，百花文藝出版社 1958 年出版。
〔註63〕 《新文學研究者的責任與努力》。
〔註64〕 《近代文學體系的研究》，第 14 頁。
〔註65〕 《歐美新文學最近之趨勢‧書後》，《東方雜誌》1920 年第 18 號。

應該指出，當年茅盾提倡的新浪漫主義，同他受尼采的影響分不開的。他讚揚尼采的名言：「從新估定一切的價值」，「創造新價值」。〔註 66〕他正是從這種解放的創新的精神出發，提倡新浪漫主義的。

茅盾認為他提倡的新浪漫主義，以新理想主義為哲學依據，然而他沒有對此作出明確的解釋，當然這是以法國柏格森唯心主義的理論為依據的。不過，他已賦予新理想主義以新意了。這從他推薦的羅曼‧羅蘭的新浪漫主義代表作《約翰‧克利斯朵夫》中可略知一二，他說，主人翁「受思潮之衝激，環境之迫壓，而卒能表現其『自我』。進於新光明之『黎明』」。〔註 67〕這就是說，羅曼‧羅蘭的新理想主義揭示「人類的靈魂的冒險，欲擺脫過去的專制，服務於將來」，這樣的作品「表現過去，表現現在，並開示將來給我們看」。〔註 68〕

茅盾提倡新理想主義或新浪漫主義文學，目的在於使新文學運動追隨世界文學的發展而前進。然而，新文學發展的實踐證明，那是很難行得通的。茅盾逐步認識到這點，隨後也就不再提倡新浪漫主義了。

茅盾不僅研討創作方法，而且探索文學的獨創性的問題。他認為這是文論中的一個重要方面。他在《獨創與因襲》一文中反對文學上的因襲與模仿，提出文學的獨創性問題。他還在其他文章中作了補充論述。

茅盾在《獨創與因襲》中談及文學獨創時，指出文學「忌同求異」，要求「一新面目」。這就是說文學創作需要新的創造，新的特點。

文學的獨創性如何體現呢？其一，從作品的形式看，茅盾說「就以用詞與表現形式而論」，「總以不落常套為是」，「以新鮮活潑為貴」，有「『意緒』可尋」，「才能引起讀者強烈或微渺的興趣」。〔註 69〕

其二，從作品的風格看，茅盾指出「真正的作家必有他自己獨具的風格，在他的作品裏，必能將他的性格精細地透映出來」。〔註 70〕他還說陳大悲的小說「獨具風格」，「充分地表示作者的個性」。〔註 71〕這就是說作品的風格同作品中顯示的作家個性是一致的。茅盾對於風格的內涵或作品中體現作家個性的內涵並沒有具體論述。

〔註 66〕《尼采的學說》，《學生雜誌》1920 年第 1 號。
〔註 67〕《歐美新文學最近之趨勢‧書後》。
〔註 68〕《為新文學研究進一解》。
〔註 69〕《獨創與因襲》，1922 年 1 月 4 日《時事新報‧學燈》。
〔註 70〕同上註。
〔註 71〕《評〈小說彙刊〉創作集（二）》，1922 年 7 月 11 日《時事新報‧文學旬刊》。

　　其三，從作品的「神韻」來考察文學的特色。茅盾在《新文學研究者的責任與努力》中說，「文學作品最重要的藝術色就是該作品的神韻」。他又在《譯文學書方法的討論》中指出，構成「形貌」的要索是「單字」和「句調」兩大端，這兩者同時也造成了該篇的「神韻」，「一篇文章如有簡短的句調和音調單純的字，則其神韻大都是古樸；句調長而挺，單字的音調也簡短而響亮的，則其神韻大都屬於雄壯」。〔註72〕他還在《新文學研究者的責任與努力》中舉例說，蘇德曼的《憂愁夫人》有著「陰鬱晦暗的神氣」，比昂遜的《愛與生活》有著「光明爽利的神氣」，梅特林克的《一個家庭》等有著「靜寂的神氣」。這些都是作品的神韻。

　　其四，從作品的思想內涵與藝術色彩看作家的獨特性。茅盾在《讀〈小說月報〉第十三卷第六號》中談到冰心的創作時指出「明麗婉妙而常帶點嫩黃色的悲哀，處處表見女性藝術家的特點。她的散文富有詩趣，她的思想，在『逃到自然』這一點上，頗似受了泰戈爾的影響，而在『徹悟』一點，則完全發見了她自己了。」〔註73〕在介紹法朗士時，茅盾在《對於系統的經濟的介紹西洋文學底意見》中指出，「他在文學最出色的，是有哲學的問題，詼諧的語法，深沉的理想。」

　　文學的獨創，不論哪種創作方法或者流派都是需要的。茅盾在《覆徐秋沖信》中曾經說過，「人受了某主義的影響」，「並非從此便汩沒了個性」，〔註74〕說的便是這個意思。

二

　　茅盾的文學批評論開始形成，表現在他對於文學批評的職能、範圍、標準、特點等作了初步的論述，並且從中顯示出唯物主義和辯證的精神。

　　茅盾認為文學批評的職能在於兩個方面。其一，「解釋作品之好處，使人人都得而欣賞」。〔註75〕他指出，「凡文學作品必具有深與淺之兩方面；一篇文學作品有數萬乃至數十萬的讀者，能風行一時又能永久不朽，全賴有這兩種特質。普通讀者大都只能在淺的一方面領略，深的一方面須經批評的指

〔註72〕《小說月報》1921 年第 4 號。
〔註73〕1922 年 6 月 11 日《時事新報‧文學旬刊》。
〔註74〕《小說月報》1922 年第 4 號。
〔註75〕《致徐雉信》，《小說月報》1922 年第 6 號。

引」。〔註76〕其二，「批評創作眞是萬分緊要的事」，〔註77〕「批評創作的意思只是把創作介紹給讀者罷了」。〔註78〕或者說，「不過是一個心地率直的讀者喊出他從某作品所得的印象而已」。〔註79〕這些旨在給創作家參考，當然「含有指導創作家」〔註80〕的意思。

指導創作也好，引導欣賞也好，茅盾認爲文學批評是要有一定的尺度的。

首先，「凡是忠實表現人生的作品，總是有價值的」，〔註81〕在表現社會人生的作品中，不管哪個主義或流派的，都應給予不同程度的肯定。古典主義、現實主義的作品且不必說，就以同他的藝術流派不盡一致的浪漫主義來說，也能正確估量。他在評述郭沫若的詩劇《女神之再生》時指出，這是「用了古代的傳說來描寫現代思想的價值與其缺陷」，並非「膚淺之作」。〔註82〕在《覆譚國棠信》中又說，郁達夫的《沉淪》三篇，除了《銀灰色的死》而外，「餘二篇似皆作者自傳」，「故能言之如是眞切」。〔註83〕

其次，茅盾從作品所含的思想與藝術的要素評價它的價值。他要求作家具有「現代思想」「現代精神」，如「注意社會問題，同情於第四階級，愛『被損害者與被侮辱者』」，並「把這種精神灌到創作中」。〔註84〕評論者應據此衡量作品的思想價值。至於藝術尺度，茅盾反覆強調藝術描寫的眞實性和具體性，並力求做到思想性同眞實性結合。當然各種文學形式又有不同的要求，如詩應「是情緒的自然流露，若眞能任其自然不加一些人工而寫在紙上，自然會合於自然的節拍，能讀而且不拘束」。〔註85〕小說應重視人物性格的刻劃，講究布局、環境等的安排。劇本應注重動作、對話及角色的個性的描寫。

茅盾認爲評介文學作品的思想與藝術必須並重，對於兩者一致的作品應給予很高的評價。

〔註76〕 《〈對於介紹外國文學的我見〉底我的批評》，1921 年 10 月 9 日《民國日報·覺悟》。
〔註77〕 《文學批評的效力》，1921 年 7 月 11 日《民國日報·覺悟》。
〔註78〕 《致張維祺信》，《小說月報》1921 年第 8 號。
〔註79〕 《「文學批評」管見一》，《小說月報》1922 年第 8 號。
〔註80〕 《文學批評的效力》，1921 年 7 月 11 日《民國日報·覺悟》。
〔註81〕 《評四五六月的創作》，《小說月報》1922 年第 8 號。
〔註82〕 《文學界消息》，1921 年 5 月 20 日《時事新報·文學旬刊》。
〔註83〕 《小說月報》1922 年第 2 號。
〔註84〕 《自然主義與中國現代小說》。
〔註85〕 《致齊魯侗信》，《小說月報》1922 年第 7 號。

他在《春季創作壇漫評》中稱讚短篇《死——不祥》、《往杭州去的路上》中「那矯健的筆力和濃厚的感情」，並認定這是「在現近創作壇中不很多見」的「革命文學」。對於思想與藝術上存在問題的作品，茅盾也嚴肅指出。他在《最近的出產》中評論創作劇《孤獨者》時明確點出：「這劇似乎是理想又似非理想，有點做作的神氣」；主人翁的「個性亦描寫得不濃」。他著重批評「全劇的思想」，即「根本不合理的」「中國式的戀愛觀」。總之，他認為這個創作劇「不很好」。〔註86〕

作品的思想與藝術之間的不平衡狀況是客觀存在的。茅盾認為應分別採取不同的態度，給予不同的評價。他在《春季創作壇漫評》中評論短篇《無聊的人》、《藝術之友》時，認為「在藝術上都不能說怎地完全，但在思想上很可以表現出現在國內青年心理煩悶而渴求慰藉的狀態」。當然，也有些作品如田漢的劇作《靈光》，他認為在「想像方面」「力豐思足，而於觀察現實方面尚欠些工夫」。對此，他「表示極端的歡迎，並希望田君繼續有創作發表」。

茅盾在注意作品思想與藝術的統一性與差異性的同時，著重提出反對脫離生活，忽視藝術的公式化、概念化的傾向。他在《「文藝叢談」二則》一文中指出當時創作顯見的毛病，如題材單方面，命意千篇一律；描寫缺少個性；書中人物的舉動與情緒是抄襲的；「描寫的明明是中國事，卻反有濃厚的西洋氣撲面而來」。〔註87〕

文學批評的正常開展，有助於創作的發展。茅盾在《致鄭振鐸信》中指出，「批評和藝術的進步，相激勵相攻錯而成」。他提倡批評時「開誠相見」，「完全脫離感情作用而用文學批評的眼光的，雖其評為失當」，「亦應認其有價值」。〔註88〕

茅盾指出，對於作品有許多不同的見解可以互相辯詰，這是合乎常規的。他在《致黃紹衡信》中認為對於作品「有甚相反的意見」，「有時因為讀者主觀的關係」。〔註89〕例如，人道主義作品在當時幾乎完全不能得人了解，頗有些人很簡單地描寫一個乞丐在富家窗下凍斃而窗內尚在作樂算是人道主義作品，茅盾卻認為這是浮面而簡單的情緒的東西。究其原因，是讀者受到「傳統的觀念和習俗的薰染」。

〔註86〕1922 年 7 月 1 日《時事新報‧文學旬刊》。
〔註87〕《小說月報》1921 年第 1 號。
〔註88〕《小說月報》1921 年第 2 號。
〔註89〕《小說月報》1922 年第 6 號。

　　茅盾還在《致陳友苟信》中指出,由於「讀者性格情感之不同」而對作品產生不同的印象。他說,「自己煩悶,最喜歡看描寫青年煩悶的小說;常與自然界接近的人便喜歡看讚美自然的作品」。〔註90〕

　　儘管文學批評中出現不同的意見,茅盾認爲開展討論是有好處的。他在《「文學批評」管見一》中說,「爭論雖然不息,進步卻仍在進步。而且也可以說,正唯其多紛爭,不統一,文學批評論才會發達進步。」

　　茅盾認爲文學批評的方式是根據論爭情況而定的。有的屬於創作及文藝問題討論的,如關於自然主義、關於《沉淪》《阿 Q 正傳》等作品的評論;有的屬於思想論爭,如對復古派、鴛鴦蝴蝶派錯誤觀點的批評。不管哪一種批評,茅盾既反對「漫罵」,也反對「皮相的稱讚」,力主「直刺入內心的批評」。〔註91〕這就是說文學批評必須實事求是,切中要害。

　　文學批評隊伍的建設,也是茅盾文學批評論的重要組成部分。他認爲文學批評既需要批評家,又需要讀者的批評。他在《小說月報》特闢《讀者文壇》,歡迎讀者「以短篇作品論文等類見寄」,旨在「尊重讀者精神產物」,「介紹海內讀者互相見面」。他又指出,「讀者對於創作的意見無論如何總是與創作的發展有益的」,願意「收容各方的意見」。〔註92〕

　　對文學批評者的素質,茅盾更爲重視。他在《文學批評的效力》中指出,「文學批評者不但要對於文學有徹底的研究,廣博的知識,還須了解時代思潮。如果沒有這樣的素質便批評,結果反引人進入了迷宮」。他還認爲批評者對於評論應採取謹慎的態度。在《致嘯雲信》中,他說冰心的《瘋人筆記》是「神秘而且帶點象徵的作品」,這類作品「不是人人盡能領悟」,他自己的「性情就不是能領悟神秘象徵派的」,〔註93〕因此他沒能對讀者詢問如何評價該作品作出明確的回答。

　　茅盾指出文學批評與文學研究是有區別的。文學批評側重於創作的評論,文學研究的對象,有文學理論,即「通論文學原理」,還有文學史,如「研究一個派別或通論『時代別』與『種類別』的史論」、「國別的文學史」,「各個重要文學家的研究」。〔註94〕

〔註90〕《小說月報》1922 年第 6 號。
〔註91〕《文學作品有主義與無主義的討論》,《小說月報》1922 年第 2 號。
〔註92〕《一年來的感想與明年的計畫》,《小說月報》1921 年第 12 號。
〔註93〕《小說月報》1922 年第 7 號。
〔註94〕《致姚天寅信》,《小說月報》1922 年第 3 號。

　　茅盾認為文學研究，包含對於文學變遷過程的介紹及整理。他指出，現在創造中國的新文藝，必須借助西洋文學和中國舊文學，因此文學研究的目的，在於吸取研究對象中有益的成份，有助於文學的建設。

三

　　茅盾的文學史觀是以唯物主義文學理論為依據，對文學發展問題發表了不少有益的見解。

　　茅盾從唯物主義立場出發，揭示文學的發展同社會生活的發展有著密切的關係。他在《文學上的古典主義浪漫主義和寫實主義》等文中系統地論述歐洲古典主義、浪漫主義、現實主義文學思潮的產生、發展同社會發展關係密切，指出文學是「時代的產物」；在《文學上各種新派興起的原因》中還指出歐洲未來派、達達派、表現派諸家的形成，「時代背景是最重要的原因」。同時認為中國古代文學也是「該時代的人生的寫真」。他還在《中國文學不發達的原因》中例舉中國古代史詩、古詩十九首等反映了「當時時代的人生」，因而是「真文學」。〔註95〕

　　文學思潮的發生與發展同當時的政治鬥爭有著密切聯繫。茅盾在《文學上的古典主義浪漫主義和寫實主義》中指出浪漫主義是和法國革命同時產生的，「末流的浪漫文學是和貴族政治一鼻孔出氣的，是依賴貴族政治而生活的，一旦貴族政治破產，浪漫文學也就不穩起來」。寫實主義的興起，那是同「工業革命」「勞動運動萌發的時代」、「德謨克拉西威權很盛」的背景有關。這就是說，寫實主義的勃興與歐洲資本主義經濟急遽發展，社會矛盾日益暴露，工人運動不斷高漲的情況聯繫在一起的。

　　文學思潮又同流行的哲學思潮有一定的聯繫。茅盾在《文學上的古典主義浪漫主義和寫實主義》一文中闡述了這個問題。茅盾還說，古典主義、浪漫主義運動同當時的唯心論很有關係，而寫實主義則是同「科學萬能思想」，或稱「唯物主義科學萬能主義」相膠結的。〔註96〕

　　文學的發展同文學自身觀念的變化有關。茅盾在《文學和人的關係及中國古來對於文學者身份的誤認》中以英國文學發展為例，指出在太古時代，

〔註95〕1921 年 5 爲 10 日《時事新報・文學旬刊》。
〔註96〕《爲新文學研究者進一解》。

文學是個人的;中世紀時代,文學是帝王貴族的;現時代,文學是民眾的。他又說,「這上兩階段」「和我們一樣」,「我們現在是從第二階段到第三階段的時期」。這裏說明了文學觀念的變化同一定時代的社會生活相互關聯。

文學的發展除了受制約於社會生活外,還有賴於各種思想文化因素。反過來,文學對於社會生活等方面也都有不同的影響。

以社會現實來說,茅盾在《文學上的古典主義浪漫主義和寫實主義》中說,「主觀的浪漫文學,本是可以替人類發揮至高的理想」,可是 19 世紀後半,西歐的社會生活腐敗不堪,「而粉飾虛誇的習尚,卻還是囂張到極點;這種習尚,卻好被浪漫文學來代表得最完全無缺」。他又說,寫實主義「儘量揭穿」社會的黑暗,「便使讀者感著沉悶煩憂的痛苦,終至失望」,「寫實主義對於人心的影響大概是如此」。

文學對於當時的政治、思想的作用也是客觀存在的。茅盾在《文學上的古典主義浪漫主義和寫實主義》中談及法國末流的浪漫主義時指出,那時「得勢的英雄呢,又往往要借文學之士來揚譽,粉飾太平」,所「描寫的材料無非是貴族階級的材料」,「專替貴族階級吹牛解悶」。文學對於沒落的階級起了維持統治的「幫閑」的作用,然而對於進步的新思想卻是發揮傳播的效應。他在《對於系統的經濟的介紹西洋文學底意見》中說,「用文藝來鼓吹新思想」的例子是很多的,他列舉盧梭、易卜生、赫爾岑、托爾斯泰、羅曼·羅蘭、巴比塞等人的作品在使各時期的新思想「普遍言傳」方面起了應有的效用。

文學的發展對於哲學也是有作用的。茅盾認為古典主義文藝的創立,同「當時法蘭西的哲人師法古希臘羅馬的文藝」有關;他還說,「頂頂大名的哲學家盧騷便是浪漫文學的第一人」。〔註97〕這些現象說明文學潮流的發展引起哲學家的思考,他們有的放矢地發起新的文學潮頭,以推動文學的發展。

在文學自身的影響方面,茅盾在《文學上的古典主義浪漫主義和寫實主義》中也有所論述。如古典主義文學,既師法古希臘文藝,也受到文藝復興時代文藝的影響,同時,也影響了 18 世紀末盛行的古典主義。由法國興起的寫實主義,影響了挪威、德國、西班牙、俄國、波蘭諸國的現實主義大家,然而各人又有自己的色彩。

〔註97〕《文學上的古典主義浪漫主義和寫實主義》。

　　唯物主義文學史觀認為，文學是社會生活的反映，又作用於社會生活等方面，同時認為必須通過作家的頭腦，給社會生活以合乎實際的反映。因此，強調作家的思想品格、藝術追求對於文學發展潮流的不同作用。茅盾在論述歐洲文學發展的特徵時，指出從古典主義、浪漫主義、現實主義直到新浪漫主義的演變，均同作家的人生觀、藝術美學追求有著緊密的聯繫；闡釋中國古典文學發展時，茅盾認為它同文人的思想品格大有關係，古代不少文人「自己辱沒，自認是粉飾太平裝點門面的附屬品」。〔註98〕這種思想狀況對於古代文學的健康發展很有影響，當然也不乏有骨氣的人，這對於促進中國古代文學的發展是有所裨益的。

　　探討文學發展過程中重視人民群眾及其文學的作用，這也是茅盾唯物主義文學觀的重要方面。他從文學發展進程中引出文學應是屬於民眾的，要表現民眾的思想感情，又指出中國從古來傳下的民間文學，反映民間的真情。

　　茅盾在論述文學發展歷史時，重視文學同時代的社會生活的關係，文學同政治、哲學等意識形態的關係，這表明他具有唯物主義的文學史觀。然而還不能說他已經掌握馬克思主義文學史觀，因為他沒有揭示文學的發展同一定時代的經濟條件、社會的階級矛盾相聯繫，而這些正是闡明文學發展的基本的關鍵問題。例如他在論述歐洲文學思潮的發展時，僅僅指出這些思潮同時代生活的關係；又如論及中國古代文學不能發達的原因，僅僅認為那是文學觀念的問題，即「一向只把表現的文學看做消遣品」，〔註99〕未能積極提倡為人生的問題。應該說，這個問題只是中國古代文學不發達的因素之一，他並沒有從社會經濟條件、社會矛盾等方面去探討。

　　應該指出，茅盾當年的文學史觀是受進化論的文學觀影響的。這種文學觀認為，「文學思潮是跟著時代變遷的」。〔註100〕當然包括文學觀念也會跟時代進化的。文學是時代的社會生活的反映這一唯物主義觀點固然應該肯定，然而也必須指出進化論文學觀的根本弱點在於不能揭示文學變遷的經濟基礎以及意識形態方面的原因。

〔註98〕　《文學和人的關係及中國古來對於文學者身份的誤認》。
〔註99〕　《中國文學不發達的原因》。
〔註100〕　《文學上各種新派興起的原因》。

四

茅盾認為文學研究包括文學理論、文學批評、文學史觀等方面的內容，同時，他還探討了文學研究的方法問題，其中談得最多的是文學批評的方法。

在茅盾看來，文學研究的基本方法應是運用西洋文學理論，以解決中國新文學的實際問題，不能「太偏於理論方面，忽略了實際」。〔註 101〕這樣才能有助於文學研究適應新文學發展的需要。例如，他認為中國新文學應提倡新浪漫主義，後來他研究文壇現狀，認為匡正「以文學為遊戲為消遣」等毛病，必須提倡自然主義、寫實主義。

他在《最近的出產》中又指出：「要應用西洋演戲知識來創造中國新劇」，反對「單單介紹西洋演劇原理，單單誇稱西洋戲劇如何有理，是不中用的」，「還須切切實實把中國舊戲、時髦戲之不合理，可笑的地方指出來」，這就「需要有新的頭腦，內行的眼睛」。

在文學創作的批評論方面，茅盾在《「文學批評」管見一》中認為，如果只是搬用西洋文學理論，「尚嫌蹈空」，「還得從實際方面入手，多取近代作品來批評」。這樣才能推進新的文學創作，沿著健康的軌道發展。

應用西洋文學原理，聯繫中國文壇的實際，以助益於新文學運動，這是茅盾當時文學研究的基本方法。同時，他又提倡「泰納的純客觀批評法」。〔註 102〕這種方法要求注意「作家所屬的人種，作家所處時代的社會現象政治現象及個人環境，作家所處時代及所屬社會內的主要思潮」，並運用這三個方面去「說明」作家作品。〔註 103〕然而茅盾也覺得這個方法有缺點。其一，「竟完全忽略了作家個性的重要與天才的直覺力」。〔註 104〕他認為，「文學的創作才能固由天授，然而必須經過若干時的人生經歷，印下了很深的印象，然後能表現得有生氣；也必須先有了獨立精神，然後作品能表見他的個性」。〔註 105〕其二，「純客觀批評法」「忘了有時候大作家亦能影響時代」。〔註 106〕因此，他在評論作家作品時，既吸收了泰納的長處，又避免短處，力求做到客觀同主觀的統一。

〔註 101〕《致徐秋沖信》，《小說月報》1922 年第 4 號。
〔註 102〕同上註。
〔註 103〕《「文藝批評」雜說》，1922 年 10 月 1 日《時事新報・文學旬刊》。
〔註 104〕同上註。
〔註 105〕《新文學研究者的責任與努力》。
〔註 106〕《「文藝批評」雜說》，1922 年 10 月 1 日《時事新報・文學旬刊》。

從茅盾提倡的文學研究方法中表明他具有唯物主義思想。

茅盾為人生的文學，體現在文學理論、文學批評論、文學史觀、文學研究方法論等方面。從中可以看出，他的文論是唯物主義的，其中含有辯證唯物主義和歷史唯物主義的因素，例如在文學同生活關係方面，既承認文學的源泉來自社會生活，又注意作家的思想的作用，有時還能對思想傾向作出階級的分析，注意到人民大眾在文學發展中的作用；分析文學問題，則從中國文壇實際出發，引導新文學朝著「平民化」方向前進等。當然，當時的文論中也夾著唯心主義、形而上學的思想雜質，例如，觀察文學現象，雖然看到時代背景時有脫離社會生活的實際，單從文學本身來分析的問題，即使把文學同社會生活聯繫起來，也只看到文學變化是「隨時遷善」的自然現象，而不是從社會發展規律加以揭示等。

茅盾為人生的文論的形成及其長處、短處都有一定的原因。他受到俄國十月革命的影響，參加共產黨小組，翻譯《美國共產黨黨綱》等，使他學得共產主義的初步知識，自己又投身於革命鬥爭。雖然當時還不能掌握辯證唯物主義和歷史唯物主義，然而革命理論實踐卻使他具有辯證唯物主義和歷史唯物主義的因素。這些都在他的文論中得到了反映。從文論的淵源說，由於他當時尚未接觸到無產階級的文論，只能接受比較進步的資產階級的文藝理論，如文藝為人生，以及泰納‧蒲魯納契亥爾的文學進化論，這些文藝理論對他的唯物主義文藝觀的形成是起過積極作用的，然而對他文藝觀中的唯心主義及其史觀的雜質的影響也是明顯的。

儘管為人生的文論存在著弱點，然而從當時文壇實際出發，其價值與作用是值得充分肯定的。一、全面性。它包括文學理論、文學批評論、文學史觀、文學研究方法論。這樣，系統地論述為人生的文論，在當時的文壇無人可與之相比。二、包容性。茅盾認為，不管浪漫主義，寫實主義，表象神秘主義，只要表現人生，都屬於為人生文學的。這樣，為人生文學可以容納多種創作方法、流派，這是很有見解的主張。三、獨特性。茅盾的文論吸取西洋文論的長處，但力避其短處，他善於從中國新文學發展中的問題出發，以探求解決的途徑，因而他的文論具有辯證唯物主義和歷史唯物主義的因素。這在當時的進步作家的文論中是很突出的。四、指導性。茅盾提倡為人生的文論，用於指導當時新文學創作，也為批判復古派及鴛鴦蝴蝶派的文藝觀點提供了理論武器，豐富了新文學的理論建設。

第二章　以「意象」和「審美觀念」構成的藝術，反映「被壓迫民族和階級的革命運動」（1922 年 9 月～1929 年 4 月）

　　從 1922 年 9 月到 1929 年 4 月，是茅盾探討革命文學的時期。這個時期，經歷兩個階段。1922 年 9 月到 1925 年 4 月，他以鮮明的反帝反封建的政治立場提倡革命文學，表明思想中辯證唯物主義因素的不斷增長。1925 年 5 月到 1929 年 4 月，他以初步的馬克思主義文學觀探討革命文學問題。大革命失敗後，「那時茅盾對於當前的革命形勢顯然失去了正確的理解，他感到悲觀，他消極了」，〔註1〕這種思想情緒對於他探討革命文學是有影響的。他在 1928 年下半年發表的論文中有關革命文學的看法顯然有偏頗之處。當然，也不能否認他對於革命文學作了進一步的探討。從這裏可以看出，茅盾這個階段的文藝觀中既有馬克思主義思想，又有非馬克思主義成分，這是他的馬克思文學觀形成過程中出現的矛盾現象。

一

　　在從 1922 年 9 月發表的《文學與政治社會》〔註2〕到 1925 年 3 月發表的《現成的希望》〔註3〕等文中，茅盾開始探討革命文學，他的唯物主義文藝觀又有新的特色，辯證唯物主義思想因素有了新的增長。

〔註 1〕茅盾：《茅盾小傳》，《茅盾全集》第 21 卷，第 76 頁，人民文學出版社 1991 年出版。
〔註 2〕《小說月報》1922 年第 9 號。
〔註 3〕1925 年 3 月 16 日《時事新報・文學》。

　　首先，茅盾關於文學同社會生活的關係有了新的看法。他在《文學與政治社會》一文中指出政治、社會的環境對於作家的極大影響，闡述文學之趨向於政治的或社會的是文學發展之必然，批評那種「把凡帶些政治意味社會色彩的作品統統視爲下品，視爲毫無足取，甚至斥爲有害於藝術的獨立」的論調。他斷定中國新文學越來越趨向社會的、政治的。

　　其次，茅盾對作家在反映社會生活時的能動性作了新的闡發，強調作家必須以強烈的政治觀點反映社會生活。他在《文學與政治社會》一文中認爲，19 世紀的俄國文學等反映當時「政治的或社會的」生活，這是同作家具有強烈的政治及社會色彩分不開的，因此他們敢於表現當時的腐敗政治和黑暗社會。

　　作家反映生活需要有政治思想觀點，且要有獨特的觀察力、表現力。茅盾在《答谷鳳田》中指出，「一個作家對於人生應得下過精深的觀察，以謹嚴的態度，正確地描寫之」。「他如果對於人生下過精深的觀察，他自然而然會生出一種意見，取一個態度，而且不自覺地把這種意見做了一篇作品或很多作品的中心思想」，「如此而生而潛伏於一作品中的思想方帶著作者的個性，方能使作品有異彩」。〔註4〕由此看來，茅盾非常重視作家在創作過程中思想、藝術個性的作用問題，這是以前未曾明確闡述的。

　　文學獨創性，牽涉到文學作品美與不美的問題。茅盾在《雜感——美不美》中說：「文章的美不美，在乎他所含的創造原素多不多，創造的原素愈多，便愈美。」他認爲文學作品的美，它的「體裁，描寫法和意境，都是創造的」，〔註5〕陳詞濫調或因循守舊都是藝術的大敵。

　　這段期間，茅盾對於藝術的獨特性問題作了不少新的發揮。例如風格問題，他在《讀〈吶喊〉》一文中這樣論述《狂人日記》：「這奇文中冷雋的句子，挺峭的文調，對照著那含蓄半吐的意義，和淡淡的象徵主義的色彩，便構成了異樣的風格，使人一見就感著不可言喻的悲哀的愉快」。〔註6〕從這段評價中可以看出，茅盾把作品的意義、色彩、調子、句法組成統一體，其中包含著作品的內容與形式，且以獨特的面貌出現。這便是作品的風格。

　　作品風格、神韻、個性之間的關係如何呢？茅盾在《譯詩的一些意見》

〔註 4〕 1923 年 10 月 22 日《時事新報·文學》。
〔註 5〕 1924 年 1 月 14 日《時事新報·文學》。
〔註 6〕 1923 年 10 月 8 日《時事新報·文學》。

中認爲詩的神韻，「是超乎修辭技術之上的一些『奧妙的精神』、是某首詩的個性」。〔註7〕這裏，茅盾把神韻同作品的個性視爲同一物。他又說詩的風格如悲壯、清麗，可見他又把它同作品的神韻或個性作了區別。然而所謂風格如悲壯又同他在前個階段談及的雄壯的神韻有相似之處。因此，對風格、神韻、個性之類問題的區別，茅盾當時並沒有談得很清楚。

　　這個時期，茅盾探討了文學體裁的特徵，其中對小說特點的看法較爲系統。他在《人物的研究》一文中從理論和歷史考察兩方面論述小說創作中人物塑造問題，指出小說的構成至少有結構、人物、環境三個要素。對這三者的關係，他尚未作出系統的論述，他只是從歷史衍變中考察了故事（結構）與人物之間的關係，他同意美國學者沃納在《近代小說》中的有關論斷：「最高等的小說是包括兩者的：有故事，而故事即爲人物之心理的與精神的能力所構成。」〔註8〕

　　在人物描寫方面，茅盾論述了人物的來源。或爲寫實的，即作者客觀描摹的產物，或爲幻想的，即作者主觀理想的產物，人物描寫的方法，或簡筆傳神，或工筆描摹，還有作家對人物的態度等。

　　茅盾著重研究了人物典型性（按茅盾的說法即類性）與個性問題。他在《人物的研究》中指出，人物的典型性是職業特性、階級特性、個性的特性、民族與地方的特性等。至於個人特有的個性，他指出如方正、剛毅、木訥、儉樸──不是個性，而是道德性。至於個性包括哪些方面，他沒有明確說出。作家如何處理人物的典型性與個性問題，他也沒有作出論述。

　　根據文學同政治的關係的看法，茅盾對於當時文壇提倡的革命文學發表了自己的見解。

　　一、革命文學必須爲民主民族革命鬥爭服務。他認爲文學作品「趨向於政治的或社會的」，這是世界文學發展的趨向，「那麼，中國此後將興的新文學果將何趨，自然是不言可喻咧」，〔註9〕中國新文學應爲當時革命鬥爭服務。因此，他贊成惲代英在《八股》一文中提出的，「現在的新文學」應有助於「民族獨立與民主的革命運動」的主張。〔註10〕在他看來，當時的中國「內憂外

〔註 7〕 1922 年 10 月 10 日《時事新報・文學旬刊》。
〔註 8〕 《小說月報》1925 年第 3 號。
〔註 9〕 《文學與政治社會》。
〔註10〕 《雜感──讀代英的〈八股〉》，1923 年 12 月 17 日《時事新報・文學》。

患交迫,處於兩重壓迫——國外的帝國主義和國內的軍閥專政」〔註11〕之下,中國的出路只有徹底反對帝國主義和封建主義,新文學應當成爲民主民族革命的得力武器。

二、革命文學應在革命鬥爭中發揮積極作用。他在《「大轉變時期」何時來呢?》一文中說,「文學是有激勵人心的積極性的。尤其在我們這時代,我們希望文學能夠擔當喚醒民眾而給他們力量的重大責任」。〔註12〕這就是說,革命文學的功能在於「喚醒民眾」,「激勵人心」,以推動人民積極參加民主民族革命鬥爭,反對文學「供給煩悶的人們去解悶,逃避現實的人們去陶醉」等傾向。

三、革命文學應重視表現民眾的生活與鬥爭。茅盾認爲,革命鬥爭應依靠民眾,特別是勞動大眾,因此他提倡表現包括無產階級在內的勞動者生活的「勞動文學」。〔註13〕他還認爲,奪取革命鬥爭的勝利,必須實行武裝鬥爭,所以他也提倡「戰爭文學」。〔註14〕

四、革命文學應藝術地表現社會生活。茅盾以戰爭小說爲例,說這類小說應「以描寫人們在戰爭中所起的心情變幻爲主要目的」,應「是描寫幾個人類深入戰雲裏的動作」,「不是幾個兵士的形象在幾幅戰場的畫片前移過」的情狀。〔註15〕這就是說,反映戰爭的小說應「是活動的戰爭的再現」。〔註16〕他又說,描寫工農大眾的小說,要表現「轟轟烈烈有全社會人心在躍動」的景象。〔註17〕總之,他認爲革命文學必須以藝術的手段反映生活,反對公式化、概念化的傾向,方能收到預期的藝術效果。

創造革命文學的關鍵,在茅盾看來,作家必須投入實際的鬥爭中去。他說,文藝家應「從空想的樓閣中跑出來,看看你周圍的現實狀況」。〔註18〕不僅如此,而且還要深入群眾中去,特別是「勞工」大眾,感受他們的「實際的經歷」,才能寫出反映群眾心聲的作品。他以描寫無產階級生活的作品爲例說明這個主張,他說英國的狄更斯,早就做了許多描寫無產階級生活的小說,然而他缺乏

〔註11〕 《對於泰戈爾的希望》,1924 年 4 月 14 日《民國日報·覺悟》。
〔註12〕 1923 年 12 月 31 日《時事新報·文學》。
〔註13〕 《現成的希望》,1925 年 3 月 16 日《文學》周報 164 期。
〔註14〕 同上註。
〔註15〕 同上註。
〔註16〕 同上註。
〔註17〕 同上註。
〔註18〕 《雜感——讀代英的〈八股〉》。

生活的體驗，令讀者覺得不眞實，高爾基有過無產階級的生活，又有強烈的愛憎感情，讀者讀過他有關描寫無產階級生活的作品深受感動。〔註 19〕

茅盾認爲要使新文學沿著革命文學的軌道前進，必須同脫離生活的形形色色的文藝傾向作鬥爭。他在《「大轉變時期」何時來呢？》中指出，今日論壇上的反對吟風弄月的、「醉罷美呀」的所謂唯美主義文學「是物腐蟲生的自然的趨勢」，是新文學克服前進中的障礙的必經之路。

茅盾同鄧中夏、蕭楚女等人關於革命文學的主張有著共同的方面，即主張新文學應爲民主民族革命的鬥爭服務，作家必須投身於現實鬥爭中，堅決同爲藝術而藝術等錯誤傾向作鬥爭，然而茅盾的文學主張的獨異之處，在於重視從藝術上論述創造革命文學的問題，即如何使革命文學既是政治的、社會的，又是眞實的、藝術的。

在文學批評方面，茅盾也有了新的發展。由於重視文學同政治的關係，他在文學批評中往往注意從政治方面去考慮問題。

在《文學界的反動運動》中指出這種反動運動「已經到了最高潮，正像政治上的反動已經到了最高潮一樣」，「中國處於反動政治的劫制之下，社會上各方面都現出反動的色彩來」。〔註 20〕在文學界中，如學衡派掀起復古的文學運動。茅盾在《我走過的道路‧一九二二年的文學論戰》中回憶當年鬥爭的情況時說道，學衡派「從一九二一年開始活動，到一九二四年達到了高峰。造成這種局勢當然主要是反動的軍政界和文藝界的舊勢力聯合起來進行反攻，形成『四面八方的反對白話聲』」。〔註 21〕他在《進一步退兩步》中指出反對派利用權力「令小學生讀文言做文言」，反對「白話運動」。〔註 22〕

茅盾仍然十分重視文學批評中的社會傾向問題。他在《雜感》中說，「新文學運動的短促的四五年內，好像已有了由社會的傾向轉入個人的傾向這一種形勢」，「四年前的小說，十篇裏有九篇是攻擊社會中某種舊制度，現在的小說，十篇裏總有九篇是作者發自己的牢騷。文學是社會人生的反映，個人的牢騷既然也是人生內所有事，當然也是文學所應該反映的；但是近來的議論竟以爲非如此便不能算是文學作品，把其餘不關個人牢騷的作品一概視爲

〔註 19〕參見《現成的希望》。
〔註 20〕1924 年 5 月 12 日《時事新報‧文學》。
〔註 21〕《我走過的道路》（上），第 219 頁，人民文學出版社 1981 年出版。
〔註 22〕1924 年 5 月 19 日《時事新報‧文學》。

功利主義，在深惡痛恨之列」。﹝註23﹞茅盾呼籲制止這種危險的傾向。

在注重文學批評的政治、社會傾向的同時，茅盾也非常強調文學形式的創造問題。他在《讀〈吶喊〉》一文中說，魯迅是「創造『新形式』的先鋒；《吶喊》裏的十多篇小說幾乎一篇有一篇新形式」，當然魯迅不是為形式而形式的，他的目標也很清楚，「努力用新形式，來表現自己的思想」。他提出正確地處理文學形式同作家思想的關係的問題。

反對文學批評中的亂擊現象，主張「多中取長」，這是茅盾當時在《雜感》一文中針對有人詬病創作「量多而質不佳」，「都算不得十二分偉大」，採取「否定一切」的態度而發的。他指出，「我們自然不能說眼前所有的文學作品就是合於我們理想的作品，但是我們承認他們是嫩芽，是好花異草的前身」。他堅信「這一大片綠油油的嫩芽自然會各自發榮滋長」，因此他認為，對於創作，批評家應該採取「多中取長」，扶植嫩芽的積極態度，決不能「亂擊」。﹝註24﹞

作為文學批評家，茅盾對此是身體力行的。他給予文學青年的創作以極大關注。他在《致謝采江信》中說：「本來一件文學作品，我們只須問，『好不好』？好便登；不管作者是年輕或年老。但是青年的文藝，頗有雖然藝術上不很完善，而青年活潑之氣，卻極充足的；像這一類，便不能用『好不好』的死規律去範圍他，應該原諒其短處，他把發表出來，我們登刊青年的文藝，就取的這個標準。」﹝註25﹞在茅盾看來，扶植青年的創作，對於繁榮新文學創作具有戰略意義。

關注文學作品在讀者中的反響，這是茅盾文學批評一向的主張，不過這一主張在當時顯得更為突出。他在《讀〈吶喊〉》中談到阿Q形象時指出，「現在差不多沒有一個愛好文藝的青年口裏不曾說過『阿Q』這兩個字。」又說，魯迅短篇創作的新形式「莫不給青年作者以極大的影響，必然有多數人跟上去試驗」。可見，茅盾是注重從社會反響及創作影響著眼來評價作品的價值的。

茅盾在文學研究方面也反映了他在關於文學同政治的密切關係方面的新觀點。他的《文學與政治社會》一文分析了19世紀的俄國文學、匈牙利文學、近代的挪威文學以及「近十年內的波希米亞文學」的情勢以後指出，文學應當具有「政治意義和社會色彩」，且要「藉文學來作宣傳民族革命的工具」。

﹝註23﹞1923 年 5 月 22 日《時事新報‧文學》。
﹝註24﹞1923 年 7 月 12 日《時事新報‧文學》。
﹝註25﹞《小說月報》1922 年第 11 號。

　　這個時期間茅盾重視政治在社會生活中的作用，這在他的文學史觀方面
也有所體現。他在《雜感》一文中說到，「世界各民族的文學全盛時代大都在
治世，衰落時代大都在亂世；由亂而入治，必先文學界發出蓬勃的朝氣。我
們於此覷得了文學與政治的關係。」他從文學發展的歷史中引出這樣的結論：
「相信文學界的朝氣是從有意提倡而來的；因此我願中國文壇上鼓吹樂觀的
文學」。〔註26〕

　　茅盾還談及希臘的「文白之爭」。他說，「自從前世紀後半期希臘得政治
獨立以來，興起了一種『文學復興』運動，青年的作者竟激烈到要用『白話』
來寫在紙面，代替那有極光榮極悠久的歷史的古文。」〔註27〕這就清楚地說
明文學史上的變革有賴於政治的鬥爭。

　　戰爭是政治鬥爭的最高形式。從戰爭同文學的關係來研究文學的現象，
是這個時期茅盾文學史觀的重要方面。他在《歐戰十年紀念》中回憶在第一
次世界大戰中「有名的世界文學者」，還有「三五等的小作家，搖旗吶喊，鼓
吹無產階級到沙場中替資本主義送命」，當然也有「『非戰』的文學家」，「他
們根本否認戰爭」自稱是「精神獨立者」，要「努力防止將來再發生同樣的人
類大屠殺」，然而「帝國主義進攻的形勢反而比大戰前更緊迫罷了」。從總結
文學歷史經驗出發，茅盾揭出，「鼓吹革命文學的文學者呀，宣傳『愛』的文
學者呀，擁護『美』的文學者呀，『怕見血』的文學者呀，請一致鼓吹無產階
級為自己而戰」。〔註28〕

　　在文學方法論方面，茅盾仍然主張以西方進步的理論來探究文學問題。
他說，研究中國古代文學，「要以外國眼光來看本國材料」〔註29〕從而引出新
的結論。他在《中國神話研究》中，根據安得里‧蘭等人類學派神話學的觀
點研究中國神話，並取得一定的成績。正如他所說：「我們根據了這一點基本
觀念，然後來討論中國神話，便有了一個範圍，立了一個標準，不至於沉沒
在古籍的大海裏，弄得無所措手足。」〔註30〕後來他在回顧這次探討中國神
話時指出，人類學派神話學者對神話的發生與消失的解釋，尚不算十分背謬。

〔註26〕 1923年10月1日《時事新報‧文學》。
〔註27〕 《雜感》，1923年4月12日《時事新報‧文學》。
〔註28〕 1924年8月4日《新事新報‧文學》。
〔註29〕 《致周作人信》，1922年9月20日，《茅盾書簡》，第76頁，浙江文藝出版社
　　　　 1984年出版。
〔註30〕 《中國神話研究》，《小說月報》1925年第1號。

〔註31〕這派學說認爲「神話是原始人民信仰及生活的反映」，以此觀點來考察中國神話的特點是有一定的依據的。茅盾又說這種看法同馬克思在《政治經濟學批判·導言》中有關神話何以發生與消失的解釋是有距離的。馬克思說：「任何神話都是用想像和借助想像以征服自然力，支配自然力，把自然力加以形象化；因而，隨著這些自然力之實際上被支配，神話也就消失了」。當時他還不知道馬克思有關神話的論述，所以運用人類學派神話學的觀點與方法來闡述中國神話問題。

在具體研究方法上，茅盾也有新的主張。比如研究中國文學史，他提出採用劃分段來研究，如「上古，近古，……或周秦，兩漢，魏晉……等等」，還要「審別古書中的僞著」，以利研究中國古代文學。〔註32〕

他還說，研究一個作家「至少先要懂得那時代文學思潮的大概情況，和那一個國（作家所在之國）的文學史略」及其重要作品，〔註33〕研究文學家，還要探索文學家的環境與著作的關係，等等。

在文學研究方法論方面，茅盾與魯迅有著共同的方面，他們都主張從社會歷史等方面論說文學的演變。如魯迅在《中國小說的歷史的變遷》中強調唐代傳奇的發展「和當時底環境有關係」，宋代話本的勃發，同當年京城一帶市民階層興起的歷史即「民物康阜、遊樂之事，因之很多」有關係。〔註34〕茅盾除了從時代社會生活解釋文學現象外，這個時期還重視政治因素在文學發展中的作用。茅盾同胡適的文學研究方法論是有區別的。胡適在《治學的方法與材料》中談及治學問題時，大力提倡「大膽的假設」，「小心的求證」的「實驗方法」。〔註35〕這說明胡適的研究觀點與方法是有明顯的唯心主義和主觀唯心主義的。

這個時期茅盾唯物主義文論的新特點，在於不僅能從社會的，而且能從政治的方面探討提倡革命文學的因由及其特點，然而尚不能從經濟基礎與上層建築的辯證關係揭示革命文學產生的歷史必然。當然，從中也可以看出茅盾文論的辯證唯物主義和歷史唯物主義因素的顯著增長。

〔註31〕　《茅盾評論文集·前言》，人民文學出版社 1978 年版。
〔註32〕　《致汪馥泉信》，1922 年 11 月 11 日《時事新報·文學旬刊》。
〔註33〕　《致馬鴻軒信》，《小說月報》1922 年第 11 號。
〔註34〕　《中國小說史略》。
〔註35〕　《胡適文選》第 482 頁，上海亞東圖書館 1930 年版。

二

　　以 1925 年發表的《論無產階級藝術》〔註36〕、《告有志研究文學者》〔註37〕、《文學者的新使命》〔註38〕等文爲起點直至 1929 年初問世的《騎士文學 ABC・例言》〔註 39〕爲止，茅盾的文學理論開始發生了根本性的變化，即能初步地運用辯證唯物主義和歷史唯物主義的觀點、方法觀察、處理文學問題，其中突出地探求了中國革命文學的問題。

　　文學的意識形態性，這是文藝的基本理論之一。在這個重大原則問題上，茅盾有明確的看法，他在《論無產階級藝術》中把文學的發展同社會制度聯繫起來考察。他說，「騎士文學盛行於中古，乃因它能適應中古的封建制度的社會生活之故，浪漫派文學盛行於十九世紀前半，乃因它正能適應資產階級個人主義的社會生活之故」，當年蘇聯無產階級文學之所以能夠發展同新興的社會主義制度的建立與鞏固有著密切的聯繫。

　　茅盾還從社會性與階級性方面來考察文學的性質。他在《告有志研究文學者》中說，「人類自草昧的原人時代逐漸發展而至於今日的資本主義時代，由本無階級而逐漸分化成階級，以至今日的勞資兩大階級對抗時代」。文學在這種背景中，顯現出不同的社會性與階級性。例如「騎士文學，不但表現封建的貴族階級的思想與情緒，並且是竭力擁護封建制度的」，「十九世紀資本主義漸盛時代的浪漫派文學亦然」。他在《論無產階級藝術》中指出無產階級藝術的根本精神是「無產階級集體主義的」，它是維護無產階級利益的。他又指出，在資產階級支配的社會中文學的階級性質是很清楚的，資產階級文學是維護資產階級利益，反對、排斥在茁壯成長中的無產階級藝術。

　　文學又是一種特殊的意識形態，特點是什麼，茅盾作了精闢的分析。他在《告有志研究文學者》中說：「文學所從構成的原素有二：一、我們意識界所生的不斷常新而且極活躍的意象；二、我們意識界所起的要調諧要整理一切的審美觀念。」從這段話可以看出，茅盾是用能動反映論來考察文學特點的。他以爲文學是「意象的集團之藉文字而表現者」，意象是社會生活在作家頭腦中的反映，即「意象可說是外物（有質的或抽象的）投射於我們的意識

〔註36〕《文學週報》1925 年第 172、173、175、196 期。
〔註37〕《學生雜誌》1925 年第 7 期。
〔註38〕《文學週報》1925 年第 190 期。
〔註39〕《騎士文學 ABC》，世界書局 1929 年出版。

境上所起的影子」，作家在表現意象時，需要充分發揮能動作用，即「這種意象是先經過了我們的審美觀念的整理與調諧（即自己批評）而保存下來的」。因此，茅盾認為文學是作家對社會生活的能動的、意象集團的審美反映。

茅盾在《告有志研究文學者》中指出，「如果只把合於特權階級的脾胃的，立足在他們的思想方式的，算作美，則『唯美論』者的根柢未免太薄弱了」。他指出，「『整齊』與『調諧』是美所不可缺的兩個要件」，「『美』使人忘了小我，發生為全人類而犧牲的高貴精神」。

在文學的特質與特徵的問題上，茅盾反對文學非意識形態性的說法。《告有志研究文學者》認為，那種把文學說成是「人類至高尚至超然的精神活動之表現」的觀點是錯誤的。他指出文學同社會鬥爭、階級鬥爭有密切聯繫。同時，也不同意那種忽視文學具有意象、審美特徵的看法。他指出，認為文學是「學問、知識、想像三者的結果」，或認為文學是表現「思想與情緒」的，或認為「文學是想像的」等看法，都是有弊病的。他說：「因為一則它們有大半倒是製品，二則是用它們來造成的東西不一定是文學。」

由於不斷地翻譯、介紹馬克思主義文藝理論，當時文壇上許多作家嘗試以馬克思主義觀點解釋文學的本質及特徵。郭沫若在《文藝之社會的使命》中承認「文藝乃社會現象之一，故必須發生影響於社會」，〔註40〕這是正確的。然而他在《文學的本質》中又說，「文藝的本質是主觀的，表現的」，「文學的本質是有節奏的情緒的世界」。〔註41〕這些論述顯然不是馬克思主義的。蕭楚女曾在《藝術與生活》中指出，「藝術，不過是和那些政治、法律、宗教、道德、風格……一樣」，「同是建築在社會經濟組織上的表層建築，同是隨著人類底生活方式之變遷而變遷的東西」，〔註42〕這是對文學藝術本質的馬克思主義的理解。然而他同許多革命文學的倡導者一樣，對於藝術的特徵並沒有進行深入的探索。當時對於文學的本質與特徵有過出色探究的，當推茅盾。

茅盾從論述無產階級藝術進而進一步探索中國的革命文學問題，發表了許多重要的看法。

根據中國當時的民族民主革命的實際，茅盾在《文學者的新使命》一文中指出，革命文學要「用深刻偉大的文學」，表現「被壓迫民族與階級的革命運動」，還要表現「被壓迫的無產階級有怎樣不同的思想方式，怎樣偉大的創

〔註40〕 1925 年 5 月 18 日上海《民國日報・文學週刊》。
〔註41〕 《學藝》1925 年第 7 卷第 1 號。
〔註42〕 《中國青年》1924 年第 38 期。

作力和組織力」。這就是說，革命文學應表現在無產階級領導下人民進行民族解放與階級解放的鬥爭，以推進人民「保持他們的自求解放運動的高潮，並且感召起更偉大更熱烈的革命運動來！」

當然，社會生活是多方面的，革命文學也應反映多方面的社會生活。茅盾在《歡迎〈太陽〉！》中說，「我們不能說，惟有描寫第四階級生活的文學才是革命文學，猶之我們不能說只有農工群眾的生活才是現代社會生活。也猶之戰爭文學不一定是描寫戰壕生活」，「革命的後方也是好題材」，因為那裏「受了革命的壯潮摧激後所起的變化」，此類題材也是戰爭文學。〔註43〕

關於革命文學形式問題，茅盾注意到了，但未充分論述。他在《紅光·序》一文中結合對詩集《紅光》的評價，指出「革命的文學，須有新的形式來適合他的新精神」，「似乎我們的文學家太忽略了新形式的創造了」。他認為《紅光》的新形式尚不能說是形成的，至少是「濫觴」，希望「從標語式的文學發展到更完善的新形式的革命文學」。〔註44〕

關於革命文學的創作方法問題，茅盾並沒有專門的論述，不過從他的論文中可以瞭解到，他已拋棄現實主義主張中的自然主義因素，積極追求新型的現實主義。他在《文學者的新使命》中認為「文學於真實地表現現實人生而外」，還要「指示人生向美善的將來」。這就是說文學要表現「現代人類的痛苦與需要」，「指示人生到正確的將來的路徑」，否則「只誇飄渺的空中樓閣，成了空想的浪漫主義者」。

茅盾在《文學者的新使命》中指出，文學的職責「乃在以指示人生向美善的將來這個目的寓於現實人生的如實地表現中」。從這裏可以看出，茅盾是在提倡新型的現實主義，這種現實主義要求作者具有「無產階級精神」，站在時代的高度，如實地反映被壓迫民族與被壓迫階級的現實人生與發展趨勢。

茅盾追求的新型現實主義，主要特點就是強調表現文學的時代性。這種現實主義，實質上便是他以後明確指出的新現實主義或者革命現實主義。

茅盾探討現實主義有了新的進展，是有多方面原因的。這是他前一階段討論現實主義的必然結果。那時他解釋現實主義，包含表現時代現實與揭示理想兩個方面，已具有無產階級的思想因素。這個時期，他的社會思想有了

〔註43〕《文學週報》1928年第5卷第23期。
〔註44〕1927年3月27日《中央日報·星期特別號·上游》。

新的提高。他確信了「馬克思底社會主義」〔註 45〕後，對無產階級的社會革命論有了深切的瞭解，隨著思想中的無產階級因素不斷增長，他在解釋現實主義時很自然地具有了無產階級的思想色彩。

當然，蘇聯無產階級文藝理論的傳播，對他探討現實主義是很有作用的。從他的《論無產階級藝術》一文中可以看出，他努力揭示無產階級文學的性質，企圖運用無產階級觀點探討革命文學。這種以無產階級觀點解釋文學現象的嘗試，不可避免地影響他對於文學的看法。

還應看到，當時探求以無產階級精神表現社會生活，已成爲新文學作家追求的共同趨向。魯迅研究蘇聯革命文學，注意作品的無產階級思想性質；郭沫若提出，「要在文學之中爆發出無產階級的精神」；〔註 46〕郁達夫也提出「無產階級者」〔註 47〕的歷史使命問題。在這種情勢下，茅盾以無產階級思想探討革命文學問題，並對現實主義作出新的解釋，就並非偶然的了。

還可以進一步研究茅盾、魯迅、郭沫若等作家關於現實主義主張的不同特點，從中揭示茅盾在這個階段闡述現實主義理論主張對於革命文學所作的貢獻。「五四」以來，魯迅一直提倡以深刻的思想反映現實生活爲特點的現實主義。他轉向研究當時蘇聯的革命文學，有力地推進對現實主義主張的探討。1925 年起，他注意蘇聯文壇的動態，推薦了《蒲力汗諾夫與藝術問題》這篇「用 Marxism 於文藝的研究的」〔註 48〕論文。隨後，從當時蘇聯革命文學談到我國革命文學問題，他在《〈十二個〉後記》一文中指出《十二個》一詩雖然是「十月革命『時代的最重要的作品』」，但「他究竟不是新興的革命詩人」。〔註 49〕這就接觸到作家如何以無產階級立場表現社會生活問題，實際上是在探討新型現實主義問題。不過，茅盾在這方面的論述顯得更爲明確而充分。

同前個時期比，茅盾在這個時期明確地主張革命文學必須同無產階級革命精神融爲一體，而魯迅關於現實主義必須具有思想深刻性的主張的闡述也比自己過去的看法更爲精闢。魯迅提出作家要有不妥協的革命精神，無情地剝露舊社會的層層內蘊，因此應該「真誠地，深入地，大膽地看取人生並且

〔註 45〕 《五四運動與青年底思想》，1922 年 5 月 11 日《民國日報‧覺悟》。
〔註 46〕 《我們的文學運動》，1923 年 5 月 27 日《創造週報》。
〔註 47〕 《文學上的階級鬥爭》，1923 年 5 月 27 日《創造週報》。
〔註 48〕 《集外集拾遺‧〈蘇俄的文藝論戰〉前記》。
〔註 49〕 《集外集拾遺》。

寫出他的血和肉來」。〔註 50〕這表明，魯迅對前個時期主張現實主義應「表現之深刻」的說法，作了更進一層的闡述。

　　如果再把郭沫若同茅盾有關新型現實主義的主張作一番比較，就可以看出各自不同的特色。「五四」時期，郭沫若主張積極浪漫主義，「五卅」後，他傾向提倡新型的現實主義，他在 1926 年中鼓吹「表同情於無產階級的社會主義的寫實主義」。〔註 51〕這個提法接近後來斯大林提出的「社會主義現實主義」的口號。從這個方面說，郭沫若比魯迅、茅盾更早地明確提出新型的現實主義問題。不過，他解釋新型現實主義時不如茅盾那樣嚴密，存在某些偏頗，例如一概地反對浪漫主義。茅盾強調以無產階級思想表現時代生活，而郭沫若側重主張表現無產階級的社會生活，他說：「無產階級的苦悶要望革命文學家寫實出來」。〔註 52〕

　　這個時期，許多革命文學作家都在自覺或不自覺地闡述新型現實主義主張，各有不同點和不同的貢獻。魯迅強調作家「睜了眼看」世界，反對「瞞和騙的文藝」，提倡「衝破一切傳統思想和手法」，〔註 53〕把舊社會的痼疾毫不留情地挖掘出來。這充分表現他對以思想深刻為特點的現實主義又有精到的闡釋。這是當時作家中類似的論述所不能相比的。郭沫若也較早提出「社會主義的寫實主義」口號，要求作家「到兵間去，民間去，工廠間去，革命的漩渦中去」，〔註 54〕從而創作出真正的革命文學來。茅盾則提倡以無產階級精神為指導，表現時代的社會生活，揭示歷史的發展及動向。這種文學主張，在當時似乎還沒有哪一位作家如此明確地詮釋過。這是茅盾在中國現代文學批評史上的獨特貢獻。魯迅、郭沫若、茅盾有關新型現實主義的理論主張，各有特點，從而豐富了中國革命文學的理論寶庫。

　　茅盾對無產階級的文學批評論提出了初步的看法。他在《論無產階級藝術》中認為，文學批評的職能包括兩個方面。一是「抉出藝術的真相而加以疏解，使人知道怎樣去鑒賞」，二是「指出藝術的趨向與範圍，使作家從無意的創造進至有意的創造」。茅盾指出，文學批評既要正確地引導讀者欣賞文學作品，又要善於指導創作實踐。

〔註 50〕　《墳·論睜了眼看》。
〔註 51〕　《革命與文學》，《創造月刊》1926 年第 1 卷第 3 期。
〔註 52〕　同上註。
〔註 53〕　《墳·論睜了眼看》。
〔註 54〕　《革命與文學》，《創造月刊》1926 年第 1 卷第 3 期。

　　把鑒賞文學作品列爲文學批評職能的範圍，那是茅盾認爲欣賞文學作品是正確理解作品的問題。從這方面說，文學欣賞和文學批評是有共同性的。

　　茅盾還指出文學批評的作用。他說，「批評論確是站在一階級的立點上爲本階級的利益而立論的」，「所以無產階級的藝術批評論將自居於擁護無產階級利益的地位而盡其批評的職能，是當然無疑的」。〔註55〕這就是說，無產階級文學批評要求批評者從無產階級的利益出發，幫助讀者提高欣賞水平，幫助作家提高創作水平，以利於無產階級文學的發展。

　　茅盾認爲，無產階級的文學批評應掌握作品「形式與內容對立統一的理論」，因爲「形式與內容是一件東西的兩面，不可分離」，「無產階級藝術的完成，有待於內容之充實，亦有待於形式之創造」。〔註56〕

　　在文學作品的內容方面，茅盾認爲「無產階級藝術之必將如過去的藝術以全社會及全自然界的現象爲汲取題材之泉源」，〔註57〕反對題材單調、淺狹。

　　當然，舊文學和無產階級文學有著「題材似一」之處，「但是因爲觀點不同，解決方法不同」，〔註58〕例如對家庭問題的解決，人心中善念與惡念之交戰等等，在舊文學中是常見的，新文學中也不乏其例，應加以研究，以顯示新文學異於舊文學之所在。

　　談到文學批評的觀點，茅盾著重指出如何運用階級觀點的問題。他在《論無產階級藝術》中談到，「階級鬥爭的利刃所指向的」，「不是資產階級的個人，而是資產階級所造成的社會制度；不是對於個人品性問題，而是他在階級的地位的問題」。他又說，「一個資本家也許竟是個品性高貴的好人」。這就是說，無產階級反對資產階級並不在資產階級個人品性上作文章，而是「把他看作歷史煅成的鐵鍊上的一個盲目的鐵圈子」，即作爲資產階級所代表的社會制度而加以反對。

　　至於形式方面，茅盾在《論無產階級藝術》中主張應從「前人已走到的一級再往前進，無理由地不必要地把赤手空拳去幹叫獨創」。他認爲「革命的浪漫主義的文學和各時代的不朽名著」的形式都是可以師法的，因爲它們是「社會階級的健全的心靈的產物」，不是「腐爛的變態的」。他堅決反對未來

〔註55〕　《論無產階級藝術》。
〔註56〕　同上註。
〔註57〕　同上註。
〔註58〕　同上註。

派意象派表現派等新派藝術的形式，他認爲這些新派藝術「只是傳統社會將
衰落時所發生的一種病象」，無產階級不應承受。這個觀點顯然失之偏頗。不
過在談到多種新派的詩式時，他卻認爲「其立足點，未便一筆抹煞」。

在內容同形式的關係方面，茅盾在《論無產階級藝術》中認爲應重視兩
者交點即藝術的象徵。不過他反對以「粗糙的象徵」激勵無產階級革命精神，
如炮隊兵官爲取射擊目標，不惜轟擊教堂等。

在文學研究方面，茅盾在《莊子（選注本）·緒言》中指出，對莊子應「取
歷史的研究的態度」。所謂「歷史的研究的態度」，實際上是歷史唯物主義觀
點問題，據此，他認爲「莊子的根本思想是懷疑到極端後否定一切的虛無主
義」，他的思想是他那個時代的產物，「《莊子》一書本身的價值及其對於後代
思想（例如晉代）的影響，都不容忽視」，「在中國古代思想史上」「自有他的
地位」。〔註 59〕這是茅盾「取歷史的研究的態度」評論作爲思想家的莊子，這
同樣適用於研究文學現象。對於歐洲文藝思潮的探究，即是如此。他在《論
無產階級藝術》中談及 19 世紀初浪漫派文學「蓬蓬勃勃的興盛起來，一般民
眾的平凡生活是被屏斥的。十九世紀後半，因著自然主義的興起，無產階級
生活乃始成爲多數作者汲取題材的泉源」，「然而實際上，在十九世紀後半，
描寫無產階級生活的眞正傑作──就是能夠表現無產階級的靈魂，確是無產
階級自己的喊聲的，究竟並不多見」。只有高爾基才是最值得稱頌的。「羅曼
羅蘭的民眾藝術，究其極不過是有產階級知識界的一種烏托邦思想而已。」
他又說，在我們的世界裏，「看見的是此一階級和彼一階級，何嘗有不分階級
的全民眾」？因此，他主張拋棄「溫和性的」民眾藝術，提倡無產階級藝術。
由此可見，茅盾是從階級的觀點分析文學現象，這才給予不同的評價。

茅盾還努力運用馬克思主義觀點來解釋文學史問題。他在：《告有志研究
文學者》中指明，每個時代文學的發展有賴於一定的社會制度、治者階級，
又反作用於那個社會制度。他論述中古封建時代的騎士文學直到 19 世紀的浪
漫主義文學後指出，文學「還不是等於政制法律，只是一時代的治者階級用
以自保其特權的一種工具罷了。社會上每換一個階級來做統治者，便有一個
新的文藝運動起來」。這個新的文藝運動，對於鞏固其代表的階級的社會制度
有很大作用。正如他在《文學者的新使命》中所說的，「在昔騎士制度崩壞的
時代，封建社會顛覆的時代，都曾有偉大的文學者盡了他們應時的使命。」

〔註 59〕《莊子（選注本）》，商務印書館 1926 年出版。

依據唯物史觀，茅盾推斷革命文學的未來走向。他在《文學者的新使命》中說「在我們這個時代，中產階級快要走完了他的歷史的路程，新鮮的無產階級精神將開闢一新時代，我們的文學者也應當認明了他們的新使命，好好的負荷起來。」

重視人民文學在文學發展過程中的巨大作用，茅盾在《楚辭與中國神話》一文中指出，「神話實在即原始人民的文學」。這種原始的人民文學對於文人文學的發展有著重大的影響。他說，《楚辭》是最早的文士文學，其中「包含中國神話材料之多，也是使它對於後者發生重大影響之一原因」。他又說：「初期的文士文學，亦必須以民間文學的神話與傳說為源泉，然後這些文士文學有民眾的基礎，為民眾所了解。《楚辭》恰亦適合這個條件。」〔註60〕

然而，茅盾在研究中國古代文學史方面，尚不能完全掌握唯物史觀。例如《中國文學不能健全發展之原因》一文探究中國文學不能健全發展的「根本原因」，「在於（一）沒有明確的文學觀與文學之不獨立，（二）迷古非今，（三）不曾精確地認識文學須以表現人生為首務，須有個性」。〔註61〕這三個方面當然都是中國文學不能健全發展的因由，不過那只是就文學論文學，尚不能從經濟、政治等根本方面尋求中國文學不能健全發展的最終原因。在研究中國神話方面，他寫出的《中國神話研究 ABC》〔註62〕一書，依然根據英國人類學派神話學對中國神話作系統的研究，雖然頗多獨到之見，不過仍未能擺脫以生物遺傳觀點解釋神話發生、發展、消亡的弱點。

隨著馬克思主義文藝觀的形成，茅盾的文學方法論也發生了質變。他認為文學是意識形態性的，具有強烈的階級性，同時又要注意文學的審美意象的特點，因此力圖在馬克思主義思想的指導下，以文學為對象，從各個方面對它進行新的概括與闡發。

在探討中國革命文學的性質時，茅盾從被壓迫民族與被壓迫階級解放就是現代人類的需要的觀點出發，考慮革命文學的職責，指出革命文學應「於如實地表現人生而外，更指示人生向美善的將來」。〔註63〕

如何創造革命文學的問題，蔣光赤在《現代中國文學與社會生活》一文

〔註60〕《文學週報》1928 年第 6 卷第 8 期。
〔註61〕《文學週報》1926 年第 4 卷第 1 期。
〔註62〕世界書局 1929 年出版。
〔註63〕《文學者的新使命》。

中認為，「社會已經發生了劇烈的變化，而文學家不能跟上去，反映這大變動時期的色彩」，「所以文學者的作品永遠是落後」的。〔註64〕茅盾在《歡迎〈太陽〉！》一文中認為這個論斷「大體是對的」，然而還應從別的角度加以探究未能「創造出表現社會生活的新文藝」的原因，其中的「重大原因」是「文藝的創造者與時代的創造者沒有極親密的關係」，即文藝的創造者沒有從時代鬥爭中獲得「實感」，「作者所貴乎實感，不在『實感』本身，而在他能從這裏頭得了新的發現、新的啓示，因而有了新的作品」。當然，作家得「先把自己的實感來細細咀嚼，從那裏邊榨出些精英、靈魂，然後轉變為文藝作品」。〔註 65〕這樣多方面地研究革命文學創作中的實際問題，既符合馬克思主義認識論，又合乎藝術規律。

在評論文學創作時，茅盾運用馬克思主義文學方法論，從作品出發，進行全面的辯證的分析。他在《王魯彥論》中正確地指出，王魯彥的作品表現了「鄉村小資產階級的心理，和鄉村的原始式的冷酷」，「描寫手腕方面，自然和樸素」，同時又指出，作品缺乏「積極的精神和中心思想」。〔註 66〕這些評價是客觀的、科學的。在評論《紅光》這部小詩集時，他指出作品表現了作者「熱烈的革命情緒，和最近的思想」，在藝術上「是慷慨的呼號，悲憤的囈語，或者可說是『標語』的集合體」。這一切都是「時代的產物」。〔註67〕

他力圖以唯物史觀為指針，探究中外文學現象。他在研究西方文學思潮方面取得了一定的成效，探討中國古代文學雖不乏己見，可是還存在著非唯物史觀的因素，如關於中國神話的研究，「處處用人類學的神話解釋法以權衡中國古籍裏的神話材料」。〔註 68〕

在文學研究的具體方法方面，茅盾善於吸取歐洲文學研究方法的長處，他在《小說研究 ABC・凡例》中仍然採用歐洲文學研究中的「歷史的考察或理論的探討」的方法對小說作系統的研究，從歷史的考察方面說，是「研究近代小說（Novel）發展的經過」，從理論的探討方面說，著重從人物、環境、結構三方面論述，從而揭示小說這一文學體裁的獨特性。〔註69〕

〔註64〕 《太陽月刊》1928 年 1 月創刊號。
〔註65〕 《文學週報》1923 年第 5 卷第 23 期。
〔註66〕 《小說月報》1928 年第 1 號。
〔註67〕 《紅光・序》。
〔註68〕 《中國神話 ABC・序》，世界書局 1929 年出版。
〔註69〕 《小說研究 ABC》，世界書局 1928 年出版。

　　茅盾的馬克思主義文論當時正在形成中，熟練地掌握與運用它需要一個過程。因此他在觀察文學現象時還存在非馬克思主義的因素也就不足爲怪了。

三

　　茅盾的馬克思主義文論在形成、發展過程中出現了曲折，這在他1928年7月寫作的《從牯嶺到東京》〔註70〕一文中表現得非常明顯。一方面，他贊同、支持創造社、太陽社提倡的革命文學運動，並對它的健康發展提出了積極的批評與建議，另一方面又出現了對革命文學問題一些偏頗的看法。

　　在《從牯嶺到東京》中，茅盾對於革命文學作了這樣的論述：「下列的幾個觀點是提倡革命文藝的朋友所共通而且說過了的：（1）反對小資產階級的閒暇態度，個人主義；（2）集體主義；（3）反抗的精神；（4）技術上有傾向於新寫實主義的模樣。」對於提倡革命文學的朋友的這些主張，他認爲是「無可非議的」，表示了肯定的態度。

　　茅盾對於革命文學存在的問題提出了自己的看法。這不乏可取之處，當然也有值得商榷的地方。

　　在題材方面，茅盾向來主張革命文學應表現社會生活的各方面，他針對當時題材狹窄的情況，在《從牯嶺到東京》中強調「把題材轉移到小商人、中小農等等的生活」，「抓住了小資產階級生活的核心的描寫」。他的創作如《蝕》即是如此。

　　題材需要擴大，茅盾主張表現小資產階級的生活，這是正確的，問題在於如何反映，當時他未能予以強調。他在《從牯嶺到東京》中認爲應表現小資產階級的痛苦。他說：「假如你爲小資產階級訴苦，便幾乎罪同反革命。這是一種很不合理的事！現在的小資產階級沒有痛苦麼？他們不被壓迫麼？如果他們確是有痛苦，被壓迫，爲什麼革命文藝者將他們視同化外之民」。茅盾批評革命文藝者忽視表現小資產階級痛苦，這是對的，然而他對小資產階級卻缺乏全面的分析。在當時的情勢下，小資產階級既有受壓迫的痛苦，又有抗爭及尋找解放道路的要求。這些方面茅盾並沒有全面涉及。

　　在看待小資產階級的問題上，魯迅與茅盾有共同的方面，那就是中國革

――――――――――――――――
〔註70〕《小說月報》1928年第10號。

命仍需要小資產階級作爲同盟軍，然而他們也有不同的看法。魯迅在《「醉眼」中的朦朧》中指出，「階級的對立大抵已經十分銳利化，農工大眾日日顯得著重」。小資產階級「當然應該向他們去了。何況『嗚呼！小資產階級原有兩個靈魂。……』雖然也可以向資產階級去，但也能夠向無產階級去的呢」。〔註71〕可見，魯迅對小資產階級性格的評析，比茅盾的看法全面，符合中國的革命實際。

從對待小資產階級的問題中可以看出，魯迅是從當時的階級鬥爭情勢出發，以無產階級觀點來審察小資產階級的歷史命運的，而茅盾只是從小資產階級方面來看待小資產階級的命運，當然他同某些革命文學倡導者把小資產階級的訴苦視爲「幾乎罪同反革命」的極左觀點又有區別。

由此看來，如何正確表現題材問題，這是革命文學成敗的關鍵。魯迅主張用馬克思主義觀察並且正確地反映社會生活。他在《文藝與批評·譯者附記》中說，「要豁然貫通，是仍須致力於社會科學這大源泉」，這就要求「深通學說」，才能「應環境之情勢」。〔註72〕在這個問題上，或者可能由於當年某些革命文學倡導者教條主義地對待馬克思主義，或者可能由於自己的消沉情緒，茅盾未能將提倡馬克思主義觀點表現社會生活作爲對創作革命文學的重要要求。

在革命文學的讀者對象問題上，茅盾在《從牯嶺到東京》一文中批評革命文學的讀者對象的狹隘性。他說革命文學「只成爲一部分青年學生的讀物，離群眾更遠」，應該「從青年學生中間出來走入小資產階級群眾」。茅盾指出革命文藝需要廣大的讀者對象，要求多爲小資產階級考慮，這在當時的環境條件下是可以理解的，不過也應指出，茅盾尚未能正確處理革命文學讀者對象中工農大眾同小資產階級的關係的問題。在這方面，魯迅的見解值得重視。他在《文藝的大眾化》一文中說：「在現下的教育不平等的社會裏，仍當有種種難易不同的文藝，以應各種程度的讀者之需。不過應該多有爲大眾設想的作家，竭力來作淺顯易解的作品，使大家能懂，愛看。」〔註73〕這就辯證地解決了革命文學讀者對象中不同情況的問題，這比茅盾的看法更加符合實際。

〔註71〕　《三閑集》。
〔註72〕　《譯文序跋集》。
〔註73〕　《集外集》。

　　茅盾對於革命文學創作存在忽視藝術的傾向提出嚴正的批評。他在《從牯嶺到東京》一文中正確地指出革命文學「有革命的熱情而忽略於文藝的本質，或把文藝也視爲宣傳工具——狹義的」的弱點，他說，這種忽視「藝術本質」的作品，要害在於「不能擺脫『標語口號文學』的拘囿」，以致「雖然有一部分人歡迎，但也有更多的人搖頭」。

　　對革命文學忽視藝術特徵的傾向的問題，魯迅同茅盾持同一看法。魯迅在《文藝與革命》中說：「我以爲當先求內容的充實和技巧的上達，不必忙於掛招牌」，「一說『技巧』，革命文學家是又要討厭的」，「革命之所以於口號，標語，佈告，電報，教科書……之外，要用文藝者，就因爲它是文藝」。〔註74〕魯迅明確地指出，標語口號的「文學」，忽視文藝的特徵，不會受人歡迎，只有內容同技巧融合的作品才是眞正的文學作品。

　　關於革命文學的技巧問題，茅盾在《從牯嶺到東京》一文中提到，「我們文藝的技術似乎至少須先辦到幾個消極的條件，——不要太歐化，不要多用新術語，不要太多了象徵色彩，不要從正面說教似的宣傳新思想。」正面來理解這段話，不就可以看出茅盾對革命文學在技巧方面的主張了嗎？

　　茅盾在《從牯嶺到東京》中肯定了革命文學「技術上」「傾向於新寫實主義」的主張。他對於新寫實主義的技巧作了闡述，認爲俄國的新寫實主義文體的特點是「把文學作品章段字句都簡練起來，省去不必要的環境描寫和心理描寫，使成爲短小精悍，緊張，有刺激性的一種文體」。他認爲這是一種新型的文藝技巧，革命文學如何移植，是個有待試驗的問題。他提出有兩點可以考慮：「第一是文字組織的問題。照現在的白話文，求簡練是很困難的；求簡便入於文言化。」「第二是社會活用語的性質這問題。那就是說我們所要描寫的那個社會階級口頭活用的語言是屬於繁複拖沓的呢，或是屬於簡潔的」。「小商人說話是習慣於繁複拖沓的」，所以「簡練了的描寫是否在使他們了解上發生困難，也還是一個疑問。至於緊張的精神律奏，現在又顯然的沒有」。

　　茅盾當年對於新寫實主義並不理解，他在《我走過的道路·亡命生活》中說，關於新寫實主義「當時我還不懂得這個名詞的含義。果然，半年以後，錢杏邨在《從東京回到武漢》〔註75〕一文的末尾，引用日共藏原惟人的論文。

〔註74〕　《三閒集》。
〔註75〕　《文學批評集》，上海神州國光社 1930 年出版。

但是無條件地採用藏原惟人的新寫實主義的理論，作爲當時中國無產階級文學的創作方法，顯然也是成問題的」。〔註76〕

茅盾儘管對新寫實主義並不了解，然而仍認爲新寫實主義的技術可以創造性地加以吸取。至於內容表現方面，他仍在探索著。在《從牯嶺到東京》中，他這樣說：「《幻滅》等三篇只是時代的描寫，是自己想能夠如何忠實的時代描寫；說它們是革命小說，那我就覺得很慚愧，因爲我不能積極的指引一些什麼——姑且說是出路罷！」這段話告訴人們：革命小說不僅要「時代的描寫」，還要指引出路。這不是新型現實主義在內容方面的要求嗎？

在文學批評方面，茅盾提倡開展批評與自我批評，以利於文學的發展。他在《從牯嶺到東京》中說，「只能把我的意見對大家說出來，等候大家的討論，我希望能夠反省的文學上的同道者能夠一同努力這個目標。」他身體力行，結合《蝕》的創作發表自己的看法，同時對批評者作了答辯。儘管不無值得商榷之處，然而，他已正視自己的弱點，他說：「悲觀頹喪的色彩應該消滅了，一味的狂喊口號也大可不必再繼續下去了，我們要有蘇生的精神，堅定的勇敢的看定了現實，大踏步往前走，然而也不流於魯莽暴躁。」

從文學研究方法論看茅盾的《從牯嶺到東京》，他是力圖在馬克思主義觀點指導下，論述文學創作及革命文學中的問題。由於當時存在著思想矛盾，他對於問題的看法也就出現了矛盾的現象，即既有符合馬克思主義思想的方面，又有非馬克思主義思想的方面。

在《從牯嶺到東京》中，茅盾指出創造社、太陽社提倡的革命文學的主張是對的，他著重提出必須表現被壓迫的小資產階級的生活，以擴大革命文學的讀者對象，要求革命文學重視藝術，講究技巧，反對標語口號化的傾向。這些都是正確的，合乎馬克思主義觀點的。不過，明顯不足之處在於他缺乏運用馬克思主義觀點論述、表現小資產階級的特點，或者說，在對待小資產階級這個問題上存在著小資產階級觀點。

從茅盾探討革命文學理論問題的過程中，可以看到他的主張的豐富性與獨特性。其一，明確指出革命文學是反帝反封建的文學，反對形形色色的封建文學。其二，革命文學的題材是廣泛的，以全社會和自然界的現象爲描寫對象，重視表現工農民眾的鬥爭，強調反映小資產階級生活。如此明確地主張全面反映社會生活，在當年的革命文學倡導者中是不多的。其三，注重革

〔註76〕《我走過的道路》（中），第 25 頁，人民文學出版社 1984 年出版。

文藝的藝術，反對公式化和概念化，這種主張在當時是非常突出的。除了他，還有魯迅等人。第四，要求革命文學者深入生活實踐，以求真實地反映生活的面貌。這就涉及提倡新型現實主義問題，在當時也是少見的主張。

有關革命文學的主張，茅盾和魯迅有共同的方面，也有一些不同，其中有些是茅盾獨有的，當然還有一些是茅盾未曾論述的重要方面。例如，魯迅強調創造革命文學「根本問題是在作者可是一個『革命人』」。〔註77〕他還深刻地指出小資產階級在階級鬥爭中必須走向無產階級才有光明的坦途。此外，還有一些論點是茅盾較少提及而魯迅非常重視的，如革命作家學習馬克思主義或樹立無產階級思想問題。茅盾 1925 年發表的《論無產階級藝術》一文論及運用無產階級觀點表現生活，評論作品，以後卻很少談及，而魯迅 1928 年以來多次提出學習歷史唯物主義對於分析社會現象、文學現象的指導作用。

關於對革命文學的探索，儘管茅盾還存在一些不足，然而他的理論貢獻功不可沒。對此，必須給予充分的估計。

圍繞著革命文學理論建設問題的探索，可以清楚地看到，茅盾的文藝觀經過了從唯物主義到辯證唯物主義和歷史唯物主義初步的質變，隨後由於主客觀原因，他的辯證唯物主義和歷史唯物主義水平雖然有所提高，但也存在著非辯證唯物主義和非歷史唯物主義的因素。

〔註77〕 《而已集·革命文學》。

第三章 「社會現象全面」的「認識」與「感情地去影響讀者的藝術手段」織成的中國革命左翼文學

（1929 年 5 月～1937 年 7 月）

　　從《讀〈倪煥之〉》〔註1〕起到《劇運平議》，〔註2〕可以看出茅盾經過曲折變化後穩步地在馬克思主義文論的軌道上前進。他結合中外文學的實踐，對文學理論、文學批評、文學史觀、文學研究方法論作了系統而有見地的闡發，並對中國無產階級文學（或稱中國革命左翼文學）的理論建設發表了富有創造性的主張。這一系列文論有力地推進了中國現代文學的發展。

一

　　這個階段，茅盾在關於文學同經濟基礎的關係方面的論述，比前個階段有了明確的看法。他指出，文學是社會科學的組成部分，屬於「上層建築」，最終受到「經濟機構」（或稱「生產方法」）的制約。他在《西洋文學通論》一書中聯繫歐洲文學發展的歷史，揭示了不同時期文學思潮同不同時期的經濟基礎的關係。他說，文學潮流的變革，「並不是任何文學家個人想要怎樣怎樣改變就改革了的，是推動人類生活向前進展的那個『生產方法』的大磐石

〔註 1〕《文學週報》1929 年第 8 卷第 20 期。
〔註 2〕《文學》1937 年第 9 卷第 2 號。

使得文學家不得不這樣跑！」〔註 3〕這就是說，文學是從屬於一定的經濟基礎，文學的發展最終決定於經濟發展的。

茅盾又指出，文學的發展同經濟基礎的關係往往不是直線的，而是通過「社會組織」的變化而引起的。他在《西洋文學通論》中說，「生產手段的轉變，跟來了社會組織的變化，再就跟來了文藝潮流的變革。」〔註4〕他說，「文藝復興」這巨潮的引起，「是因為在中世紀的漫漫長夜裏，生產手段有了新的進步，在僧侶和貴族的兩重『神權』的硬殼下，早孕育起新的社會階級，要求著新的社會組織，而又恰好覺得古代希望的社會組織有幾分合於他們的憧憬，所以便燃起了『研究希臘』的熱情了」。〔註5〕

在新舊社會組織的交替過程中，必然產生新的階級的鬥爭，這種鬥爭一定會在文學上反映出來。茅盾在《西洋文學通論》中說，古典主義時期，「在那沉悶的空氣中，你又看見到新的火焰。那時新興階級的資產者已經強大到可以掃除垂死的封建制度，將整個的統治權抓在他們自己手裏了。這新興階級的發揚踔厲的精神和個人主義的思潮，當然要在文藝上表現出來」。〔註6〕這便是浪漫主義的興起。

由此可見，茅盾是從經濟基礎與階級鬥爭方面來闡發文學發展的因由的。不僅如此，他還從作為一定觀念形態的文化思想來探討文學問題，認為一定的文化是一定經濟的反映。他說，文化現象是「社會經濟發展到某一階段時的產物」。〔註7〕同時，他又認為一定的文化也同一定的階級鬥爭有著密切的關係。當時有人認為，「一般社會經濟的衰落引起藝術文化的衰落」，「至於新興階級文化恰好是在舊文化衰落的廢墟上萌芽發展的」。這是「新舊文化交替的鐵則」。〔註8〕

茅盾還從文化的內容評價作品。例如從地方風土習俗研究作品的社會價

〔註 3〕 《西洋文學通論》第 13 頁，世界書局 1930 年出版。此書版權頁及內文都寫著《西洋文學通論》，因之此書被人稱為《西洋文學通論》。由於書脊又寫著《西洋文學》，不少學者認為此書的書名應是《西洋文學》。《西洋文學》與《西洋文學通論》是同一本書，內容一樣，不同書名。參閱《茅盾史實發微》中《學貫中外，別成一體》註 11。

〔註 4〕 《西洋文學通論》，第 13 頁，世界書局 1930 年出版。

〔註 5〕 《西洋文學通論》，第 14 頁。

〔註 6〕 《西洋文學通論》，第 9～10 頁。

〔註 7〕 《中國新文學運動史》，《文學》1934 第 3 卷第 4 號。

〔註 8〕 茅盾：《一張不正確的照片》，《文學》1933 年第 1 卷第 4 號。

值，他在《中國新文學大系・小說一集・導言》〔註 9〕中指出，許傑《慘霧》
中的械鬥，表現了「傳統的惡劣的風俗」，彭家煌的《話鬼》諷刺了宗法制度
的不良習俗。

茅盾有時也從政治倫理方面評述作家作品。他在《女作家丁玲》〔註 10〕
中談及丁玲的《韋護》、《一九三○年春上海》，肯定作者在處理革命與愛情的
新型關係，即政治觀念與道德情操的一致性；他還在《徐志摩論》〔註 11〕中
通過對徐志摩《嬰兒》的論述，揭示了英美式的資產階級民主理想。

茅盾還重視從哲學思想上研究作家作品。如在《冰心論》〔註 12〕中指出
早年的冰心把社會現象看得非常單純，以為人事紛紜無非是兩根線編織而
成，這兩根線便是「愛」與「憎」。她以為「愛與憎」兩者之間必有一者是人
生的指針。她的思想，完全是「唯心論」的立場。他也在《中國新文學大系・
小說一集・導言》中指出葉聖陶早期創作中表現「美」和「愛」，「就是他的
對於生活的理想，這是唯心地去看人生時必然會達到的結論」。

茅盾還從文化價值觀探討進步的、革命的文化在新文學發展中的作用。
他在《「五四」運動的檢討》中指出新文學運動同新文化運動緊緊相聯，新文
化運動是以「意識形態的工具——文學——作為第一線的衝鋒隊。反對文言
文，反對舊戲」，其次，「這運動擴展到全文化戰線：反對舊禮教，攻擊儒家
的人生哲學」。〔註 13〕因此從根本上說，新文學運動的興起，是始於革命的進
步的文化思想對於舊文化的批判。茅盾在《中國新文學大系・小說一集・導
言》中還說，1917、1918 年的《新青年》雜誌是鼓吹「新文化」的大本營，
然而從全體上看來，《新青年》仍是一個文化批判的刊物，主要的代表人物也
大多是文化批判者，他們是從文化批判者的立場發表對於文學的議論的。他
們的文學理論的出發點是「新舊思想的衝突，他們是站在反封建的自覺上去
攻擊封建制度的形象的作物——舊文藝」的。當年成立的文學研究會，是中
國新文學史上第一個純文學的社團。文學研究會的發起宣言中認為「將文藝
當作高興時的遊戲或失意時的消遣的時候，現在已經過去了」，「相信文學也

〔註 9〕上海良友圖書印刷公司 1935 年出版。
〔註 10〕《中國論壇》1933 年第 2 卷第 7 期，《文藝月報》1933 年第 1 卷第 2 號。
〔註 11〕《現代》1934 年第 2 卷第 4 期。
〔註 12〕《文學》1934 年第 3 卷第 2 號。
〔註 13〕《文學導報》1931 年第 1 卷第 5 期。

是一種工作，而且又是於人很切要的一種工作」等等，茅盾指出，這些主張「和那時候一般的文化批判的態度相應和」。

出版事業是重要的文化現象，堅持出版工作的正確方向，必將推動中國現代文學的發展。茅盾在《中國新文學大系·小說一集·導言》中談到「五四」以來「第一個十年」出版的文藝刊物時說，從中「已經見得當時整個中國到處有新文學活動的蹤跡」。他在談及「左聯」刊物時，對為革命文學盡過力，發揮過作用的，都給予肯定，當然對於不利革命文學發展的方面也給予批評。

茅盾不僅重視經濟、階級鬥爭、文化諸方面對文學的作用，而且也注意到文學對於經濟、政治、文化等方面的影響。《西洋文學通論》一書側重於論述文學的發展是以經濟發展為基礎的，也論及政治鬥爭對於文學發展的作用，同時也闡述了文學對階級鬥爭、經濟的影響。例如談到浪漫主義的作用時，茅盾認為那是「應合於十九世紀成為支配者的資產階級的個人主義自由競爭的經濟組織。浪漫主義又是渴慕著『偉大』，『超凡』、『瑰麗』；這也說明了那時候新得政權的資產階級的氣勢」，〔註14〕可見浪漫主義文學思潮對於鞏固資本主義「經濟組織」以及政權都發生過作用；由於歷史輪子加快轉動，進入蒸汽機的時代，資產階級在短時期內發展到頂點，便暴露本身的矛盾，浪漫主義文學已經無法適應這種現實的變化，失去了積極作用，阻礙生產力的發展。在論述十月革命後的俄國革命文藝時，茅盾指出，新寫實主義成了當時文壇的主潮，這類作品不僅僅描寫現實，還要「預言」未來，描寫「集團」如何創造「新的人」、「新的社會」。〔註15〕這種革命文藝對於社會主義的鞏固與發展起了應有的作用。

論及新文學運動時，茅盾在《關於「創作」》一文中說，作為五四運動的組成部分，新文學運動在反對舊文化傳統舊制度中發揮了一定作用，當然也有局限。〔註16〕他又在《中國蘇維埃革命與普羅文學之建設》中稱讚蘇聯革命文學在傳播革命經驗、發揚「革命者的英勇鬥爭的精神」等方面的成就，指出這對於鞏固「從十月革命到五年計劃」所取得的成果的作用。同時也肯定蘇聯革命文學對於「我們革命的文化的前線」的啟示。〔註17〕

〔註14〕 《西洋文學通論》，第 123 頁。
〔註15〕 《西洋文學通論》，第 319 頁。
〔註16〕 《北斗》1931 年 9 月創刊號。
〔註17〕 《文學導報》1931 年第 1 卷第 8 期。

　　茅盾對文學的意識形態性的認識較前個時期更加全面，他從文學最終受
制約於經濟基礎這個根本命題入手，論述文學同經濟、階級鬥爭、文化的複
雜關係，又闡述文學對於階級鬥爭、經濟、文化諸方面的影響。

　　不過，茅盾在具體論述文學同階級鬥爭、經濟關係的問題上也存在一些
不足。如對「五四」新文學的形成，除了當時經濟基礎的原因外，未能從政
治方面即俄國十月革命的影響以及馬克思主義的傳播等因素去論述。

　　茅盾不僅多方面地揭示文學的本質，而且還多層次地探討文學特徵。他
在《〈地泉〉讀後感》一文中說，「創作需要用形象的言語、藝術的手腕來表
現社會現象的各方面」，所謂「藝術手腕」，指的是「感情地去影響讀者」。〔註
18〕從這些論述中，可以看出茅盾關於藝術特徵的許多新的看法：

　　對藝術特徵，茅盾以往或視為「描寫」，或作為「意象的集團之藉文字而
表現者」，這個時期卻認為是形象的。用他的話說，或為「形象的言語」，「形
象的言詞」，或為形象化。他在《關於「報告文學」》中對於文學的形象作了
這樣的解釋，「必須將『事件』發生的環境和人物活生生地描寫著，讀者便就
同親身經驗，而且從這具體的生活圖畫中明白了作者所要表達的思想」。〔註
19〕這可以看出茅盾所謂「形象」指的是「具體的生活圖畫」，其中包括人物、
環境等方面的「活生生地描寫」，同時，這種「生活圖畫」不是純客觀的，而
是必須表達作者的思想。

　　其次，茅盾認為形象還必須同感情結合起來。他在《〈地泉〉讀後感》中
說，「文藝作品首要的職務是在用形象的言詞從感情地去影響普通一般人，使
他們熱情奮發，使他們認識了一些新的，──或換言之，去組織他們的情感
思想。」這就是說，文藝作品的形象必須飽含感情，才能影響讀者，「組織他
們的情感思想」。文藝形象如果缺乏感情、思想，即使有相當的藝術手腕，「作
品的藝術的功效還是會大受削弱」。

　　再次，茅盾在《〈地泉〉讀後感》中又認為，文藝要有感人的力量，描寫
應當「合於實際的生活」，反之，就容易成為「臉譜主義」和「方程式」的東
西。這就涉及文學形象性必須同真實性相結合的問題。

　　由此看來，茅盾對於文學特徵看法的新發展，在於重視文學的形象性、
感情性與真實性三者的統一。這些主張在當時同類主張中是富有創造性的。

〔註18〕陽翰笙：《地泉》，上海湖風書局 1932 年重版。
〔註19〕《中流》1937 年第 1 卷第 11 期。

瞿秋白在《文藝的自由和文學家的不自由》中指出胡秋原曾引用普列漢諾夫關於「藝術是用形象去思索」的說法作爲「文藝任務」，然而「要求文藝只去表現生活，而不要去影響生活」。〔註 20〕周揚在《文學的眞實性》中說，「文學，和科學、哲學一樣，是客觀現實的反映和認識，所不同的，只是文學是通過具體的形象去達到客觀的眞實的。」〔註 21〕馮雪峰在《關於「第三種文學」的傾向與理論》中認爲文學「越能眞實地全面地反映了現實，越能把握住客觀的眞理，則它越是偉大的鬥爭的武器」。〔註 22〕瞿秋白、周揚等都把形象作爲文學的特徵，周揚還認爲必須以形象反映生活的眞實；馮雪峰則強調眞實性作爲文學性的特徵。茅盾既有同周揚、馮雪峰等人在文學的形象或眞實性問題上的共同方面，又有不同的方面，例如注重文學的情感性問題。

這個時期，茅盾不僅對文學總體特徵進行新的考察，又對作品的各種體裁特點作了系統的論述。以小說來說，他在《小說研究 ABC》一書中根據西洋小說發展的歷史及其理論認爲，「Novel（小說，或近代小說）是散文的文藝作品，主要是描寫現實人生，必須有精密的結構，活潑有靈魂的人物，並且要有合於書中時代與人物身分的背景與環境。」〔註 23〕這就是說，小說是「散文的文藝作品」，以現實人生爲描寫對象，且要求結構、人物、環境三者的高度統一。他又在《創作的準備》等著述中對小說的特點作了進一步的闡發，強調人物在小說中的作用。他說，小說「應當是由人物生發出故事。人物是本位，而故事不過是具體地描寫出人物的思想意識。」他還對人物同環境的關係作了明晰的論述，指出人「是在『環境』中行動的。『環境』固然支配了『人』，但由於這被支配而發生的反作用，能使『人』發生破壞束縛的思想而形成改造環境的行動」。〔註 24〕由此可知，「人」和「環境」之間的作用是交流的，是在矛盾中發展的。

小說有長、中、短篇之分。茅盾並未詳加論列，只是簡括說明，如他在《西柳集》中認爲，正規的短篇小說，人物只有二三個，故事簡單。他在《創作的準備》中認爲，長篇小說要求「內容不至於散漫而且首尾有一氣呵成之勢」，「結

〔註 20〕 《現代》1932 年第 1 卷第 6 期。
〔註 21〕 《現代》1933 年第 3 卷第 1 期。
〔註 22〕 《現代》1933 年第 2 卷第 3 期。
〔註 23〕 《小說研究 ABC》第 14 頁。
〔註 24〕 《創作的準備》，第 15、48～49 頁，生活書店 1936 年出版。

構複雜，人物眾多，而且，『故事』是向橫的方面展開的」。〔註25〕

　　茅盾在《論初斯白話詩》中指出，「寫實主義的精神，在初期白話詩中，題材上是社會現象和人生問題的大量抒寫，方法上是所謂『須要用具體的做法，不可用抽象的說法』（胡適之：《談新詩》第五節）。」〔註26〕這是從內容到表現形式概括了「五四」白話詩的特點。他又在《敘事詩的前途》中說到，「『從抒情到敘事』，『從短到長』，雖然表面上好像只是新詩的領域的開拓，可是在底層的新的文化運動的意義上，這簡直可說是新詩的再解放和再革命。」〔註27〕

　　茅盾對於散文有自己的看法，他在《印象·感想·回憶》的後記中說，他所寫的散文，「文字之不美麗，自不待言；又無非是平凡人生的速寫，更說不上有什麼『玄妙』的意境。讀者倘要看看現在社會的一角，或許尚能隱約窺見少許，但倘要作為『散文』讀，恐怕會失望。不過我所能寫的散文，始終只是這一套。」〔註28〕茅盾提倡散文要有社會性，形式如隨筆、速寫；隨筆的特點是「大題小做」。茅盾認為「太尖銳，當然通不過；太含渾，就未免無聊，太嚴肅，就要流於呆板，而太幽默呢，又恐怕讀者以為當真是一樁笑話」。〔註29〕他認為隨筆有一類是雜感式的，又有一類是抒情式的，如《雷雨前》、《黃昏》、《沙灘上的腳跡》。這類散文「單把『靈魂』披上一件輕飄飄的紗衣」。〔註30〕至於速寫，茅盾在《西柳集》中說，在該集中「凡是『速寫』體的，——在一定的短促的時間內，一定的局部的背景前，寫出了各樣人生的交流的作品」。從這裏可以看出，茅盾對於速寫體散文的要求，往往是選取某個片斷，以求迅速地反映急變的現實生活。

　　茅盾也是提倡小品文的。在《關於小品文》中，他認為「小品文本身只是文學上一種體裁，小品文之利弊如何，全看人們用它來裝載怎樣的內容」。他反對脫離時代需要的所謂「自我閒適」的小品文，主張小品文要合乎於時代的格調。對小品文形式上的要求，他在《關於小品文》中指出，「應該把『五四』時代開始的『隨感錄』、『雜感』一類的文章作為新小品文的基礎，繼續

〔註25〕　《創作的準備》，第 64、65 頁。
〔註26〕　《文學》1935 年第 8 卷第 1 號。
〔註27〕　《文學》1937 年第 8 卷第 2 號。
〔註28〕　《印象·感想·回憶》，文化生活出版社 1935 年出版。
〔註29〕　《茅盾散文集·自序》，天馬書店 1933 年版。
〔註30〕　《隨筆三篇·作者題記》，《新少年》1936 年第 2 卷第 7 期。

發展下去」。〔註31〕他還在《不關宇宙或蒼蠅》中認為小品文「只是用最經濟的筆墨寫出社會上的種種現象。可以是印象記，可以是『速寫』，可以是『小評』或『雜感』」。〔註32〕他又在《小品文半月刊〈人間世〉》中說，「記遊記，記看花，只要情趣盎然」，不要給人「看來看去莫明其妙，也是很好的」。〔註33〕由此看來，茅盾認為小品文同速寫、隨筆、遊記等文體是相互交叉的。

茅盾提倡表現社會生活的散文，但也不反對意趣盎然的遊山觀花的作品，散文形式是多種多樣的，如速寫、隨筆、小品文等。

關於報告文學的看法，茅盾在《關於「報告文學」》一文中認為，報告文學和「速寫」的性質、任務是相同的，「『報告』主要的性質是將生活中發生的某一事件立即報導給讀者大眾。題材既是發生的某一事件，所以『報告』有濃厚的新聞性；但它跟報章新聞不同，因為它必須充分的形象化」。這就要求「好的『報告』須要具備小說所有的藝術上條件，──人物的刻畫，環境的描寫，氛圍的渲染等等」。他又指出，報告是「注重在實有的『某一事件』和時間上的『立即』報導」，而小說的故事多為合情合理的虛構，即依靠作家的生活積累，藉創作想像力而給以充分的形象化。他還指出速寫、報告、短篇之間的關係：「一年來的許多『速寫』，十之九可以說是『報告』」，「《中國的一日》〔註34〕裏大多數是『報告』，而且被運用的不同的式樣也很多。甚至可以說最近大多數的短篇小說也和『報告』一點點接近」。〔註35〕這就是說，速寫、報告、短篇小說在反映生活及表現形式方面具有共同的特徵，當然，各自又有不同的特性。

茅盾在論述文學體裁時，認為特點有三。首先，不是孤立地探討表現形式，而是結合作品反映生活方面進行研究，力求從內容同形式的統一中闡釋各種文體的特徵，因而他對許多體裁的看法已被學術界所肯定，如對報告文學、小說的見解。其次，他是從中國文學體裁發展的實際出發，引出有關見解，且有利於文學體裁向更高階段的發展，如新詩。第三，有獨特的體裁分類法，如把抒情散文歸於隨筆類，這是少見的。當然，對某些體裁如劇本創作，偏於內容的探討，涉及形式特徵的看法並不多。

〔註31〕《文學》1934 年第 3 卷第 1 號。
〔註32〕1934 年 10 月 17 日《申報‧自由談》。
〔註33〕《文學》1934 年第 3 卷第 1 號。
〔註34〕生活書店 1936 年出版。
〔註35〕《中流》1937 年第 1 卷第 11 期。

　　探討歷史題材作品的特點，是茅盾這個時期關注的一個方面。他在《玄武門之變‧序》中指出，「用歷史事實爲題材的文學作品，自『五四』以來，已有了新的發展。魯迅先生是這一方面的偉大開拓者和成功者。他的《故事新編》，在形式上展示了多種多樣的變化，給我們樹立了可貴的模式；但尤其重要的是，是內容的深刻」，他「非但『沒有將古人寫得更死』，而是將古代和現代錯綜交融，成爲一而二，二而一」。茅盾說，不少人繼承這種傳統，「而又意識地要加以『修正』的」；但也有作者「則思忠於事實，務要爬羅剔抉，顯幽闡微，還古人古事一個本來面目」。「作爲青年認識古人古事之一助，卻是有它的站得穩的立場的」。〔註 36〕茅盾對於以歷史事實爲題材的文學作品作了具體分析，並取不同的態度，這是值得肯定的。

　　茅盾不僅運用馬克思主義觀點研究文藝的本質及特徵，而且探討中國現代文學進程中提出的理論問題諸如鄉土文學、都市文學等。他在《關於鄉土文學》中從馬子華的《他的子民們》談到鄉土文學問題，認爲這部「描寫邊遠地方的人生的作品」「無疑的是一部佳作。作者似乎並不注意描寫特殊的風土人情。可是特殊的『地方色彩』依然在這部小說裏到處流露，在悲壯的背景上加了美麗」。他認爲，「『鄉土文學』如果單有了特殊的風土人情的描寫，只不過像看一幅異域的圖畫，雖能引起我們的驚異，然而給我們的，只是好奇心的饜足」。作爲「鄉土文學」，「在特殊的風土人情而外，應當還有普遍性的與我們共同的對於運命的掙扎」。〔註 37〕這就是說，「鄉土文學」不僅要表現風土人情的特殊性，而且還要表現人民的生活與鬥爭的普遍性。要做到這些方面，作家必須具有「一定的世界觀與人生觀」，如果只是表現前者，那麼「只具有遊歷家的眼光」的作者就可以了。

　　關於都市文學，茅盾在《都市文學》中作了精闢的論述。他指出，「雖然畸形發展的上海是生產縮小，消費膨脹，但是我們的都市文學如果想作全面的表現，那麼，這縮小的『生產』也不應該遺落。從這縮小的生產方面，不是可以更有力地表現了都市的畸形發展，表現了畸形發展都市內的勞動者加倍的被剝削，而且表現了民族工業的加速沒落麼？」〔註 38〕這裏清楚地告訴人們，都市文學要求全面地表現當時都市的生活面貌，既要看到都市的畸形

〔註 36〕宋雲彬：《玄武門之變》，開明書店 1937 年出版。
〔註 37〕《文學》1936 年第 6 卷第 2 號。
〔註 38〕《申報月刊》1933 年第 2 卷第 5 期。

發展以及由此帶來的民族工業的衰敗，同時也要看到被剝削的勞動者的貧困。這就要「作家的生活能夠和生產組織密切」聯繫，方能達到創作的目的。

茅盾嚴肅地批判了畸形的都市文學，在《都市文學》中指出，消費和享樂成為這種都市文學的主要色調，這類作品「大多數的人物是有閒階級的消費者，闊少爺，大學生，以至流浪的知識分子；大多數活動的場所是咖啡店，電影院，公園；跳舞場的爵士音樂代替了工廠中機械的喧鬧，霞飛路上的彳亍代替了碼頭上的忙碌」。這類作品中極少出現參加生產的勞動者，即使出現了也不是在工場，而是「坐在咖啡杯旁的消費者」。

從有關鄉土文學和都市文學的論述中可以看出：茅盾是運用馬克思主義的基本原理全面地分析文學問題的，堅持描寫對象的特殊性要同社會生活的普遍性相結合。

這個時期茅盾關於文學風格理論的探討，也有了新的發展。他仍然注重從作品的整體考察風格，不過他認為，具有異彩藝術風格的作品，即使存在一些不足，也應給予充分肯定。他在《〈窯場〉及其他》中對葛琴的《一天》、《犯》、《枇杷》三個短篇就是這樣評價的：這三篇「作者有她個人的風格；她的章法是不整齊的，然而散散落落寫來，卻構成了一個總的印象，在《犯》和《枇杷》中，這是燦爛的而且有力。而她的感覺的新鮮，時時成為技巧上的一種異彩」。他又說，「《枇杷》和《犯》雖間有累贅之處然在大體上是細膩，新鮮，特有一種光彩。」儘管她的《窯場》「力求簡潔」，然而「失之粗硬」，反不及《枇杷》和《犯》「有異樣的風致」。〔註39〕

茅盾還從新的角度論述文學風格的特色，如從創作方法方面考察。他在《中國新文學大系・小說一集・導言》中論述許傑小說的風格時說，「他的作風也有兩個面目。他的農村生活的作品幾乎全是客觀的寫實主義的，而他的都市中流浪青年生活的作品卻是熱情的感傷的」。這種熱情的感傷的情調，當指浪漫主義。

強調在共同的政治傾向下發展多種文學風格，這是茅盾以前較少明確提出的。他在《進一解》中說，在民族解放戰爭的旗幟下，文學需要「多種多樣的作風」，既要有「戰鼓和喇叭」，又要有「觸及現實的其他形相」的藝術手段，同時也需要引人向上的抒情曲。〔註40〕

〔註39〕《文學》1937 年第 9 卷第 1 號。
〔註40〕《文學》1936 年第 6 卷第 6 號。

　　藝術風格的變化及其因由，也是茅盾這個時期探討的重要方面。他在《能
不能再寫得好懂些》中說到，「風格即人」，因此有人認為「所謂『沈博奧衍』
的龔自珍斷然做不到白居易那樣的『婦孺能解』。不過這也未嘗不可用習慣來
矯正」。〔註41〕這裏意在說明風格是可以改變的，而這種改變應有利於讀者的
接受。這種觀點是可取的。他在《廬隱論》中稱讚「廬隱作品的風格是流利
自然。她只是老老實實寫下來，從不在形式上炫奇鬥巧」，不過她後期的作品
較之前期進步了，並且沒有前期作品中「那些過多的『詞藻』」，〔註42〕這種
改變，當然是值得讚許的。它對藝術的提高，對讀者的接受，都是有所裨益
的。不過，茅盾也指出，有的作品風格的改變卻不是這樣。如他在《彭家煌
的〈喜訊〉》中認為，彭家煌的《喜訊》、《垃圾》、《請客》等作品具有的「那
種委婉細膩可是不覺得拖沓的長句子」的風格，且已「發展到了圓熟的境界」，
然而，到了《兩個靈魂》，細膩的描寫沒有了，只給讀者一個粗淺的輪廓，起
不了深刻的印象」。〔註43〕他疑心這同作者的生活不足有關。

　　對文學流派理論的考察，也是茅盾這個時期突出探討的課題。他在《〈東
流〉及其他》的結尾這樣寫道：「我們文壇上自來就以刊物名稱區分派別的習
慣。所謂『新月派』就是這樣被叫出來的。倘使所稱『新月派』者是一個『客
觀的存在』，那麼我們覺得《學文》是屬於這一方面的最近的表見。不過『時
代』著色好像很屬害似的，現在他們對於生活竟感到那麼『空虛渺茫』麼？
生活條件和社會階層的從屬關係決定了人們的意識」。茅盾指出《學文》雜誌
是屬於新月派的，創作傾向是以「圓熟的技巧」描寫的「人生的虛空」，它反
映「小布爾喬亞的悲觀思想」。〔註44〕這就是從創作態度、技巧特點及它們的
階級與社會根源，乃至刊名等方面，來研究文學流派的特點。茅盾還對《新
青年》、文學研究會、創造社以及論語派、民族主義文學派等的階級與文學的
傾向特點，一一作了分析與評價。

二

　　茅盾不僅對文學理論基本問題作了新的探討，而且對中國無產階級革命
文學理論與創作問題發表了不少建設性的見解。

〔註41〕《文學》1935 年第 4 卷第 1 號。
〔註42〕《文學》1934 年第 3 卷第 1 號。
〔註43〕《文學》1934 年第 2 卷第 4 號。
〔註44〕《文學》1934 年第 3 卷第 4 號。

　　茅盾認為，中國無產階級革命文學應同中國民主革命與民族解放事業聯繫起來，促使反帝反封建的革命鬥爭的發展。他在《中國蘇維埃革命與普羅文學之建設》中認為，人民群眾同「帝國主義及其走狗國民黨」的鬥爭應是當時中國革命的主要任務。無產階級革命文學「不能僅僅是一枝嗎啡針」，給以工農為主體的大眾「以一時的興奮刺激」，而是要成為他們的「教科書」。這就要求中國無產階級的革命文學應成為革命群眾奪取民主民族革命勝利的「教科書」。

　　茅盾還針對革命文學存在的缺點，提出克服的意見，如作家確立正確的人生觀、宇宙觀，投身時代的鬥爭生活，還要有純熟的創作技術。茅盾對於創作優秀作品的期望，當是對無產階級革命文學建設的看法。

　　關於無產階級革命文學必須具有「正確的觀念」問題，茅盾在《〈地泉〉讀後感》中指出，「一個作家不但對於社會科學應有全部的透徹的知識，並且真能夠懂得，並且運用那社會科學的生命素——唯物辯證法」，「從繁複的社會現象中分析出它的動律和動向」，同時在作品「表現社會現象的各方面，從這些現象中指示出未來的途徑」。他竭力反對對社會現象的片面認識，及其在作品中的表現。他以蔣光慈的作品為例，指出「缺乏社會現象全面的非片面的認識」，「所寫的革命者和反革命者總是一套」。「沒把反革命者中間的軍閥，政客，地主，買辦，工業資本家，銀行家，工賊等等不同的意識形態加以區別的描寫，也沒有將他們對於一件事的因各人本身利害不同而發生的衝突加以描寫」；「對於作品中的革命者，也並沒按照他們之為小資產階級分子或工人或農民出身之不同作了區別的（特別在意識形態方面，在認識革命方面）描寫」，也「沒寫革命者對於同一件事常常有認識深淺的不同」；「又常常把革命者和反革命者中間的界限劃分得非常機械，兩面陣營都不見有動搖不定的分子」，同時也沒有寫出發展、變化，等等。

　　茅盾指出，作品表現對社會生活的片面認識，這固然同作者缺乏唯物辯證法的素養有關，也同缺乏「經驗複雜的多方面的人生」有關。在他看來，作家必須置身於現實生活中，才能「從生活中把握正確觀念」，因為這種觀念之所以正確，在於運用馬克思主義的觀點觀察、分析社會生活各個方面所得出來的，且符合客觀實際，同時，這種正確的觀念必須在作品中得到生動的表現，這就要求作品全面地反映社會現實，揭示生活的本質及趨向。

　　應當指出，茅盾十分重視革命作家參與並表現「中國的革命工農大眾」，「在都市，在農村，在工廠，以及在文化戰線」同帝國主義及國民黨反動派

的重大鬥爭。〔註 45〕不過他也清醒地看到，在國統區內，由於反動派阻撓作家同革命鬥爭的結合，加以實行嚴厲的「檢查制度」，革命文學作品在表現重大鬥爭方面不能不受到影響，所以中國革命民眾的英勇鬥爭很難得到「充分的鮮明的反映」。〔註 46〕因此，他提出作家可以選取自己熟悉的題材，不過「所選取的題材，第一須有普遍性，第二須和一般人生有重大的關係」。〔註 47〕這類題材的作品應對於「現社會制度表示了否定的態度」，表現「中國的民眾的真實生活情形以及真正的迫切的要求」。〔註 48〕

由此看來，茅盾認為無產階級革命文學，在表現社會生活方面是極其廣泛的，它既可以描寫重大鬥爭，也可以反映種種有意義的生活情狀。當然，無論表現哪種社會生活，都要求作家具有「社會科學的知識」，以便從形形色色的社會現象中選擇「最能表現那社會的特殊『個性』——動態及其方向的素材」，〔註 49〕作為作品的題材。

茅盾強調創造中國無產階級革命文學「最主要的還是充實的生活」，〔註 50〕反對脫離生活真實的所謂「革命文學」。他在《〈法律外的航線〉讀後感》中指出，文壇上曾盛行一種公式：「結構一定是先有些被壓迫的民眾在窮苦憤怒中找不到出路，然後飛將軍似的來了一位『革命者』——一位全知全能的『理想的』先鋒，熱剌剌地宣傳起來，組織起來，而於是……那些民眾無例外地全體革命化。」故事的發展是標語口號的一呼一應，人物的對話也就像群眾大會裏的演說那樣。這樣的公式曾被認為是「革命文學」的法規。茅盾指出，這是一些沒有生活實感的「革命作家」靠這個「公式」大賣其「野人頭」。他說，「一切社會現象中都有革命意義，但作者的任務是從那些社會現象中去實地體驗出革命意義，而不是先立一革命的結論，從而『創造』社會現象（作品中的故事）。」〔註 51〕

有了正確的觀念，有了充實的生活，還要有「純熟的技術」，才能創造成功的革命文學。在文學表現技巧方面，茅盾認為學習西方文學名著是重要的，

〔註 45〕《中國蘇維埃革命與普羅文學之建設》，《文學導報》1931 年第 1 卷第 8 期。
〔註 46〕《給西方的被壓迫大眾》，《茅盾全集》第 20 卷，第 557 頁，人民文學出版社
　　　　1990 年出版。
〔註 47〕《創作與題材》，《中學生》1933 年第 32 期。
〔註 48〕《給西方的被壓迫大眾》，《茅盾全集》第 20 卷，第 557 頁。
〔註 49〕《談題材的「選擇」》，《文學》1935 年第 4 卷第 2 號。
〔註 50〕《關於「創作」》，《北斗》1931 年 9 月 20 日創刊號。
〔註 51〕《文學月報》1932 年第 1 卷第 5、6 期合刊。

可以從中吸取有用的技巧，同時也要重視師法中國古典小說的表現手法。不過，他非常強調掌握「從生活中體認出來的技術」即「活的技術」。

茅盾認為無產階級革命文學既有別於所謂「革命文學」，也同「自由主義」的中間作家的作品不同。前者的作品如他在《給西方的被壓迫大眾》中所說的，「就是內容空疏和單純」，應予批評，後者的作品如他在《答國際文學社問》中指出的，是具有「反封建反帝國主義的自由主義立場」性質的，應在肯定的同時加以誘導，反對關門主義的態度。

茅盾在《西洋文學通論》的《結論》中認為，「將來的世界文壇多半是要由這個受難過的新面目的寫實主義來發皇光大」，這個「新寫實主義」同以前的寫實主義在性質上是不同的，蘇聯文學已出現過這類作品。他以高爾基的《母親》等作品為例說明。他又在《關於高爾基》中通過對《母親》等作品的分析，指出「文藝作品不但須盡了鏡子的反映的作用，並且還須盡了斧子的砍削的功能；砍削人生使合於正軌」。〔註52〕由此可見，茅盾認為新的寫實主義（或稱新的現實主義）應具有像高爾基的《母親》等一類作品的反映生活、推進生活的作用。

茅盾針對創造社、太陽社中一些人鼓吹「標語口號式或廣告式」的「無產文藝」，曾在《讀〈倪煥之〉》中提倡「新寫實派」，隨後又在《關於高爾基》中介紹高爾基的創作。這是「有意為之」，正如他在《我走過的道路·亡命生活》中所說的，「真正的普羅文學應該像高爾基的作品那樣有血有肉，而不是革命口號的圖解」。〔註53〕

由此可見，茅盾認為，中國無產階級革命文學應當提倡新寫實主義或新現實主義。他在《我們所必須創造的文藝作品》中說，「文藝作品不僅是一面鏡子——反映生活，而須是一把斧頭——創造生活。」這就要求文藝家「不僅在分析現實，描寫現實，而尤重在於分析現實描寫現實中指示了未來的途徑」。〔註54〕

茅盾又在《關於〈禾場上〉》中提出要擺脫「舊寫實主義」的拘束，「只有努力先去克服」「舊意識而獲得新的宇宙觀和人生觀，而這又必須從實踐生活中獲得」。〔註55〕這就是說，運用新現實主義的創作方法必須從實踐生活中

〔註52〕 《中學生》1930 年創刊號。
〔註53〕 《我走過的道路》（中），第 44 頁。
〔註54〕 《北斗》1932 年第 2 卷第 2 期。
〔註55〕 《文學》1933 年第 1 卷第 2 號。

去獲得無產階級世界觀，才能從周圍的人生中抉取並正確表現富有社會意義
的生活。

茅盾一向強調現實主義必須表現時代性，從 1923 年到 1926 年，他一直
在探索新型現實主義表現時代性的問題。1927 年大革命期間，他忙於參加革
命鬥爭，大革命失敗後又致力於創作，因此未能繼續探討這方面的問題。直
到寫作《讀〈倪煥之〉》一文才第一次明確地提出「新寫實派所要表現的時代
性」，對新現實主義表現時代性的問題發表了精闢的見解。此後，他又發表了
不少有關論述，從而形成他對新現實主義表現時代性問題的完整看法。

茅盾明確地提出新現實主義所要表現的時代性問題，同新文學運動發展
有關。他認為「五四」新文學，例如魯迅的早期作品，在「攻擊傳統思想這
一點上，不能不說是表現了『五四』的精神，然而並沒有反映出『五四』當
時及以後的刻刻在轉變著的人心」。〔註56〕這就是說，魯迅的早期作品表現時
代性還是不夠充分的。當然這同作家當時的思想以及創作方法有密切的聯
繫，因此，茅盾認為作家應當堅持新現實主義，努力表現廣闊的時代的面貌，
深入地揭示社會變動及人們的精神狀態。這樣才能使作品具有強烈的時代性。

同時，茅盾也看到「五四」時期許多作品在反映現代青年生活，諸如思
想苦悶、戀愛心理等方面，雖然有一定的真實性，然而所反映的生活範圍很
狹小，缺乏濃郁的社會性，不能使人滿意。因此，他認為提出以新現實主義
的創作精神來表現時代性，是非常必要的。

當然，茅盾提出新現實主義的時代性，同反對當時文壇上存在的那種「文
藝的創造者與時代的創造者沒有極親密的關係」〔註57〕的傾向有關。時代向
前發展，作家不能跟上去同革命的鬥爭生活打成一片，反映變動時期的作品
便難以產生。

茅盾早已指出，文學的時代性既要把那個「時代情形描寫出來」，又要把
「相應於各時期」的時代面貌表現出來，這樣才能稱為「完全無缺點」地反
映時代特徵。〔註58〕這個時期，茅盾在論述時代性時，往往具體地指出反映
某個歷史時期的時代特點，例如「五四」、「五卅」、第一次大革命等。

茅盾十分重視文學作品表現各個歷史階段的時代特點，要求作家充分反

〔註56〕《讀〈倪煥之〉》，《文學周報》1929 年第 8 卷第 20 號。
〔註57〕《歡迎〈太陽〉！》，《文學周報》1928 年第 5 卷第 23 期。
〔註58〕《小說研究 ABC》，第 111、112 頁。

映當時的社會矛盾。例如他認爲大革命失敗後的中國社會特點是「封建軍閥、豪紳地主、官僚買辦階級、資產階級聯合的統治階級」，「勾結帝國主義加緊向工農剝削」。〔註59〕他認爲作家反映當時的社會生活，必須抓住這種歷史特點，才能揭示時代的特定內容。「九・一八」事變後，日本帝國主義侵入中國，他指出作家要「藝術的去影響民眾，喚起民眾」，進行「反帝國主義的民族革命運動」，這是「時代加於我們作家肩上的偉大的任務」。〔註60〕

當然，每個歷史階段的社會矛盾是複雜的，應該看到各種社會矛盾及其相互關係，這樣才能全面地揭示社會面貌。茅盾談到反映第二次國內革命戰爭時期的社會矛盾時指出，不僅應「從一切統治階級的崩潰聲中，革命巨人威脅的前進聲中，互全社會地建立起我們作品的題材」，還要在一切「對外對內的鬥爭上，建立我們作品的題材」等。〔註61〕在表現抗日救亡的問題上，茅盾認爲既要「表現民族解放鬥爭的英勇壯烈的行動」，又要擊破「投降的理論和失敗的心理」。〔註62〕

時代現實存在著尖銳複雜的社會矛盾和鬥爭，這些鬥爭往往集中表現在偉大運動上。茅盾認爲文藝要反映時代，必須反映每一歷史階段的重大事件、重大鬥爭，例如五四運動、「五卅」運動、「一九二七年洶湧革命浪潮」〔註63〕等。在表現這些重大鬥爭的時代特徵時，茅盾指出應著重反映「時代給與人們以怎樣的影響」。〔註64〕他以《倪煥之》中的倪煥之爲例，闡述「五四」到第一次大革命的重大鬥爭在他身上的鮮明表現。他指出，土地革命時期，數十萬革命工農及其先鋒紅軍曾經怎樣地用熱血衝散了國民黨軍隊的槍林彈雨，在敵人的屍體上高舉起革命的大旗。他認爲這一切重大鬥爭「都一定要在我們作家的筆下表現出來」。〔註65〕

表現時代特點，不僅要反映社會重大鬥爭的客觀現實，而且還要揭示時代精神。茅盾曾認爲「時代精神就是一時代的色彩或空氣」，其中包括「一般人共通的思想，共同氣概，乃至風俗習慣等等」。〔註66〕所謂「一般人共通的

〔註59〕 《「民族主義文藝」的現形》，《文學導報》1931年第1卷第4期。
〔註60〕 《我們所必須創造的文藝作品》，《北斗》1932年第2卷第2期。
〔註61〕 《中國蘇維埃革命與普羅文學之建設》。
〔註62〕 《向新階段邁進》，《文學》1935年第6卷第4號。
〔註63〕 《關於「創作」》。
〔註64〕 《讀《倪煥之》》。
〔註65〕 《中國蘇維埃革命與普羅文學之建設》。
〔註66〕 《小說研究 ABC》，第111頁。

思想，共同氣概」等，指的是在一定歷史階段的人們「全心靈所要求所爭取
的偉大目標以及在此爭取期間種種英勇鬥爭的反映」，這就是「時代精神」。
他說，五四運動的「『反封建』的呼聲」，「九・一八」，特別是「一・二八」
事件後的「武力反抗強敵的侵略」，這些都是當時「全民族全心靈所擁抱的偉
大的目標」，便是那時的時代精神。他認為進步的文藝家必須充分地形象地反
映，從而成為代表「時代精神的藝術」。〔註 67〕

　　人民群眾是時代的主人，是推動時代前進的動力。文學作品要反映時代
特點，必須充分表現人民的威力。這個時期，茅盾十分重視這個問題。他說：
「跟著一個一個時代的潮流往前走的無名氏，正不知有多少呢？這些無名氏
便湊合成了時代的社會的活力。」文學作品必須「描寫這些活力」，才能顯示
時代特徵。〔註 68〕當然，人民群眾中工農大眾是主體，文學作品應該充分反
映他們在大時代的作用。

　　人民群眾需要革命政黨的組織和引導，他們的力量方能匯合在正確的道
路上，從而有力地推動時代前進。茅盾在《讀〈倪煥之〉》中說，文學的時代
性要求表現「人們的集團的活力又怎樣地將時代推進了新方向，換言之，即
是怎樣地催促歷史進入了必然的新時代，再換一句話說，即是怎樣地由於人
們的集團的活動而及早實現了歷史的必然」。這段話清楚地表明，文學時代性
必須充分反映「人們的集團」即革命組織（共產黨的組織）的領導作用，反
映人民群眾在共產黨的領導下推進時代前進的歷程。茅盾總結了《倪煥之》
的創作經驗，也分析了它在表現革命力量方面的弱點。這方面的不足，由他
在自己創作的《虹》中彌補了，作品揭示了革命組織依靠群眾力量推進時代
的巨大作用。

　　當然，茅盾清醒地注意到，在反映革命組織的領導作用的同時還應表現
革命隊伍中「肅清『左』傾和右傾機會主義」〔註 69〕的錯誤，這樣才顯示出
共產黨的正確領導的威力。茅盾的名著《子夜》在這方面作了嘗試，力圖表
現革命隊伍中批判「左」傾及右傾取消主義的錯誤，從側面反映進行武裝鬥
爭的正確方向。

　　茅盾認為文學的時代性還要求題材具有時代色彩。他指出，「無論是農村

〔註 67〕《向新階段邁進》。
〔註 68〕《讀〈倪煥之〉》。
〔註 69〕《中國蘇維埃革命與普羅文學之建設》。

方面，都市方面，反帝國主義、學生運動」都可以成爲描寫的對象，從中揭示「動亂的現時代的偉大性」。〔註70〕

茅盾還清醒地看到作家僅僅具有認識社會的唯物辯證法思想以及熟悉鬥爭生活那是不夠的，還要善於用形象的言語、藝術的手腕來表現社會現象的各個方面。如果缺乏這個必要條件，便不能創造成功的革命現實主義的時代性作品。

既然文藝是以具體的感性的藝術形象表現時代生活，那麼典型人物形象的塑造就是極其重要的手段，也是藝術創造的成就的標記。因此，茅盾對於塑造人物形象問題，作了過去未曾有過的、精闢的闡述。

茅盾認爲，人物形象的塑造，應具有「那一階層的人們的共性」，「同時又有他自己的個性」，這樣「寫出來的人物是立體的複雜性的活人」。〔註71〕唯有這樣，才能眞正做到作家筆下的人物同社會上相當的那一群活人之間「同中有異，異中有同」。〔註72〕茅盾堅持人物塑造的共性同個性有機統一的原則，反對「標本式」的人物描寫的傾向。

刻劃人物的眞實性格，離不開環境的描繪。如何理解作品中的環境，這對塑造人物極爲重要。茅盾說，所謂環境，「這是指一特定地區的生產關係，社會制度，立於支配地位的特權階層以及被支配的階層，在一方面是武器而在另一方面是鐐鎖的文藝教育的組織以及風尚習慣等等」。〔註73〕所謂環境應是表現一定歷史时期社會階級關係本質的特定環境。這裏已經接觸到典型環境問題。茅盾還認爲，應從人的行動中表現環境，因爲「『人』與『環境』之間的作用，是交流的，是在矛盾中發展的」。〔註74〕只有通過人物的動作來揭示環境，人物的性格變化就有了依據，同時從人物性格變化中也可以看出環境的衍變，從而「從『現在』中透露出『過去』，並且暗示著『未來』」。〔註75〕茅盾主張把環境同人物有機地結合起來，既表現人物性格的社會性，又能反映環境的時代性。茅盾的這些有關人物塑造和環境描寫的論述，同恩格斯關於塑造典型環境中典型人物的見解是相近的。這是茅盾過去未曾如此明確地闡述的。

〔註70〕《創作不振之原因及其出路》，《北斗》1932年第2卷第1期。
〔註71〕《創作的準備》，第38、39、45頁。
〔註72〕同上註。
〔註73〕《創作的準備》，第47、48、90頁。
〔註74〕同上註。
〔註75〕同上註。

　　採用怎樣的藝術技巧反映時代生活的眞實面貌，茅盾認爲這也是必須
探究的問題。他早在《從牯嶺到東京》中就談到新寫實主義要求「新型」
的「文藝技巧」。可以看出他非常注意提倡符合革命鬥爭時代需要的表現技
巧。他在關於文藝大眾化問題的討論過程中，就藝術技巧群眾化問題作了
一些闡述。他說要使文藝能爲大眾所接受，除了讀得出聽得懂的起碼條件
以外，還有一個主要條件，就是必須使聽者或讀者能夠感動。這感動的力
量，是藉文字作媒介而表現出來的動作，就是描寫的手法。他指出，不從
動作上表現，而只用抽象的記述，結果只會缺乏文藝作品必不可缺的感人
的力量。〔註 76〕

　　茅盾提倡以多樣化的藝術個性和風格表現時代生活，這是他歷來的主
張。這個時期，他強調必須在共同的政治目標下發揮各自的藝術作風。唯有
如此，文學才能充分而又廣泛地發揮應有的作用。

　　茅盾關於文學時代性的主張的重大進展在於：又一次明確地提出新現實
主義所需要的時代性，並從作家思想、創作原則、描寫對象、表現技巧（包
括人物塑造、環境安排等等手法）以及藝術風格等方面進行了明晰、系統而
精闢的解釋。這些理論主張已臻成熟。

　　茅盾關於新現實主義表現文學時代性的主張之所以能夠闡釋得如此明
確、圓滿，確是「水到渠成」的結果。「五四」時，他就探討文學時代性問題；
「五卅」前後他研究新型現實主義文學的時代性。到了這個時期，他明確地
提出新現實主義的時代性，那是有內在依據的。

　　當然，也不能忽視茅盾接受當年蘇聯有關新現實主義（包括社會主義現
實主義）的理論的影響。「五四」時期茅盾就注意報導蘇聯文壇上出現的新寫
實主義；〔註 77〕大革命失敗後，蘇聯、日本的新現實主義（那時叫無產階級
現實主義）理論不斷介紹進來，他也認眞研究；1932 年蘇聯提出社會主義現
實主義創作方法，國內文壇廣爲介紹，茅盾也極爲重視。

　　應該指出，茅盾對於當時介紹的新現實主義或社會主義現實主義，跟一
些教條主義評論不同，並不是搬用幾條原則到處亂套，而是密切地聯繫中國
革命文壇的實際，作出具體的闡發。

〔註 76〕 參見《問題中的大眾文藝》，《文學月報》1932 年第 1 卷第 2 號。
〔註 77〕 參見《海外文壇消息 203：俄國的新寫實主義及其他》，《小說月報》1924 年
　　　　第 4 號。

　　例如，創造社有些評論者以日共藏原惟人關於新寫實主義理論爲根據，作爲中國無產階級文學的創作方法。對探索中國革命文學運用新現實主義創作方法來說，這是必要的。然而問題在於當時蘇聯提出新寫實主義，受到文壇當權的「拉普」派的影響，而日共的「左」傾路線也影響了日本革命文學。創造社正是在這種「左」傾思潮下，搬用蘇聯的新現實主義作爲中國無產階級文學的創作方法，顯然也有「左」的傾向。那時，茅盾對於蘇聯文壇「拉普」派以及日共「左」傾路線的實質並不清楚，不過，他總覺得必須聯繫中國新文學運動的實際來探討新寫實主義問題，因此，他針對創造社搬用外國新現實主義理論的教條主義傾向，提出新寫實主義文學要表現時代性問題的看法。

　　「左聯」時期，蘇聯提倡社會主義現實主義創作方法時，也提出過革命浪漫主義。茅盾毫不含糊地及時地肯定這種新的文學創作與文學評論的基本方法，並用於文學作品的評論實踐中。例如他在評論田漢的劇作《梅雨》時，儘管他還沒有把革命浪漫主義作爲社會主義現實主義的一個組成部分，但在實際評論中卻把革命浪漫主義納入了社會主義現實主義範圍。〔註78〕

　　由於善於吸取蘇聯有關新寫實主義（包括社會主義現實主義）中有益的理論，抵制「拉普」派的「辯證唯物論的創作方法」的荒謬主張，茅盾才對新現實主義時代性問題作出了正確的闡述。

　　在中國新文學運動中，茅盾是第一個明確提出並比較科學地闡述新現實主義時代性的。這是他對中國文學批評史所作的獨特貢獻。那時他和魯迅以及創造社、太陽社的一些作家都提出文學的時代性問題。創造社、太陽社的一些作家都認爲革命文學的創作要「超越時代」，〔註79〕即超越民主革命範圍，表現社會主義革命。魯迅認爲離開民主革命大談文學的時代性，那是脫離實際的，他說，「超時代其實就是逃避」，〔註80〕他主張文藝同時代聯繫，認爲文藝是「時代的人生記錄」。〔註81〕這就要敢於「寫我們自己的社會」，〔註82〕揭露反動統治「殺人如草不聞聲」的「暴力和黑暗」，〔註83〕同時，也要

〔註78〕參見《讀了田漢的戲曲》，1933年5月7日《申報·自由談》。
〔註79〕錢杏村：《死去了的阿Q時代》，《太陽月刊》1928年3月號。
〔註80〕《三閒集·文藝與革命》。
〔註81〕同上註。
〔註82〕《集外集·文藝與政治的歧途》。
〔註83〕《三閒集·文藝與革命》。

寫出革命的力量，那就是表現「鐵和火的革命者」。〔註84〕同魯迅一樣，茅盾
對創造社、太陽社成員關於文學時代性的闡釋是不同意的，不過茅盾的解釋
更為明確、詳盡。這在 20 年代後期文壇上極為少見。30 年代初期到中期，茅
盾對於文學時代性問題有了進一步的發揮，這在同時期的文學家中也是非常
突出和獨特的。

中國無產階級文學理論建設問題，茅盾同魯迅、瞿秋白、馮雪峰等人有
著共同的看法，如主張中國無產階級文學必須為工農大眾服務，為民主革命、
民族解放事業服務；無產階級文學必須具有鮮明的無產階級性質，要求創作
者成為革命者，學習馬克思主義，並且用於觀察、表現社會生活，同時注重
作品的藝術形式等。然而茅盾的主張自有特點。他明確提出將來偉大作品的
產生必須具備三個條件，即：「正確的觀念，充實的生活，和純熟的技術。」
〔註85〕其中，最重要的是充實的生活，因為正確的觀念、純熟的技術都必須
從生活中表現出來；其次，他重視創作反映全般的社會生活，尤其是重大的、
有時代意義的社會生活；再次，要求思想傾向性同生活真實性、表現的感情
性、形象性統一，反對描寫人物的「臉譜主義」，結構故事的「方程式」，語
言表現的「標語口號」；又次，茅盾往往從作品的具體分析中引出有關中國無
產階級文學的理論來。

中國無產階級文學隨著民族革命戰爭的開展，也在不斷發展。據此，魯
迅提倡民族革命戰爭的大眾文學，認為這是「無產階級革命文學的一發展」，
這個新口號的提出，決不是停止革命文學運動，而是「將一切鬥爭匯合到抗
日反漢奸鬥爭這總流裏去」，「它的階級的領導的責任」「更加重，更放大，重
到和大到要使全民族，不分階級和黨派，一致去對外。這個民族的立場，才
真是階級的立場」。這就要求作家從「全國一致對日的民族革命戰爭」的立場
去真實反映社會生活。〔註86〕

魯迅還指出，「民族革命戰爭的大眾文學，正如無產階級文學的口號一
樣，大概是一個總的口號罷。在總口號之下，再提些隨時應變的具體的口號，
例如『國防文學』『救亡文學』『抗日文藝』，……」〔註87〕他還在《答徐懋庸

〔註84〕 《三閑集・「醉眼」中的朦朧》。
〔註85〕 《關於「創作」》。
〔註86〕 《且介亭雜文末編・論現在我們的文學運動》。
〔註87〕 同上註。

並關於抗日統一戰線問題》中說，民族革命戰爭的大眾文學的提出，「是爲了推動一向囿於普洛革命文學的左翼作家們跑到抗日的民族革命戰爭的前線上去」，「主要是對前進的一向稱左翼的作家們提倡的，希望這些作家們努力向前進」。〔註88〕

茅盾在《關於引起糾紛的兩個口號》中談及「國防文學」與「民族革命戰爭的大眾文學」這兩個口號時說，「關於『國防文學』的口號，我自己說過一些話，但我現在多少有些不同的見解了。」〔註89〕他在《關於〈論現在我們的文學運動〉》中認爲，魯迅在《論現在我們的文學運動》一文中談及「民族革命戰爭的大眾文學」的看法以及與「國防文學」關係等方面的看法，「我個人很贊成」。〔註90〕

茅盾形成關於中國無產階級革命文學及民族革命戰爭的大眾文學的看法是有多種原因的。他是在當時世界及中國的新的革命形勢和國際無產階級革命文學運動的影響下，參加中國無產階級革命文學運動的。他認眞地研究了蘇聯社會主義革命文學，吸收了中國革命文學運動的經驗，以及魯迅、瞿秋白等人有關中國無產階級革命文學主張中的有益成分，從而形成了自己的看法。

中國無產階級革命文學理論，在促進中國革命文學創作的發展，推動馬克思主義文論的中國化等方面都產生過巨大的作用。迄今爲止的不少論著，對於魯迅、瞿秋白等人對於中國無產階級革命文學理論建設的貢獻作出高度評價，這是對的，然而，往往忽視了茅盾在這方面的獨特創造及其影響。

三

在馬克思主義思想的指導下，茅盾在文學批評方面的主張同前階段比較，既有連續性，又有新發展。

從文學批評範圍說，茅盾向來認爲、當時仍是主張「拿作品做對象的批評」。〔註91〕他身體力行，評介大量作家作品，既有作家論，又有作品論，同時有各種文體論。

〔註88〕 《且介亭雜文末編》。
〔註89〕 《文學界》1936年第1卷第3號。
〔註90〕 《文學界》1936年第1卷第2號。
〔註91〕 《我們還是需要批評家》，《文學》1936年第6卷第2號。

茅盾還認爲文學批評應包括評述文學界的問題，如評論小品文的論爭、探討小品文盛行的原因、評估「文藝自由」論等，還要評論文壇的種種現象，如《也是文壇上的「現象」》中所批評的「合股捐班作家」〔註92〕等。

關於文藝批評的作用，茅盾在《批評家種種》中明確地指出：「一方面指導作家，又一方面指導讀者的」。〔註93〕這就清楚地說明了文學批評旨在推動創作，教育讀者。

茅盾還指出，文學批評的又一作用在於辨明眞理。他在《批評和謾罵》中說，「要使批評眞能發揮它的研究出個眞理的使命」。〔註94〕這就是要正確地使用文學批評的武器，以辨明文藝上的是非，覓求眞理。

茅盾力主嚴肅對待文藝批評，反對謾罵或人身攻擊。他在《批評和謾罵》中說，「批評是論事的，謾罵只對人」，如「避開事之本身，枝枝節節只去猜甲是某人，乙是某人，而甲乙之反對又爲了何種個人的原因。——這就哪怕很閒適地道出來，實質上跟謾罵差不多」。

茅盾一如既往地認爲文學批評必須從內容與藝術兩方面進行考察，他對兩者的內涵及其相互關係作了全面的闡釋。

從作品的內容來說，茅盾認爲應重視「政治認識」問題，他主張在堅持民主民族革命的大原則下，容許不同階級性質的文學存在。他充分肯定無產階級文學在反封建反帝國主義鬥爭中的作用，也肯定自由主義文學的反封建反帝國主義的立場，同時指出其「中間」性〔註95〕加以誘導。他堅決批判爲國民黨當局服務的「民族主義文學」以及形形色色的封建文學。

茅盾指出，無產階級革命文學要堅持正確的政治傾向，必須要「執行著『兩條戰線的鬥爭』，對內提出過去文學理論及活動路線的清算，——嚴厲地批評了『李立三路線』影響下的『左傾空談』以及因爲要校正這左傾機會主義而伴同發生的右傾機會主義」。〔註96〕

在思想意識方面，茅盾要求作品「具有前進意識」，他肯定《東流》雜誌

〔註92〕《文學》1935 年第 5 卷第 4 號。
〔註93〕《文學》1933 年第 1 卷第 3 號。
〔註94〕《文學》1935 年第 5 卷第 2 號。
〔註95〕《中國左翼文藝定期刊編目》，茅盾與魯迅合作，由茅盾執筆。其中關於《鶯華》月刊的介紹爲魯迅所補。收入《茅盾全集》第 20 卷，人民文學出版社 1990 年出版。
〔註96〕《中國左翼文藝定期刊編目》，《茅盾全集》第 20 卷，第 92 頁。

中「想把鄉村動態全面的表現出來」〔註97〕的作品，稱讚《禾場上》〔註98〕
《豐收》〔註99〕等作品如實地反映農村社會受壓迫受剝削的情景，讚許彭家
煌的作品表同情於被壓迫者被侮辱者的生活，〔註100〕稱讚臧克家在詩作《烙
印》中表現面對痛苦的現實「而不皺眉毛」的積極生活態度，以及和「磨難
去苦鬥的意志」〔註101〕等。

茅盾十分重視批評文學作品中形形色色的封建主義、資本主義腐朽的沒
落思想意識，諸如「神秘渺茫」、「迷惑彷徨，頹唐悲觀」等等，以利於傳播
進步的思想意識，鼓舞人們敢於反抗黑暗的現實。

茅盾重視作品表現具有積極意義的倫理道德觀念。關於道德觀念，他在
《再談兒童文學》中稱讚凌叔華短篇小說集《小哥兒倆》中幾篇描寫孩子的
作品具有道德教育的意義，它們表現「兒童的天眞和純潔」，例如在《搬家》
中描寫「兒童對動物的天眞與愛護」，《小哥兒倆》描述兩兄弟被「那些可愛
的小貓所吸引」而忘記「要打這咬死八哥的黑貓了」的童心，《小英》「從兒
童的眼裏寫出不合理的婚姻」等。茅盾指出，表現「兒童本性上的美質：—
—天眞純潔，愛護動物，憎恨強暴與同情弱小，愛美愛天眞」等等，會對兒
童發生好的道德的作用。〔註102〕

關於表現倫理觀念，茅盾重視評論反映家庭倫理方面的作品。他既注意
到父母與兒女之間的親情關係，又看到彼此間的社會聯繫。以評述反映逆倫
事件的作品來說，他認爲這種「慘變」事件的發生有一定的社會原因。他在
《〈文學季刊〉第二期內的創作》中指出，王統照的《父子》描寫子殺父的「慘
變」是由「經濟關係」所造成的。吳組緗的《樊家鋪》中線子「弒母」的「逆
倫」事件則有所不同，它是有階級背景的，「在她們母女之間，因爲一個是依
附紳士人家的傭工，眼中心中惟有一位趙老爺，而另一個則正是受趙老爺之
類剝削到只剩骨頭的貧民，所以她們之間早就有了『鴻溝』的」。不論哪一類
「逆倫」事件的發生，都是富有社會意味的。〔註103〕

〔註97〕　《〈東流〉及其他》，《文學》1934 年第 3 卷第 4 號。
〔註98〕　《關於〈禾場上〉》，《文學》1933 年第 1 卷第 2 號。
〔註99〕　《幾種純文藝的刊物》，《文學》1933 年第 1 卷第 3 號。
〔註100〕　《彭家煌的〈喜訊〉》，《文學》1934 年第 2 卷第 4 號。
〔註101〕　《一個青年詩人的「烙印」》，《文學》1933 年第 1 卷第 5 號。
〔註102〕　《文學》1936 年第 6 卷第 1 號。
〔註103〕　《文學》1934 年第 3 卷第 1 號。

　　茅盾認為家庭中合理的倫理是必須肯定的。他在《中國新文學大系·小說一集·導言》中評述王思玷的《偏枯》時指出，作者「描寫了站在『母性愛』與『餓死』的交點上進退兩難的可憐女人的心情」，表現了賣兒賣女的貧農在骨肉之愛和饑餓的威脅兩者之間掙扎的心理，這裏既反映勞動人民合情合理的倫理觀念，又揭露這種合理觀念遭到階級壓迫的扼殺。茅盾對於世俗的家庭倫理觀念的虛偽性是抨擊的，他在《中國新文學大系·小說一集·導言》中評論樸園的《兩孝子》時指出，這個作品暴露世俗所謂「孝道」的虛偽，這就是「社會所認為『不孝』的兒子卻實在真懂得怎樣去『孝』」。這裏道出了倫理觀是有社會標準的，同時批評世俗倫理觀的虛假性。

　　茅盾認為作家的政治傾向、思想意識應當是從「客觀現實鐵一般的『真實』」中表現出來，〔註104〕決不是靠赤裸裸的說教。因此，他重視文學反映生活的真實性。他認為有無真實性是文學作品成功與否的重要標誌。

　　茅盾注重描寫那些代表社會生活的全般的現象，同時，提倡表現多方面的生活。在他看來，凡屬「內容的充實和逼真」〔註105〕的作品都應肯定，因為這類作品是由生活實感而產生的。

　　當然，茅盾也在《西柳集》中指出「作家和客觀現實的關係當然不是『複印』（Copy）而是『表現』；作家有權力『剪裁』客觀的現實，而且『注入』他的思想到他所處理的題材」，然而這種思想依然必須從客觀現實中反映出來。因此，他既反對作家純客觀地描寫生活，也反對脫離生活的「空想的概念的」「作品」。

　　在茅盾看來，作品的內容應是政治思想傾向同社會生活的統一，且要從對生活的真實、反映中表現出來。

　　文學批評需要從作品的內容方面考察，還要從藝術方面進行探討，茅盾認為藝術包括描寫對象的形象化、文體以及表現手法等等。他要求藝術表現同政治思想傾向有機統一，反對脫離內容的純藝術的毛病，以求作品的思想價值和藝術價值的一致性。

　　茅盾認為優秀的文學作品必須是「思想也好，技術也好」，〔註106〕換句話說，「文藝作品的美，是有整個性」的。〔註107〕這就要求作家「用自己的眼

〔註104〕《西柳集》，《文學》1934 年第 3 卷第 5 號。
〔註105〕《黑炎的〈戰線〉》，《文學》1934 年第 2 卷第 4 號。
〔註106〕《杜衡的〈懷鄉集〉》，《文學》1934 年第 2 卷第 4 號。
〔註107〕《最流行的然而最誤人的書》，《文學》1936 年第 6 卷第 1 號。

睛去覓取作品中的材料」、「用自己的手法來表現他的觀感」，方能做到作品所表現的生活有獨特的體驗、發現以及表現藝術。〔註108〕這就是說，優秀的文學作品從內容到藝術都必須具有獨創性。

作品的內容與形式、思想與藝術兩者是統一的，然而又是有區別與聯繫的。茅盾對此有深刻的認識。他既高度地評價思想深刻與藝術精湛的優秀作品，如魯迅等的創作，又正確地評價內容與形式、思想與藝術之間不平衡狀態的作品。

茅盾在《新作家與「處女作」》中談及黑嬰的小說《五月的支那》時說，「此篇的作風同穆時英非常相像。如果說穆時英的作品在形式上的技巧而外，多少還有些內容（正確與否另一問題），那麼，黑嬰此篇在內容上非常貧弱。作者也許要藉一個外國水手荒淫娛樂來表示『五月的支那』現在是怎樣的『平靜』罷？但是襯托得沒有力量了。照全篇的故事看來，題目應該是『五月的上海』，然而即在上海，五月並非『平靜』，『五一』那天，群眾在上海各處有示威，被捕者數十，報紙上曾有一段小小的記事。黑嬰的小說中的外國水手也許因為酒糊塗了而沒有感到那種『不平靜』，但作者的黑嬰不應該一樣糊塗。」因此，茅盾認為《五月的支那》「在內容上非常貧弱」。〔註109〕

對蔡希陶的小說《普姬》，茅盾認為作品中「苗人生活的一部分像圖畫似的展開在我們的眼前」。他指出，「從技巧上看，自然《五月的支那》較勝」，而《普姬》「沒有小說的技巧，並且作者的文筆也很樸素」。他把這兩篇對照，認為《普姬》具有「充實的內容」，較之《五月的支那》「更能動人」。這就說明：茅盾評價內容與技巧之間不平衡狀態的作品時，充分重視具有充實的生活的內容而技巧尚不盡完善的作品。他對雖有技巧而缺乏生活實感的作品的評價是不高的。他在《〈東流〉及其他》中指出《學文》這個刊物發表的創作，有著一致的態度，即「在圓熟的技巧後面，卻是果子熟爛時那股酸霉氣——人生的虛空」，他認為這是小資產階級悲觀思想的表露。

茅盾的文學批評，既反對「意識不正確」的作品，又反對「標語口號」的傾向，現就後者略加例舉。他批評過「革命文學」的創作傾向，如蔣光赤的一些作品及華漢的《地泉》等，指出這些作品存在「臉譜主義」的毛病，也批評無產階級文學運動中出現的某種公式化的弊病，如沙汀的《碼頭上》、

〔註108〕參見《不要太性急》，《文學》1933 年第 1 卷第 4 號。
〔註109〕《文學》1933 年第 1 卷第 1 號。

艾蕪的《咆哮了的滿洲》、周文的《雪地》等都「拖了一條概念的、『公式化』的尾巴」，〔註110〕不是「從那些社會現象中去實地體驗出革命」，而是「先立一革命的結論，從而『創造』出社會現象（作品中的故事）」。〔註111〕艾蕪接受茅盾的批評，刪掉了「公式化」的尾巴，將作品改名為《咆哮的許家屯》。

　　從茅盾的文學批評中，可以看出他在對待內容與形式、思想價值與藝術價值之間不平衡狀態的文學作品時，重視反映生活真實的作品，如黑炎的《戰線》。在他看來，真實地反映生活是作品成功的主要條件。同時，作品的真實性雖然偏於內容的傳達，不過也不能同表現形式完全分開。因為真正反映生活的作品，是有一定的藝術表現力的。因此，茅盾認為不能將作品的思想價值同藝術價值「硬分家硬對立」。〔註112〕正是如此，他指出真實地反映生活即使技巧不完善的作品，並不「妨礙了全書的藝術價值」。〔註113〕

　　正確地開展文學批評，這對於繁榮創作，促進理論的發展是非常重要的。在這方面，茅盾發表了不少有益的見解。

　　在《有原則的論爭是需要的》一文中，茅盾指出有原則的論爭「表示了文壇的有生氣，有進步。沒有任何論爭的文壇是僵化的停滯的」。〔註114〕他認為「左聯」成立幾年來的若干論爭，大體可以分為兩類。一類是論爭的雙方屬於兩個不同的方面，兩種完全不同的對於文藝的認識的，如同「第三種人」、「自由人」的關於「文藝自由」的論爭，以及同林語堂提倡小品文的論爭；又一類是論爭的雙方的基本觀點與傾向屬於同一方面的，只是對於文藝上的個別問題，或者對於文藝上某一傾向的所見不同。

　　不管哪類論爭，茅盾主張以理服人。例如關於小品文的論爭，從小品文盛行的社會原因來探討，把閒適的一派作為一種社會現象來抨擊，雖則態度不「客氣」，字句辛辣，但這是論爭。因為它是針對文壇的問題而發，並作出科學的分析，決不是謾罵。

　　茅盾認為原則的論爭是可以達到一致的，這是他不避論爭而且需要論爭的原因。他說，在克服文藝運動的關門主義問題的論爭中，「終能得多數人的

〔註110〕　《〈雪地〉的尾巴》，《文學》1933 年第 1 卷第 3 號。
〔註111〕　《〈法律外的航線〉讀後感》，《文學月報》1932 年 12 月 15 日。
〔註112〕　《關於「雜文的藝術價值」》，《文學》1935 年第 5 卷第 3 號。
〔註113〕　《黑炎的〈戰線〉》。
〔註114〕　《文學》1936 年第 6 卷第 6 號。

贊同而促使機械論的關門主義的朋友有所悔悟，──雖然還缺乏坦白地承認自身錯誤的勇氣」。〔註115〕當然，也有些論爭的觀點難以統一，如在關於「文藝自由」的論爭中「第三種人」就堅持己見，隨後有的人「高就檢查官去了」，〔註116〕有時論爭雙方「以『不了了之』的形式暫時停頓」〔註117〕等等。

茅盾強調展開文學批評應從「此時此地的需要」〔註118〕出發，這就是文學批評必須堅持在馬克思主義的指導下，聯繫理論與創作的實際問題，反對教條主義。他在《需要腳踏實地的批評家》中指出：「記誦並且喜歡引用普列漢諾夫、伊里奇、高爾基」「他們的『嘉言』的人，應該知道這是訓練你也能就『此時此地的需要』而作『批評』的方法，並不是給你不問時、地、片段割裂了來，作爲文章的『裝飾』或『保鏢』」，如果只是將「伊里奇、高爾基」的「嘉言」「摘取章段，分類編排」，那就會導致公式主義的批評。

茅盾在《需要腳踏實地的批評家》中還指出，「進步的現實主義創作方法」等「自然要提倡」，但是如果把它們當作「符咒」，不「切實地討論著創作上的一些具體問題」，「指出一些實際問題來闡明此一作家或此一作品所已經達到的以及尚未達到的境地」，這也會產生公式主義的批評。

茅盾認爲批評家如果對於評論對象所描寫的生活不熟悉，只以他「狹圍的生活認識去作尺度」，必將「陷入於武斷和偏執」。這種現象，必須批評。

在反對公式化傾向的鬥爭中，必須正確對待前進或新進的作家及其作品犯了公式主義錯誤的問題。茅盾在《想到什麼就寫什麼》中分析了「我們的作家」犯公式主義錯誤的原因，「確是爲了讀者的需要而寫。讀者需要的對象太多，又因社會生活的急劇變動，需要的對象也時時變換著迫切地提出在我們的面前，然而我們的寫作條件又太壞了，生炒熱賣，在所不免」。〔註119〕

茅盾在《想到什麼就寫什麼》中又指出：「在前進意識的文藝作品的產量和非前進的乃至有毒的文藝作品的產量尚是一與二之比的現在，即使是犯了公式主義錯誤的作品，也比完全沒有好」。

當然，對待前進作家犯有公式主義毛病的作品不是不可以批評，問題在於如何展開批評。茅盾在《想到什麼就寫什麼》中指出，「正要在廣大讀者群

〔註115〕《談最近的文壇現象》，1936 年 10 月 10 日上海《大公報》。
〔註116〕《「創作自由」不應曲解》，《中流》1936 年創刊號。
〔註117〕《有原則的論爭是需要的》，《文學》1936 年第 6 卷第 6 號。
〔註118〕《需要腳踏實地的批評家》，《生活星期刊》1936 年第 1 卷第 14 期。
〔註119〕《文學界》1936 年第 1 卷第 1 期。

眾中間擴大前進文藝的影響的時候，『自我批評』應當在批評家，作家，和讀者的討論中舉行。在親愛空氣的討論會中，可以儘量指出表現的不夠真實的地方以及技術上的缺點」。

在對待新進作家的作品問題上，茅盾認為也應該反對公式主義的批評。他在《想到什麼就寫什麼》中說，批評家「倘使只以尺度提得高高為不失其批評家的尊嚴，雖然主觀上是執行『自我批評』，而客觀上是削弱了前進文藝作品在廣大群眾中的影響」，他覺得在批評「新發現的作家」問題上也要反對公式主義。

茅盾在這個時期的文學批評的鮮明特點，是堅持從政治傾向、思想意識、生活內容與藝術形式等方面入手，力求作品的思想價值同藝術價值的有機統一。正確評價思想與藝術、內容與形式之間不平衡狀態的作品，充分肯定藝術地表現生活的作品，並指出藝術上的不足，適當地評價技巧圓熟而內容空靈的作品，反對標語口號的作品，正確地對待新進及前進作家作品的弱點，這些方面充分表現茅盾文學批評的實用性和靈活性。

四

這個時期，茅盾在運用唯物史觀研究文學發展的歷史方面也取得了新的進展。他在《西洋文學通論》一書中明確指出，研究文藝史的「一個基本觀念」是「文學的潮流不是半空中掉下來的，也不是夢中拾得的，而是從那個深深地作成了人類生活一切變動之源的社會生產方法的底層裏爆出來的上層的裝飾」。〔註120〕這就是說，文學的發展最終是由「社會生產方法」即「生產手段」或稱經濟基礎決定的。他認為歐洲文學的發展同「生產手段」的發展關係密切。他說原始人的「戰歌」到初期氏族社會的「頌歌」，再從初期氏族社會的「頌歌」到農業社會雛形國的神話和傳說，這些都同古希臘人處於低級的社會發展階段有關，那時生產水平低下，知識水平有限，只能借助想像來表達對自然或社會的現象的認識，因此產生了神話和傳說。中世紀騎士文學的產生，是同封建生產方式相聯繫的。封建主和農奴之間的矛盾成為封建社會的主要矛盾，騎士作為小封建主成為大地主及教會的幫手，他們的誓言是：忠君，忠教，行俠。騎士文學便是反映騎士階層的生活與理想的。

〔註120〕《西洋文學通論》，第14頁。

茅盾還認爲文藝復興時期不是古代文藝的簡單復興，而是資產階級文學開始的標記。它同資本主義萌芽聯繫在一起。在政治、思想領域裏反對封建階級，爲資本主義發展掃清道路。文藝復興以後到 18 世紀末的古典主義，這個思潮發生在資本主義有所增長的歐洲發達國家，它是資產階級同封建王朝相聯合的產物。

浪漫主義是對於古典主義的反抗，是應和著資產階級德謨克拉西而起的一種文藝運動。茅盾指出，浪漫主義的興起與發展，同資本主義在歐洲廣泛發展有密切聯繫，然而「資產階級到達了全盛時期，而且隨即暴露出本身上的弱點，暴露出資產階級文化的根本矛盾來了。懷疑苦悶的雲陣漸漸的濃厚了，人們從莊嚴燦爛的表面看出了腐敗醜惡，於是『自然主義』又成爲新的浪潮湧現在文壇上」。〔註121〕由於資本主義本身的矛盾，現代社會組織發生了大裂縫，從而引起現代社會的極度不安定，迷惘、苦悶，要求刺激、享樂，成爲威脅現代歐洲的黑影，這種傾向在文藝上表現爲現代主義。

茅盾鄭重指出，第一次世界大戰以後「產生出一個社會主義的蘇維埃俄羅斯來了。本來被壓迫的勞動階級成爲支配階級」。「於是所謂『新寫實主義』便成了新浪潮」。〔註122〕

茅盾從歐洲文學發展的過程引出這樣的論斷：文學思潮的發展，最終由經濟基礎所決定的。同樣，他在分析中國新文學的發生、發展時，也是同當時的中國社會經濟的發展聯繫起來考察的。他在《關於「創作」》中說，老中國的「肚子裏便漸漸孕育著半殖民地的資本主義的胎兒了。數千年的『道統』已經漸漸失去了治國平天下的效能，反而成爲阻礙『新胎兒』發展的桎梏。衝突既不可免，爆發是必然的了」。五四運動便是這樣發生，新文學運動便應運而生。

茅盾在《西洋文學通論》中還指出，文學的興衰都有「社會層的一階級的崩潰與勃興做背景」，又說「凡是一個蹶起而要求支配權的階級，大抵有勇往直前的英勇的精神和高瞻遠矚的氣概，多少帶些冒險的，情熱的，所以表現在文藝上，是 Romantic（浪漫的）。十九世紀的浪漫主義文學便是一個好例。然而到這階級已經取得了支配權，而且又逐漸走向崩壞，於是便來了冷觀的分析的態度，在文藝上的表現，也就是 Realistic（寫實的），因爲在暴風雨的

〔註121〕《西洋文學通論》，第 10 頁。
〔註122〕《西洋文學通論》，第 11 頁。

動的時代那種『浪漫的』精神到後來成爲浮誇淺薄，事實上已經不能再成爲
推進文藝的活力，不得不讓位給冷觀的分析的批評的寫實主義了」。〔註 123〕

　　文藝思潮、文藝運動同社會的階級背景相聯繫。因此文藝不是「超然」
的。文藝家也不是「超然」，必然「反映他所在的那個社會裏的最有權威的意
識，就是支配階級的意識；當然歷史上不乏和當時最有權威的意識發生反抗
的文學家，但是這種反抗的精神和言論也不是『超然』獨自發生的，乃是因
爲當時的那個最有權威的意識——支配階級的本身，已經有了裂縫，已在崩
壞，而且和這支配階級對抗的新興階級已在抬頭。所以有些文學家依著他環
境的關係而傾向到新興階級這方面，受了這新興階級意識的影響，就呼出反
抗的聲音來了」。〔註 124〕當然，當社會上兩大敵對階級的鬥爭未見勝負時，許
多文學家依著環境關係而徘徊動搖，然而仍擺脫不了階級的屬性。

　　茅盾還指出，那種認爲文學是「自我表現」，不屬於社會某一階級的說法，
同文學的「超然說」一樣，是站不住腳的。他說，「文學家的作品都是通過了
『自我』而出現的，即使是客觀的描寫，也是通過了『自我』的產物」，不過
這個「自我」決不是獨立的，它是「大我」中的一分子，「是從屬於社會中的
某一階級」的。〔註 125〕因此，用唯物史觀考察階級社會的文學現象，必須運
用階級、階級鬥爭的觀點，方能作出科學的解釋。

　　在運用唯物史觀評價人民大眾在文學發展中的作用方面，茅盾較之前階
段的看法更爲全面。他不僅充分估計人民創造的文學的歷史作用，而且看到
它的不足。他在《民族的「深土」的產物——民間文藝》中高度讚揚了中國
「民族的深土裏發長出來的民間文藝」。因爲「它的基礎是全民族民眾的情緒
和思想」，「是老百姓的對於他們所愛所憎的人物的讚揚和諷刺。他們給這些
人物創造了典型」，「還有老百姓的從生活裏得出來的人生的眞理和對於生活
的積極態度」。他認爲，「不但民間的文藝形式應當被取來『實用』，就是『內
容』方面也有許多能幫助我們更了解中國農民性格上的優點，發生民族自信
力的」。〔註 126〕不過，他還在《大眾語文學有歷史嗎？》中對中國三千年來的
所謂大眾文學作了全面的分析，指出，它「雖在技巧方面曾經供給士大夫階

〔註 123〕《西洋文學通論》，第 21 頁。
〔註 124〕同上書，第 15～16 頁。
〔註 125〕同上書，第 17 頁。
〔註 126〕《生活星期刊》1936 年第 1 卷第 19 號。

層的傳統文學以新鮮的活力，若論內容，則無論爲大眾而作的文學，或大眾自己創作的文學，都無不飽和著封建意識」。〔註127〕這種對人民文學的積極作用及其局限作出的歷史分析，是合乎實際的。

<h1 style="text-align:center">五</h1>

在文學研究方法論方面，同前一個時期比較，茅盾作了明確的闡發。他在《致文學青年》中指出，「研究文學」「應把文學當作一種科學而研究」，它是「探討文藝之史的發展、文藝之社會的意義、文藝之時代的構成因素。就是把文藝當作社會現象之一，因而文藝這特殊學科也就成了社會科學之一」。〔註128〕這段話清楚地告訴人們，文學研究的方法論，應把文學作爲一種社會現象，同時，它又是社會現象的特殊部門。文學研究是一種特殊性質的科學研究，它涉及文學的社會性質、時代構成因素及文學發展史等方面的問題。

由此看來，茅盾的文學研究的方法論，是主張以馬克思主義關於文學研究一般性質及特殊本質的原理爲指導，從文學的實際出發，引出創造性的論斷。他在《關於「出題目」》中說，「從西方文藝發展的史跡看來，到歐洲大戰前爲止，大概可說是先有作品後有理論的」，「現在是文藝理論成爲文藝領域中一個專門獨立的部門了，以辯證的唯物論爲武器的文藝理論家本質上是同雨果他們不相同的」。〔註129〕這說明文藝理論家必須以馬克思主義爲指導研究文藝問題。

茅盾在《兩方面的說明》中說，「記住幾條社會科學的原則，其事易；而能運用原則，養成一副能分析解剖社會現象的手眼，可就比較的難了」。〔註130〕這是對作家而言的，同樣，文藝理論家也不能以記住「幾條社會科學原則」爲滿足，必須學會運用這些原則分析文藝現象，從而得出有益的結論。

茅盾在運用馬克思主義觀點研究文藝的實際問題方面作出了獨自的貢獻。他在《一張不正確的照片》中針對《一九三二年中國文壇鳥瞰》一文提出的 1932 年中國文壇是「衰落」的說法，運用馬克思主義觀點對 1932 年中國文壇情況作了歷史的辯證的分析，指出「中國文壇自一九二九年的蓬蓬勃

〔註127〕《文學》1934 年第 3 卷第 5 號。
〔註128〕《中學生》1931 年第 15 期。
〔註129〕《文學》1936 年第 6 卷第 5 號。
〔註130〕《文學》1935 年第 5 卷第 6 號。

勃以至一九三〇年，三一，三二年之轉入深密與更實際，是辯證法的發展。
一九三一，三二，便是一九二九年及一九三三年兩者之間的潛行的然而正向
新方向開展的時期，而今年，一九三三年的活躍，也正是一九二九年以來運
動的繼續開展，絕不是什麼斷絕之後的恢復或新起」。〔註 131〕

　　茅盾同時對當時文壇作了階級分析，他在《一張不正確的照片》中又說，
「《鳥瞰》的筆者也應該知道中國文壇上有左翼，有布爾喬亞的右翼，有封建
文學，後二者都是代表統治階級的。而所謂『一般社會經濟的衰落引起藝術
文化的衰落』也者，也只是統治階級文化的衰落」，「至於新興階級的文化恰
好是在舊文化衰落的廢墟上萌芽發展的。這一新舊文化交替的鐵則，在中國
最近兩三年的文藝界也得了證明。然而《鳥瞰》的筆者卻毫無辨別地稱曰文
壇衰落，真是不知所云！」茅盾認為 1932 年中國文壇是無產階級文學運動「轉
入深密與更實際」的一年，表明它是在舊文學衰落的廢墟上「萌芽發展」的。
因此，《鳥瞰》的論斷是根本錯誤的。茅盾的這種見解，是運用馬克思主義分
析當時文壇的結果。

　　茅盾主張在馬克思主義方法論的指導下實行多種研究方法，以豐富文學
研究的成果。他非常重視文學史的研究方法。他在《中國新文學運動史》中
指出，「新文學運動一樣同屬社會經濟發展到某一個階段時的產物」。探討新
文學運動的產生原因「應在社會的政治的經濟的變動中求之」，又指出要理清
「文壇潮流的趨向」，還要分析「各派文學的系統」。他在《中國新文學大系‧
小說一集‧導言》中談及從史的角度研究新文學第一個十年的小說創作的問
題，他說，要說明「創作小說發展的概況，以及這一時期文學上幾個主要的
傾向」。這種研究方法的作用，如他在《中國新文學大系‧小說一集‧編選感
想》中所說，將「最初十年內的『新文學』的史料作一次總結」，「有重大的
歷史價值」。〔註 132〕

　　茅盾提倡對大量材料進行比較歸納，然後引出富有創造性的見解的科學
研究方法。他在《讀〈中國的水神〉》中認為，黃芝崗的《中國的水神》研究
中國水神的傳說「在許多可寶貴的創見之外」，「研究方法是特別應當寶貴
的」，「他並不先把神話學上的原則加在前面，然而找幾件中國水神的傳統作

〔註 131〕《文學》1933 年第 1 卷第 4 號。
〔註 132〕最初刊於 1935 年 3 月《中國新文學大系》（預約樣本）。《茅盾全集》第 20
　　　　卷，第 426 頁。

為例證地去說明它」，而是從博覽眾訪資料之中，「先一步一步比較歸納，然後達到那結論──原則」，即「神話學上最大最有力的原則」。〔註 133〕

這個時期茅盾的文論已走向成熟。他在馬克思主義的指導下，結合中外文學現象對文學理論、文學批評、文學史觀、文學研究方法論諸方面作了相當系統而頗顯見地的闡發，特別是對於中國無產階級革命文學的理論發表了一系列的見解，從而推進了中國現代文學的發展。這表明他的文論在馬克思主義軌道上穩步發展。

〔註 133〕《文學》1934 年第 3 卷第 1 號。

第四章 「通俗化、大衆化、中國化」的文學走向（1937 年 7 月～1944 年 8 月）

　　從 1937 年 7 月初全面抗戰以後到 1944 年 8 月，茅盾由於馬列主義的指導，和毛澤東關於「中國化的文化」的思想啓示，在探討馬克思主義文論的中國化問題上作出了獨特的貢獻。他結合文學的發展實際，闡發了文學的本質與特質，特別是對中國新文學運動過程中提出的大衆化、民族形式以及抗戰文藝等問題發表了系統而又獨到的理論主張，既促使了中國現代文論建設的深化，又推進了文學創作實踐的發展，從而表明他的文論進入了新的階段。

一

　　這個時期茅盾在闡釋文學同經濟基礎等關係的問題上，突出的特點是聯繫中國文學發展的實際情況，論述文學的發展最終受制於經濟基礎的原理。他在《論如何學習文學的民族形式》〔註1〕中談及中國市民文學的發展受到經濟條件的制約情況，先秦到兩漢由於經濟的發展，出現了市民階層（指城市商業手工業的小生產者，鄉村中的中農富農），本應產生的市民文藝，他推想是被消滅了。自漢末至隋朝，中國處於長期紛爭中，經濟嚴重衰落，從而阻礙了市民階級的發展。市民階級文學的發展自然也受到影響。唐宋兩代，中國經濟再度向上發展，市民階層壯大，市民文學也得以發展，「唐代的傳奇，

〔註1〕 《中國文化》1940 年第 1 卷第 5 期。

雖然披了幻異的外衣，但是頗多描寫人情世態，向來不作爲文學描寫對象的『市民』，在『傳奇』中，以主人公的身分出現了」。不過現有的傳奇中還見不到市民階層自己的作家（無名氏）的作品。「眞正的市民文學——爲市民階級的無名作者所創作，代表了市民階級的思想意識，並且爲市民階級享用欣賞。其文字是『語體』，其形式是全新的、創造的，其傳播的方法爲口述（所謂「講評」是也），——這樣的東西是到了宋代方始產生而發展，所謂『宋人評話』就是這個東西」。宋王朝南渡以前，這種新形式的市民文學，已經頗爲發達。由此可見，市民文學的興衰同當時經濟的繁榮與凋敝緊密相關，從而說明文學同經濟基礎的關係。

馬克思主義認爲，經濟是基礎，政治則是經濟基礎的集中表現，包括文學在內的意識形態，最終是反映經濟基礎的需要，不過政治在上層建築內部具有決定的意義。文學反映經濟，是經過政治中介的。因此，馬克思主義論述文學發展時，總是離不開政治因素的。這種觀點，在茅盾這個時期關於中國文學發展的論述中顯得特別突出。

茅盾在《論如何學習文學的民族形式》中論述以《水滸》爲代表的市民文學的特點時指出，這部作品反映市民階級的「經濟的和政治的要求」。他說，南渡以前，宋朝的市民階級受到「限制商業資產者的制度」的束縛，以及官辦手工業的擴大，民間的手工業主受到壓迫，因此有改善經濟地位的要求，加上異族入侵，市民階級要求抵抗侵略，由於上述原因，《水滸》有著「那種獨特的政治的、經濟的思想內容」。這說明市民階級的經濟要求必然要從政治方面反映出來。市民階級要求抵抗侵略，由於上述原因，《水滸》有著「那種獨特的政治的、經濟的思想內容」。這說明市民階級的經濟要求必然要從政治方面反映出來。

當然，經濟成分複雜，政治力量也就不同了，然而這些經濟力量卻有共同的政治基礎與目標，這又是客觀事實。茅盾在《浪漫的與現實的》中談到「五四」以來新文學出現多種文藝思潮的流派時指出，「有以浪漫主義出發，有以未來主義象徵主義出發，甚至也有以不知是什麼主義出發的」，何以會產生這多種不同而且也還有點相互矛盾的出發點呢？茅盾聯繫中國當時的社會的經濟條件指出，「中國各地的社會發展絕不均一，社會的經濟結構有頗大的差池，從原始的農業生產以至買辦性的金融資本主義，雜然並陳，這對於作家的出發點（從文藝思潮的流派上講），不能不有影響」。〔註2〕

〔註2〕《浪漫的與現實的》，《文藝陣地》1938 年第 1 卷第 2 期。

　　這裏，茅盾明確地指出，「五四」到「五卅」時期出現的不同文學思潮是與不同的經濟條件相聯繫的，不過，與這些不同經濟力量同時發生與發展的不同的政治力量，卻有著共同的政治基礎。這就是說，代表不同文藝思潮的文藝工作者，都是抱定爲中華民族革命解放「而從事工作的」。〔註3〕因此，儘管文學思潮同經濟、政治有著複雜的關係，共同的政治要求依然在上層建築中佔有重要地位。

　　這個時期茅盾對於文化內涵的見解，較之前個階段有了更爲明確而又廣泛的看法。文化除了包涵藝術、科學、出版事業外，還有思想學術〔註4〕以及生活方式、風尚習俗等等。〔註5〕至於文化的形成，除了政治、經濟的原因外，還有「民族之地理環境與歷史傳統」〔註6〕等因素。

　　在從文化方面論述同文學關係的問題上，最爲突出的是，他贊同高爾基根據社會主義文化同政治、經濟的關係而提出的文化爲「第二自然」的看法，即第一階段是自然支配人類，第二階段，即社會主義文化的階段是人類創造自然，凡是「爲了人類的福利而忠誠地努力地工作的人們，全是社會主義文化建設者，創造者」。〔註7〕他又說，「人類創造了文化以征服自然。同時亦要征服人的原始性，以及人類在歷史過程中所自造的阻礙『人性』向眞美善發展的種種人爲的桎梏。所謂文化是『第二自然』，文藝家是人們『靈魂的工程師』，都是從這意義而來」。〔註8〕茅盾是從社會主義文化方面來論述文學的，指出文學工作者應是「靈魂的工程師」，對於創造社會主義文化負有重要使命。從這裏可以看出，茅盾運用馬克思主義文化觀點，研究社會主義文化同文學的關係，並得出了有益的結論。

　　茅盾還從思想文化同文學的關係探討中國新文學的思潮流派的形成問題。他在《浪漫的與寫實的》中認爲「五四」以來出現雜然並陳的文學潮流，除了一定的社會經濟原因外，還有一定的思想文化條件。他說：「『五四』運動決開了思想的提防，各式各樣的『近代思潮』同時並進。」這外來的東西不能不影響作家對於流派及創作方法的選擇。他又在《中國新文學運動》中

〔註3〕　《浪漫的與現實的》。
〔註4〕　參見《文化近事有感》，《大眾生活》1941年新4期。
〔註5〕　參見《仍是紀念而已》，桂林《文化雜誌》1942年第2卷第2期。
〔註6〕　同上註。
〔註7〕　《誠懇的希望》1939年11月5日《新疆日報》。
〔註8〕　《最理想的人性》，《筆談》1941年第4期。

分析「五卅」到「北伐」期間的文藝趨向時說,「社會科學思想發展,自然地唯物論思想普遍起來了,因而在思想基礎上與唯物論更接近的寫實主義的創作方法,自然也更加發展了。」又說,「北伐」以後到抗戰之前的階段,「在辯證的唯物論的光照下把握了現實主義的創作方法」。〔註9〕

　　這個時斯茅盾關於文學的特徵的看法,有所堅持,也有所發展。他仍認為形象化是文學的特質,他重申人物和故事等是形象化的重要方面,不過,他強調:典型環境中的典型人物,是形象化的重要條件。這就是說,「一篇作品的描寫的環境與人物都要典型化」。〔註10〕

　　茅盾對於典型人物發表了系統、全面的看法。他說,「所謂『典型』,包括許多內容,主要還是意識一方面的」。〔註11〕又說,這種人物之能否成為典型在於是否「在這個時期中,具有決定的影響的(或使時代前進,或使時代倒退)」。〔註12〕這就是說,典型人物的意識應是影響時代的前進或倒退。

　　在茅盾看來,典型人物應是既有意識的共同性,又有不同的個性。他認為意識是有階級性的,例如果戈理的《死魂靈》中的一些地主的典型,都是有地主階級的思想意識和習慣癖性,不過作為典型人物,這些地主又有不同的個性。

　　茅盾又指出,在階級社會裏,某一階級是有本階級的意識的,然而不同的階級也存在著共同的意識的現象。這是因為不同的階級生活在同一社會裏,存在相互影響的關係。例如統治階級以自己的意識「教育」被統治階級,被統治階級就有統治階級意識。又如,「手工業工人主要的意識是行會觀念,但知識份子中也有行會觀念。」他還說,「風頭主義,浮而不實,或糊塗顢頇,心無定見,這樣的人並不是某一階級的特產或專利品」。〔註13〕可見,意識的階級性又有複雜的情況,或者說某些意識是幾個階級共有的,不過其中有的意識是來自統治階級的。〔註14〕

　　據此,茅盾認為,典型人物除了有某一階級意識的共同性及個性外,還有一種情況是綜合「許多人共同思想、意識、行動」〔註15〕的。例如阿 Q 的

〔註 9〕 1939 年 5 月 8 日《新疆日報·女聲》。
〔註10〕 《抗戰與文藝》,蘭州《現代評壇》1939 年第 4 卷第 11 期。
〔註11〕 《談「人物描寫」》,桂林《青年文藝》1942 年第 1 卷第 1 期。
〔註12〕 參見《從思想到技巧》,重慶《儲匯服務》1943 年第 26 期。
〔註13〕 《談「人物描寫」》。
〔註14〕 同上註。
〔註15〕 《抗戰與文藝》。

精神勝利就是許多人共同的思想意識。不過，阿Q作爲農民，「他許多方面，都表現出農民的性格」。〔註16〕所以，阿Q的精神勝利是許多人共同的，同時又有個人的性格。

從社會科學與文藝作品反映現實生活的不同方法來揭示文學的特徵，這在茅盾前一個階段的文論裏就已經注意到了。他在《創作的準備》中已作了明確的說明，他說：「社會科學所取以爲研究的資料者，是那些錯綜的已然現象，文學作家的卻是造成那些現象的活生生的人」，「從他們相互的關係上，看明了某種現象，用藝術手法來『說明』它。」〔註17〕這個時期，他在《談技巧、生活、思想及其他》中對於社會科學與文藝作品表現現實的方法作了進一步的揭示，他說：「文藝作家要比社會科學家多做一層工夫。社會科學家既縝密觀察、分析而綜合，指出了如此這般，便可謂能事已盡；文藝作家於則得到了如此這般的『結論』以後，還得再倒回去，從最初的出發點再開始，從紛賾的表象中，揀出其最典型者，沿其發展之跡，用藝術的手腕表現出來。」〔註18〕

這段話告訴我們：茅盾認爲在進行文學創作前，作家應在社會科學指導下，從大量的現象中選擇典型的人和事，再用藝術手段加以反映。換句話說就是由具體到抽象，由表象到概念，而後反覆由抽象到具體，由概念到表象，在這回歸之後，才是創作的開始。作家在觀察生活、選取題材、構思作品的過程中，感性與理性活動是交叉進行的，這是同社會科學以理性爲主的思維表現方式的不同之處，從而揭示了文學的特點。

茅盾還從創作的特點探討文學的特徵，他在《談「人物描寫」》中談到創作時，指出生活是重要的，但還要有「想像」，因爲「有許多心理狀態，作家是沒有經驗過的，就要想像」。他說要寫各種女人的心理，當然不能去做一次女人再來寫，所以這要靠想像。當然，「想像」是應該有生活經驗的基礎，不是憑空來的，「你沒有做過賊沒有偷過東西，但和『偷』相類似的心理總會有過的，所以也可以寫偷的心理」。生活經驗的積累，「就是要走的地方多」，「但還要加一句：讀的書多」，「因爲書中有幾千年來人類生活經驗的結晶」。「當然，沒有類似的經驗基礎，要想像也難以想像」，例如，「寫死都是騙人的，

〔註16〕 《談「人物描寫」》。
〔註17〕 《創作的準備》，第37頁。
〔註18〕 《奔流新集》之二《橫眉》，1941年12月5日。

因為直到現在，還沒有一個人死後復活起來，證明誰寫死都寫得不對」。

在文學體裁的特徵方面，茅盾的看法值得重視。他在《關於詩》中提出，文學作品普遍的分類有三種：一、敘事的，包括人物的發展和故事的演進；二、抒情的，作者直抒實感的；三、戲劇的，除人物和故事外，還包括「舞臺技術」。他又指出，還可以以韻文和散文來分類，所謂韻文，是「一句中間的字」與「字」或一章中間的「句」與「句」，必須有相對的「音調上的和諧」以及變化的然而有規律的「節奏」，如敘事類中的史詩，「中古的韻文的羅曼司」，18、19 世紀的「敘事詩」，拜倫等的「詩劇」，哥德等的劇本，現代的「歌劇」等，還有新形式的報告詩，朗誦詩，還有鼓詞。〔註 19〕他在《關於鼓詞》中認為鼓詞「是一種可以弦歌的敘事詩」。〔註 20〕他指出，編著新鼓詞，「一方面固然是利用這舊有的形式，而另一方面也負有改進這舊有的形式，達到藝術上的更高階段的任務」。這樣就要求鼓詞「接短成長」，「從一個簡單故事的舊鼓詞發展為新時代的史詩」。

關於創作方法問題，茅盾在《西洋文學通論》一書中從歐洲文學發展的實際出發，對文學的創作方法或創作精神作了獨特的概括。他說，文學上的寫實的精神，具有「理知的，冷觀的，分析的精神」特點，而浪漫的精神則具有「感情的，主觀的，理想的精神」。〔註 21〕又說，「自然主義者只抓住眼前的現實，以文藝為照相機，而忽略了文藝創造生活的使命，又是無疑的大缺點」。〔註 22〕還說，自然主義以後的新派如象徵主義、神秘主義、未來主義、立體主義、實感主義、形式主義、表現主義、達達主義、純粹主義等等，都是主張表現所謂「內在的真實」，結果創造了只有他們自己能懂的「內在的真實」，於是「文藝感應的範圍便縮小至於他們自己派中的專門家。這又是非常利害的病態，最極端的例便是『達達主義』」。〔註 23〕他還說，「回到了寫實主義的俄國文學」，這便是「新面目的『寫實主義』」，〔註 24〕即社會主義現實主義。

這個時期茅盾關於創作方法又有新的看法，他在《浪漫的與寫實的》中認為，「在文藝史上，初期的寫實主義作品都是有一定的政治的立場，都是從

〔註 19〕 1939 年 5 月 13 日《新疆日報・綠洲》。
〔註 20〕 《文藝月刊》戰時特刊 1938 年第 8 期。
〔註 21〕 《西洋文學通論》，第 20 頁。
〔註 22〕 《西洋文學通論》，第 322 頁。
〔註 23〕 《西洋文學通論》，第 323 頁。
〔註 24〕 《西洋文學通論》，第 324 頁。

一定的政治思想出發，去觀察社會人生的。因此寫實之中，包含有理想（不是空想、幻想、妄想）的成分。因而舊公式主義的批評家往往覺得它們的作者難以歸類，於是造出了『浪漫兼寫實』或『寫實兼浪漫』這種古怪的稱謂。」這裏說明茅盾對現實主義的和浪漫主義的新看法，他認為文學史上出現過在寫實之中含有理想成分的現實主義，不存在現實主義兼浪漫主義的創作方法。他在《關於〈抗戰後文藝的一般問題〉》中也說，「從世界的偉大作品中去研究，便可見現實主義的要素和浪漫主義的要素常常在同一作品中並存相悖。」「因此，我們現在如果機械地要在此二者之間強為取捨，是實在不必要的；不但是不必要，而且有害，因為在這大時代中，現實生活中就有不少Romantic 的故事」。〔註25〕

二

茅盾在《抗戰以來文藝理論的發展》中認為，文藝的大眾化、民族化是「『五四』以來新文藝發展的方向」，「這是配合著中國民族向前發展的總方向的」。〔註26〕

當然，「五四」時期並沒有明確地提出文藝大眾化、民族化的問題，不過，「歐化」問題在當時就提出來了，「雖然因為當時提這個問題的方式不好，對這個問題的看法還不夠深，不夠廣，所以只在文字組織這一點上展開了討論，但『歐化』之成為問題，不就意味著新文藝之正確前途是民族化與大眾化麼」？「左聯」時期，因現實情勢與文藝發展的需要，多次討論過文藝大眾化問題。抗戰爆發後，為適應新的現實及文藝實踐的要求，再度提出文藝大眾化問題，隨後又圍繞民族形式問題展開討論。這一切都表明這是新文藝向民族化大眾化發展所必經的階段。

茅盾在關於文藝的大眾化、民族形式的論爭中，發表了系列的有見地的觀點，豐富了中國新文學的理論寶庫。

文藝大眾化在「左聯」時期是作為中國無產階級文學運動中的「重大的問題」而提出的。〔註27〕魯迅、瞿秋白、馮雪峰、周揚等均著文參加研討文

〔註25〕 1938 年 3 月 21 日《大眾日報・大眾呼聲》。
〔註26〕 《抗戰文藝・文協成立五周年紀念特刊》（1943 年 3 月 27 日）。
〔註27〕 《中國無產階級革命文學的新任務》（中國左聯執委會 1931 年 11 月的決議），《文學導報》1931 年第 1 卷第 8 期。

藝大眾化問題，涉及內容與形式兩個方面，不過著重談了形式問題。關於實現文藝大眾化的關鍵問題，茅盾、瞿秋白發表了各自的看法。瞿秋白認爲文藝大眾化的問題最主要的還是語言文字。茅盾在《問題中的大眾文藝》中則認爲「技術是主，作爲表現媒介的文字本身是末」。又說：「大眾文藝既是文藝，所以在讀得出聽得懂的起碼條件而外，還有一個主要條件，就是必須能夠使聽者或讀者感動。這感動的力量卻不在一篇作品所用的『文字的素質』，而在藉文字作媒介所表現出來的動作，就是描寫的手法。」因此，必須講究描寫技術。他還說：「從形式方面取法於舊小說」，「僅僅抄襲了分章回與平鋪直敘的門面法兒，是不夠的，並且不必要」。〔註28〕他還在《連環圖畫小說》中說，連環圖畫「這一形式，如果很巧妙地應用起來，一定將成爲大眾文藝的最有力的作品。無論在那圖畫方面，在那文字的說明方面」，「都可以演成爲『藝術品』」。〔註29〕至於語言方面，他在《「通俗化」及其他》中說，「我不贊成把濃妝豔抹的文字給大眾看，但也不贊成『樸素』到毫無風趣，毫不活潑；乾燥死板的文字，即使能通俗，大眾也不見得喜歡。」〔註30〕

「左聯」時期提出文藝大眾化問題，表明作家認識到了文藝同群眾結合，並且注意到如何從內容及形式方面加以體現，不過，特別偏於形式方面的探討。茅盾在這方面也發表了自己的看法，然而從整體上說，文藝大眾化的理論與實踐問題仍有待於從根本上加以解決。

抗日戰爭時期，由於反對日本侵略者的戰火「已普遍於全個中國，再沒有一個人不直接和間接的遭受著血火的洗禮，作家的生活，與大眾的生活，因抗戰而有打成一片之勢，因此這個階段，也正是大眾化問題有可能儘量展開與徹底解決的階段」。〔註31〕就是說，隨著作家深入抗日鬥爭實際，實現文藝的大眾化就有了客觀的條件。這樣一來，文藝大眾化的問題就提到文藝界的議事日程來，對文藝通俗化、大眾化和利用舊形式等問題便展開了熱烈的討論。

關於文藝通俗化問題，茅盾在「左聯」時期寫的《「通俗化」及其他》中就指出，「通俗化的緊要條件倒是儘量改用口語的句法；單避去了文言字便會

〔註28〕《文學月報》1932 年第 1 卷第 2 期。
〔註29〕同上刊，第 5、6 期。
〔註30〕《語文》1937 年第 1 卷第 2 期。
〔註31〕社論：《全國文藝界抗敵協會成立》，1938 年 3 月 27 日重慶《新華日報》。

損失掉言語的自然美，弄成生硬死板」。這是從語言形式方面探討文藝通俗化問題，在當時是普遍的現象。

抗戰初期，茅盾在《質的提高與通俗》中認為應從內容與形式兩方面來探討文藝通俗化的問題，他說，「『通俗』云者，應當是形式，則『婦孺能解』，內容則為大眾的情緒與思想——和新術語『大眾化』應該沒有什麼本質上的差別；自然，『大眾化』的意義要廣博深湛得多。」〔註32〕這裏，茅盾認為文藝通俗化與文藝大眾化從本質上說是一致的，不過，「大眾化」比通俗化的意義更為「廣博深湛」。他圍繞著文藝大眾化問題提出了系統的見解。

茅盾在《文藝大眾化問題》中從新文學發展的歷史論述文藝大眾化的必要性。他說：「新文藝已經有了十多年的歷史，十年以來，新文藝的作品出產不少，讀者也一年一年在增多，但是新文藝的讀者依然只是知識份子和青年學生，新文藝還不能多深入大眾群中。這是因為新文藝尚未做到大眾化」。〔註33〕

茅盾還從抗戰的需要論述文藝大眾化的必要性。他在《文藝大眾化問題》中說：「自從抗戰開始，任何工作，都應當和抗戰聯繫起來。目前最迫切的問題，應當是如何發動民眾抗戰。」他指出戲劇、歌詠、小說等等文藝形式都是發動群眾的工具，因此必須實現文藝大眾化。

在茅盾看來，「在這抗戰期間，我們要使我們的作品大眾化，就必須從文字的不歐化以及表現方式的通俗化入手」。關於文字的大眾化問題，茅盾除了提出「文字的不歐化」外，還提倡「用各地大眾的方言」。

至於表現方式的通俗化問題，茅盾在《文藝大眾化問題》中認為應注意掌握幾個原則：

　　　　（一）從頭到底說下去，故事和轉彎抹角處都交代得清清楚楚。

　　（二）抓住一個主人翁，使故事以此主人翁為中心順序發展下去。

　　（三）多對話，多動作，故事的發展在對話中敘出，人物的性格，
　　　則用敘述的說明。

有人認為「做到通俗，就會降低標準」。茅盾在《質的提高與通俗》中說，「《水滸》在中國民間是通俗讀物」，然而，它是一部鉅作，「《吉訶德先生》在歐洲也算是通俗的讀物了，但無礙其為傑作」。可見，做到通俗，不會犧牲質量，當然，如何提高通俗讀物的質量，他也發表了自己的看法：「（一）人

〔註32〕《文藝陣地》1938年第1卷第4期。
〔註33〕1938年3月9、10日廣州《救亡日報》。

物須是活生生的人，不是蠟製模型，也不是臉譜，（二）寫什麼得像什麼，寫農村風光就要是眞正農村風光，不要弄成影片場上假裝的農村，（三）字眼用得確當，句子安排得妥貼，意義明白，筆墨簡勁。這三點如果都能辦到，自然『通俗』，而『質』亦『高』了！」

茅盾認爲實現文藝大眾化，要重視利用一切舊形式，其中他很注重民間藝術形式，如大鼓詞、楚劇、湘劇、說書、彈詞以及各種小調。

如何利用舊形式問題，這是實現文藝大眾化不可缺少的環節。他在《大眾化與利用舊形式》中針對有人認爲「舊形式是早被新文學否定了的，現在又抬起它來，將來豈不又要再來一次『文學革命』」的說法，指出，「事實是：二十年來舊形式只被新文學作者所否定，還沒有被新文學所否定，更其沒有被大眾所否定。這是我們新文學作者的『恥辱』，應該有勇氣來承認的。」又說：「新文學作者所當引以爲懼的，倒是新文學的老停滯在狹小的圈子裏。所以大眾化是當前最大的任務。事實已經指明出來，要完成大眾化，就不能把利用舊形式這一課題一腳踢開完全不理！一腳踢開是便當不過的，然而大眾也就不來理你，『文章下鄉，文章入伍』，要是仍舊穿了洋服，舞著手杖，不免是自欺欺人而已。」〔註34〕

既然利用舊形式是新文學大眾化過程中的不可缺少的課題，那麼如何進行這個工作呢？茅盾認爲：一、根據現代生活的要求，改造舊形式。他在《利用舊形式的兩個意義》中認爲，「應用了舊的形式，把整套的間架都搬了過來」，「這是僅僅借用了軀殼的辦法」，但「未盡利用的能事。所以進一步的『翻舊出新』，必不可少」。這就是要求「去掉舊的不合現代生活的部分（這是形式之形式），只存留其表現方法之精髓而補充了新的進去」。〔註35〕二、從內容出發，改造舊形式。他在《文藝大眾化問題》中指出，上海唱獨腳戲的劉春山是一位大眾藝術家，他原來是裝著上海小市民說俏皮話，裝伴、打棚等內容，抗日戰爭爆發後，他的滑稽戲，就能裝著慷慨激昂的內容，從這一點，可以看出任何民間藝術形式，在眞正的藝術家手裏，是可以根據內容的需要加以改造的。換言之，「即形式並不能限制內容」。三、從舊形式中吸取「它特有的技巧」化爲自己的技巧。他在《利用舊形式的兩個意義》中說，「例如詩歌，儘管用每行字數長短不齊的新詩歌的形式，但須從民歌學習它的『比

〔註34〕《文藝陣地》1938 年第 1 卷第 4 期。
〔註35〕同上註。

興』」，這種比興的手法很巧妙。又說，如小說，「不必死心眼去襲用章回體的形式之形式」，「但須學取它的敘述簡潔，動作緊湊，故事發展必前後呼應鉤鎖，描寫心理不用間接方法（敘述）而用直接方法（從人物的動作與說話）」。

茅盾有關文學通俗化、大眾化的理論主張是有特點的。當時這方面的論述文章並不多，值得提起的，有老舍的《談通俗文藝》。他認為通俗文藝在文字上「應當痛快爽朗」，「應當現成，通大路」；在內容上，「須豐富充實」，「談民間的事情」；在思想感情上不要「忘了更高的責任」，「中國原來講忠君，現在不妨講忠國，忠仍是忠，方向卻變更了」；要講究「趣味」，不過「趣味有高下之分，這在善於擇選」。老舍還指出，「讀的是讀的，口誦的是口誦的，前者我呼之為通俗文藝，後者我呼之為大眾文藝」。〔註36〕這些有關文藝大眾化、通俗化的見解也是值得重視的。茅盾對於文藝大眾化、通俗化及其同舊形式的關係作了比較全面而辯證的論述，其中對大眾化與通俗化的內涵及兩者關係的闡釋相當明晰、中肯。他還著重地從表現方式方面論述文藝大眾化的特點，這些論斷，是針對當時有關創作實踐及理論主張中存在的問題而發的。如創作上對於舊形式的生搬硬套，理論上主張利用舊形式是大眾化唯一的途徑等。同時，茅盾又把自己的主張貫徹到創作實踐中，他的長篇小說《第一階段的故事》便是有意嘗試「通俗化」的寫作的。

文藝界由文藝大眾化的討論進入文學的民族形式的討論，從國統區到解放區先後都經歷過。在文學的民族形式問題的大討論中，茅盾聯繫當時討論情況，多次發表己見，從中不難看清他的理論建樹的特點。

正確地闡述文藝大眾化進向文學的民族形式的必然性。當時有人認為民族形式問題是「中國化」或「大眾化」的同義語，茅盾早在《通俗化、大眾化與中國化》中就指出，民族形式、中國化、大眾化三者並不相同。〔註37〕他先從民族與大眾的區別談起。「大眾化」一詞自有它一定的範圍。首先，所謂「大眾」雖居最大多數，然而不就等於「民族」。在一個民族中，除了「大眾」外，還有次多數的「小眾」同文化生活也不能沒有關係。再說，大眾化是以內容與形式符合大眾的需要為目標的，而民族形式指的是合乎民族特點的表現形式，並不包括內容方面。毛澤東在提出「中國化的文化」時明確地指出：它必須是「中國的民族形式的，同時亦是國際主義的」。可見民族形式

〔註36〕《自由中國》1938年第1卷第2號。
〔註37〕《反帝戰線》1940年第3卷第5期。

同思想內容有別。因此，文學的大眾化與文學的民族形式兩者也是不能等同的。

不過，也應看到文學的大眾化同文學的民族形式是有聯繫的。在茅盾看來，民族形式的提出較之於「大眾化而進一階段」。因為民族形式作為中國化的文化的組成部分，必須從民族遺產中吸取有益的成分，文學的民族形式的提出較之文學大眾化的主張更有深廣的內涵。所以他在《通俗化、大眾化與中國化》中說，中國化的提出「把『大眾化』發展到更高一階段與更深一層」，即要求「從歷史中的遺產吸取有用的滋養料，創造嶄新的中國作風與中國氣派」。

茅盾在《通俗化、大眾化與中國化》中又闡述文藝大眾化的徹底完成，有賴於向民族形式方面發展。他說：「『大眾化』問題自從提出來以後，所有對於這一問題的研究和主張，都是從『現在』以及將來而去究明『過去』之所以（或如何）成為『現在』，因此，在『大眾化』問題中，尚缺欠濃厚的歷史性。希望『大眾化』的圓滿而徹底的完成，則更廣（民族性）與更高（歷史性）的內容，是非常必要的。」

堅持探討文學的民族形式不能離開內容的觀點。茅盾在《關於民族形式的通訊》中針對當時民族形式討論中出現的重形式、輕內容的傾向，指出：「今日言民族形式，倘拘泥於問題之表面，而誤以為形式是大眾所熟悉，內容便無論怎樣都行，則亦不免背謬。」〔註38〕他在《從百分之四十五說起》中又說：「拿民族形式來說罷，我覺得把它作為單純的形式問題來處理，總好像不大妥當。這是形式問題而又是內容問題。」他又指出，「包含在民族形式問題」在內的向中國古典作品去「學習」的問題，既可以研究古典文學的章法、句法、語彙等形式，「但更須研究它的思想內容，分別其中那些才是真正代表了人民大眾的意識情緒，才是人民大眾代代相傳的經驗積累的精華，才是人民大眾的智慧的結晶」。〔註39〕他還聯繫反映抗戰生活的作品指出，不能單憑表現形式，還要靠思想，因為藝術處理需要思想指導。因此，在研究藝術形式的同時，也必須研究思想內容。他堅決反對為形式而形式，以及把形式與內容分成漠不相關的兩橛的錯誤傾向。

在探討文學形式離不開內容的問題上，當年許多論者都有共同的看法。如

〔註38〕《文藝月報》1940年第2卷第1、2期合刊。
〔註39〕《中原》1944年第1卷第4期。

潘梓年在「新文藝民族形式問題座談會上」說：「形式不能離開了內容來講」，「民族形式問題的提出」，是「為了抗戰建國服務的新文藝，為大眾服務的文藝」。〔註40〕周揚也在《對舊形式利用在文學上的一個看法》中說，「民族形式之建立」，要依靠「對目前民族抗日戰爭的實際生活的艱苦的實踐」。〔註41〕

不過，應當指出，像茅盾那樣密切聯繫文壇實際，聯繫中國古典文學作品系統而全面地論述文學的民族形式離不開內容的因由，恐怕不多吧？

關於探索文學的民族形式內涵問題，當年郭沫若在《「民族形式」商兌》中從內容與形式的關係論述形式問題。他說：「內容決定形式，這是顛撲不破的真理」，「但這樣也並不是把形式的要求便簡單地消解在內容的要求裏去了。不然，形式也反過來可以影響內容的。」這就清楚地說明內容決定形式，形式又反作用於內容以及兩者相對的獨立性。他談及民族的文學形式時說：「民族的形式，就必須要有現實的內容」，「切實的反映現實吧！採用民眾自己的語言加以陶冶，用以寫民眾的生活、要求、使命」。〔註42〕這裏指明民族形式是藉著加工了的民眾言語表現民眾的生活與要求。潘梓年在「新文藝民族形式問題座談會」上說：「在民族形式的問題上，語言——人民大眾的語言是非常主要的」，「用中國人（占全人口百分之八十以上的工農）的語言描寫中國人的生活的文藝，就是具有中國氣派與中國作風的文藝，就是通俗形式文藝。」這裏把人民大眾的語言（準確地說是藝術加工了的語言）作為文學上的民族形式的主要條件，這個說法比郭沫若的提法更為明確。

茅盾對於文學形式的看法，在《抗戰期間中國文藝運動的發展》中這樣說，民族形式的內容「無疑的必須是抗戰的新現實」。〔註43〕這就是說，探討民族形式要重視所反映的現實生活。不過他又指出，民族形式有著獨特的要求。他說：「『民族形式』的正解，顯然是指植根於現代中國人民大眾生活，而為中國人民大眾所熟悉所親切的藝術形式，這裏所謂熟悉，當然是指文藝作品的用語、句法、表現思想的形式，乃至其他的構成形象之音調、色彩等等而言，這裏所謂親切，應當指作品中的生活習慣、鄉土色調、人物的聲音笑貌舉止等等而言」。這裏所謂的藝術形式包括兩個部分，前者如作品的用

〔註40〕 1940年7月4、5日重慶《新華日報》。
〔註41〕 《中國文化》1940年創刊號。
〔註42〕 1940年6月9、10日重慶《大公報》。
〔註43〕 《中蘇文化》1941年第8卷第3、4期合刊。

語、句法、表現思想的形式，構成形象的音調、色彩，是屬於藝術形式方面，後者如作品的生活習慣、鄉土色調、人物的聲音笑貌舉止，是屬於藝術內容方面。茅盾把後者當作藝術形式顯然是不夠科學的。因此，他有時從藝術形式角度論述民族形式問題，如《戲劇的民族形式問題》談及舊戲如何改革而成為「民族形式」新歌劇問題，著重談平劇如何從臺步身段、鑼鼓、服裝這三者構成的平劇舞部分入手進行新歌劇民族形式的創造。〔註44〕有時從內容方面談民族形式問題，例如《論如何學習文學的民族形式》中認為中國古典文學有三種類型的民族形式的作品，一是以《水滸》為代表的「民族民主革命」文學的民族形式，二是以《西遊記》的幻想的寓言文學為代表的民族形式，三是以《紅樓夢》為代表的問題小說的民族形式。從這裏可以看出，茅盾論述的民族形式是「滲透著民族內容的形式的」，這是所謂廣義的民族形式。

在探討文學民族形式的內涵問題上，茅盾和郭沫若、潘梓年都有共同之處，即注重藝術的民族或人民大眾的語言或言語作為民族形式的主要或重要的方面，不過茅盾對藝術語言的內容闡釋較為具體，如用語、句法等。他的不足之處，是時而使用所謂廣義的民族形式的概念來分析民族形式，這樣易於將民族形式同民族的生活內容混同起來。因為民族生活內容畢竟屬於內容問題，這個內容是通過民族的藝術形式表現出來的，這種藝術形式才是民族形式。

民族形式與舊形式問題，向林冰在《論「民族形式」的中心源泉》中認為「應該在民間形式中發現民族形式的中心源泉」。〔註45〕他說民間的舊形式是「民族形式」的中心源泉。葛一虹在《「民族形式」的中心源泉是在所謂「民間形式」嗎？》中，雖然批評向林冰否定、抹煞「五四」以來的新文藝的形式，然而又對「五四」新文學存在的弱點缺乏應有的認識。〔註46〕郭沫若、潘梓年等人著重批評向林冰的「中心源泉」的三個錯誤論點。即：一、「把『五四』以來受了西方文藝影響的新文藝形式等看作是完全不適宜於『中國土壤』，或者是『中國土壤』上絕對不能產生的外來的異物，而不知各種文藝形式乃是一定的社會經濟的產物，社會經濟的發展到了一定的階段時，就必然要產生某種文藝形式。」二、「把民間形式之所以能為民眾所接受，認為是一

〔註44〕《抗戰文藝》1941年第7卷第2、3期合刊。
〔註45〕1940年3月24日重慶《大公報》。
〔註46〕1940年4月10日《新蜀報》。

個『單純』的『口味』的問題，……而不知民眾之所以能夠接受民間形式，不是口味的問題，而是文化水準的問題。」三、「把民族形式了解爲狹隘的民族主義的口號，而不知恰恰相反，民族形式的建立正是到達將來世界文學的必經的階段。」茅盾在《舊形式、民間形式與民族形式》中同意上述意見並作了一些補充，如指出向林冰之所以獨取「民間形式」爲「中心源泉」卻撇開了民間形式以外的我國固有的文藝形式（其它舊形式），他的一個論據，即所謂「生於民間，死於廟堂」。茅盾對此作了論辯。他說，「不錯，從中國文學史上看來，確也有些『生於民間，死於廟堂』的現象」，「但此與內容之『不大眾化』有關」。他說，向林冰和我們講的是「形式」，那麼，那些經過廟堂中人沾手以後的東西，在「形式」上應該是進步了。他又說，「如果我國固有的文藝形式而有所可取，或不應不有所取，那麼，一切舊形式皆當有分，不應只推崇民間形式，甚至應該多取民間形式以外的舊形式，因爲它們在形式上，確是更進步的。」〔註47〕文章認爲文藝形式這東西，無論在世界哪一國，只要有了同樣的「社會經濟的土壤」以及「階級母胎」，便會開放出同一類的花來。茅盾還認爲民間形式只是封建社會所產生的落後的文藝形式，不承認可以作爲民族形式的中心源泉，僅可以作爲民族形式的參考，或作爲民族形式的滋料之一。茅盾又在《抗戰期間中國文藝運動的發展》中認爲向林冰的以「民間形式」作爲民族形式的中心源泉論，「無條件地排斥世界文學的優秀傳統」，「抹煞了『五四』以來思想文化運動的成果，而成爲客觀上與今天中國思想界的復古逆流相呼應而爲之張目」。

關於文學民族形式階段性的特點問題，當年文學界有所探討。胡繩認爲：「如果說民族形式事實上在過去已有了，那也可以，但那是代表過去的民族形式，問題是我們要求現在的新民主主義現階段的民族形式」。〔註48〕郭沫若認爲「『民族形式』的這個新要求，並不是要求本民族在過去時代所已造出的任何既成形式的復活，它是要求適合於民族今日的新形式的創造」，又說將來文學的民族形式，「這是很難斷言的。但我們可以預想到一定是多樣的形式，自由的形式，人類的精神是更加解放了，封建時代的那種定型化，我們相信是不會有的」。〔註49〕茅盾對於建立新中國的文藝的民族形式發表了這樣的看

〔註47〕 《中國文化》1940年第2卷第1期。
〔註48〕 《民族形式座談筆記》，1940年7月4日重慶《新華日報》。
〔註49〕 《「民族形式」商兌》。

法：它的建立「是一種艱鉅而久長的工作，要吸取過去民族文藝的優秀傳統，更要學習外國古典文藝以及新現實主義的偉大作品的典範，要繼續發展五四以來的優秀作風，更要深入於今日的民族現實，提煉熔鑄其新鮮活潑的質素」。〔註50〕

茅盾之所以能夠對於文學大眾化、文學的民族形式問題發表系列、獨到的理論主張，除了現實生活及文學發展的因素外，還有思想上的重要原因。他有意識地學習毛澤東運用馬列主義理論解決新文化運動進程中的問題的觀點、方法，他在《通俗化、大眾化與中國化》中以毛澤東的《新階段》（即《中國共產黨在民族戰爭中的地位》）中關於「中國化的文化」為指導思想論述了文藝大眾化問題，在《論如何學習文學的形式》中運用毛澤東的新民主主義文化的理論探討文學的民族形式問題。

三

根據當時全民抗日的新情勢，文壇上提出了「抗戰文學」新口號，這是階段性的文學口號，標誌著抗戰時期文學戰線的共同任務。由於階級不同、政治勢力不同，人們對於抗戰文學的要求是有差異的。

茅盾認為，依據無產階級的觀點，革命的進步文學家提倡抗戰文學，應該以文學的大眾化、民族化為方向。對此，他發表了一系列的理論主張。

抗日戰爭是全國一致對日的民族革命戰爭，作為抗戰文學必須充分地廣泛地表現這個偉大的戰爭，因此茅盾主張抗戰文學的題材的廣泛性。他根據抗戰的不同階段提出不同的要求。抗日初期他在《展開我們的文藝戰線》中對抗戰文藝的題材的看法是這樣的，他認為「單單把在我們將士的英勇壯烈作為中心是不夠的。我們必須把敵人滅絕人道的暴行有力地暴露出來」。又說：「漢奸活動也應當作為文藝作品的主要題材。」〔註51〕這都是同戰爭有關的題材。「此外，亡國後的朝鮮民眾、臺灣民眾如何受壓迫，東四省的同胞在六年來如何求生不得求死不能，敵人如何用毒化政策來消滅我們東四省乃至冀察的同胞。——這一切，我們過去沒有在文藝上表現得足夠，現在也應當急起直追了。」總之，他認為「從抗戰將士的英勇壯烈的犧牲奮鬥到一切其他方面」都應該成為抗戰文學的題材。

〔註50〕《舊形式、民間形式與民族形式》。
〔註51〕1937 年 9 月 13 日《救亡日報》。

全面抗戰一周年後，茅盾力主「把題材的範圍從流行的『前線』以及英勇壯烈等故事，擴大到廣大的中國的每一個角落；我們固必須表揚忠烈，然而也要鑄奸燭邪，我們要描寫可歌可泣者，然而也要暴露可恥與可恨，要剝脫混在抗戰陣營中的一切妥協派投降派失敗主義者的假面具，要刻劃他們的形相，使民眾能夠清楚地認識他們而不爲所欺。」〔註52〕

抗戰進入艱苦的相持階段，茅盾在《如何加強我們的抗建文藝》中說，抗戰過去三年了，「我覺得我們文藝工作者的視野還須擴大，我們的筆尖要橫掃全國，諸凡光明的與黑暗的，進步的與倒退的，嚴肅工作與荒淫無恥，都必須舉其最典型者而賦以形象」。〔註53〕

從茅盾一系列的論述中，可以看出他主張抗戰文學應以抗戰的現實生活爲重心，凡與此有直接與間接關係的題材均可引入，可見他力主題材的廣泛性。他堅決反對作家脫離生活實際導致題材單一化傾向，又著重指斥國民黨官方以「文藝政策」限制題材的錯誤做法。他在《如何加強我們的抗建文藝》中指出，國民黨官方限制作家創作題材的範圍，只准「揚善」，而此「揚」「善」，實際上是美化國民黨官方，例如，表揚官家平抑米價，而老百姓買不到米，還是挨餓。又如表揚保甲長奉公守法，抽壯丁，攤派公債公糧都是十二萬分公道等，這種「揚善」的結果，「不是使文藝工作者在民眾中間獲取信仰，而是使文藝工作者在民眾眼前成爲了大騙子」！

茅盾認爲，抗戰文藝堅持大眾化、民族形式的方向，除了在題材上要求或直接或間接地表現中華民族的廣大人民在抗日戰爭中的各方面的生活外，在藝術形式上也要求大眾化、民族化。凡是有利於表現人民大眾的抗日戰爭，且爲人民大眾所歡迎的各種藝術形式均應提倡。

在大眾化、民族化的文學方向指導下的抗戰文學，要求作家必須站在無產階級、人民大眾的立場，才能全面地反映抗戰現實，正確地表現生活中的光明與黑暗的方面。茅盾在《論加強批評工作》中指出：「目前我們的文化工作萬般趨向於一個總目的，就是加強人民大眾對於抗戰意義之認識，對於最後勝利之確信」。又說：「抗戰的現實是光明與黑暗的交錯，——一方面有血淋淋的英勇鬥爭，同時另一方面有荒淫無恥，自私卑劣。人民大眾是目擊這種種的，而且又是身受那些荒淫無恥自私卑劣的蹂躪的。消滅這些荒淫無恥

〔註52〕《如何加強我們的抗建文藝》，《大眾生活》1941年第8期。
〔註53〕同上註。

自私卑劣，便是『爭取』最後勝利之首先第一的要件」。〔註54〕這就是說，如果只寫抗戰的光明面，「則雖有加強最後勝利信念作用。但『爭取』的意義是沒有了」。因此，就要求寫出戰抗現實中如何克服那黑暗的一面，這樣才是全面反映抗戰的現實，有利於人民爭取抗戰的最後勝利。

茅盾認爲，「凡是助長民眾的覺悟，培養民眾的力量，解除民眾在抗戰時期生活苦痛的一切行爲和措施，應該得到讚美」，對於「施行愚民政策，欺騙，壓迫，掠奪民眾的一切行爲和措施，必須加以抨擊」。〔註55〕

茅盾也清醒地看到，人民大眾是有缺點的。他主張用批評的方法加以克服，推動人民的前進。以對待人民的弱點來說，他在《抗戰與文藝》中談及姚雪垠的短篇《差半車麥秸》中的農民「差半車麥秸」因爲什麼都不懂，生活又苦，被敵人抓住了弱點，並爲其做了錯事，後來在抗日軍隊的感化下，認識了敵人的眞面目，終於掄起槍來同敵人拼命，在抗戰的鬥爭中光榮犧牲。從這個形象中茅盾引出這樣的看法：人民的缺點是可以寫的，但要寫出形成的原因，同時也要看到人民的本質的方面，例如具有民族意識，敢於同敵人鬥爭等等。這就是說，一方面描寫農民的缺點，一方面通過缺點寫優點。

茅盾關於描寫抗戰中光明與黑暗以及涉及表現人民特別是農民的缺點等方面的問題，表明他是站在無產階級的立場的，既看到民族解放戰爭的大局，又重視不同階級在民族鬥爭中的不同表現及其趨向。

由此看來，茅盾關於抗戰文學的主張，從思想到內容、藝術形式等方面來說，應當說是現實主義的，準確地說是革命現實主義的。

這個時期茅盾發表了《還是現實主義》、〔註56〕《浪漫的與寫實的》、《現實主義的道路》〔註57〕等系列文章，一再提倡現實主義，且把它作爲抗戰文學的創作原則。它的特點是什麼，茅盾在《「抗戰文藝展望」之發端》中說：「能與抗戰的現實血脈相通，然後能有眞正反映現實的現實主義文學。」〔註58〕這就是說，抗戰文學的現實主義，不同於「左聯」時期的同無產階級革命文學相聯繫的現實主義，它是同抗戰現實相聯繫的現實主義。

茅盾在《還是現實主義》中認爲，當時提倡現實主義「不僅反映現實而

〔註54〕 《抗戰文藝》1938 年第 2 卷第 1 期。
〔註55〕 《抗戰期間中國文藝運動的發展》，《中蘇文化》第 8 卷第 3、4 期合刊。
〔註56〕 《戰時聯合旬刊》1937 年第 3 期。
〔註57〕 1941 年 2 月 1 日《新蜀報·蜀道》。
〔註58〕 《抗戰三日刊》1938 年第 45 號。

已，且須透過了當前的現實而指出未來的眞際」。這是因爲「我們今日的抗戰」
具有反侵略的性質，「我們戰士是眞正的忠勇奮發，視死如歸」。這就要求作
家眞實地反映「壯烈的現實」。這還不夠，而且要指出未來的眞際，因爲「敵
人要加我以鐐索，我們正在掙斷它，銷毀它。我們抗戰的結果是自由！這是
最明顯的也是最無可疑的未來的眞際」。其次，經過長期抗戰獲得最後勝利，
社會的主要矛盾很可能解決，未來的新社會將會到來。「而這，就是目前戰時
文藝透視的遠景」。

由此可見，茅盾提出的現實主義是有抗日的現實依據的，而這依據既有
客觀存在的實際，又有爭取未來的理想。

當然，茅盾在《浪漫的與寫實的》中也清楚地看到，在現實之中包含有
理想成分的現實主義，必須「從一定的政治思想出發，去觀察社會人生」方
能達到。他又指出「五四」以來「其間雖因客觀的社會政治的形勢之屢有變
動而使寫實文學的指標也屢易其方向，但作爲基礎的政治思想是始終如一
的」，「這就是民族的自由解放和民眾的自由解放」。這就是清楚地說明「五四」
以來新文學的現實主義，儘管反映的客觀內容屢有變動，指導思想即反帝反
封建的民族民主革命的思想卻是一以貫之的。

然而，也應該指出，現實主義的思想基礎，既有政治思想，又有哲學思
想。茅盾在《中國新文學運動》中認爲北伐以後到抗戰以前，進步作家在辯
證的唯物論的指導下，掌握了現實主義的創作方法。抗戰以來，茅盾提倡的
現實主義既要求反帝反封建的政治方向，又要求以辯證唯物主義爲指導思
想。他在《中國新文學運動》中說，抗戰以後提倡的現實主義，要求作家具
有「正確前進的世界觀、人生觀」。這種同抗戰現實相聯繫的現實主義，無疑
是現實主義在抗戰時期的新發展。

這種同抗戰現實交融的現實主義的突出特點，仍是茅盾一貫堅持的時代
性。不過他對時代性的闡述較前更有科學性和概括性。前個時期他對時代性
的看法儘管作了比較正確的解釋，然而也有不甚精當之處，例如他在《小說
研究 ABC》中認爲時代精神是一時代「一般人共通的思想，共同的氣概，乃
至風俗習慣等等」。在這個階段，他糾正了這種不科學的提法，認爲時代的根
本標誌是哪一種社會力量成爲時代的中心，並決定著時代發展的主要方向，
進而指出當時是人民的時代，人民爲民族解放而奮鬥精神便是當時的時代精
神。他還認爲時代性應從表現時代的主要特徵和時代的全貌兩方面進行解

釋。這是對時代作了高度的概括，是前一個階段未曾論述的。

茅盾明確指出，文學的時代性應當揭示時代特徵，並對當時文壇創作表現時代性作了闡述。他在《談技巧、生活、思想及其他》中說，文藝作家以表現時代性爲主要任務，因此必須「表現時代的特徵」。〔註 59〕這就是說，要表現代表時代潮流的主要方面，反映時代背景的主要特徵。他又說：「當前我們這時代，最大最重要最本源的特徵，是什麼？」那就是「舊的是在沒落，而新的是在生長。沒落者還在掙扎，作最後的掙扎」，「然而總在走向沒落；生長者，前途的困難還是千重萬重，必須苦鬥而後得有寸進」。當時抗戰的年代是無產階級領導的人民新時代，前景光明。然而又是充滿著各種複雜矛盾，還有艱苦的戰鬥。這些戰時的時代特徵，既說明了時代的主要方面，又闡述了時代生活的曲折變化。茅盾認爲當時的創作是或多或少地加以反映的，因此具有一定的時代特徵，應給予必要的肯定。

茅盾指出，文學的時代性除了反映時代的主要特徵外，還要表現時代的全貌。他說，文藝作家要充分反映時代的生活，還必須表現「從今天到明天這一戰鬥的過程中所有最典型的狂瀾伏流方生方滅以及必興必廢而已」。〔註 60〕這就是說，文學要描寫那個時代的歷史進程，指出新舊力量的鬥爭及各自發展趨勢之必然性，這樣才能深刻地反映全貌。新舊力量的較量儘管異常地曲折多變，然而，必須揭示舊的力量的衰敗以及新的力量的茁壯，這是不可抗拒的歷史規律。唯有如此，作家才能克盡反映歷史全貌的職責。

文學的時代性突出地表現在如何反映時代的大運動。他在《所謂時代的反映》中說：「直到現在文藝作品中還沒有反映『五四』以來的幾次大運動，是文藝上一大缺陷。」〔註 61〕例如「五四」、「五卅」等大事件，在文藝上沒有得到反映。不過，他指出，「五四」以來的優秀作品，「全是反映了『五四』『五卅』等等運動的」。

關於文學作品如何反映劃時代的大運動、大事件的問題，茅盾在《所謂時代的反映》中說，「一個運動的本身可以寫，但也不一定要寫」，重要的是要描寫「社會人生在大革命中起了怎樣的變化，以及大革命對於社會人生有怎樣的影響」。

〔註 59〕 《奔流》新集之二《橫眉》，1941 年 12 月 5 日。
〔註 60〕 《談技巧、生活、思想及其他》。
〔註 61〕 《文藝陣地》1938 年第 1 卷第 2 期。

茅盾認為時代森羅萬象，人仍然是舞臺的主角。文藝作品描寫典型的人物怎樣在時代中鬥爭，便是反映了時代。他強調作家應從描寫各種典型人物的活動中去表現時代的面目。這就要求「寫典型事件中的典型人物」，才能充分揭示時代的特徵和全貌。〔註62〕

這個階段，茅盾十分重視表現時代新人的典型形象。他認為新人的形象體現的光明力量，代表了歷史的前進方向。抗戰時期他就說過，新時代的芽苗是到處在生長著，要寫代表新時代的曙光的典型人物。例如，新的人民領導者、新的戰士等。

茅盾認為文學上的大眾化、民族形式是方向問題，抗戰文學是當時抗日階段在文學上的具體要求，而現實主義則是它的創作原則，三者既有區別，又有聯繫。在茅盾看來，抗戰文學離不開現實主義創作原則和大眾化、民族形式的方向，這種文學性質已不是一般意義上的抗戰文學，而是以無產階級思想為指導的抗戰文學。

當時許多的革命的、進步的文學家如郭沫若、周揚、以群、羅蓀、何其芳、胡風等人，對大眾化、民族形式、抗戰文學及現實主義等問題都有所涉及且各有一定的見解，然而像茅盾如此系統而全面地闡發諸問題及其相互關係，而且透現真知灼見，應該說是少見的。

四

茅盾的文學批評在這個時期具有新的特色，更加貼近中華民族和人民大眾的實際。他在《論加強批評工作》中明確地指出：「加強人民大眾對於抗戰意義之認識，對於最後勝利之確信，這是我們今日文學批評之政治的同時也是思想的標尺」。〔註63〕茅盾以作品反映當時人們對於民族獨立的確信作為政治的、思想的標準的。

不過，茅盾在《如何加強我們的抗建文藝》中又指出，文學作品的政治的思想的內涵就應表現在正確地描寫現實的矛盾與鬥爭，並「從這矛盾的現實中指出光明與黑暗勢力的消長，從而堅定了民眾對於光明必能戰勝黑暗的信心，對於抗戰必得最後勝利，民族解放必能成功的信心，——且不但堅定了他們的信心，還必須指出鬥爭的道路與方法」。

〔註62〕《八月的感想——抗戰文藝一年的回顧》，《文藝陣地》1938年第1卷第9期。
〔註63〕《抗戰文藝》1937年第2卷第1期。

　　茅盾認爲作品的政治的、思想的要求，不僅表現在能夠反映現實中矛盾
與鬥爭的必然性，而且也表現在能夠揭示這種矛盾與鬥爭的複雜性。這就牽
涉到作品的深度問題。他在《談技巧、生活、思想及其他》中指出，農民是
抗戰的主力，然而自身也存在著弱點，因而必須在抗戰大熔爐中提高他們的
政治思想覺悟。作家面對農民思想的複雜性，應當作冷靜的科學分析，決不
能簡單行事。他說有些作品只是強調「農民遲鈍，固執，保守性，而忽略了
在劇變的環境中他們也在一點一點變化，或又趨於另一極端，則強調了此種
變化，於是一夕之間，性格突變，甚至連『小有產者』的意識也連根拔去了」。
他又指出，「我們並不否認農民的自發性的鬥爭，但也決不可忘記，由自發性
的鬥爭發展到覺悟性的鬥爭，其間有一個長期而曲折的過程，而且由於周遭
條件之不同，每一過程中的曲折變化，亦不能盡同。」同時，「從『自發性』
到『覺悟性』之間的發展過程，還包含了其他很多重要的不可缺少的因素，
而作爲中心問題表現出來的，則是農民的反封建的政治的經濟的要求」。由此
看來，茅盾要求作品具有政治的、思想的標準，內涵很豐富，且要從紛繁複
雜的現實矛盾中表現出來，決不是把複雜的生活簡單化、抽象化。

　　有人認爲文學創作「應該從情緒上去感動讀者」。茅盾在《從思想到技
巧》中說，「這話本來不錯，但是如果無視了思想的重要性，而強調著情緒
上去感動云云」，「那就會走到犧牲思想而唯知以技巧悅人的不正確的道路。
那就會使得文藝作品變成僅僅供人消遣的東西」。他認爲文學創作「不但須
從情緒上去感動讀者，主要的得須有好的思想去影響讀者。離開了思想而言
情緒，這情緒是沒有內容的；不問思想之如何而侈言情緒，這情緒是沒有價
值的」。〔註64〕

　　茅盾指出，衡量文學作品，不僅要注意政治、思想方面的標準，而且也
要注意藝術形式方面的標準。他在《抗戰以來文藝理論的發展》中明確指出，
所謂形式，「除了作品的體制，語彙，文章組織，等等技巧方面的成分而外，
還有其他高級的形象的成分」。他要求這些文藝形式的大眾化、民族化。對藝
術形式的這些要求，在茅盾過去的論述中並不多見。不過，他在評論作品時，
並非一律要求藝術形式的大眾化、民族化，而是從實際出發，只要形式有助
於內容的表達，都給予必要的肯定。

〔註64〕 重慶《儲匯服務》1943 年第 26 期。

茅盾同以往一樣，總以內容同形式的一致性去評價作品，不過，他較以往更明確地闡述這兩者的關係。他在《抗戰以來文藝理論的發展》中指出，「文藝形式與內容的問題決非對立，亦不可分離。形式不得不為內容所決定」，然而內容又要通過文藝形式表現。因此評價文藝作品時必須注意內容與形式的統一，即透過文藝形式剖析作品的內容，分析文藝形式又要結合內容的表現，這樣方能做到評價文藝作品的內容同藝術的完整統一。

茅盾在《我對於〈文陣〉的意見》中表示，即使不敢奢望《文陣》每期的作品「每篇皆深刻而精醇，可是希望每篇皆有特點，或題材的把握有獨到之處，或形式上有新的嘗試，與其平順無疵，不如瑕瑜互見而富有創造性」。〔註65〕這段話清楚地告訴人們，茅盾要求內容與形式均有特色的文藝作品，即使瑕瑜互見，然而富有創造性的，就應受到重視。這從他對一些作品的評價中也可以看出。他在《八月的感想──抗戰文藝一年的回顧》中說，「抗戰文藝就是向著這一條大路走。新的典型，已經（雖然不多）在作家筆下出現。」「華威先生」「就是舊時代的渣滓而尚不甘渣滓自安的角色」，「差半車麥秸」正是「肩負著這個時代的阿脫拉斯型人民的雄姿」等。儘管「也有人覺得這些典型人物還不免是略具鬚眉的素描，而不是巍然聳立威儀堂堂的巨像」，然而茅盾卻認為他們是新時代的不同典型，頗具特色，值得重視。他熱情地讚頌道：「蓓蕾既已含苞，終有一日燦爛開放。」

茅盾在《論加強批評工作》中明確地指出，文藝批評一方面對於作品多作批評，另一方面應當是對於批評家本身的工作也多作批評，即所謂「自我批評」。他說，批評家要作家向生活學習，但批評家也要向生活學習，「一個對於農民生活（舉例而已）不熟悉或竟至無知的批評家，當然也可以從書本中從『理想』，自己構成了他腦海中的農民，但是當他在別人的作品中讀到了和他腦海中的不一樣的農民的時候，他可就困惑了，他側著頭，不知道是他腦中那個對呢，還是他所要批評的那個對；但批評家大抵需要一點自信，所以側著頭之後，往往是被批評的那個不對」。這個事例說明：「批評家勸作家不要寫自己不熟悉的事，也該自勸不要批評自己所不熟悉的事。」

茅盾在《論加強批評工作》中又指出，「批評這一樁事業本來也不能只憑一點點『原則』就可以做得勝任」，因此，「加強批評工作，必先充實批評家

〔註65〕《文藝陣地》1942年第7卷第1期。

本身的『內容』」。這就是說，批評家本身應「抓住了對象來說切實的話」，同時「向生活學習」。

由此可見，茅盾認為文學批評應該包括對作品的批評和批評家的「自我批評」兩個方面。這個見解當然並不是過去未曾論述的，不過這個時期在具體闡發方面有了新的特色，如批評標準切合當時的現實需要，批評家面對實際等問題。

這個時期茅盾還論述了文學欣賞問題。他在《如何縮短距離》中說，「『如何欣賞文藝』，往深處說，可以達到『美學』的範疇」，「通常的說法，卻指對文學作品的正確理解」。〔註66〕當然有人偏重於文學作品的技巧方面，但茅盾認為從技巧上的理解，對於一般的讀者來說「還屬次要」，「首先是一篇作品的思想內容」，其次才是技巧。這同文學批評的範圍是相同的。

不過，文學欣賞與文學批評的特點並不相同。茅盾在《如何縮短距離》中認為文學欣賞是讀者「以『娛樂』始，而以『深思』終」。讀者面對著「具有生動活潑，豐富繁複的形象的作品」，即使不是為了消遣，至少也是為了調劑身心，即「娛樂」。如果能在人們的娛樂要求被滿足的當時，激發人們的情緒，甚至震撼人們的靈魂，此時，「單純的娛樂要求已經退位了，代之而起的卻是讀者被當前的『人生』（那是表現在作品中的）所捕獲，引起了不期然而然的同情，憎恨或鼓舞──而終之以深思」。這就點明，文學欣賞是在娛樂中獲得潛移默化的教育。

文學批評往往是在文學欣賞的基礎上進行的。茅盾在《關於研究魯迅的一點感想》中說，「欣賞和研究其實亦不過是程度上的差別，要真能欣賞得徹底，便已進入研究的範圍，至少已經接觸了研究的邊緣。」又說，「一方面要鼓勵研究，同時便須加強批評」，以便深化研究。〔註67〕從這裏可以看出，茅盾認為文學欣賞同文學研究從根本上說有一致的地方，同文學批評卻有不同，文學批評可以幫助欣賞者或研究者深化對文學作品的理解。

這個時期，茅盾對於文學欣賞的看法較之以前的論述有了新的進展，即注意到文學欣賞過程中娛樂、教育、認識等作用的統一。在論述文學欣賞同文學批評的關係方面，重視兩者之間的環節──文學研究。

〔註66〕《青年知識》1941 年創刊號。後改題為《如何欣賞文藝作品》，1941 年 9 月14 日重慶《新華日報》。
〔註67〕《文藝陣地》1942 年第 7 卷第 3 期。

五

　　在運用唯物史觀研究文學史問題時，如果說前個時期偏於探討西洋文學史，那麼這個時期則側重於研究中國古代文學史及新文學史。茅盾雖然沒有像對西洋文學史那樣對中國古代文學史作了系統而全面的梳理、研究，然而他探討了中國古代文學史的重要組成部分——市民文學的形成及發展問題。他除了指出市民文學同經濟條件的關係外，還論述了市民文學同封建地主階級及其思想意識代表的儒家思想的鬥爭是分不開的。他在《論如何學習文學的民族形式》中說，西漢光武帝時，市民勢力空前巨大，威脅著封建地主階級，然而那時市民階級沒有作品留下來，他認為這同封建地主貴族階級及其儒家思想的統治有關。他說，「儒家在漢武以後，由『一家言』而成為『獨家言』，排斥異己（就是極力消滅凡非為封建貴族地主階級服務的學術思想）」，宋代以後，市民文學興起並走向繁榮，市民階級「站在自己立場上，用文藝形式表示了它對古往今來、人生萬象的看法和評判；同時亦作為『教育』他們本階級，以及和封建貴族地主階級進行思想鬥爭的武器」。

　　茅盾還分析市民文學的代表作所反映的內容，同一定的經濟、政治、思想的聯繫。他在《論如何學習文學的民族形式》中說：「《水滸》當其尚為流行於民間片段故事的時候，是農民意識的東西，其後經過市民文學的『說評話者』輾轉『潤色』而發揮，便加進了市民階級的思想內容，但因當時市民階級之政治的經濟的要求，與農民階級的尚相一致，所以表現在《水滸》中個別人物性格上的，乃至全書整個的思想意識，一方面是複雜的、多樣的，又一方面仍然是統一而諧和」。在論述《西遊記》時，他說該書中心的思想是「對抗『一尊』的儒家」，「又是不滿於當時已經『特權化』了的佛教的」。因為「《西遊記》形成之時，佛教已成為統治階級利用的工具」。封建貴族地主階級為要順利地統治農民群眾，為了要對於市民階級保持絕對的優勢，便也「皈依」佛法，從宗教的「法門」內實施壓迫。《西遊記》便是對於此種現象不滿的市民意識的反映。在論及《紅樓夢》時，茅盾認為作品通過封建大家庭瑣事的描寫，諸如家庭關係、婚姻關係等，批判鋒芒直指儒家的思想，這也是市民階級思想意識的反映。

　　茅盾還闡釋文學形式同經濟基礎的聯繫。他在《舊形式、民間形式與民族形式》中說，「封建社會手工業的方式，也在舊形式或民間形式上留下了深刻的烙印。」「此在文藝上，便成為宋代『評話』的『話本』與『說話』同由

一人擔任的成規，以及元人雜劇的規則，只由一個角色擔任全劇的唱詞，並由此角色扮演好幾個人物（都要唱的）。後來此種太拘束的規則雖然打破了，但把演員來『定型化』了，而成為生、旦、末，數種，則依然是手工生產方式另一面的反映。」

茅盾還指出人民群眾在中國古代文學形成、發展過程中的巨大作用。他在《〈詩論〉管窺》中說，「中國民眾倒時時隨著社會的演變而創造出一些更合用的文藝新形式，如果在六朝時代，中國民眾曾經產生『長詩』這形式，那麼，宋以後，這形式已經為民眾所拋棄，而代替著產生了更新的形式；曲與傳奇，乃至彈詞，更無論還有『韻文』範圍以外的新形式『說話』。後者更發展而為『小說』。」〔註 68〕

茅盾還運用唯物史觀研討中國新文學發展史上的問題。他在《中國新文學運動》申闡述新文學的發展的社會原因，指出中國新文學運動的產生、發展同反帝反封建的革命目標的聯繫。他說，第一時期即「五四」時期（從「五四」到「五卅」）主要是反封建的「《新青年》、《新潮》等刊物，對封建思想有所批判，但反帝口號是沒有提出來的」。所以反帝作品較少，此時由文學改良到文學革命。「從五卅到北伐」即第二時期，「反帝不僅是呼聲，而且有了行動」，反帝作品多了起來，此時是由「文學革命到革命文學」的。「從『北伐』以後到抗戰以前」即第三時期，「『北伐』以後，反帝反封建工作受了挫折。那時中國民族解放的革命運動到了退潮，潛伏在地下活動，跟著起來的，是普遍而明顯的思想上的分化」。在民族解放運動中，或「成為尾巴主義」，或「成了左傾的空談」，「這一切，反映於藝術上，就是革命與反革命文學的鬥爭，以及革命文學內部的兩條路線的鬥爭」。

新文學運動的發生與發展，還有哲學思想及文學自身的原因。茅盾在《中國新文學運動》中指出，新文學運動第一時期是「寫實主義的與浪漫主義的創作方法之交錯」，這同中國古典文學及與文學有關的思潮的影響是分不開的。他還指出，新文學的發展也有世界哲學思想的因由。第二時期寫實主義占了優勢，這同它「在思想基礎上與唯物主義更接近」大有關係。第三時期，是「現實主義的勝利」，這同辯證唯物論的指導密切不可分，同時，茅盾又指出新文學由提倡白話文到推行大眾化是有社會的、思想的、文學的原因的。

綜上所述，茅盾運用唯物史觀研究中國古代文學史及新文學的歷史特

〔註68〕《詩創作》1942 年第 15 期。

點，或著重從經濟條件方面闡述它同中國古典文學發展的關係，或偏重從政治上、思想上、文學上探討同中國新文學的聯繫。

六

在文學研究方法方面，茅盾有了新的重大進展。他在《論如何學習文學的民族形式》中高度評價毛澤東的《新民主主義的政治與新民主主義的文化》、張聞天的《抗戰以來中華民族的新文化運動與今後任務》兩文「運用馬列主義的理論，對過去作了精密的分析，對今後提給了精闢的透視與指針的」，這兩文的發表「可說是中國新文化史上一件大事」。從這裏可以看出，茅盾稱讚毛澤東、張聞天以馬列主義理論為指導，聯繫實際探討中國新文化特點的研究方法。在這個時期，他正是以這種科學的方法研討文學問題的。以探討文學的民族形式來說，他從中國古代小說名著入手，引出如何向民族文學遺產學習民族形式的見解。《戲劇的民族形式問題》也是聯繫中國劇壇的實況，著重研討了改良舊戲而建立「民族形式」新歌劇及在建立「民族形式」的目標下繼續發展話劇的問題，其中不乏己見。探討魯迅研究的方法，是茅盾向來所重視的。這個時期，他更為注重，旨在更好地學習、發揚魯迅的思想與創造精神，以推動新文化新文學的健康發展。他在《研究‧學習‧並且發展他》中指出：魯迅的「著作是我們鬥爭的南針，是幫助我們了解這社會，了解這世界，認明了敵和友的活的方法」。﹝註69﹞這就是說，學習、研究魯迅必須採取正確的態度與方法，才能把魯迅的思想和業績更加發揚起來，成為民族文化的最燦爛的一部分。

茅盾反對魯迅研究中的錯誤方法，他在《研究‧學習‧並且發展他》中指出：決不能「把魯迅當做偶像，把他的學說思想當作死的教條」。假使這樣做，只會「記誦著魯迅的著作，可是食而不化，於你的思想學問，毫無影響」。

研究魯迅，既要反對教條主義傾向，又要拋棄「見木不見林」的片面做法。茅盾在《最理想的人性》中認為研究魯迅的範圍是多方面的。「例如，在一般文化方面，就可有中國傳統文化問題，西洋文化問題，中國吸收外來文化問題等等；在文藝方面，可有文學與革命，大眾化，創作方法，文藝修養，等等問題；在思想方面，在社會問題方面，也同樣可以舉出許許多多的問題。這當然也是一種方法。」他又指出，這種方法也有毛病，「這樣極細地分類來

﹝註69﹞ 《大眾生活》1941年新第23期。

研讀魯迅作品，恐怕倒反有礙於全盤的了解，結果亦會不自覺地陷於『見木不見林』的錯誤」。

茅盾認爲，正確研究魯迅的方法，應當是聯繫實際的方法。他在《最理想的人性》中，認爲從最近幾十年社會的思想的運動的幾個階段，或者說從民主革命運動、民族解放運動等等來研究魯迅「這是比較好的方法：可以對魯迅思想得一全盤了解，可以使魯迅的文化功業和當前的現實聯繫起來，因而能夠使他的全部著作成爲活的指針而不至被當作死的教條」。同時可以了解魯迅思想的發展過程，「使我們明白『現在』如何從『過去』發展而來，而『未來』又怎樣孕育於『現在』之中」。

聯繫實際研究魯迅的方法是多種多樣的，聯繫現實鬥爭的實際是一種方法，也可以聯繫魯迅的思想特點來研究魯迅。茅盾在《最理想的人性》中指出如何從魯迅所關注的三個問題——「（一）怎樣才是最理想的人性？（二）中國國民性最缺乏的是什麼？（三）它的病根何在？」——入手，「把握到魯迅思想的中心」，這樣更能了解魯迅的思想特點，即他的一生爲追求最大的終極目標而抨擊那些非理想且不合理的東西。

探討研究作品中人物形象的方法，也是這個時期茅盾文學研究方法的重要方面。他在《大題小解》〔註 70〕中認爲，研究作品中的人物形象是需要理論原則的，不過應結合創作實際加以論述，切忌高談理論。他分析了舊小說的人物形象的特點後指出，新文學在描寫農民及女性方面就比舊小說強，但是新文學作品「人物」上卻也遺漏了一個重要階層，這就是手工業工人。他希望引起新文學作家的注意。

茅盾主張把新文學中幾部優秀作品的各色人物加以分類，進而比較、研究不同的作家筆下描寫屬同一社會階層的人物如何有不同的面目，從而說明：「何者爲適如其分，銖兩相稱，何者被強調了非特殊點而忽略了特殊點，何者甚至被拉扯成爲『四不像』。」〔註71〕這一研究方法，比之空談原則，對於作者更有實際幫助。

這個時期茅盾關於文學研究方法的特點，在於重視以馬克思主義理論探索中國文學理論及文學創作的實際問題，反對脫離實際的空頭理論的傾向，同時又提倡研究方法的多樣化。

〔註70〕《時代文學》1941 年第 1 卷第 2 期。
〔註71〕《大題小解》。

第五章　朝向人民文藝的寬廣大道

（1944 年 9 月～1949 年 9 月）

　　1944 年元旦，毛澤東的《在延安文藝座談會上的講話》以《毛澤東同志對文藝問題的意見》為題在重慶《新華日報》上摘要刊出，分列三個標題，即《文藝上的為群眾和如何為群眾的問題》、《文藝的普及和提高》、《文藝和政治》。茅盾當年讀過這幾部分摘要，〔註 1〕他讀《講話》全文則是在抗戰勝利之初。〔註 2〕他在 1944 年 9 月起發表的《雜談文藝現象》、〔註 3〕《如何擊退頹風》，〔註 4〕1945 年上半年發表的《五十年代是「人民的世紀」》，〔註 5〕特別是 1946 年發表的《人民的文藝》〔註 6〕等一系列論文，可以看出他在毛澤東文藝思想的影響下，對文學的本質、特徵、文學批評、文學史觀、文學研究方法論等問題作了新的闡發。他還以解放區文學為榜樣，明確作出「人民的文藝」這樣的表述，推動了國民黨統治區的文學理論與文學創作的發展，從而表明了茅盾的文學思想進入了新的階段。

一

　　堅持文學是「社會經濟生活的上層建築」〔註 7〕的觀點，仍是這個時期茅

〔註 1〕　根據韋韜 1980 年 6 月 28 日轉告茅盾答筆者問。參閱《茅盾的創作歷程》第十五章（註 28）。

〔註 2〕　茅盾：《學然後知不足》，《人民文學》1962 年 5 月號。

〔註 3〕　《青年文藝》1944 年新第 1 卷第 2 期。

〔註 4〕　《文萃》1945 年第 1 卷第 2 期。

〔註 5〕　《新世紀》1946 年第 1 卷第 1 期。

〔註 6〕　《新文藝》1946 年創刊號。

〔註 7〕　《文藝修養》，「文藝修養叢刊」之一，廣州國華書局 1946 年版。

盾對文學本質的根本看法，文學作爲意識形態，最終受制約於經濟基礎。他在《民主與文藝》中指出，一定的文化包括文學是一定社會的政治的經濟的反映，〔註8〕這顯然受到毛澤東《新民主主義論》中提出的「一定的文化是一定社會的政治和經濟在觀念形態上的反映」的看法的影響。這個時期，茅盾不僅從經濟基礎說明同文學的關係，而且從「政治是經濟集中的反映」這樣的觀點闡發政治同文學的關係。他在《民主與文藝》中描述了中國從原始公社一直到清朝末年的數千年的歷史過程，揭示了文藝的發展同數千年來封建制度的關係，「五四」新文學同社會經濟發展、政治力量的聯繫。

茅盾不僅指出經濟與政治方面對文學發展的影響，而且還論述了文學對於經濟與政治的反作用。這往往表現在一定的政治和經濟背景所形成的「現實環境」同文藝的相互作用上。他在《抗戰文藝運動概略》中系統地論述歷時八年的抗戰文藝受到「現實環境」的制約，而又影響「現實環境」的概況。〔註9〕文章把抗戰文學運動分爲三個時期，即從抗戰前兩年起到武漢失守（抗戰第二年）爲止爲第一個時期，從武漢失守到太平洋戰爭爆發爲第二個時期，從太平洋戰爭爆發直到日本投降爲第三個時期。他指出抗戰文藝的發展同抗日的不同階段的「現實環境」息息相關，同時也論及它在不同程度上對於抗戰的「現實環境」的反作用。他還認爲，「七七以後中國抗戰文藝運動」這「老根」派生了兩支，「一在大後方，一在邊區和解放區。這兩支所依託的土壤不同，所呼吸的空氣也不同，所經受的風日雨露霜雪也不同；這就決定了它們各自的發展也不同」，「然而無論如何，它們總是同根生的」，它們既從屬於抗日大目標，又推動了抗日的鬥爭。

茅盾對於文學的一般特徵，仍堅持形象化的看法，不過，他非常強調意識形態性在其中的作用。他在《如何辨別作品的好壞》中說，詩歌、小說、戲曲、繪畫、雕刻、音樂等「人爲的藝術品」的創造，「都經過一定的過程：社會人生種種色相通過了作家的主觀作用（愛憎，取捨，解釋，褒貶），而後再現出來，依靠形象化的手法，成爲某一文藝的式樣」。〔註10〕這裏，強調作家的主觀作用在形象化地反映現實生活過程中是膠結在一起的，說明文藝意識形態性與形象性的統一。

〔註 8〕 原載《湖南文史》第 45 輯，《文藝理論與批評》1994 年第 2 期轉載。
〔註 9〕 《中學生》1946 年 10 月增刊《戰爭與和平》，開明書店 1946 年出版。
〔註10〕 《中學生》復刊 1945 年第 91 期。

　　這個時期茅盾對藝術特徵問題還發表了精闢的見解。例如，他在《文藝修養》中談及創作的靈感問題。他說有人認爲靈感是神秘的，因爲它究竟什麼時候跑出來是沒有一定的。他認爲這種說法不對，「因爲靈感不過是一種情緒的激動，一時思潮集中的表現罷了！但是這種情緒怎樣會激動起來呢？那就因爲受了外界生活的影響，這又有什麼神秘的地方呢？」

　　又如創作需要天才的問題，他較之早期更爲準確地闡發了這方面的看法。他在《個性問題與天才問題》中指出，「理解力，綜合力，想像力，而尤其是創造力，應當是天才之所以爲天才的特徵。」這些特徵，「唯有在工作中始能見之。亦唯有盡了最大的努力方能獲得最高的發展」。「天才之發展，也需要機會，需要環境」。由此可見，「想要『搞文學』而先問自己有沒有天才，是沒有意思的」。「這要你搞了以後，搞之不休以後，方能看出你有沒有才，方能看出才有多大，夠不夠大到『天才』那樣」。〔註 11〕這就清楚地說明：創作的天才，主要是從實踐中來的，並在實踐中發展。這同他早年把創作的才能視爲先天性是不同的，表明他已運用辯證唯物論的觀點與方法來看待社會現象及文學現象。

二

　　在毛澤東的《在延安文藝座談會上的講話》的影響下，茅盾結合國統區的文學運動的實踐，提倡人民的文藝。這就要求文藝眞正做到「爲人民」及「爲人民所有」。〔註 12〕在茅盾看來，50 年代是「人民的世紀」，文藝必須反映「人民大眾的政治要求」，「對外求掙脫任何帝國主義加於我民族之政治的經濟的軍事的鎖鐽，對內爲爭取民主」。〔註 13〕

　　茅盾認爲，人民的文藝在題材方面要有廣泛性。他在《人民的文藝》中「主張任何生活任何社會現象都應描寫」，「要寫勞動與生產過程，寫農工生活，寫青年的學習生活等等」。他又在《和平・民主・建設階段的文藝工作》中說：「小市民生活、知識份子生活，乃至大資產階級生活，我們都可以寫，都應該寫」。〔註 14〕

〔註 11〕　《中學生》復刊 1945 年第 88 期。
〔註 12〕　茅盾：《民主運動與文藝運動》，《風下》1946 年第 20 期。
〔註 13〕　《八年來文藝工作的成果及傾向》，《文聯》1946 年第 1 卷第 1 期。
〔註 14〕　《文藝生活》1946 年新 4 號。

　　茅盾既主張題材的廣泛性，又提倡有所側重，他在《反帝，反封建，大眾化》中指出：「五四以來的新文藝還沒有產生多少農民和工人的典型。農民和工人當然已經寫得很多，但是寫得最好的也只是被侮辱與被踐踏而默默忍受的工人與農民，很少見自己掌握著命運的新時代的新人民。現在，半個中國已經普照光明，已經湧現了無數新時代的新人；即使在還是黑暗的還沒有從魔手中解放出來的那半個中國，也已經出現了無數的新人正在從法西斯惡魔手裏爭回自己的命運。」〔註 15〕因此文學作品應當表現這樣的時代新人。這就是說，茅盾非常強調表現為爭取新時代到來而奮鬥的新人，以體現人民的文藝的新特色。

　　如何正確地表現題材，這是創造人民的文藝的一個根本問題。茅盾在《人民的文藝》中強調作者「站在大眾的立場」表現各種人物，他認為應著力歌頌人民大眾，「歌頌人民的英雄」，「表現人民大眾的創造性及積極性，應當描寫鬥爭的勇敢與勞動的快樂」，還要「反映著大眾的意見」。他對表現人民力量的作品給予充分的肯定。他在《讚頌〈白毛女〉》中指明，在抗戰時期，人民的力量能夠阻止反動派從無一時間斷過的妥協賣國的陰謀而把抗戰堅持到最後勝利。〔註 16〕他的長篇小說《鍛煉》以抗日戰爭初期為背景，熱情歌頌人民大眾，特別是工人階級在抗日鬥爭中的作用。他創作的話劇《清明前後》則著重表現抗日戰爭後期人民爭取民主運動的勝利的鬥爭。

　　當然，茅盾既看到人民的威力，又清醒地注意到人民是有缺點的。他說，「老百姓百分之百的有資格做主人公；但同時得注意老百姓由於長期受壓迫所形成的落後性，比如不科學、迷信等等」。因此，作家「要向人民學習，同時我們也要注意幫助人民糾正這些落後性。否則也是不對的」。〔註 17〕在他看來，作家應當而且可以寫人民的缺點，不過必須站在人民的立場正確地表現，而不是採取暴露的辦法。他在《關於〈呂梁英雄傳〉》中認為，作者寫出了有些群眾中那落後的「命運論」，同時又指出如何克服它，並堅定戰勝敵人的信心。這樣一來，人民當中的缺點就能得到正確的表現。〔註 18〕

　　關於暴露問題，茅盾認為暴露的對象應是一切危害人民大眾的惡勢力、

〔註 15〕《文藝生活》海外版 1948 年第 4 卷第 3、4 期合刊。
〔註 16〕1948 年 5 月 29 日香港《華商報》。
〔註 17〕《茅盾先生在廣州和香港》，1946 年 6 月 5 日延安《解放日報》。
〔註 18〕《中華論壇》1946 年第 2 卷第 1 期。

壞傾向。他在《如何擊退頹風》中認爲，抗戰時期日本侵略者、「對抗戰怠工，消耗自己的力量以及違反民主的行動，都是暴露對象」。解放戰爭時期，他認爲美帝國主義及國民黨反動派都是暴露的對象。他在《人民的文藝》中說，「現在暴露的對象，不僅是貪官污吏，還須暴露那造成貪官污吏之政治的根源——即不民主的政治。」他又說，「如壞的風氣，一班人的享樂，囤積居奇，頹廢墮落的生活，你去描寫它，雖有暴露的作用，可是談不上積極性與創造性。」這就是說文學作品不能爲暴露而暴露，應當充分重視表現批判黑暗的積極力量。正如他在《高爾基與現實主義》中所說的，高爾基的現實主義力量在於向「不合理與醜惡的現實挑戰的時候」，能「鼓舞著光明勢力前進」。〔註 19〕

　　在形式方面，茅盾認爲人民文藝應向大眾化、民族化的路走。他在《再談「方言文學」》中總結了解放區文學在這方面的經驗指出，其形式是向大眾化的路上跨了大大的一步。〔註 20〕他還認爲趙樹理的小說《李家莊的變遷》是經過改造的舊形式再加上若干新的手法，這部作品的技巧，「已經做到了大眾化。沒有浮泛的堆砌，沒有纖巧的雕琢，樸質而醇厚，是這部書技巧方面很值得稱道的成功。這是走向民族形式的一個里程碑」。〔註 21〕

　　茅盾認爲《李家莊的變遷》做到了文學形式的大眾化。「這是走向民族形式的一個里程碑」，說明文學的大眾化形式與文學的民族形式，既有聯繫又有區別的。具有大眾化形式的作品，未必就是民族形式的，不過它卻是標示著走向民族形式。當然，也不乏具有大眾化表堤形式的作品，也是民族形式的。依據茅盾的看法，這標誌是對於採用的民間形式必須進行卓有成效的改造，並有極大的創造性。他在《再談「方言文學」》中說，《王貴與李香香》這首長詩，「以兩行爲一韻的格式用的是陝北民歌『順天遊』的調子，它是一個卓絕的創造，就說它是『民族形式』的史詩，似乎也不過分」。他在《讚頌〈白毛女〉》中指出，「《白毛女》是民族形式的歌劇」，它的「音樂主要是運用北方民歌，這是爲了適合觀眾（廣大人民）的樂藝的水準，而這也是《白毛女》在北方大受歡迎（指形式方面）的原因之一」。從這裏可以看出，採用並改造「民間形式」且取得特異成就的大眾化形式的作品，同時也是具有民族形式的作品。

〔註 19〕 1946 年 6 月 18 日《聯合日報》（晚刊）。
〔註 20〕 《大眾文藝叢刊》1948 年第 1 輯。
〔註 21〕 《論趙樹理的小說》，《文萃》（週刊）第 2 年第 10 期，1946 年 12 月 12 日。

　　茅盾在《人民的文藝》中指出，實踐人民的文藝，作家必須「站在大眾的立場」，這就要「努力作自我改造」。因為「作家大部分是小資產階級出身，即使有一二工農出身者，小資產階級意識卻很濃厚。故作家的自我改造首先要克服小資產階級意識，如偏狹，個人主義，但求痛快而缺乏韌性等」，還要「克服文人習氣」，如孤僻、自傲、不切實際、意氣用事等。

　　茅盾認為作家自我改造的途徑是深入到人民的生活與鬥爭中去。他在《和平‧民主‧建設階段的文藝工作》中說，作家「首先得下決心犧牲都市生活的舒服，然後能與老百姓接近」，「熟悉他們的生活，了解他們的思想感情，並進而把自己和他們打成一片」，這樣一來，作家就能夠按照老百姓的愛憎來表現人民群眾，觀察人間世像。他又在《人民的文藝》中要求作家「深入社會，充實生活，參加民主運動」，「參加實際社會活動」，這樣才能克服小資產階級的弱點，真實地表現人民的生活和鬥爭，作品才有生命力。

　　作家不僅要改造自己的生活，也要改造自己的寫作方式。茅盾在《和平‧民主‧建設階段的文藝工作》中說，「我們要把寫作上的一些知識份子氣、洋氣、紳士氣、賣弄半升墨水的學究氣，以及『語不驚人死不休』的才子氣，都統統收起來，我們要從老百姓口裏攝取生動潑辣的字彙，要從他們的生活中學取樸質而剛勁的風格。換言之，我們應時時注意，向民族形式的大路走。」

　　茅盾在《民主運動與文藝運動》中認為，創造人民的文藝，「作家必須深入民間，向人民學習，堅定地站在人民的立場，反映人民的要求，在形式和內容兩方面使作品真能為人民所理解和愛好」。這就要求作家掌握革命現實主義的創作方法。他在《高爾基和中國文學》中指出，「中國文藝工作者學習高爾基的創作方法，憎惡黑暗讚頌光明的精神，也是對於中國新文藝的發展有益的。」〔註22〕他還讚揚解放區文學工作者具有「正確的創作方法」，〔註23〕肯定解放區作家的創作經驗。這就清楚地表明，革命現實主義的創作方法，應是像高爾基那樣站在無產階級立場，「憎惡黑暗讚揚光明」，也要像解放區作家那樣邁向大眾化、民族形式。

　　茅盾提倡革命現實主義，核心仍是強調文學的時代性，文學必須揭示時代特徵。他在《近年來介紹的外國文學》中對當時的時代特點作了精闢的論述：「這時代的特徵是：曙光雖已在望，但黑暗勢力尚很猖獗，人民大眾已經

〔註22〕　《時間的記錄》第 138 頁，大地書屋 1946 年出版。
〔註23〕　《抗戰文藝運動概略》。

覺醒，開始走上歷史的舞臺，但數千年的傳統的負荷尚絆住他們的腳步，知識份子眼中是雪亮的，心頭卻有說不出的苦悶。」〔註 24〕當時是抗戰接近勝利的年代，前景光明，然而又充滿著複雜的矛盾，還有艱苦的戰鬥。這些戰時的時代特徵，既闡明時代的主要方向，又指出時代生活的曲折變化。茅盾認為當時的創作是或多或少地反映這些方面的，因此具有一定的時代色彩，應給予必要的肯定。

　　當時茅盾還對革命現實主義如何表現時代性的問題，作了很多新的探討。他特別重視塑造新人的典型形象對於表現新時代的重大意義。他認為新人形象體現了光明的力量，代表了歷史前進的方向。解放戰爭時期，他強調「反映這偉大的時代，表現新的人和新的生活」，〔註 25〕他對解放區出現的創作，如小說《呂梁英雄傳》、《李有才板話》、《李家莊的變遷》，歌劇《白毛女》，木刻等新型藝術創作極為推崇，讚揚這些作品所表現的解放區新的人物和新的生活與鬥爭。他對文藝上創造完整而偉大的表現解放區「純潔而勇敢的祖國兒子」〔註 26〕的形象寄於殷切希望。在茅盾看來，反映領導中國前進的革命根據地的新人物新生活，在中國現代文學史上具有嶄新的意義。他號召國統區作家借鑒解放區作品，努力反映「特別和現實的鬥爭關係重大的問題」，以及「值得寫而且是人民大眾所迫切要求的」，即使不熟悉也應該去熟悉，「從觀察和研究中，使它變成自己熟悉的東西」。〔註 27〕茅盾還提倡描寫新人物，要求國統區作家應該寫出同人民大眾的重大鬥爭有關的新人物的生活與鬥爭。這些主張都是以往未曾提出的，富有新意。

　　重視表現時代新人物，這是茅盾革命現實主義時代性文藝主張的重要方面。從他發表的作品中可以看出，他越來越努力地表現新時代新世界的新人新事，如散文《為「親人們」》從側面謳歌革命根據地戰士的英姿；小說《春天》描寫解放區大地新人的風貌；散文《脫險雜記》表現中國共產黨領導的遊擊隊的威力，讚頌遊擊隊領導幹部及廣大戰士的高尚品質；《蘇聯見聞錄》、《雜談蘇聯》，表現在社會主義制度下人民的嶄新面貌。

　　茅盾認為新的時代是人民的時代，文藝應該為新時代的人民大眾服務，

〔註 24〕《文哨》1945 年第 1 卷第 1 期。
〔註 25〕《再談「方言文學」》，《大眾文藝叢刊》第 1 輯，1948 年 3 月 1 日。
〔註 26〕《茅盾文集·後記》，上海春明書店 1948 年版。
〔註 27〕《和平·民主·建設階段的文藝工作》。

因此，革命現實主義的時代性，不但要求運用馬列主義世界觀反映新時代新生活，而且力求在藝術表現上民族化、大眾化。他在文藝創作上也積極探求以大眾化、民族化的藝術形式表現時代生活。他的話劇《清明前後》在藝術形式群眾化方面作了有益的嘗試，長篇小說《鍛煉》，既保留了作者多年來形成的細膩的表現方式，又具有樸質、剛勁的大眾化、民族化的表現手法，例如著力運用簡潔的對話和動作展示人物性格，以樸實的手法描寫環境，採用明快、易懂的敘述語言等。

表現新時代的生活，藝術形式應是民族化、大眾化的，同時又要有個人的獨特技巧、風格。茅盾以解放區文學創作為例，探索這兩方面結合的問題。他指出趙樹理的《李家莊的變遷》藝術技巧「樸質而醇厚」，並說它已經做到了大眾化，且是走上民族形式的一個里程碑，很值得稱道。〔註 28〕他認為馬烽和西戎的《呂梁英雄傳》的技巧長處是「對白的純用方言」，「文字力求簡易通俗」，美中不足是還未形成獨特的風格。在茅盾看來，大眾化、民族化的表現方式是解放區文壇共同的趨向，不過各自的獨特風格，或已近於成熟，或在形成中，或尚未確立。他認為，只要經過相當時間的努力，解放區文學一定會出現各種各樣的藝術風格。他把探索風格同表現形式的大眾化、民族化聯繫起來考察，這是前個時期所沒有的。

這個時期茅盾關於革命現實主義時代性的理論新進展，在於鮮明地主張作家必須貫徹執行文藝為人民的方向，同群眾相結合，表現新的時代新的人民，在藝術上應是民族化、大眾化同個人風格的有機結合。

這段時間茅盾關於時代性的探討，對當時國統區革命文藝運動也是有很大建樹的。當年馮雪峰、何其芳等評論家都結合國統區革命文藝運動的實際，探索現實主義理論，研究如何從內容到形式反映時代生活問題，各有不同的側重點。馮雪峰主張應充分表現理想性，他說：「從現實裏面找出力量去戰勝歷史的困難和暗礁」，「從這出發就產生強有力的理想通到遠後的將來」。換句話說，堅持革命現實主義必須以「偉大的理想之光普照著目前的現實」。〔註 29〕作家應在遠大理想的指引下，反映現實的矛盾，並揭示未來的趨向。何其芳主張革命現實主義應具有深廣性，他要求作家創造「更廣闊，

〔註 28〕 參見《論趙樹理的小說》。
〔註 29〕 《論民主革命的文藝運動》，《中原、文藝雜誌、希望、文哨聯合特刊》1946
　　　　 年第 1 卷第 3 期。

更深入地反映人民的要求，並盡可能合乎人民的觀點」〔註30〕的作品。

　　茅盾關於時代性文學的主張，同馮雪峰、何其芳等人比較來說，具有這些特點：相當系統而全面地論述時代性主張，認為既要反映時代主流，又要表現時代的曲折變化，還特別重視藝術形式、風格具有時代特點；指出解放區新的人物新的世界代表著時代的方向，要求國統區作家以解放區作家為借鏡，努力同新的時代的人民結合，表現國統區社會發展的趨勢。就國統區作家如何表現新的時代問題而言，茅盾的有關論述相當完整而系統，其中創見不少，這對於推進當時革命文藝運動大有助益。

　　茅盾在這個時期提倡人民的文藝、文藝的大眾化及民族形式，在他看來，從根本上說，都是新文學發展的方向。他認為人民的文藝與文藝大眾化都要求作家站在人民的立場反映社會生活，人民大眾的生活必須通過文學的民族形式表現出來。當然這三者仍有區別，人民的文藝和文藝大眾化，都包括內容和形式兩方面，內容方面大致相近，形式上的要求卻有差異。人民的文藝強調民族形式，而文藝大眾化偏於提倡俗文學的表現方式。民族形式不能離開內容，然而仍有相對的獨立性，它比大眾化的形式更有廣泛性（民族性）與深遠性（歷史性）。

　　在茅盾看來，國統區提倡人民的文藝，比提倡文學大眾化更有普遍意義，能夠更好地推動當時的民族解放事業和民主革命鬥爭。正如他在《雜談文藝現象》中所說，文藝「必須服務於最大多數人的利益，服務於民族的自由解放」。他又在《民主運動與文藝運動》中說：「民主運動與人民文藝的運動，其關係是如何的密切了。」文藝工作者應堅持人民文藝的方向，以推進民主運動，迎接新中國的誕生。

三

　　這個階段茅盾在文學批評方面的顯著特點，是以最大多數人的利益來衡量文學作品的內容與形式的價值。

　　茅盾在《雜談文藝現象》中認為，好書必須具備下列諸條件：「第一，它不能不講到大多數人所最關心最切身的問題；第二，它不能不揭露大多數人最痛心疾首的現象；第三，它不能只在問題的邊緣繞圈子，它必須直搗問題的核心；第四，它必須在現實的複雜錯綜中間指出必然的歷史的動向。」

〔註30〕《關於現實主義》，1946 年 2 月 13 日重慶《新華日報》。

從這段論述中可以看出，茅盾當年對文學批評中政治標準的看法就是能講出人民最關心、最切身的問題，揭示問題的本質，能表現人民大眾的好惡並指出歷史的動向。總之，作品反映人民的生活與鬥爭，符合人民的要求，這就是政治的標準的問題。如茅盾在《如何辨別作品的好壞》中談到抗日戰爭時期中國與全世界人民的共同的政治目標是反法西斯的鬥爭，凡是反映這共同目標的，就是好的作品。

這個時期茅盾的文學批評還重視社會人生的道德標準，他在《如何辨別作品的好壞》中指出，評價社會人生的道德標準要從屬於一定歷史時期的共同政治目標。例如抗戰時政治上的共同方向是反法西斯戰爭，「凡和這共同目標一致的」道德標準就應該得到肯定。

在文學形式方面，茅盾在《民主運動與文藝運動》中指出，「在形式和內容兩方面使作品真能為人民所理解和愛好。」他又在《民間、民主詩人》中要求「藝術形式能為人民大眾所接受而喜愛」。〔註31〕這些見解都表明，作品的形式也必須合乎人民的要求。他反覆論及的文藝應朝大眾化、民族形式的路走，便是這些方面的看法。

茅盾認為文學批評應把政治上的要求放在首位，形式的技巧放在第二位。他在《雜談文藝現象》中指出衡量好書的標準應把反映人民的生活、鬥爭及其前景作為「必須具備」的條件，「至於文字技巧倒是第二義」。這就是說，前者即政治方面是文學批評的第一位，文字技巧方面是第二位。他又在《什麼是基本的》中對於文藝青年提出要求：「正確的思想和廣博的知識」，「至於什麼技巧上的修養，我倒以為尚屬第二義」。〔註32〕前者如正確的思想顯然是第一義的。他還在《「柳詩」「尹畫」讀後獻詞》中說：「方向，正確乃是第一義，方向正了，掌握技巧只是肯不肯用功的問題了」。〔註33〕這些論斷都明確地指出方向是第一義，技巧是第二義。

儘管茅盾把政治、思想列為文藝批評的第一位，藝術形式、技巧列為第二位，然而他在評價作品時主張兩者並重。他在《人民的文藝》中說，「作品能夠政治方向正確，而藝術又完整，這是求之不得」。

不過，茅盾在主張政治與藝術並重的同時，又根據文學發展的實際情況，

〔註31〕《文萃》1946 年第 10 期。
〔註32〕《突兀文學》1944 年第 2 期。
〔註33〕1945 年 10 月 25 日重慶《新華日報》。

強調政治標準的重要性。他在《人民的文藝》中說，「因爲新文藝還年輕，歷史不長久」，政治同藝術統一的好作品太少，根據現實及新文學發展情勢，「政治性強更爲需要」。當然，茅盾對於一些思想傾向好而技巧不足的作品也提出批評意見，給予切實的幫助。

茅盾在文學批評中一如既往地堅持思想鬥爭原則，嚴肅地批評錯誤的傾向，並提出了己見。他在《八年來文藝工作的成果及傾向》中論述同抗戰「有關」或「無關」的作品時指出，「就理論上說來，凡能推動民族精神使前進，凡與發揚民主精神有直接或間接裨益的，應當都看做與抗戰有關，而且合於抗戰的要求。」這就是說，不是僅僅從題材上衡量是否「與抗戰有關」，更爲重要的應從表現的題材中品評是否「合於抗戰的要求」。從這個觀點出發，他對於表面上與「抗戰」有關而實際上有害的作品進行了抨擊。例如，「有的作品誇張『特工』的作用而又穿插了桃色糾紛的東西」，還有的「掛抗戰之羊頭，賣法西的狗肉，戴『民族的』面具，作封建勢力的幫兇」等。他認爲，對這些具有「反民主反人民」傾向的作品必須揭露，以利進步文學沿著健康的軌道發展。

這個時期茅盾的文學批評主張較之前個階段有了明顯的變化。他明確提出政治思想、藝術形式合於人民的利益作爲文學批評的標準，並且指出政治、思想的標準爲第一位，藝術的技巧爲第二位，這在以前的文學批評中是少見的。這顯然受到《講話》的影響。

茅盾對於文學鑑賞的看法，同前個時間有著共同的地方，即重視從思想內容與藝術形式兩方面去鑑賞作品，不過也有不同的方面。他在《中學生怎樣學習文藝》中對形式方面的鑑賞作了具體的論述。他說，「可以從用字、造句、結構方面」研究作品形式的特點，以增加「欣賞能力」，還指出「文學作品有各種作風，有的嫵媚，有的雄壯，不能單看一派；看不同作風的東西，可以養成欣賞力」。〔註 34〕當然，風格的美並不限於嫵媚、雄壯，還有如茅盾在《窒息下的呻吟》中論及小說《暗流》時所說的風格，即「呻吟和『浪漫蒂克』的交錯」而形成的「一種光彩，一種情趣，一種美」，〔註 35〕這種風格美是中國翻身解放之前窒息環境的產物。

在欣賞文學藝術作品時，茅盾如同文學批評一樣，強調站在人民大眾的立場上，品賞作品的內容及形式的特色。他在《看了汪刃鋒的作品展》中對

〔註 34〕1946 年 7 月 1、2 日《文匯報》。
〔註 35〕1945 年 5 月 25 日《文匯報》。

於汪刃鋒的繪畫、木刻、漫畫三大類的作品下了這樣的斷語：「藝術家正視現實，反映了人民大眾的生活與要求，他的作品就必然富於戰鬥性，我在汪刃鋒先生的作品中又看到這樣的實例了。」「至於藝事之美，則有目共賞。」〔註36〕他在《門外漢的感想》中認為延安的木刻有特殊的風格。「內容是最現實的，而形式亦樸質剛勁。」「我希望我們不僅欣賞這些新穎生動有力的藝術作品而已，不僅了解陝北人民的和平勞動生活、且為他們的鬥爭勝利而歡喜鼓舞而已，我希望我們且將由此而認識了藝術創造的正確道路」。〔註37〕從這裏也可以看出茅盾是從「藝術真能為人民服務」的立腳點來欣賞作品的內容與形式的特色。

四

這個時期茅盾運用唯物史觀研究中外文學發展史問題，具有顯著的特點。他自覺地以毛澤東關於「一定的文化是一定的社會的政治和經濟在觀念形態上的反映」的觀點探索文學史上的發展規律，指出當時提倡人民文藝是合乎文學發展的趨向的。

茅盾在《民主與文藝》中指出：「文化，是人類在社會歷史實踐過程中所創造的物質的精神的財富的總合。作為意識形態的文化，則是一定社會的政治和經濟的反映」，「文藝，是文化的一部分」。〔註38〕他正是從文藝的意識形態性觀點研究中外文學發展的。在他看來，原始的文藝，「是真正的人民文藝」，它是同簡陋的生產、生活的條件相聯繫的，同共同集體勞動相聯繫的。文藝作品是共同創作產生的，表現人民的思想感情，內容真實、豐富，文藝是服務於人民的。原始公社演變為農業社會後，由於物質、精神條件的變化，文藝也發生了質變，出現了奴隸同地主的對立，地主階級挑選些聰明而聽話的奴隸專門從事文藝創作。在這種情況下產生的文藝，是為地主階級歌功頌德的，以少數的地主階級為服務對象。這是奴才文藝。當然在奴隸中也出現了「自覺的特殊分子，也有『不平之鳴』」，這便是奴隸文藝，它同奴才文藝有別，不過它仍不是人民的文藝。

茅盾在《民主與文藝》中又指出，歐洲文藝復興時，因為生產力的進步，

〔註36〕1946 年 1 月 3 日重慶《新華日報》。
〔註37〕1945 年 12 月 31 日重慶《新華日報》。
〔註38〕《文藝理論與批評》1992 年第 2 期。

在地主和奴隸階級的中間產生了市民階級，於是出現了代表其階級利益的市民文藝。「這市民文藝，不再服役少數的地主了。相反地，它代表了當時社會上占相當多數的市民階級的意志、情感、欲求以及市民階級的宇宙觀」。這種市民文藝的確不同於奴隸文藝而進步得多了，並代表了當時大部分的市民階級，可是也不能稱爲百分之百的人民文藝。

「五四」以來，人民大眾的反帝反封建的鬥爭給新文學指明了方向，正如茅盾在《民主與文藝》中所說的中國新文學沒有經過市民文藝的階層而直接地向人民文藝方向發展。他又在《人民的文藝》中指出，「今天還不能希望立刻有理想中的人民文藝出現，可是今天得朝這條路走。」〔註39〕

綜上所述，人民文藝的形成與發展，同一定的經濟和政治有關，也同一定的思想文化有關。「五四」以來，新文藝沿著人民文藝方向發展，其中的重要原因是進步思想的導向。茅盾在《也是漫談而已》中說，新文學從1925年以後開始「進步的宇宙觀之成爲思想運動之支配的力量」。〔註40〕這就是說歷史唯物論與辯證論的思想武器推動了新文學運動向前發展。他認爲當時「中國歷史和中國性質之正確研究，其有助於文藝作品之更深地了解社會現實，也是不待言的」。他在論述「左聯」時期「對於當時的現狀深致不滿的文學者和作家們之所以不積極」的原因時指出，除客觀的困難（政治壓迫太強）等外，還有根本的原因。「依我的了解，是因爲他們對於中國民主革命發展之路徑，認識尚不大清楚，對於當時政權之本質也還認識不夠，對於統治階層還存在幻想。換言之，還是思想問題。」

唯物史觀認爲，文學的發展雖然最終受制約於經濟基礎，然而政治、思想的因素卻不容忽視。據此，茅盾在《民主運動與文藝運動》中對文學發展規律作出這樣的概括：「人類歷史上曾經有過三種文藝。這三種便是：奴隸的文藝，奴才的文藝，人民的文藝。」當時提出的人民的文藝是「今後的文藝運動唯一正確的道路」。

唯物史觀還認爲，必須正視意識形態的文學在人類歷史發展中所起的不同作用。茅盾在《民主與文藝》中說，奴才文藝是「鞏固地主們的優越地位」的，奴隸文藝則是「略略地批評地主的缺點以及政治的失策」，從根本上說，「是希望地主不要太失民心」，市民文藝是維護市民階級的利益與地位的。而

〔註39〕《新文藝》1946年創刊號。
〔註40〕《文聯》1946年第1卷第4期。

人民的文藝則不同。他在《民主運動與文藝運動》中說，最先出現的文藝即原始公社時代的文藝，是人民所作，為人民所享有的，對於人民有益的，「五四」以來新文藝對人民民主運動是起過作用的，今天的首要工作是擴大文藝的影響到人民大眾中去，以推動民主運動。

這個時期茅盾運用唯物史觀較之前個時期的顯著不同，在於論證提倡人民的文藝是中外文學發展的必然。

五

茅盾在《學然後知不足》中回憶當年閱讀《講話》時的心情說：「真像是在又疲倦又熱又渴的時候喝了甘冽的泉水一樣，讀完這本書後全身感到愉快，心情舒暢，精神陡然振發起來。」他又說《講話》「運用馬克思列寧主義的觀點和方法，把我們從『五四』直到那時的文藝工作中的根本問題分析得那麼全面、指點得那麼親切」，「解決得那麼透徹，批評得那麼令人心服」。「要真能理解」《講話》，「還能以之為準則，運用於工作（創作，理論批評，領導文藝運動）」。在他看來，要以《講話》為準則，創造性地解決國統區文學發展過程中出現的問題。這便是當年茅盾文學研究方法的特點。

從文藝方向來說，抗戰以來茅盾認為大眾化、民族形式是新文學的方向。《講話》指出，「我們的文學藝術都是為人民大眾的，首先是為工農兵的，為工農兵而創作，為工農兵所利用的。」茅盾根據國統區的實際情況，提倡人民的文藝，指出新文學應朝著「這條路走」，這種文藝是「為人民所作」，「為人民所有」的。

《講話》認為為工農兵服務是文藝為人民服務的重點。茅盾從國統區的實情出發，要求人民文藝表現工農生活，「文章下鄉，是我們的主要工作」，「都市和縣鎮的小市民，也是我們的工作對象」。〔註41〕這就是說，國統區貫徹實行人民文藝的方向，主要對象在農村，但也不能完全忽略城市。

《講話》還指出，要實現文藝為人民服務，首先要為工農兵服務這一方向，根本問題在於文藝工作者要同人民大眾，特別是要同工農兵大眾相結合，以便在群眾鬥爭中轉變思想感情。據此茅盾提出文藝工作者要真正為老百姓服務，必須到群眾中去，特別到農村去，「和老百姓一起」，參加人民群眾的

〔註41〕《和平‧民主‧建設階段的文藝工作》，《文藝生活》第 4 期，1946 年 4 月 10 日。

鬥爭，以克服小資產階級意識，這是創造人民的文藝必經的途徑。

《講話》還指出，解決了文學爲人民群衆及如何爲人民群衆兩個問題以後，文學的普及與提高，文學的政治性與藝術性等方面的相互關係，即可得到辯證的解決。茅盾認爲這些看法是正確的。他在《八年來文藝工作的成果及傾向》中說，只有明確文藝必須配合人民的要求，「如深入民間，大衆化、政治性與藝術性的相反相成……等等方可得到正確的理解」。他還聯繫國統區文壇的實際，在《人民的文藝》中指出，「注重普及而忽視提高，或注重提高而忽視普及，同樣都不對，但亦以後者爲嚴重」，「又如注重政治性而忽視藝術性，或注重藝術性而忽視政治性，同樣都有錯誤，但在目前，後者尤爲嚴重」。

以《講話》爲準則總結解放區的文學經驗，以爲國統區文學工作者的借鏡。茅盾在《論趙樹理的小說》中談及《李家莊的變遷》時說，這部小說技巧方面大衆化的成就，「解放區以外的作者們足資借鑒」。他在《再談「方言文學」》中總括地論述解放區文學在大衆化與民間形式方面的特色，指出：「解放區的文學無論就形式或就內容言，都是向大衆化的路線上跨了大大的一步。而在形式方面，它們是儘量採用當地人民的口語（方言），大膽採用舊形式和『民間形式』，而又同時大膽把新的血液注入舊形式和『民間形式』，他們教人民進步，同時又向人民學習，不超過群衆，同時也不做群衆的尾巴：
——這都是值得我們取法的。」

茅盾對國統區作家學習解放區作家作品所取得的成果給予熱情的肯定。他在《在反動派壓迫下鬥爭和發展的革命文藝》中說，「詩歌方面的馬凡陀的山歌，戲劇方面的《升官圖》，小說方面的《蝦球傳》」，「它們在風格上一致地表現著一種新的傾向：那就是打破了『五四』傳統形式的限制而力求向民族形式與大衆化的方向發展。這種新的傾向，一般說來，也正是國統區內的作家們所共同致力的方向，他們一方面根據群衆對新文藝作品的反映，一方面接受了解放區的作品的影響」。〔註42〕

當然，茅盾在總結解放區文學的經驗時，既充分肯定成就，又清醒地看到不足。如在《關於〈呂梁英雄傳〉》中稱讚《呂梁英雄傳》一書在反映敵後抗日戰爭，以及對於「章回體」的傳統有所揚棄方面所取得的成績，同時也指出在人物刻劃及場面的氛圍的描寫方面存在的弱點。他讚美解放區許多作

〔註42〕《中華全國文學藝術工作者代表大會紀念文集》第51頁，新華書店1950年出版。

品具有大眾化的優點，然而也不回避它們在民族形式方面還應作出努力。

　　在運用《講話》的精神解決國統區文學運動的問題上，當年茅盾反對種種違背《講話》精神的錯誤傾向。對此，他在《學然後知不足》中回憶當時的情況說，既要反對藉口國統區文學運動的特殊性，以此否認文藝爲人民服務的方向，如認爲解放區與國統區情況不同，條件不同，在國統區寫工農兵是「無的放矢」，「不合時宜」等，又要反對教條主義，或者「摘取《講話》的詞句以裝飾自己的內容單薄的文章，或者把《講話》的一些詞條作爲批評作品的法寶」。在他看來，只有同這種「左」的和右的傾向作鬥爭，才能使國統區的文藝運動同解放區文學運動在大方向上取得一致。

　　當然，當年在國統區提倡文藝爲人民的方向，是許多進步的、革命的作家、理論家的共同追求。如郭沫若在《向人民大眾學習》中說：「人民大眾是一切的主體，一切都要享於人民，屬於人民，作於人民。文藝斷不能成爲例外。」他還說文藝工作者要「向人民大眾學習」，「然後才有眞正的文藝作品出現」。〔註43〕何其芳在《大後方文藝與人民結合》中指出大後方的文藝「應適合大後方的廣大人民的需要」。〔註44〕林默涵在《關於人民文藝的幾個問題》〔註45〕中闡發文藝同人民結合的問題。不過，像茅盾那樣，從文學的性質、特點，文學批評，文學史觀和文學研究等方面系統地論述國統區進步、革命文學界必須爲人民以及如何爲人民等問題卻是不多見的。這可以說是他在文論領域的卓特貢獻吧。

〔註43〕《文哨》1945年第1卷第1期。
〔註44〕1946年5月5日重慶《新華日報》。
〔註45〕香港《群眾》（週刊）1947年第19期。

第六章　中國社會主義文論的時代特徵與民族風格（1949年10月～1966年）

　　中華人民共和國成立後到「文化大革命」前，茅盾在馬克思列寧主義文論、毛澤東文藝思想指導下，圍繞著建設中國的社會主義文學問題，從文學理論、創作實踐、文學批評、文學史觀、文學研究等方面進行廣泛而深入的探討，發表了系統而全面的見解，豐富了中國社會主義文學理論寶庫，推動了社會主義文學創作健康發展，從而表明茅盾的馬克思主義文學觀隨著社會主義建設的驚濤駭浪而不斷發展、變化、向前。

一

　　這個時期茅盾堅持文學意識形態性觀點，仍認為文學作為上層建築，離不開經濟基礎並最終受其制約。他也重視作為上層建築之一的文學對於基礎起著積極的能動作用。據此，他認為中華人民共和國成立以來，隨著社會主義經濟基礎的建立、發展，社會主義文學的興起、前進是不可抗拒的歷史潮流。探討中國的社會主義文學問題，就成為他這時期注視的中心。

　　茅盾指出中國的社會主義文學同中國的社會主義經濟基礎的密切關係，他在《新的現實和新的任務》中指出，建國四年來，「我國文學在新的社會基礎上獲得新的成就和發展。這是我們國家制度的優越性的反映」。〔註1〕開國

〔註 1〕《文藝報》1953 年第 19 期。

以來，我國向著社會主義過渡，以公有制爲主體的社會主義經濟制度，以及代表它的利益的國家制度，具有前所未有的優越性，我們文學的成就，便是這種新的經濟制度的產物。他又說，「新的社會賦予文學以新的內容與形式，改變了文學與群眾的關係，培育了新的、生命力充沛的文學隊伍。和過去相比，我國文學已同樣發生了顯著而巨大的變化。」他還聯繫社會主義經濟基礎，論證建立社會主義文學是有堅實的物質基礎的。

茅盾既肯定社會主義文學必須同社會主義經濟基礎相聯繫，同時指出社會主義文學對於鞏固社會主義制度的作用。他在《反映社會主義躍進的時代，推動社會主義時代的躍進！》中說：「上層建築有鞏固、加強並發展基礎的作用和任務」。〔註2〕在社會主義改造時期，他要求文學「以藝術的力量推進社會主義的改造工作」。〔註3〕在全面建設社會主義時期，他要求文學反映與推動社會主義建設新的進程。

社會主義文學要求同社會主義經濟基礎相適應，但是由於資產階級思想的存在，不能不給作家帶來影響，這是同社會主義的經濟基礎相矛盾的。茅盾在《在已有的基礎上繼續努力》中說，「知識份子有一點兒彆扭之處：他們贊成社會主義的經濟建設，但在上層建築問題上，卻不肯拋棄自由主義」，「知識份子中間的作家，也有同樣的矛盾；作家的概念中的現實和他筆下的形象的現實，並不能常常一致」。「追究根源，這仍然是由於他的世界觀有矛盾，由於他的思想感情中還有非工人階級的思想情感」。他提出作家應「消除自己固有的非工人階級的思想情感而逐漸具備馬克思主義世界觀」。〔註4〕

馬克思主義認爲，經濟基礎對於文學的決定作用以及文學對於經濟基礎的反作用，主要是通過上層建築中的政治等中介因素產生的。社會主義文學也是如此。對此，茅盾是有深切認識的。他在論述社會主義文學時總是同執行社會主義時期的政治任務聯繫起來的。他在《新的現實和新的任務》中指出，黨根據社會主義經濟建設的需要，提出「爲完成國家社會主義工業化和社會主義改造這個總的政治任務而鬥爭」，社會主義文學應當「推進社會主義的改造工作」，爲發展社會主義制度作出貢獻。

〔註2〕《反映社會主義躍進的時代，推動社會主義時代的躍進！》，第62頁，人民文學出版社1960年出版。
〔註3〕《新的現實和新的任務》。
〔註4〕《人民文學》1957年5、6月號。

　　倘若政治觀點未能正確地反映社會主義經濟發展的需要，這必然影響社
會主義文學的發展。由於受到「左」的思想影響，茅盾在《反映社會主義躍
進的時代，推動社會主義時代的躍進！》中認為「六十年代將是我國完成社
會主義建設並為過渡到共產主義創造條件的具有決定意義的十年」。這顯然是
不合實際的看法，必然影響到對社會主義文學的發展作出不恰當的估計。

　　作為意識形態的文學，最終受經濟基礎所支配或制約，而又反作用於經
濟基礎，文學創作同經濟基礎並不是同步發展的。這在文學史上不是無先例
的。茅盾在《五個問題》中說：「我國產生《詩經》的時代，歐洲產生《伊里
亞特》、《奧德賽》的時代，生產工具是那麼落後，今天是原子時代了，但是
我們對《詩經》等等的評價依然是很高的，我們還是欣賞它們、學習它們。」
〔註5〕他談及蘇聯社會主義文學同科學技術的關係時說，蘇聯「科學技術的發
達，跟十年前相比，真是一日千里。可是在文學上，就相形見絀。十年前，
公認肖洛霍夫是最為卓越的，十年後的今天，蘇聯的作家隊伍大得多，但是
超過肖洛霍夫的，蘇聯人自己也說不多，或者還沒有」。

　　茅盾對這些現象作出怎樣的解釋呢？他在《五個問題》中說，「文學的發
展有它自己的規律。科學是要找到大自然的規律從而征服大自然，文學藝術
是要在認識社會發展規律的基礎上從而反映社會現實，而且要形象地反映。
科學可以在前人成就的基礎上進一步開始新的研究，而文學創作卻不同，除
了技巧方面可以在前人的成果上開始新的探索，主題思想就要靠作家對於現
實的認識；可以說，作家的每一部作品，都是對於現實的新認識的產物」，「大
自然也在變化，但這變化是非常緩慢的，而社會的變化卻是迅速的。這種種
客觀的條件，就決定了文學創作有其特殊規律。」

　　茅盾論述了包括蘇聯社會主義文學在內的文學創作與科學技術兩者發展
不平衡狀態的現象及其產生原因，旨在說明發展中國社會主義文學必須充分
重視文學創作的規律。

　　所謂文學創作的獨特規律，茅盾在《五個問題》中說，「一個作家首先是
取得廣泛的社會生活經驗，在參加生產鬥爭和階級鬥爭的過程中，開始對現
實有深刻的比較全面的認識，從而產生主題思想和人物形象。這種形象不是
取某一個活人作為模特兒，而是概括許多活人創造出來的，因而更有普遍性，
更具感染力。所謂文學創作的規律，不外如此。」文學創作的規律在於創作

〔註 5〕《河北文藝》1961 年 10 月號。

必須從生活出發，產生主題和人物，並進行藝術概括。換句話說，「從生活的認識出發，通過藝術的思維，達到生活形象的創造。」〔註6〕

生活形象的創造，即「創造藝術的形象」〔註7〕，從創作過程看，形象思維同邏輯思維往往是交錯的。茅盾在《關於歷史和歷史劇》中說，「作品的創作過程，首先是熟悉現實生活，分析生活，然後進行概括，——到此為止，作家的思維活動主要是邏輯思維，及至轉入形象思維，那就是虛構。當作家進行概括時，邏輯思維與形象思維有時會交錯，但主要是邏輯思維在起作用，否則就不能進行概括。」〔註8〕不過，茅盾也指出，邏輯思維同形象思維交錯進行並非自覺的。他在《一九六○年短篇小說漫評》中說，在創作過程中，「無論是先有人物而後生發故事，或者先有故事而後配備人物，在作家方面並不是自己意識到，更不是有意為之」，「也是在這一點上，我們可以充分理解到」，「形象思維和邏輯思維既不能截然區分為兩橛，然而又畢竟不能否認兩者的相互關係的微妙和曲折」。〔註9〕這些論述相當精闢地揭示了文學創作的特點。

儘管在創作過程中，運用邏輯思維和形象思維的情況極為複雜，然而，無論是藝術概括還是形象表現，總要受作家的「身世、教養、生活方式等等所形成的思想意識的操縱」。〔註10〕作家按照自己的世界觀從現實中揀取能說明問題的東西，並用藝術的手段加以表現。作為社會主義作家，由於具有馬克思主義世界觀，他能驅使自己「在現實中所揀取的東西是反映了現實的本質，指出了前進的方向的。也就是說，要求在『典型的環境』中表現『典型的人物』」。〔註11〕

由此可見，社會主義作家要求在藝術創造中運用馬克思主義觀點分析生活，然而又要不拘一格地形象地表現生活。

茅盾不但從創作過程，而且還從「實際效果」（藝術的感染力）〔註12〕來論述文學的特點。所謂藝術感染力，「譬如醇酒，上口不嚇人，然而後勁

〔註6〕 《新的現實和新的任務》。
〔註7〕 《一九六○年短篇小說漫評》，《茅盾文藝評論集》（上），第426頁，文化藝術出版社1981年出版。
〔註8〕 《關於歷史和歷史劇》第136頁，作家出版社1962年出版。
〔註9〕 《一九六○年短篇小說漫評》，《茅盾文藝評論集》（上），第446頁。
〔註10〕 《關於藝術的技巧》，《文藝學習》1956年4月號。
〔註11〕 同上註。
〔註12〕 《讀書雜記》，《鴨綠江》1962年10月號。

極大」。〔註 13〕看完人造的藝術品，「我們往往要發生一種情緒上的激動，也許是愉快興奮，也許是悲哀激昂，不管是前者，還是後者，總之，我們是被感動了，這樣的情緒上的激動」「叫做欣賞，也就是，我們對所看到的事物起了美感」。〔註 14〕文學必須具有欣賞作用，即具有美感的效用，這也是文學不可缺少的特點。

當然，美與欣賞的標準，是有階級性與社會性的。茅盾說，「美感與欣賞是與人的現實生活有關係的，因為社會上所有的人是分別隸屬於不同的階級的，於是也各有不同的欣賞的對象與標準。其次，同一人的欣賞對象，亦因時因地而有變動。」他認為社會主義文學「寫工農兵就一定要寫他們正像初升的太陽面向著偉大的社會主義革命與社會主義建設工作，情緒高昂，精力旺盛，充滿自信」。只有把這種向上的思想情緒「鮮明強烈地表現出來」，才能激勵、鼓舞廣大人民參加社會主義革命與建設。〔註 15〕

從創作過程及實際效果等方面論述文學特徵，特別是社會主義文學藝術的特殊性，這是他以前有關論述中少見的。在建國後的文壇中，也很少像他那樣結合創作實踐包括自己的創作，全面而辯證地論述這些問題的。

二

這個時期茅盾不但對我國社會主義文學的本質及特徵作了準確而有見地的闡發，而且對社會主義文學創作問題提出了系統而全面的看法。

茅盾認為應把表現社會主義時代生活題材作為社會主義文學的重要方面。他在《反映社會主義躍進的時代，推動社會主義時代的躍進！》中指出，建國以來，「我們進行了翻天覆地的社會主義革命和社會主義建設，這是我們時代的現實」。〔註 16〕社會主義文學，要反映時代的現實。他認為反映時代現實有兩種做法，其一是表現我們時代的社會重大事件，例如《三里灣》、《山鄉巨變》、《創業史》等都是反映農村的重大變革的膾炙人口的作品，其二是從日常生活中表現時代精神，例如馬烽的《三年早知道》，艾蕪的短篇集，沙汀、王汶石等人的一些短篇小說都是這類佳作。

〔註 13〕《一九六○年短篇小說漫評》，《茅盾文藝評論集》（上），第 470 頁。
〔註 14〕茅盾：《欣賞與創作》，1950 年 1 月 11 日《進步日報》。
〔註 15〕同上註。
〔註 16〕《反映社會主義躍進的時代，推動社會主義時代的躍進！》，第 80 頁。

　　茅盾反對粗暴地對待題材問題。他在《文學藝術工作中的關鍵性問題》中指出，「重大社會事件以外的生活現實，都可以作為文藝的題材。在現實生活中，我們需要煉鋼廠，需要水閘，但也需要美麗的印花布，需要精緻的手工業品；在文化娛樂方面，如果我們只供給抒情詩、圓舞曲、翎毛花卉，群眾就會有意見」，文藝應是「包羅萬象，多姿多彩的」。〔註 17〕他在《反映社會主義躍進的時代，推動社會主義時代的躍進！》中還談及自然景色的題材也可以進入藝術領域。他在《創作問題漫談》中說，「題材範圍愈廣闊，作品愈多樣化，我們的文藝就愈繁榮發展。反過來看，題材狹隘只能使作品單調，束縛了作家的創造性，所以對提高是不利的。」〔註 18〕

　　社會主義文學反映的生活內容，並不限於社會主義生活現實，也包括廣闊的歷史題材。茅盾在《反映社會主義躍進的時代，推動社會主義時代的躍進！》以及《關於歷史和歷史劇》等文中對於以近代、現代革命題材以及古代歷史題材進行創作並取得成就的作品給予很高的評價。

　　社會主義文學要求以馬克思列寧主義世界觀為指導，認識和反映現實的、歷史的社會生活。馬克思主義世界觀認為社會生活充滿矛盾與鬥爭，社會主義文學要求準確地認識與表現社會生活中的各種矛盾及其發展，肯定一切先進的革命的力量，鞭撻阻撓時代前進的落後的東西。

　　茅盾重視正確地反映社會主義時期社會生活中的矛盾與鬥爭的作品。他以毛澤東關於正確處理人民內部矛盾問題的理論為指導，指出社會主義時期人民內部矛盾的表現形態是多種多樣的，如階級鬥爭、兩條道路鬥爭、兩條路線鬥爭，先進同落後的鬥爭、群眾路線同官僚主義、命令主義的鬥爭等。他說：「《創業史》和《乘風破浪》都寫了內部矛盾，但前者的內部矛盾主要是貧農與一部分富裕中農在合作化道路上的矛盾，後者的內部矛盾是『多快好省』和『少慢差費』兩條路線的鬥爭，而且這兩部作品所寫的這些鬥爭還發生在上級與下級、領導與群眾之間。」這兩部作品「反映的矛盾還有先進與落後，個人主義與集體利益的矛盾等等，也還寫了敵我矛盾」，同時「表現先進人物怎樣在這些矛盾鬥爭中受到鍛煉，落後人物怎樣改變面貌，保守右傾思想怎樣被鬥爭的烈火燒掉」。茅盾說，「這才是通

〔註17〕1956 年 6 月 20 日《人民日報》。
〔註18〕《文藝報》1959 年第 5 期。

過藝術形式反映出來的生活的眞實，即幫助人們認識了現實，也給人們以共產主義的思想教育」。〔註 19〕

茅盾認爲社會主義文學關於反映人民內部矛盾的主張，同資產階級文藝家鼓吹的「暴露社會陰暗面」是根本不同的。他說，從《創業史》及《乘風破浪》來看，「兩位作家寫了一大套矛盾並不爲了暴露什麼陰暗面，相反，倒是爲了反映我國社會主義革命和社會主義建設的偉大現實的光明面」。〔註 20〕社會主義文學反映生活中的矛盾與鬥爭，旨在展示進步的、革命的力量的作用，表現社會發展的趨向。而資產階級文藝理論家的所謂「反映內部矛盾即爲了暴露陰暗面」，用意是要作家「像批判現實主義者暴露資本主義社會那樣來寫今天的暴露文學」。〔註 21〕

茅盾又指出，「我們並不否認我們社會上還有缺點和落後事物，也不認爲這些缺點和落後事物，可以任其自然，而不去消滅它，包括用諷刺文藝的烈火去燒它」。〔註 22〕他認爲新社會的陰暗面是「舊社會遺留下來的包袱，爲了消除這個包袱，我們採取各種措施」。〔註 23〕

這就提出了社會主義文學如何表現人民生活中的光明面和揭露社會的陰暗面的問題。茅盾在《讀〈老堅決外傳〉等三篇作品的筆記》中談及小說《四年不改》時說：「現實生活中是否存在這樣的瞎指揮、官僚主義、不民主、壓制提意見、客裏空、只追求數量、出風頭思想、假模範？有的，而且不是個別現象」。「寫這些消極面，目的在於教育幹部、糾正缺點，是鞏固社會主義而不是挖牆腳」。他認爲作品中出現消極事物的同時，「也必然有與之鬥爭的積極事物──先進的人」。只有把這種「鬥爭的曲折、複雜和艱鉅」的過程寫深寫透，作品才有深刻性。他強調指出：「在這樣的作品中，正面人物要著力描寫，反面人物也要著力描寫，而消極事物之得以糾正，更須寫深寫透」，「《四年不改》在這些方面，還寫得不夠」。〔註 24〕

由此可見，表現社會主義生活的作品，應如同茅盾所說的，作家必須掌握辯證唯物主義思想武器，正確表現人民內部矛盾，準確處理歌頌與暴露問題，以利於鞭撻阻撓社會前進的東西，推動社會主義文學向前發展。

〔註 19〕《反映社會主義躍進的時代，推動社會主義時代的躍進！》，第 77、78 頁。
〔註 20〕《反映社會主義躍進的時代，推動社會主義時代的躍進！》，第 77、76 頁。
〔註 21〕同上註。
〔註 22〕同上註。
〔註 23〕同上註。
〔註 24〕《茅盾文藝評論集》（下），第 583、584 頁。

關於社會主義文學表現歷史生活方面，茅盾的看法是，「按照歷史唯物主義的觀點正確地處理歷史題材」〔註 25〕，以求「歷史眞實與藝術眞實之統一」。〔註 26〕他認爲建國後以革命歷史爲題材的作品反映了「從辛亥革命到抗日戰爭，這一歷史時期的重大歷史事件」，他稱讚「把抗日戰爭和解放戰爭作爲背景，而從階級鬥爭在各個不同時期所表現的不同方式，來反映革命鬥爭的作品」。〔註 27〕他在《關於歷史和歷史劇》中指出，歷史題材所表現的歷史事件，「虛構的藝術形象」，「必須符合於作品所表現的歷史時代的眞實性」。〔註 28〕他在《五個問題》中說，「用歷史唯物主義反映了歷史眞實，就是對人民進行了正確的歷史教育和愛國主義思想教育，這就是古爲今用。」

社會主義生活是豐富多彩的，人物也是多種多樣的。茅盾認爲作家要重視「創造人物性格的問題」，〔註 29〕先進人物、落後人物、居於中游的「中間狀態」人物，以及反面的敵對的人物等都可以寫，這樣才能充分反映社會主義的廣闊生活。

不過，茅盾認爲要「使我們的創作能夠勝任地擔負起我們代的使命」，特別要求作家把「創造正面人物形象的藝術形象問題，提到我們創作的首要地位上來」。〔註 30〕塑造正面人物形象，包括先進人物、英雄人物在內的社會主義新人物形象，這些新人物形象，除了新型戰士、各條戰線的新型勞動者、戰鬥英雄、勞動模範，還有敢於反抗錯誤傾向的先進人物。茅盾鄭重指出，張慶田的短篇《老堅決外傳》中的老堅決形象，是在中央明令糾正「五風」以前就敢於反抗「五風」，不怕戴上各種帽子，甚至不怕以不革命論罪的，這種人是我們時代最可寶貴的先進人物。

如何塑造正面人物，茅盾認爲，這問題同文學的歷史一樣古老，塑造正面人物有兩大流派，一是客觀地概括的方法，二是主觀地理想化的方法，兩者都有它的片面性，「我們主張捨棄兩者之短而取其長，即在概括現實的基礎上加以提高，就是概括現實的活人的性格，又依現實發展的必然性而強調現實的活人

〔註 25〕 《五個問題》。
〔註 26〕 《關於歷史和歷史劇》，第 127 頁。
〔註 27〕 《反映社會主義躍進的時代，推動社會主義時代的躍進！》，第 6 頁。
〔註 28〕 《關於歷史和歷史劇》，第 127 頁。
〔註 29〕 《新的現實和新的任務》。
〔註 30〕 同上註。

性格中一些在明天的社會中將更爲普遍的萌芽」。〔註31〕這樣的人物，有的一出場就已經性格完美，光彩照人，如《紅日》中的沈振新和梁波，《創業史》中的梁生寶，《百煉成鋼》中的秦德貴，《老兵新傳》中的老戰等等。〔註32〕

　　茅盾指出，有些正面人物是經過從幼稚到成熟，從缺點甚多到沒有缺點，從不覺悟到覺悟的發展過程的，例如《紅日》中的團長劉勝、班長秦守本，《草原烽火》中的巴吐吉拉嘎熱，《動盪的年代》中的巴哈爾。「我們認爲這是符合於實際情況的」，寫正面人物的缺點「是爲了寫他的發展過程」。〔註33〕

　　茅盾還指出，建國以來，「我們的作品中出現越來越多的包括了各行各業的英雄人物的光輝形象」。〔註34〕在他列舉的農村人物畫廊的新人物形象中，有李準的短篇《李雙雙》中的李雙雙，她聰明、漂亮、鬥爭性強，立場堅定，不過在處理同喜旺的關係時「卻也有上當的時候」；〔註35〕茹志鵑的《三走嚴莊》中的收黎子，她是「嫻靜溫柔但看得清、把得穩，時機到來時會破樊而出的一位青年婦女」，或稱爲「外貌醜腼而內心強毅，嫻靜和幹練結合於一身」的女性；有韋君宜的《月夜清歌》中的農村少女陳秀秀，她有「天生一條好嗓子」，好幾位熱心的下放幹部都想方設法要把她弄到北京的音樂學院去深造，然而她「對於這個頗有誘惑性的培養之道卻發生了思想上的矛盾」，她終於依然在農村唱著「更強勁有力，卻也更宛轉」的歌聲，「就像她的歌聲和這果子香變成一體了似的，聲音裏也像帶著香氣，帶著月光……」〔註36〕由此可見，社會主義新人形象是絢爛多彩的。

　　茅盾認爲塑造新人形象，必須置於一定的背景中去描寫，決不能孤立地去表現，因此在典型環境中創造典型性格是非常重要的。唯有如此，才能從新的典型形象中「看出時代鬥爭的深刻內容」，以及「他們性格上的階級本質的特徵」。〔註37〕從這裏可以清楚地看到，典型人物和典型環境必須同一定的時代環境、一定的階級關係緊密聯繫起來，倘若離開時代內容和社會關係，典型性格和典型環境便失去了依據。

〔註31〕　《反映社會主義躍進的時代，推動社會主義時代的躍進！》，第 71、72、73頁。
〔註32〕　同上註。
〔註33〕　同上註。
〔註34〕　同上註。
〔註35〕　《一九六〇年短篇小說漫評》，《茅盾文藝評論集》（上），第 433 頁。
〔註36〕　《讀書雜記》，《茅盾文藝評論集》（下），第 544、546、551、552、553 頁。
〔註37〕　《新的現實和新的任務》。

　　茅盾關於塑造新時代新人典型形象的看法，比之建國前有了新的進展。如果說建國前側重於主張塑造為創建新中國而鬥爭的新人形象的話，那麼建國以來則注重提倡刻劃社會主義時代各種各樣的新人典型，其中非常重視塑造敢於反對革命隊伍中不良現象的先進人物典型。在表現新人典型的方法上，比以前更為明確地提出在典型環境中塑造典型人物，並且指出典型人物和典型環境同時代鬥爭和社會關係是密不可分的。

　　社會主義文學不但要求以馬克思主義思想去認識與表現生活，特別重視能夠充分反映社會主義時期的社會生活，而且在形式上應有鮮明的民族特色，努力做到「新鮮活潑的、為中國老百姓所喜聞樂見的中國作風和中國氣派」。〔註38〕

　　社會主義文學的民族形式，要求融匯中國及外國一切優秀的藝術形式，在中國社會主義土壤上形成民族形式的新特色。對此，茅盾發表了系統而獨到的見解。

　　首先，在《漫談文學的民族形式》中明確指出，不能把作品中所表現的民族生活內容（地方色彩、風俗習慣、民族思想情感──人物性格的民族性等等）看作民族形式的重要因素。「文學的民族形式的主要因素是文學語言，但也不能忽視民族文學在長期發展過程中所創造的表現方法。」民族的文學語言，應是在民族語言的基礎上加工的，包括詞彙、詞法和修辭法。他又說，中國的民族文學的語言是講究簡練的，在民族文學表現方法方面，由於體裁不一，手法也各異。如詩的表現方法即體裁，有格律體或自由體，小說的人物塑造方法的民族形式，是粗線條的勾勒同工筆的細描相結合，長篇小說結構方法的民族形式，是「可分可合，疏密相間，似斷實聯」。〔註39〕

　　茅盾還指出，文學的民族形式的形成仍同外來影響有重要的關係。「我們的先人吸收了他們（指外來影響──引者）文學藝術的優秀部分，創造性地溶化在自己的文藝作品中，因而導致了我國文學民族形式的不斷更新和發展。」〔註40〕不能把發展民族形式同借鑒外來影響對立起來，而是應結合起來，做到外來的文藝形式在中國土壤上民族化，傳統的民族形式在時代生活

〔註38〕　毛澤東：《中國共產黨在民族戰爭中的地位》。（合訂一卷本）人民出版社1967年出版。

〔註39〕　1959年2月24日《人民日報》。

〔註40〕　《反映社會主義躍進的時代，推動社會主義時代的躍進！》，第19頁。

裏現代化。據此，茅盾認為社會主義文學的民族形式，應是在繼承優秀的民族形式的基礎上有所革新與發展，從而形成同表現社會主義廣闊生活相適應的具有新的特點的民族形式。因此，社會主義文學形式問題實際上是「繼承舊傳統和創造新傳統的問題」。〔註 41〕

茅盾從建國後的文壇實際出發，認真地總結社會主義文學的民族形式的創作經驗。以詩歌創作來說，他著重論述它在繼承中國古典及民間文學的優秀傳統的基礎上的創新，也論述了它同外國的「樓梯式」詩歌的關係。小說創作側重論述同傳統的小說形式的關係，還論及新歌劇同民間曲調及西洋歌劇的關係，話劇如何向我國民間戲曲藝術學習的問題等。

從以上的論述中可以看出，茅盾認為創造社會主義文學的民族形式，必須堅持「批判地繼承傳統，批判地借鑒外國」的原則，抓住文學語言及其表現方式的特點，並結合表現社會生活，不斷地進行探索、創造，這樣才能使社會主義文學在我國文學的民族形式的歷史上展開新的一頁。

社會主義文學還要求體裁多樣化。茅盾在《新的現實和新的任務》中說，社會主義文學要求作家「按照其自己的興趣，選擇各種各樣的體裁」。他重視小說、詩歌、散文、戲劇、特寫、曲藝及兒童文學等體裁，他還要求發展電影劇本、歌劇、歌曲、說唱文學等更有普及作用的文學樣式。

茅盾對於體裁的創造性極為關注。他在《短篇小說的豐收和創作上的幾個問題》中對短篇小說這種體裁作了新的解釋，認為應「打破成規」，它「不但包括了所謂報告文學、特寫或速寫，也包括了我國的民族的、民間形式的評書」。他還對於在群眾創作中出現的小小說，給予充分的肯定。他指出，小小說，「不僅因為它們短小精悍，而且也因為它們結合了特寫」和短篇小說的「特點而成為自有個性的新品種」。又說，「『小小說』一般都有簡練的手法和生動鮮明的文字，這是我們的民間故事的優秀傳統的發展」。〔註 42〕他還在《反映社會主義躍進的時代，推動社會主義時代的躍進！》中指出：「適合於幼兒的謎語，是最近發展的新品種，其中編得好的，底面吻合自然，形象鮮豔，音調鏗鏘，既能發展幼兒的想像力、理解力，並且也培養他們的美感」。〔註 43〕

茅盾對於散文、特寫也有獨到的看法。他在《試談短篇小說》中認為特

<hr>

〔註 41〕　《反映社會主義躍進的時代，推動社會主義時代的躍進！》，第 20、18 頁。
〔註 42〕　《人民文學》1959 年 2 月號。
〔註 43〕　《反映社會主義躍進的時代，推動社會主義時代的躍進！》，第 16、13 頁。

寫「是突破了規格的短篇小說」，這是「一種新的文學式樣（體裁），不能和短篇小說混同」，〔註44〕然而它又和小說的界線很難劃得清楚，從真人真事的藝術概括的角度來說，它又屬於散文的範圍。茅盾認為散文、特寫這類體裁有著共同性：「反映現實之迅速，跟新聞報導差不多」。然而也有不同的特點：「寫作方式之靈活，不拘一格，隨手拈來，都可稱心」。而樣式，有遊記的，有用回憶錄的形式專寫一事的，有敘事而兼抒情的，有抒情並寫景的，有報導式的，等等。〔註45〕

在茅盾看來，散文、特寫中的真人真事必須進行藝術處理，才能發揮性能。他在《短篇小說的豐收和創作上的幾個問題》中說，「不但小說的故事和人物應當經過藝術概括」，就是以真人真事為描寫對象的特寫，「乃至介紹勞動模範的文學小品也應當容許作者發揮想像力，──當然這必須是合情合理的想像」。他以林斤瀾的《模範女投遞員羅淑珍》作為例證，說明「從真人真事上加進自己的想像以及想像之必要」。〔註46〕

社會主義文學不僅要有民族形式，還要有個人風格。這是茅盾關於社會主義文學理論的不可缺少的方面。他在《反映社會主義躍進的時代，推動社會主義時代的躍進！》中認為：「民族化、群眾化和個人風格不是對立的。個人風格必須站在民族化、群眾化的基礎上。」〔註47〕這就是說，社會主義文學的個人風格應該在思想傾向一致以及藝術民族化、群眾化的基礎上形成的。茅盾從不同的方面評述一大批有成就的作家、作品的風格。他說，「所謂風格，亦自有多種多樣」。〔註48〕他的做法之一是「從全篇的韻味著眼」，「概括其基本特點」。〔註49〕就是從藝術整體上去把握作品思想同藝術膠結而成的突出特點。他指出梁斌的《紅旗譜》「全書有渾厚而豪放的風格」，〔註50〕茹志鵑的《百合花》的風格是「清新、俊逸」。〔註51〕

〔註44〕 《文學青年》1958 年 8 月號。
〔註45〕 《反映社會主義躍進的時代，推動社會主義時代的躍進！》，第 16、13 頁。
〔註46〕 《人民文學》1959 年 2 月號。
〔註47〕 《反映社會主義躍進的時代，推動社會主義時代的躍進！》，第 21、22、36、37、35 頁。
〔註48〕 《一九六○年短篇小說漫評》，《茅盾文藝評論集》（上），第 437、426 頁。
〔註49〕 同上註。
〔註50〕 《反映社會主義躍進的時代，推動社會主義時代的躍進！》，第 21、22、36、37、35 頁。
〔註51〕 《談最近的短篇小說》，《人民文學》1956 年 6 月號。

茅盾還指出，「通過作家的獨有一套的取材、布局、煉字煉句等等方法」，「可以看到作家的個人風格」。〔註52〕他在評述張天翼的作品如《大灰狼》、《羅文應的故事》、《寶葫蘆的秘密》等時說：「題材各各不同，而都有作者風格的特點：結構於平淡中見曲折，文學語言樸素而天真之態可掬，藝術構思常出人意外，然而作者一貫以平易出之，不故作驚人之筆。」〔註53〕

從文學語言的特異去描述文學風格，這在茅盾評論文章中佔有相當比重。他說憑什麼去辨認趙樹理的個人風格呢？「憑它的獨特的文學語言，獨特何在？在於明朗雋永而時有幽默感。」〔註54〕在評論《青春之歌》的作者個人風格時，茅盾也是從文學語言方面入手的。他在《怎樣評價〈青春之歌〉？》中說：「《青春之歌》的文學語言不能說它不鮮明，但色彩單調；不能說它不流利，但很少鋒利、潑辣的味兒，也缺少節奏感；不能說它不能應付不同場合的情調，但是有時是氣魄不夠，有時是文采不足。全書的文學語言缺乏個性，也就是說，作者還沒有形成她個人的風格。」〔註55〕

個人風格是不會凝固不變的，將隨著作家的生活實踐與藝術實踐的發展變化而發生衍變。茅盾說杜鵬程的《保衛延安》筆力頗為挺拔，到了反映和平建設的作品，如《在和平的日子裏》就有了新的變化，「描寫環境、塑造人物，都有獨特之處，然而表現創造性和平勞動之詩意的快樂，尚嫌不夠」。可見，作家是「善用其所長，同時開拓新的境界」。〔註56〕

當然，茅盾也清醒地看到，作家個人風格的形成不會在一朝一夕之間，往往從具有個人特色發展到穩定的風格或別有新發展。他說：「王汶石、茹志鵑、林斤瀾、胡萬春、萬國儒等的作品，都有個人的特色」；這些特色，「或將發展成為固定的風格，或者隨著生活和文學修養的進展而別有新的發展」。〔註57〕

茅盾還注意到作家個人風格同文藝群眾化、大眾化之間的複雜關係。他

〔註52〕 《一九六○年短篇小說漫評》，《茅盾文藝評論集》（上），第 437、426 頁。
〔註53〕 《反映社會主義躍進的時代，推動社會主義時代的躍進！》，第 21、22、36、37、35 頁。
〔註54〕 同上註。
〔註55〕 《中國青年》1959 年第 4 期。
〔註56〕 《反映社會主義躍進的時代，推動社會主義時代的躍進！》，第 38、39，36、32、44 頁。
〔註57〕 同上註。

認為民族化、群眾化的作品不一定都有個人風格，例如周立波的《暴風驟雨》的民族形式是很鮮明的，只有到了創作《山鄉巨變》著，才能標明「他在民族形式和個人風格方面所取得的成就」。〔註58〕不過，也有這種情況，如賀敬之的《十年頌歌》已「達到了民族化的初步成就，而同時也標誌著詩人的個人風格」。〔註59〕

茅盾還指出，「和時代一同前進的作家，儘管各有各的風格，然而在他的個人風格上，一定要有時代精神的烙印。」〔註60〕這就是說，與時代俱進的作家的個人風格，不能不滲透著時代的風格。

然而，也要充分地看到在同一時代中不可避免地要出現同時代精神不相符合的文學風格。茅盾說，要反對那些背離時代精神的不健康的文風，如「浮華、堆砌，裝腔作勢、故弄玄虛」。〔註61〕

茅盾希望那些適應時代的要求，跟著時代前進而又有個人風格的作家應該掌握多種風格。他說，「我們的生活既有揮斥風雷的一面，也有雲蒸霞蔚的一面，既有拔山倒海的一面，也有錯彩鏤金的一面，這就要求我們的作家不能光靠一副筆墨」，而是「要有幾副筆墨」，「不能光會吹笛子，不會打鼓。就拿吹笛子來說吧，我們不能光會清揚宛轉的柔調，卻不會激越高亢的急拍」。〔註62〕

關於社會主義文學流派問題，茅盾在《關於文化工作的幾個問題》中明確指出，要「在文學藝術領域內建立和發展各種不同的流派。這些流派，只要他們有利於國家和人民，都應該得到支持和鼓勵。」〔註63〕他支持建立和發展文學流派，既是從「有利於國家和人民」出發，也是從有利於社會主義文學的繁榮考慮。他在《一九六○年短篇小說漫評》中論及評價一時代一社會的文學時，把流派既多且新作為衡量藝術性準則的條件，毫無疑問，包括評價社會主義的文學成就在內。由此也可以看出茅盾是支持社會主義文學建立和發展多種流派的。

〔註58〕《反映社會主義躍進的時代，推動社會主義時代的躍進！》，第38、39，36、32、44頁。

〔註59〕同上註。

〔註60〕同上註。

〔註61〕《反映社會主義躍進的時代，推動社會主義時代的躍進！》，第43、45頁。

〔註62〕同上註。

〔註63〕1957年7月15日《人民日報》。

　　茅盾關於表現新時代生活的藝術風格的論述，如果說前個時期只是有所觸及的話，那麼這個時期已有了詳盡的闡釋。他不僅從理論上論證個人風格必須同時代精神、民族化、大眾化相聯繫，而且結合文壇的實際，廣泛而準確地評述作家們的藝術風格，肯定成就，指出不足，並提出改進的意見。這種從理論主張到創作實踐來論述作家風格，在迄今為止的當代文學評論中，當推茅盾所作的努力最為突出，且有巨大成效。

　　創造民族形式和多種風格來表現我們時代社會各方面生活的作品，這就要求作家同社會主義的現實生活、新的人民合抱起來。茅盾指出，作家應堅持馬克思主義世界觀，對社會主義生活既要有多方面的熟悉、全面的認識，又要深入體驗所描寫的具體事物。他不贊成只熟悉立意寫作的生活題材，不注意時代形勢的全面發展，不研究紛紜複雜的社會生活。因此，他認為作家既要廣泛地同人民發生聯繫，又要對所描寫的人物有深入的了解。這樣才能通過塑造典型人物充分反映同最大多數人民的命運有關的社會生活。

　　茅盾還要求社會主義作家掌握社會主義現實主義的創作方法。關於這種創作方法的特點，茅盾在 1949 年 11 月發表的《略談革命現實主義》中說：「十月革命後，蘇維埃文學的現實主義稱為社會主義的現實主義，簡短說，『表現蘇維埃人民底新的崇高的品質，不但表現我們人民底今天，而且還展望他底明天，用探照燈幫助照亮前進的道路』，就是社會主義現實主義。照這樣說來，社會主義的現實主義的創作方法和我們目前對於文藝創作的要求也是吻合的。」考慮到「我們現在是新民主主義階段，所以，一般的我們都用『革命的現實主義』一詞以區別於舊現實主義」。〔註64〕這就是說，社會主義現實主義和革命現實主義對於創作的要求都是一致的，即「不但表現我們人民底今天，而且還展望他底明天」。

　　在 1950 年 3 月發表的《文藝創作問題》中，茅盾認為現實主義同革命浪漫主義的結合或現實主義結合著革命的浪漫主義的創作方法，這就是「被稱為『社會主義的現實主義』」。它要求「作家在發掘了現實的本質以外，還必須高高地站在現實之上，有力地指出那由於在生活中開始出現了革命運動而帶來的崇高的理想，和鬥爭的熱情」，「表現在人物描寫上，這就是肯定的人物的性格往往為作者的理想所提高，比現實人物更完美」。〔註65〕

〔註64〕《文藝報》1949 年第 4 期。
〔註65〕《人民文學》1950 年 3 月號。

可以看出，茅盾對於社會主義現實主義的闡釋是有發展的。起初只是大致地說「不但表現我們人民底今天，而且還展望他底明天」，後來具體地說，人民的今天指的是「現實的本質」而展望的明天應是「由於在生活中開始出現了革命運動而帶來的崇高的理想，和鬥爭的熱情」，這樣就把「今天」和「明天」之間的關係有機地統一起來。

1953 年，茅盾在《新的現實和新的任務》中明確提倡作家應掌握社會主義現實主義的創作方法，要求社會主義現實主義作家「善於覺察出生活發展的方向和新事物的萌芽，善於從革命發展中去表現生活」，「要把在今天看來還不是普遍存在，然而明天必將普遍存在的事物，加以表現」。這就要求作家首先成為社會主義者，才能「從革命的發展中真實地和歷史具體地去描寫現實」，以照亮人民「前進的道路」，即「通過文學作品給人民以社會主義的思想教育」。

茅盾對於社會主義現實主義的闡釋，可以歸納四個特點。一、較之以前的說法更有概括性，強調從「革命的發展中真實地歷史具體地描寫現實」，以「表現出人民的今天，並且要展望到人民的明天」；二、避開《蘇聯作家協會章程》中關於「藝術描寫的真實性和歷史具體性必須與用社會主義精神從思想上改造和教育勞動人民的任務結合起來」的提法，〔註 66〕表述為「通過文學作品給人民以社會主義的思想教育」，這樣更加符合文學創作的特點；三、社會主義現實主義是創作方法、創作原則，也是文藝方向，「『五四』以來中國革命的文學運動，就是在工人階級思想領導下沿著社會主義現實主義的方向發展過來的」；四、社會主義現實主義文學「首先」應是「以社會主義思想為內容的文學」，〔註 67〕這就把表現社會主義的思想內容列為社會主義文學優先的位置。當然也不排斥不描寫社會主義的社會生活的作品，如茅盾所說的，高爾基的《母親》雖然不寫社會主義的社會生活，然而是宣傳了社會主義思想的。

茅盾當時對於社會主義現實主義創作方法的看法楚比較全面的，且有現實性，對於人們學習、研究社會主義現實主義是有所裨益的。

社會主義文學要求作家掌握社會主義現實主義的創作方法，不過又要反對操之過急的做法。茅盾在《新的現實和新的任務》中說，「必須明確肯定社

〔註 66〕 《蘇聯文學藝術問題》第 25 頁，人民文學出版社 1959 年出版。
〔註 67〕 《新的現實和新的任務》。

會主義現實主義的方法，必須堅定不移地向這個方向去努力」，然而「要使我們的文學沿著社會主義現實主義的道路健全地發展和成長，必須有學習和鍛煉的過程，需要從創作實踐中一步一步去提高我們的水準」，如果脫離實際，「向任何作家要求某一特定的社會主義現實主義的『標準』或『規格』，這是要不得的」。這種批評方法，本身就是教條主義、主觀主義的。

1956 年，茅盾在《文學藝術工作中的關鍵性問題》中根據「百家爭鳴」的方針，重申社會主義現實主義的創作方法「是最進步的創作方法」，必須「提倡而且宣傳」，然而，「也堅決主張作家們在選擇創作方法這一問題上應當有完全的自由，即應當根據自願的原則。社會主義現實主義文藝的勝利，應當依靠更多更好的作品來取得，而不應該依靠其他的人為的方法」。〔註 68〕

1958 年，毛澤東根據我國社會主義革命和社會主義建設新形勢的需要，同時科學地概括了全部文學藝術的歷史的經驗，提出了革命現實主義和革命浪漫主義相結合的創作方法。茅盾對此作了許多很有見地的闡發。

茅盾認為「以科學的革命理想指導現實鬥爭，又從現實鬥爭中發展革命理想，這樣的革命現實主義與革命浪漫主義的結合」，「只有在作家具有無產階級世界觀而且以歷史唯物主義和辯證唯物主義武裝了自己的頭腦以後才有真正的可能」。〔註 69〕

革命現實主義同革命浪漫主義相結合，同社會主義現實主義究竟有什麼區別？茅盾說，「對社會主義現實主義的一些權威性的闡明中，都強調地指出革命浪漫主義是社會主義現實主義的組成部分」，〔註 70〕這就是說社會主義現實主義的組成既有革命現實主義，又有革命浪漫主義，不過沒有明指罷了。革命現實主義與革命浪漫主義的提法，從實質上說是同社會主義現實主義一致的，然而它較之社會主義現實主義明確地提出，「兩結合」「是在遠大理想和科學精神相結合的基礎上的『兩結合』」。〔註 71〕

革命現實主義同革命浪漫主義相結合，同歷史上的現實主義同浪漫主義結合的作品是有根本區別的。茅盾說，「中國古典文學中還有不少作品既對於現實有深刻的分析和尖銳的批判，而又閃爍著對於未來的美好、合理社會的

〔註 68〕1956 年 6 月 20 日《人民日報》。
〔註 69〕《反映社會主義躍進的時代，推動社會主義時代的躍進！》，第 59、63、56 頁。
〔註 70〕同上註。
〔註 71〕《五個問題》。

理想主義的光芒；如果我們不大嚴格，這樣的作品也可以算是屬於現實主義和浪漫主義相結合的範疇。」這些作品以及《史記》、《水滸》等現實主義同浪漫主義相結合的作品，和「我們今天提出的革命現實主義和革命浪漫主義的結合還是有本質上的不同」，因為後者是以歷史唯物主義和辯證唯物主義作為指導思想的。〔註72〕

「有人以為現實主義的作品中表現了對未來的希望（理想）就算是『兩結合』」，〔註73〕茅盾指出，「那是根本不了解，除了所謂『爬行的現實主義』、古典現實主義（乃至批判現實主義的作品），都不能不有作家的傾向性，即作家對未來的期望，亦即『理想』。如果這就算『兩結合』，那就把『兩結合』庸俗化了」。〔註74〕

茅盾結合我國文學創作實踐，闡發對於「兩結合」的看法。他認為毛澤東的詩詞是「兩結合」的典範，基本條件是馬克思列寧主義世界觀、遠大的理想、豐富的鬥爭經驗和革命的精神、堅強的無產階級戰士的崇高品德，還有「兩結合」的「各種各樣的藝術方法和表現手法」。〔註75〕他還認為《白毛女》是早期出現的「既是革命現實主義而又閃爍著革命浪漫主義光芒的作品」中的翹楚，值得肯定。

茅盾還說，「兩結合」提出之前，「出現在作品中的革命現實主義和革命浪漫主義相結合的火苗，在作家本人還不是自覺的、有意識的」。這個口號提出後，作家對於「兩結合」的原則「就不是僅僅從理論上認識它，而且在雄偉絢爛的現實本身領受了感性的認識」。〔註76〕當時文藝界的創作實踐，證明了這個口號的作用。他結合創作實況，在《反映社會主義躍進的時代，推動社會主義時代的躍進！》中，對「兩結合」創作方法的問題提出了不少有益的看法。

一、不能從形式上理解「兩結合」的創作方法。運用科學幻想小說的方法描繪未來的共產主義人間樂園，不能稱之為「兩結合」。

〔註72〕 《反映社會主義躍進的時代，推動社會主義時代的躍進！》，第 58～59、46～47 頁。
〔註73〕 《五個問題》。
〔註74〕 同上註。
〔註75〕 《反映社會主義躍進的時代，推動社會主義時代的躍進！》，第 58～59、46～47 頁。
〔註76〕 同上註。

　　二、浪漫蒂克的表現手法，可以使作品具有浪漫蒂克的風格，然而不能因此認爲那是體現「兩結合」的創作方法。因爲它有比浪漫主義風格更高的境界，特別是在思想性方面。

　　三、脫離故事和人物性格而生硬地粘貼上去的豪言壯語，對未來美好生活的夢想，或者讓人物在對話中空泛地表白自己對於共產主義信念和對於共產主義社會的渴望等等作法，也不能作爲體現「兩結合」。

　　茅盾認爲「兩結合」首先表現在思想內容，只有作家站得高、看得遠，實現科學分析、遠大理想、革命樂觀主義精神這三者的結合，才能塑造體現革命理想與現實鬥爭相結合的生龍活虎的人物，表現一定時代的精神特徵。有了這樣的思想內容，就要有與之相適應的富有創造性的藝術形式。〔註 77〕

　　創造「兩結合」的作品不是一朝之功。茅盾在《五個問題》中認爲，「只要閃爍著『兩結合』的光芒的文藝作品，就應該大力肯定」，然後，不斷地提高水平。他還在《短篇小說的豐收和創作上的幾個問題》中說，或多或少地表現了革命浪漫主義精神的作品，要「給以充分的鼓勵，應當肯定它是走向革命現實主義和革命浪漫主義相結合的一條路」。

　　在「兩結合」的討論中，茅盾有關主張的獨特性在於：一、聯繫我國和歐洲文學史上的現實主義、浪漫主義傳統，指出不同的特點及其精華，爲批判地繼承舊傳統提供參考，並揭示不同的本質；二、針對創作實踐及理論討論中存在的問題發表己見，如或把浮誇、空想、超現實的誇大和天馬行空的暢想作爲革命浪漫主義，或把革命浪漫主義當作「兩結合」，或提出兩個主義的機械結合等等；三、從藝術的特點出發，系統而辯證地闡述「兩結合」創作方法的特點，並對如何實現「兩結合」提出了切合實際的意見。

　　無論提倡社會主義現實主義或是革命現實主義同革命浪漫主義相結合的創作方法，茅盾都是一以貫之地重視表現時代性。他對於文學時代性的看法比前一個時期有了新的進展，那就是要求文學表現社會主義革命與建設階段的廣闊生活與矛盾鬥爭，包括反映各個歷史時期的社會鬥爭，努力描寫各種人物，強調塑造社會主義新人典型形象，在藝術表現上提倡民族化、大眾化又要有多種的藝術風格。

　　茅盾之所以重視社會主義文學的時代性，首先同他一貫堅持文藝同時代密切聯繫的主張有關。他認爲社會主義的新生活賦予文學以新的內容與形

〔註77〕參見《反映社會主義躍進的時代，推動社會主義時代的躍進！》，第 66 頁。

式。他說,「不論是屬於社會主義改造的或社會主義建設的,其本身的絢爛多彩和波瀾壯闊」,〔註78〕都要求社會主義作家給予充分表現。基於這種原因,他竭力主張文學反映社會主義時期瑰麗而多變的生活。

茅盾重視具有時代性的作品還同解放後文學發展的狀況密切有關。1953年,他在全國第二次文代會上作的《新的現實和新的任務》報告中指出,解放以來我國文學有了很大的發展,然而還存在不少缺點,例如作家不能深入反映新的歷史時期的矛盾與鬥爭,新的人物往往缺乏強烈的藝術感染力量,表現方法不夠多樣化。他針對存在的情況,探討了文藝理論上的許多問題,例如,如何表現新的時代生活,如何塑造新人物形象等。1960年他在全國第三次文代會上所作的報告,也是根據當時文壇的理論與創作的狀況,闡述了社會主義文學發展過程中必須解決的問題,例如表現時代精神,反映新的歷史時期人民內部的矛盾和鬥爭,描寫英雄人物,追求民族化、大眾化以及個人藝術風格等。

茅盾雖然十分重視具有時代性的創作,但也不反對同時代精神並非背道而馳的作品。早在明確提出新現實主義時代性的時候,他就對一些缺乏時代性然而多少有些意義的作品作出恰如其份的評價。他在《讀〈倪煥之〉》中評述「五四」時期創作時指出,有些作品「純從戀愛描寫這一點而言」,「不能說不是成功,然而在尋求代表『五四』的時代性的條件下,便不能認為滿意」。建國後,他系統而精闢地闡述了對那些於時代精神無害、對生活有用的作品採取正確態度的問題。他認為如果對作品提出過高要求,不利於社會主義文學的發展,有些作品不一定表現「時代的本質」,然而「能反映生活的一角」,對或多或少有教育意義的作品不應否定。〔註79〕「詩可以有時代感,也可以沒有時代感」,他還認為「如果強求時代感,又可能陷到公式化、概念化中去」。〔註80〕這些說明,對文學作品,除了以時代性的最高標準要求外,還應有更寬的尺度,這樣才能促進社會主義文學的繁榮。

三

茅盾對於社會主義文學批評,包括職能、標準發表了系統的見解。

〔註78〕《夜讀偶記》第108頁,百花文藝出版社1958年出版。
〔註79〕《讀書雜記》。
〔註80〕《在編輯工作座談會上的發言》,《作家通訊》11957年第1期。

關於社會主義文學批評的職能，茅盾認為「應充分發揮它的指導創作的作用」，「完成它的幫助作家、教育作家的任務」。〔註81〕社會主義文學批評「不僅是幫助作家，尤其是教育讀者。判斷力還不強的青年讀者常常把批評的文章作為他們讀作品的指導。我們的批評所產生的社會影響是很大的，對於這些青年群眾的教育、批評，批評家是負有重大責任的」。〔註82〕

要完成「幫助作家」、「教育讀者」這兩種文學批評的職能，必須按照毛澤東在延安文藝座談會上所指明的文藝批評標準開展文學批評工作。對此，茅盾發表了辯證的、全面的看法。

茅盾在《一九六〇年短篇小說漫評》中說，評論文學作品，「首先看它的思想性，其次看它的藝術性」。「思想性的準則，在於它在當時當地起了進步作用還是反動作用，在於它給讀者以怎樣的精神鼓舞，怎樣的理想」。〔註83〕評價作品的政治性、思想性，應根據歷史唯物主義觀點，聯繫一定的社會歷史條件，評述作品在政治、思想方面是推動時代發展還是阻撓時代的前進。他在《吳敬梓先生逝世二百周年紀念會開幕詞》中指出，吳敬梓的時代正當清朝的統治逐漸鞏固而且達到所謂全盛時代，同那些歌頌「太平盛世」的詩文比較起來，《儒林外史》卻表現出進步思想，「它無情地暴露了當時的封建統治階層的腐朽和愚昧，辛辣地諷刺了當時的『八股制藝』下討生活的文人，特別是它熱情地讚美了來自社會底層的富於反抗精神和創造才能的『小人物』」。〔註84〕

茅盾認為，不但要聯繫「當時」狀況，而且要聯繫「當地」的實況評價作品。他在為白刃的長篇小說《戰鬥到明天》所作的序言中指出：「自『五四』以來，以知識份子作主角的文藝作品為數最多，可是，像這部小說那樣描寫抗日戰爭時期敵後遊擊戰爭環境中的知識份子，卻實在很少」，「因而是值得歡迎」。後來他說及該書的序言時重申：「這本書的主題（知識份子改造的過程）是有意義的，值得寫的。」〔註85〕茅盾正是聯繫「當時」（抗日戰爭）、「當地」（敵後遊擊戰爭環境）的情況論述《戰鬥到明天》的積極作用。

聯繫反映社會主義革命與建設時期的生活與鬥爭實際評價作品的思想

〔註81〕《新的現實和新的任務》。
〔註82〕同上註。
〔註83〕《茅盾文藝評論集》（下），第 426 頁。
〔註84〕1954 年 12 月 12 日《光明日報》。
〔註85〕《致〈人民日報〉編輯同志信》，1952 年 3 月 13 日《人民日報》。

性，這是茅盾文學批評中顯著的特點。他對反映不同歷史階段、不同地區的社會主義革命與建設的生活的作品，凡屬歌頌愛國主義、社會主義、集體主義的思想都給予肯定。當然，由於受到當時「左」的指導思想的影響，在論及作品中反映社會的重大的政治運動及社會事件時所表現的「左」的思想時，也作了不恰當的評價。

關於藝術性準則的看法，茅盾在《一九六〇年短篇小說漫評》中說：「在於它的品種、流派、風格是既多且新呢，還是寥寥無幾而又陳陳相因？在於它用怎樣的活潑新穎的藝術形象以表達它的內容？」這是評價一時代一社會的文學的藝術性準則，在評價作家及其作品時「也可以大體上應用上述的標準」。〔註86〕這就是說，可以從作品的品種、流派、風格的眾多而又新鮮，從如何用新穎的藝術形象表現政治思想內容這兩個方面來衡量藝術性。茅盾在全國第三次文代會上作的題為《反映社會主義躍進的時代，推動社會主義時代的躍進！》的報告中著重論述1956年提出「雙百」方針至1960年文壇發展的新情勢時，指出作家在「民族化、群眾化的基礎上創造個人風格」及以新的藝術形象表現社會主義革命與建設所取得的成就；《一九六〇年短篇小說漫評》對該年的短篇小說在品種、風格等方面的新特點作了評述。至於對於當年作家、作品的品種、風格的新創造的獨特看法，那是眾所周知的，不再細談。

茅盾認為文學批評的標準必須是政治性、思想性第一，藝術性第二，這是堅定不移的原則。他說：「最好的作品是既有鮮明、正確的政治性又有高度藝術性的作品」。〔註87〕他總是根據這個標準來評論作品，如對《儒林外史》這部古代現實主義傑作的評價，除了政治、思想的價值外，還肯定作品在藝術上的成就，包括創造典型和文學語言的洗練的優點以及獨特的風格，在《關於曹雪芹》中對於《紅樓夢》的評價也是如此，論及作品思想性時說，「如此全面而深刻地從制度本身層層剝露其醜惡的原形，不能不數《紅樓夢》為前無古人」，還從人物描寫、結構、文學語言三端論述作品「藝術的高度成就」。〔註88〕

對社會主義文學，茅盾也是根據政治性、思想性、藝術性統一的文學批評標準評論作品的。在《讀〈新事新辦〉等三篇小說》中對《新事新辦》、《三十張工票》和《親家婆兒》三篇小說作出這樣的評論：「三篇小說有它們共同

〔註86〕 《茅盾文藝評論集》（上），第426頁。
〔註87〕 《短篇小說的豐收和創作上的幾個問題》。
〔註88〕 《文藝報》1963年第12期。

的優點：在內容方面，是從平凡的日常生活中表現了老解放區農民的思想變化，表現了土改後農村生活的興奮和愉快，在形式方面，都能做到結構緊湊，形象生動，文字洗練。」〔註89〕在《〈潘虎〉等三篇作品讀後感》中認爲《星火燎原》「在思想性上遠遠超過了它們的」（指《左傳》等作品），又說該書的作品「有多種多樣的風格」，「它的藝術性是很高的」。〔註90〕

茅盾既看到文學作品的思想性同藝術性一致的一面，又看到兩者之間的不平衡的一面。他在《怎樣閱讀文學作品》中說：「有很多作品思想是很好的，但在技巧上是很不成熟的」，「但總還是一件東西，還能使用」。〔註91〕對這類思想傾向很好，藝術表現有弱點的作品，茅盾總是充分肯定優點，切實指出不足。他在《怎樣評價〈青春之歌〉？》中指出，「《青春之歌》是一部有一定教育意義的優秀作品」，它所反映的「是從『九一八』到『一二九』這一歷史時期黨所領導的學生運動」，主人公林道靜「這個人物形象是眞實的」，「有典型性」，「寫得比較細緻」。不過「藝術表現方面卻還有需要提高之處」，例如「除了林道靜，書中其他人物雖多」，「然而他們大都作爲『道具』而存在」，關於結構，「作者的手法有點凌亂」，「全書文學語言，缺乏個性」。茅盾指出，「這些缺點並不嚴重到掩蓋了這本書的優點。」

茅盾在《怎樣閱讀文藝作品》中又指出，「也有的是技巧很好，而思想是要不得的」，「就根本不能要」。至於技巧問題，他在《短篇小說的豐收和創作上的幾個問題》中說，精華部分應予吸收，糟粕部分則要拋棄。這個意見適用於對待於技巧很好而思想要不得的作品。

在處理文學批評標準的思想性同藝術性的辯證關係時，還應解決有關的問題。

關於如何對待「於生活有益，於政治無害」的作品，茅盾早在《怎樣閱讀文藝作品》中就說過，「有這樣一類作品，看的人很多，看後哈哈大笑」，「而笑也是於人們健康有益的嘛」。他在《文學藝術工作中的關鍵性問題》中又說：「只要不是有毒的，對於人民事業發生危害作用的」作品都是需要的。這類作品決不是沒有思想性的，因爲任何作品都是社會或自然現象在作家頭腦中的反映，因此作品總要直接或間接地表現一定的思想傾向，只是這種思想傾

〔註89〕1950 年 3 月 26 日《人民日報》。
〔註90〕《解放軍文藝》1959 年 4 月號。
〔註91〕《茅盾文藝評論集》（上），第 61 頁。

向強弱不同罷了。「於政治無害、於生活有益」的作品如內容健康，藝術也有可取之處，那麼在社會主義文壇上就應該給它一定的位置。

社會主義文學批評必須進行文藝上兩條戰線的鬥爭，既要反對錯誤的思想傾向，又要反對公式化、概念化。

茅盾一貫批評文學創作中的錯誤思想。他早在《新的現實和新的任務》中就指出：「對於我們創作中那些違反工人階級和人民利益的思想，反集體主義的傾向」，「不能採取熟視無睹的態度」。他還說，「曾經通過對於具體作品的批評，與資產階級、小資產階級的文藝思想進行了鬥爭」；「曾經批評了若干作品中間非工人階級的思想和情感」，從而鼓舞廣大作家的寫作熱情。他又在《貫徹「百花齊放、百家爭鳴」，反對教條主義和小資產階級思想》中說，「在文學創作中，出現了『為戀愛而寫戀愛』的，乃至色情氣味相當濃重的作品，也出現了顧影自憐、欣賞『身邊瑣事』、幾乎沒有任何思想性的作品」，「這些錯誤的思想」「都是小資產階級思想的反映」。〔註 92〕他還多次反對形形色色的粉飾現實的捏造的作品，指出這是資產階級思想的產物。

反對創作中的公式化、概念化傾向，這是茅盾文學批評中突出的方面。他在全國第二次文代會的報告中嚴肅地指出當時普遍存在的作品的概念化和公式化的傾向，概念化和公式化「不是從客觀的現實出發，而是從作家主觀的概念出發，它把複雜而豐富的現實生活簡單化為幾個概念所構成的公式，其結構是所謂落後、對比、轉變三段法，人物形象則有一定的幾張『臉譜』」，「這樣的作品當然就不可能有真實性與具體性」。全國第三次文代會後，他對當時描寫英雄人物存在「千篇一律」的毛病，在《一九六〇年短篇小說漫評》中提出批評，「有不少的作品，在描寫英雄人物的共產主義思想品質的場合，還有點千篇一律，或者說，跳不出既成的框框」。這種弊端「不是指共產主義思想在對黨、對人民、對人、對己的一些原則」，「而是指，當作家通過什麼情節（人物的行動）來表現這些原則時，常常顯得簡單、生硬、花樣不多，以至有千篇一律的毛病」。「人物描寫方面薄弱的一環，仍是黨委書記、支部書記和負責領導者（例如廠長、社長）的形象不夠多姿多彩，而有點公式化。比較常見的寫法是把黨委書記、支部書記等等放在關鍵性的場合出現（例如作出決定、打通思想的場合）。」〔註 93〕

〔註 92〕1957 年 3 月 18 日《人民日報》。
〔註 93〕《茅盾文藝評論集》（上），第 468、469 頁。

　　在反對文學創作中的公式化傾向時，茅盾明確指出，它同現實生活的規律有著嚴格的區分。他在《讀書雜記》中說，「年來流行著這樣一個公式：矛盾發展——黨委書記出場——矛盾解決。本來，……這個公式是無可非議的；但是，它既然在文藝創作中成爲一個公式，卻又說明了這個現實生活中的規律在不少作家的筆下被簡單化了、定型化了」，結果「使得本來合理的東西成爲可笑，至少是庸俗」。他又說，「爲了譴責簡單化、定型化而一定不讓書記出來解決問題，這叫做因噎廢食。」這裏清楚地說明：生活中的規律是客觀存在的，作品反映它，不應千篇一律，而是應當運用深廣的生活經驗，採用多種藝術手法，以避免公式化、概念化，不能將現實生活中的規律同創作中的公式化混同起來。

　　茅盾還指出，文學創作的公式化、概念化「都是主觀主義思想的產物。它們是一對雙生的兄弟」。〔註 94〕主觀主義的表現形態是多種多樣的，或「脫離人民群眾的生活，用閉戶造車的方法去寫作」，或對描寫對象還不夠熟悉，「不免用自己主觀的概念去代替」，「或者用一種東補西貼的方法去描寫」，〔註 95〕或者「拿著政策的概念作爲模子，到生活中尋找適合於這模子的材料，然後作『藝術』的加工」。〔註 96〕

　　茅盾認爲，社會主義文學批評是一種嚴肅的科學工作、群眾工作，而不是感情式的工作。因此文學批評工作要講究科學性和群眾性。

　　文學批評的對象是文學作品，而文學作品的特點，如茅盾所說，是「通過形象去表現思想的」。〔註 97〕因此，他主張從藝術的形象中了解「時代的風貌、階級鬥爭之時代的特徵，人物的思想變化」，以及「作家的個人風格」等等。〔註 98〕茅盾的文學批評的實踐，正是他的理論主張的生動體現。他總是從藝術形象入手具體分析作品的內容及形式，反對脫離文學特點，肢解藝術形象的做法。

　　茅盾主張「對於作品思想性與藝術性的全面、細緻而科學的分析」，〔註 99〕只有這樣才能對作品作出比較全面、辯證的評價，以避免片面、孤立地研

〔註 94〕　《新的現實和新的任務》。
〔註 95〕　同上註。
〔註 96〕　《讀書雜記》。
〔註 97〕　《怎樣閱讀文學作品》，《茅盾文藝評論集》（上），第 57 頁。
〔註 98〕　《一九六〇年短篇小說漫評》，同上註書（下），第 426 頁。
〔註 99〕　《新的現實和新的任務》。

究作品的思想性與藝術性的弊端。當然，具體評述作品時，可側重於作品的思想性或藝術性。

茅盾還力主「實事求是地分析作品」，不能「光指責作品的缺點而沒有肯定它的同時存在著的優點；或者，單稱道了作品的優點而不能指出其基本缺點」。〔註100〕他的大量評估文學作品的文章是實事求是的。他說有些作品「實在是反映了我們社會現實的真實的，只可惜它們的藝術性差些」。〔註101〕對這類作品，應在批評藝術性不成熟的同時，肯定作品的一定的真實性。他在評論作品的思想與藝術上的成就時，經常指出其中的不足，包括作品存在的公式化、概念化的毛病。這些評論從具體分析入手，對於作者、讀者都有益處。

社會主義文學批評不僅要求具有科學性，而且還要求具有群眾性。茅盾認為文學批評應「經常的傾聽群眾的意見」，〔註102〕了解群眾對於創作的看法，這樣才有助於繁榮社會主義文學。他在《工人詩歌百首讀後感》中對於《詩刊》上「工人談詩」這一輯竭力稱讚，認為「這些意見，比有些『詩論』好得多；它們很扼要地指出了今天我們的一部分詩人的毛病，並提出治病的方案」，「工人同志提出了這些正確的主張，同時也付之實踐」，〔註103〕詩刊刊登的一百首詩歌就是根據。他認為工人的這些詩作和有關詩論值得專業詩人學習。同時，也指出工人百首詩歌中還「有些毛病」，應該克服。

聽取群眾對創作的看法，可以舉行作品討論會。茅盾在《創作問題漫談》中說，「有一些讀者看作品時常常有片面性的毛病，這就是拿現代的標準去要求古典作品。最近關於《青春之歌》的討論，就說明了這個問題。這個討論是有益的。我以為不論長篇短篇，有不同意見，大家來討論討論，實在是輔導工作中重要的一個方式。」〔註104〕通過對作品的討論，充分發表不同的看法，以辨明是非，這對於提高創作水平是很有幫助的。

社會主義文學批評家應具備哪些素質與涵養，茅盾在《新的現實和新的任務》中發表了相當完備的看法。

茅盾指出，「應該要求批評家和作家親密地合作，用互相幫助、互相尊重、互相學習的態度來建立與人為善的同志式的批評」。這就要求批評家對作家採

〔註100〕《新的現實和新的任務》。
〔註101〕《關於所謂寫真實》，《人民文學》1958 年 2 月號。
〔註102〕《新的現實和新的任務》。
〔註103〕《詩刊》1958 年 5 月號。
〔註104〕《文藝報》1959 年第 5 期。

取「愛護的熱情幫助的態度」、「合作的態度」，反對粗暴的打擊的態度。粗暴的作法表現在批評家只憑一時主觀的印象匆忙地作出判斷，沒有用客觀的科學的態度來研究、分析批評的對象。如以革命文藝理論的原則作為教條、作為公式，來硬套批評對象，還沒有耐心研究整個作品的各個方面，而只是斷章取義地抓住作品中突出的缺點就下了不公正的論斷。

茅盾還指出，批評家應「從實際的創作水平出發」評論作品，不應「提出不適當的過高要求」，或「用一些固定的尺度，機械地去衡量一切作品」。「這樣的批評不是鼓舞作家的創作熱情，而是阻礙了這個熱情。」〔註 105〕

社會主義文學批評工作，要求對於新作家，特別是對青年作家進行指導與幫助。茅盾在《迎第一次全國青年文學創作者會議》中指出，「我國文學的新生力量是隨著國家的社會主義建設事業的發展而萌芽而成長的」。對於新作家、青年作家，文學批評家有責任從思想上幫助他們樹立「嚴肅的勞動態度」，克服「非工人階級的思想意識」，對新人新作還要「及時介紹、分析、批評，並且從思想上、藝術上給以具體的幫助」。根據新人或青年作者的「思想情況和他們在寫作實踐上所碰到的問題」，「用深入淺出的筆調，來解答那些問題，那一定會對他們有些益處」。〔註 106〕

文學批評家應具有理論、生活、知識的修養。茅盾說，「馬克思列寧主義的科學文藝理論，本國文學史和世界文學史的基本知識」，「也是文學批評家必須具備的資本」。「一個批評家應當比作家具備更多方面的社會知識，更有系統的對生活的了解，更深刻的對社會現實的判斷能力，然後才能給予作家以更有效的幫助」。〔註 107〕文學批評家只有具備這些方面的條件，方能準確地完整地掌握毛澤東倡導的文藝批評標準，堅持文學批評的原則，進行文藝問題上的兩條戰線的鬥爭。

文學鑒賞與文學批評是有共同之處的，這是茅盾向來的看法，建國後也是如此。他認為文學批評與文學鑒賞都是從作品的思想內容和藝術技巧兩方面進行考察的。他在《談最近的短篇小說·附記》中說，「我們在欣賞一篇作品時，既分析其思想內容，同時也分析它的藝術性（包括技巧）」。這同他經常談及的評論文學作品必須重視思想性與藝術性兩方面一樣。因此，他總是以藝術欣賞的視角來評述文學作品的，《讀書雜記》等便是。

〔註 105〕《新的現實和新的任務》。
〔註 106〕《文藝學習》1956 年 1 月號。
〔註 107〕《新的現實和新的任務》。

不過，應當指出，建國後茅盾論述文學鑒賞問題經常同創作聯繫起來。例如《欣賞與創作》論述作家的欣賞標準同創作的關係。他在《從「眼高手低」說起》中又說：「作家和藝術家不一定同時是文藝批評家或文藝理論家，然而他們一定同時是修養很高的鑒賞家。」〔註 108〕他在《創作問題漫談》中也說，「欣賞力的提高會有助於表現力的提高。」

四

建國以來，茅盾運用唯物史觀研究中外文學史上的問題，較之以前有更為鮮明的特點，這就是在探究文學思潮時，除聯繫社會經濟發展的條件外，還著重論述文學同時代的階級鬥爭發展的關係等等，從而引出社會主義文學思潮的特徵及其形成、發展的依據。

茅盾在《夜讀偶記》中將歷史上的文學流派分為現實主義、反現實主義、非現實主義三類，並揭示它們同時代的階級鬥爭的聯繫。

在《夜讀偶記》中聯繫中國古典文學，指出現實主義形成、發展是同階級鬥爭的推動分不開的。「在階級社會的初期，階級鬥爭就反映在社會中的被剝削階級所創造的文藝作品中；而由於被剝削階級的階級本能及其鬥爭的性質規定了它對於文藝的要求和任務，因而它的這種文藝就其內容來說是人民性的、真實性的，就其形式來說是群眾性的（為人民大眾所喜聞樂見的）。這就產生了現實主義的創作方法。」〔註 109〕這種現實主義，有來自人民創造的，如十五「國風」、漢魏「樂府」、宋人「平話」等無名氏的作品。還有文人學士們受這些作品的影響而創作的現實主義作品。

《夜讀偶記》又指出，剝削階級為了鞏固自己的剝削地位、剝削制度而製作的文藝，「歌頌剝削階級的恩德，宣揚剝削階級的神武，把剝削制度描寫成宿命的不可變革的永恆的制度。這就形成了各種各樣的反現實主義的創作方法，其特徵，就內容而言，是虛偽、粉飾、歪曲現實，對被剝削者起麻醉和欺騙的作用，對剝削者自己則滿足了娛樂的要求，就形式而言，是強調形式的完整……，追求雕琢，崇拜綺麗，乃至刻意造作一種怪誕的使人看不懂的所謂內在美」。〔註 110〕這類文學「曾經屢次以『正宗』的面目出現在各

〔註 108〕《詩刊》1957 年 7 月號。
〔註 109〕《夜讀偶記》，第 35、26、27，36、83～84 頁。
〔註 110〕同上註。

個歷史時期。這就是追求形式美的供剝削階級娛樂的」「形式主義的文學」。
〔註 111〕還有一類，「不過不一定居於『正宗』的地位。這就是遊仙詩而後的所謂山林隱逸一派的作品」，〔註 112〕在茅盾看來，這兩類反現實主義作品的共同特點是「脫離現實，逃避現實，歪曲現實，模糊了人們對於現實的認識」。
〔註 113〕

　　茅盾還在《夜讀偶記》中聯繫歐洲文學發展歷史論述現實主義文學潮流同當時階級鬥爭的關係。他說，現實主義是「隨著社會經濟和階級鬥爭的發展而發展的。在社會經濟和階級鬥爭的歷史發展的各個階段上，往往相應地出現了內容和形式都更豐富或具有新的特點的現實主義文學，而以 19 世紀的批判現實主義爲其最高峰」，「到批判現實主義爲止，我們可以總稱之爲舊現實主義。這以後（從高爾基的小說《母親》算起），就進入一個新的階段，就是社會主義現實主義」。〔註 114〕

　　《夜讀偶記》中還指出，現代派諸家是反現實主義的。它們「產生於資產階級沒落期」，「是徹頭徹尾的形式主義，是抽象藝術」，「『現代派』的作家和藝術家都是小資產階級知識份子，他們一方面憎恨資產階級，一方面卻又看不起人民大眾；他們主觀上以爲他們的作品起了破壞資產階級的庸俗而腐朽生活方式的作用，可是實際上，卻起了瓦解人民的革命意志的作用，因此，莫索里尼法西斯政權把未來主義作爲它的官方文藝，希特勒的納粹政權也保護表現主義，這都不是偶然的」。〔註 115〕

　　茅盾認爲中外文學潮流，不論是現實主義還是反現實主義，都是同一定的社會經濟條件、階級鬥爭有聯繫的，非現實主義潮流也是如此。他在《〈夜讀偶記〉的後記》中認爲，積極浪漫主義、某些象徵主義者和古典主義者等都是屬於非現實主義的。《夜讀偶記》中說，「古典主義產生於資產階級初興期，曾經猛烈地抨擊宗教的世界觀，反對天主教會的權威和君主專制政體；這就不僅直接爲資產階級服務」，「而且也是符合於當時廣大人民的利益的」。〔註 116〕

　　茅盾在《夜讀偶記》中說，「積極浪漫主義者是憎恨資產階級的剝削制度

〔註 111〕《夜讀偶記》，第 35、26、27，36、83～84 頁。
〔註 112〕同上註。
〔註 113〕同上註。
〔註 114〕同上註。
〔註 115〕《夜讀偶記》，第 55、56、74、37～38、36 頁。
〔註 116〕同上註。

及其貪婪嗜利的本質的」。他們「受了當時的空想社會主義思想的影響，是朝前看的」。而一些消極浪漫主義者卻是「受了當時的把中世紀理想化的反動思想的影響，是朝後看的」。〔註117〕

關於象徵主義，茅盾在《夜讀偶記》中說，「最初也不是完全反現實的，而被稱爲象徵派的作家也不是一個面目，某一作家（例如梅德林克）的作品也不是全然一樣的。」〔註118〕像波特萊爾那樣的被稱爲頹廢主義的作家和作品（連同他的創作方法），這類非現實主義的作家作品「有進步的，也有反動的；有在當時起了進步作用的，而在時代環境變換以後就失卻了或減弱了它們的進步意義的」。〔註119〕

茅盾還對文學思潮、流派的哲學基礎、社會基礎、思想方法作了探索。他在《夜讀偶記》中認爲，「現實主義的哲學基礎是唯物主義，它的社會基礎是生產鬥爭和階級鬥爭以及在這兩種鬥爭中推動社會前進的革命力量；各個階段的現實主義文學都是在這樣共同的基礎上發生的，這就造成了它們的共同點。」〔註120〕現實主義創作方法的核心，就是以現實世界是可以認識爲信念的，根據反映論來進行創作，因此，現實主義者的思想方法是「注重認識的感覺階段而亦不忽視理性階段的重要性」。〔註121〕

茅盾在《夜讀偶記》中認爲，「『現代派』諸家的思想根源是主觀唯心主義」，〔註122〕「用哲學術語來說，就是『非理性的』」，〔註123〕它們「以不近人情的怪誕的『表現手法』來嚇唬觀眾，實際上它們是沒有形式主義」〔註124〕的形式主義，這是現代主義的思想方法，「創作方法是『非理性的』形式主義」。〔註125〕現代派「反映了資本主義危機更深刻化、階級鬥爭更尖銳、革命浪潮更高漲的時代中，對現狀不滿而對革命又害怕的小資產階級知識份子的絕望和狂亂的心情」。〔註126〕

〔註117〕《夜讀偶記》，第 55、56、74、37～38、36 頁。
〔註118〕同上註。
〔註119〕同上註。
〔註120〕《夜讀偶記》，第 85、100 頁。
〔註121〕同上註。
〔註122〕《夜讀偶記》，第 3、56、64、58 頁。
〔註123〕同上註。
〔註124〕同上註。
〔註125〕同上註。
〔註126〕《夜讀偶記》，第 3、56、64、58 頁。

　　在《夜讀偶記》中，茅盾認爲古典主義創作方法的哲學基礎是 17 世紀最爲風行的唯理論。「它主張通過理性來認識世界，而認爲感性知識是騙人的」，〔註 127〕它在主張以理性代替盲目的信仰方面有積極的一面，然而它否認經驗（感性知識）在認識過程中的必要性，把理性同經驗分割開來，這是它的消極的一面。因此古典主義在認識現實時，就不能不是片面的。它「看不到事物演變的規律」，「憑理性的權威，斷言這些法規都是金科玉律，都是永遠不會錯的」。〔註 128〕這顯然不合認識事物的規律。

　　茅盾在《夜讀偶記》中認爲浪漫主義者是受唯物主義影響的，他們同古典主義者的不同之處在於它「一般地是就感性知識作了理論的概括，然後又加以理想化」。〔註 129〕

　　茅盾在論述文學思潮、流派時，還充分注意到它們的自身發展規律。以現實主義來說，茅盾在《夜讀偶記》中認爲它重視感性知識，又注意抽象的理論思維的概括。他說：「邏輯的概括能夠達到的客觀眞理雖然和藝術的概括所能達到的相一致，可是藝術的概括究竟有它的特殊性；這表現在作家的創作活動，我們有一句大家都熟悉的術語，叫做『形象思維』。就因爲有這特殊性，作家從認識的第一階段進入第二階段時，常常是不自覺的」。〔註 130〕他還指出，現實主義「在其發展過程中，由於經驗的積累，就形成了一套完整的藝術規律，具有相當的獨立性」，「許多的資產階級的現實主義作家就是這樣地接受了現實主義，而完全沒有意識到，這是接受了一種認識現實的方法」，〔註 131〕因而產生了現實主義作品。他還指出，現實主義本身具有自己的藝術規律。「不應該否定資本主義對於現實主義的發展有其一定的作用」，然而現實主義的發展「有其長遠的發展歷史的」，〔註 132〕這同階級鬥爭的發展有密切關係，應該看到奴隸主同奴隸對抗的奴隸社會的初期產生了現實主義，在封建社會的農民同地主的鬥爭中進一步發展了這種現實主義。

　　茅盾從中外文學事實中引出文學發展的規律。他在《夜讀偶記》中提出中國文學史上現實主義同反現實主義的鬥爭問題，認爲藝術思想的興衰不是

〔註 127〕《夜讀偶記》，第 50、52 頁。

〔註 128〕同上註。

〔註 129〕《夜讀偶記》，第 85、100、94～95、40 頁。

〔註 130〕同上註。

〔註 131〕同上註。

〔註 132〕同上註。

獨來獨往的，而是同當時的時代思潮密切相關的。他指出，中國文學的歷史發展明顯地表明，現實主義與反現實主義經歷著長期而反覆的鬥爭。「在階級社會中，反映了階級鬥爭的兩種文化的鬥爭，一方面是壁壘森嚴，而另一方面則又極其錯綜複雜。人民的文藝活動所特有的創造性和活力」，「固然常常吸引著進步的文人學士」，「使他們學習人民的文學，從而使得現實主義的影響擴大起來；但是，這也同時常常反過來影響著人民的文學活動，緩和了表現在這方面的思想鬥爭，阻滯了現實主義的迅速發展。現在記錄下的來自民間的文學，有不少是沙金混雜，直至沙多於金。這中間，有一些是文人『加工』的結果，但是也不能不承認無名的民間的作家們並不是完全沒有封建思想和反現實主義的文藝思想的」。〔註133〕

茅盾又指出，「在階級社會內，文學的歷史基本上就是這樣的現實主義與反現實主義的鬥爭。但是，這並不等於說，階級社會內一切的文學作品和文學作家都可以這樣簡單地劃分為若非現實主義的，就必然是反現實主義的了。」於是，在文學史上就「出現了既非現實主義但也不是反現實主義的作家和文學作品」。〔註134〕

然而，學術界不同意茅盾以現實主義與反現實主義的鬥爭作為文學史上的基本線索的看法的，不乏其人。茅盾在《〈夜讀偶記〉的後記》中對此作了回答，堅持己見。其實，茅盾關於文學史上現實主義與反現實主義鬥爭的規律的探索，可以作為「一家言」供百家討論、爭鳴、研究，輕易地加以否定未必合適。

茅盾還從中外文學現象中論述世界觀與創作方法問題。他在《〈夜讀偶記〉的後記》中對創作方法作了精闢的論述，認為把創作方法僅僅看作藝術表現方法的觀點是錯誤的，它應當包括這樣三個方面：作家對生活的認識和看法，作家對生活的態度和立場，作家的藝術表現手法。他在《夜讀偶記》中指出，「創作方法不但和世界觀有密切關係，而且是受世界觀的指導的。怎樣的世界觀，就產生了怎樣的思想方法，而怎樣的思想方法，又產生了怎樣的創作方法」。〔註135〕在他看來，研究創作方法同世界觀的關係問題，應當探討創作方法的本源即思想方法問題。這樣才能說清楚世界觀同創作方法的關係。他

〔註133〕《夜讀偶記》，第33、35～36、68頁。
〔註134〕同上註。
〔註135〕同上註。

認為世界觀、思想方法、創作方法這三者是一致的。他曾以現實主義、現代派、古典主義這三種創作方法為例，說明世界觀、思想方法、創作方法之間的統一性。他強調創作方法中藝術表現手法同思想方法的聯繫，然而又指出藝術表現手法的獨立性。他說，「象徵主義、印象主義，乃至未來主義在技巧上的新成就可以為現實主義作家或藝術家所吸收，而豐富了現實主義作品的技巧。」〔註 136〕

茅盾認為世界觀同創作方法的關係，既要看到世界觀影響創作方法的一面，又要看到兩者之間的複雜性的另一面。

茅盾從哲學方面論述世界觀同創作方法的關係。他在《夜讀偶記》中說，「從作家的世界觀來說，也是非『心』即『物』。但是作家在作品中的表現，常常會是『二元論』。這種『二元論』，我們稱之為世界觀和創作方法的矛盾。」〔註 137〕有一種看法認為，創作方法（指現實主義）可以克服世界觀的落後性，由此即認為作家的世界觀對於創作方法不起作用。他說：「文學史上的現實主義作家或者反現實主義作家，並不是『自由地』選擇他們的創作方法，而是在他的世界觀的『作用』下進行了不自覺的『選擇』的。」〔註 138〕作家的世界觀有進步的，也有保守的，甚至是反動的。這些不同情況，　一定會在作品中表現出來，但也是錯綜複雜的。

茅盾還從政治立場方面來論述世界觀同創作方法的關係問題。他在《夜讀偶記》中指出，「西方資本主義國家的現代派藝術家其中有投身於革命行列的，有致力於和平運動的」，〔註 139〕這說明政治上進步而創作方法上還不能拋棄抽象的形式主義。當然也有這種情況，例如「歐美大陸的現代的批判現實主義大作家中間，頗有幾位是反共，而且是十分反共的」。〔註 140〕這表明政治立場同創作方法存在著矛盾的現象。茅盾認為作家不用這個創作方法而用那個創作方法，同他長期的生活實踐有關。

茅盾還在《夜讀偶記》中進一步指出，作家採用進步的創作方法並不能克服作家自己的政治偏見。英國的高爾斯華綏「描寫了一個資產階級家庭的命運，從事件的發展中得出結論：這個家庭所屬的階級是沒有前途的」。「作

〔註 136〕《夜讀偶記》，第 64～65、33、34、66、92 頁。
〔註 137〕同上註。
〔註 138〕同上註。
〔註 139〕同上註。
〔註 140〕同上註。

爲一個清醒的現實主義的藝術作家」，他不能不在作品中反映出資產階級的沒有前途，然而，這不能改變「他的仇視工人階級，仇視社會主義的政治立場」。這例子說明：「一個作家或藝術家所採取的進步的創作方法並不一定帶來了進步的政治立場，反過來說，反動的政治立場不一定阻撓了作家或藝術家採用進步的創作方法。」〔註 141〕

茅盾在《夜讀偶記》中還指出，有些世界知名的作家，在創作方法上堅定地站在進步的立場，然而文藝思想還不能擺脫唯心主義的影響。例如對於抽象的「人性」、「文藝自由」、「藝術家的良心」等等一套唯心主義的話頭，總還是戀戀不捨。由此可見，現實主義作家世界觀中的矛盾，異常複雜。茅盾說，這一切，在資本主義國家稱之爲社會矛盾在作家頭腦中的反映，而在我們社會主義國家，稱之爲殘留在人們意識中的資本主義的「胎記」，這是必須加以克服的。這「也就是我們在創作方法上由現實主義過渡到社會主義現實主義的過程，因爲社會主義現實主義者不可能再有創作方法和作家的世界觀的矛盾」。〔註 142〕

茅盾在《夜讀偶記》中提出兩個問題：創作方法同世界觀的關係，現實主義同反現實主義的鬥爭。闡述這兩個問題在於證明：「社會主義現實主義創作方法體驗著理想與現實的結合，也體驗著革命浪漫主義和現實主義的結合。」〔註 143〕這種結合的思想基礎是辯證唯物主義和歷史唯物主義。社會主義現實主義雖然繼承了舊現實主義的傳統，卻完全是一種新的創作方法，因此毋需另立新名稱爲社會主義時代的現實主義。「因爲它抹煞了舊現實主義和社會主義現實主義這兩種創作方法的思想基礎的迥然不同，也模糊了社會主義現實主義的鮮明的階級性和政治原則。」〔註 144〕

建國後，茅盾運用唯物史觀總結文學史上的經驗，作爲解決當代文學發展進程中提出的問題的參照。如果說，《夜讀偶記》從文論方面探討了社會主義現實主義問題，那麼，《關於歷史和歷史劇》則側重運用唯物史觀處理歷史題材的創作問題，例如歷史題材的古爲今用及歷史上人民作用的問題等等。

關於古爲今用問題，茅盾在《關於歷史和歷史劇》中認爲大致說來有一

〔註 141〕《夜讀偶記》，第 93、96 頁。
〔註 142〕同上註。
〔註 143〕同上註。
〔註 144〕《夜讀偶記》，第 109 頁。

些方案：一、對人民進行愛國主義的教育；二、對人民進行階級鬥爭和生產
鬥爭的思想教育；三、強調歷史題材中積極的符合於今天需要的部分而刪去
或者修改消極的不符合於今天需要的部分；四、可以作爲今天鼓舞人心、加
強鬥志的助力或借鑒；五、通過歷史的認識對人民進行馬克思主義思想教育。
他說有些歷史題材的教育意義可以一言而定的，例如，階級鬥爭和生產鬥爭
的歷史題材，然而，農民起義的失敗經驗如何處理，是值得討論的。「嚴格說
來，我國歷史上的農民起義只有失敗的經驗，而教育意義亦即在此。」〔註145〕
對愚忠、愚孝之類的歷史題材，應作具體分析，如盡忠、盡孝是代表進步傾
向的，應加以肯定，《趙氏孤兒》中的程嬰、杵臼即是。還有一類題材，既有
積極意義，又有所謂歷史局限性，「臥薪嚐膽」即屬於此類。他反對硬套今天
現實問題的所謂「古爲今用」的傾向。

　　關於歷史上人民的作用問題，茅盾在《關於歷史和歷史劇》中說，「前人
的作品中儘管有很多歌頌勞動人民的篇章，但是從立場、觀點說來，他們和
我們是完全不同的。也就是說，在這個方面，可供我們繼承的東西非常少，
甚至可以說幾乎沒有。」〔註146〕他認爲從歷史唯物主義和辯證唯物主義的觀
點和方法表現歷史上人民的作用，可以想像當時可能的情況，但必須符合歷
史的眞實，如春秋後期的人民不等於今天所說的勞動人民，當年儒家的用語
「人」和「民」是有區別的；對於人民力量的估計，應於史有據，反對「拔
高」，對於歷史上帝王相將的作用也不能完全抹煞。

五

　　建國後茅盾文學研究方法較之前個時期更有系統性和針對性，爲馬克思
列寧主義文學研究方法作出了獨特的闡發，從而豐富了我國社會主義文學理
論的寶庫。

　　茅盾在《新的現實和新的任務》中指出：「用馬克思列寧主義的觀點與方
法，批判地接受中國的和世界的古典文學遺產。整理和研究古代及近代的中
國文學，發揚中國民族文化的優秀傳統。」這就指明了社會主義文學研究應
以馬克思列寧主義的觀點與方法爲指導，開展對中國及外國文學的研究，旨
在發揚中國民族文化的優秀傳統，促進社會主義文學的繁榮。

〔註145〕《關於歷史和歷史劇》，第 118 頁。
〔註146〕《關於歷史和歷史劇》，第 124 頁。

　　以馬克思主義觀點、方法分析、研究文學，這就要求「全面而正確地分析與研究」〔註147〕作家作品。茅盾在《怎樣閱讀文藝作品》中指出，《紅樓夢》及其作者「在反對封建思想這一點上，它是進步的，而在以虛無主義作為歸宿這一點上看來，它的進步性又大受限制了。這便是作家受了時代的限制」。他在《吳敬梓先生逝世二百周年紀念會開幕詞》中指出，《儒林外史》推崇儒家思想的代表者以及理想化了的「名教」的功臣，這些都是吳敬梓的思想局限，然而它的主要方面卻是「反映所謂『太平盛世』的封建皇朝的腐朽、醜惡的本質」。這些論述表明茅盾對作品的思想傾向作了全面的研究與分析。又如對《青春之歌》的思想內容與藝術表現的得失提出了全面而深入的看法。他還對杜甫、李白及其作品作了客觀的分析。這些都表明他「能夠系統地全面地研究問題、認識問題，從而能夠發現問題、分析問題」。〔註148〕

　　從文學研究的具體方法說，茅盾認為對作家作品的全面分析、研究，應是指出「作品所反映的時代、社會和生活環境，以及作者的思想和風格」。〔註149〕「要徹底瞭解一篇作品，就必須研究這個作家在他那時代的地位，和所起的作用」。〔註150〕他還進一步指出，研究作家作品「必須全面而又深入。研究作家的時候，不但要有頭有尾地研究他創作方法的發展，還要研究到他所繼承的前代的優秀傳統，他所受於同時代作家的影響，以及他對於同時代作家所起的影響。研究作品就不但要從思想內容上研究，還須從技巧上研究，仔細地研究它的結構，人物和背景的描寫，它的風格和文字上的特點」。〔註151〕

　　要對作家作品作出全面的分析與研究。茅盾認為「對於作者的了解如不全面，則對於他的某一作品的了解也將不能深入」。〔註152〕要研究作家的「生平事蹟，文學作品以外的著作」，「中國歷史上有許多作家，並不能從作品上看出他的為人，例如《閒情賦》中所表現的作者思想何等高超淡泊，而實際上卻不是這樣，所以我們要研究作家的生活，要看看在他那時代所發生的大事情中他是站在那一方面的，這樣才能了解得更清楚」。〔註153〕

〔註147〕《為發展文學翻譯事業和提高翻譯質量而奮鬥》，《譯文》1954 年 10 月號。
〔註148〕《文藝創作問題》，《人民文學》1950 年 3 月號。
〔註149〕《為發展文學翻譯事業和提高翻譯質量而奮鬥》。
〔註150〕《怎樣閱讀文學作品》。
〔註151〕《文藝創作問題》，《人民文學》1950 年 3 月號。
〔註152〕《為發展文學翻譯事業和提高翻譯質量而奮鬥》。
〔註153〕《怎樣閱讀文學作品》。

　　在對於作家作品的全面分析、研究中，切忌一般化的做法。茅盾主張抓住作家作品的特點：「作精闢細緻的分析」。〔註 154〕他提倡對於作家作品進行「同中有異、異中有同」〔註 155〕的研究。他論述許多中外古今的作家作品時即是如此。他在《反映社會主義躍進的時代，推動社會主義時代的躍進！》中對於中國現代、當代許多作家作品進行「同中有異、異中有同」的比較研究，見解新穎、分析深入，而又不落套。

　　茅盾提倡對作家作品作全面而有特點的分析、研究，反對教條主義的傾向。他在《文學藝術工作中的關鍵性問題》中指出 20 世紀 50 年代以來文學研究、批評工作中存在的問題：「不具體分析作品內容，而用簡單、粗暴的方式，庸俗社會學的觀點來進行文藝批評」，「這種文藝批評常常以引經據典的方式來掩蓋它的空疏和粗暴，又常常以戴帽子的方法來加強它的不公允、不合理的論點」。

　　在魯迅研究的領域中，茅盾對研究工作中的教條主義傾向提出尖銳的批評。他在《魯迅——從革命民主主義到共產主義》中指出，魯迅研究中的教條主義研究方法往往不從魯迅著作本身去具體分析，不注意這些著作產生的背景材料（社會的和個人的），而主觀地這樣設想某年某月發生某事，對於魯迅思想不能沒有某些影響，然後再到魯迅著作中去找根據。如認為《藥》的結尾處的「烏鴉」必有所象徵，或企圖在魯迅的片言隻語中發現「微言大義」等，這些偏向都是有害於魯迅研究工作的健康開展。〔註 156〕

　　在文學研究方面，茅盾不僅重視微觀的方法，而且也注重宏觀的方法。如他主張在唯物史觀指導下從歷史事實中探尋發展的規律。他在《夜讀偶記》中從古往今來的文學思潮的變化中，特別是從中國文學史的事實中，探討中國文學的發展規律。他認為探討文學的發展規律，不能離開社會和社會思想鬥爭的發展規律。任何歷史時期都有兩種文學的基本傾向在鬥爭，這就是為人民和反人民，正確反映現實和歪曲、粉飾現實。現實主義同反現實主義的鬥爭就是文學上這兩種基本傾向鬥爭的概括。現實主義同反現實主義的鬥爭，這是貫串在中國文學發展史中的事實。茅盾又指出，不能把這種鬥爭理解為只是創作方法的鬥爭，它是寓於創作方法鬥爭之中的、範圍要大得多的

〔註 154〕《文藝大普及中的提高問題》，1958 年 9 月 16 日《新文化報》。
〔註 155〕同上註。
〔註 156〕《文藝報》1956 年第 20 期附冊。

思想鬥爭在文藝上的反映。這種鬥爭正是通過創作方法的鬥爭體現出來的。他說，「人們常講事物的特殊性、特殊規律，我認為這就是中國文學歷史發展的規律」。〔註157〕

茅盾還主張在唯物史觀指導下，從大量材料中探尋文藝問題。如他的《關於歷史和歷史劇》，就是讀了《臥薪嘗膽》的五十來種腳本及大量吳越戰爭史料，然後進行分析、比較，才論述「根據歷史怎樣寫文學作品的問題」的。他認為「歷史劇當然是藝術品而不是歷史書」，「前者必須有藝術的虛構；但既稱為歷史劇那就不能改寫歷史」。「藝術虛構者，歷史人物雖未作此事，出此言，但按其人其時的條件有百分之百的可能作此事，出此言。」〔註158〕這就是說，歷史劇，應「以歷史唯物主義的觀點分析史料並從中找出事件發展的規律，然後在這樣的基礎上虛構人和事」。〔註159〕虛構方式，不外有幾類：一、真人假事，二、假人真事，三、人事兩假。

茅盾還提出在歷史唯物主義思想的指導下，「從少量而不受注意的材料中發現重大意義」的研究方法。他在論述曹雪芹時說「我們對於這位批判現實主義大師的身世、性格和人生觀，有了更正確的了解」，〔註160〕便是採用此種研究方法的結果。

聯繫實際，研究歷史，這也是茅盾經常運用的文學研究方法。他在《文藝創作問題》中談及研究蘇聯文學史時說，「三十年來，蘇聯文學發展過程中所提出的若干問題，有些也已經在我們這裏發生過，另外一些或者也可能發生」。「研究蘇聯文學史，就可以明瞭這些問題之所以發生的種種原因及其解決的途徑，這在我們要解決自己創作問題時，當然有很大的幫助。」他在《聯繫實際，學習魯迅》中說：「我只打算談一談對於我們當前的文學、藝術工作者的創作活動和提高修養具有實際意義的三個問題。這就是（一）魯迅作品如何服務於整個革命事業？（二）魯迅作品的民族形式與個人風格。（三）魯迅的『博』與『專』。」〔註161〕

應當指出，茅盾結合當前文壇實際研究文學歷史，決非實用主義的，而

〔註157〕《〈夜讀偶記〉的後記》，《茅盾文藝評論集》（下），第880頁。

〔註158〕《關於歷史和歷史劇》，第149、150、115頁。

〔註159〕同上註。

〔註160〕《關於曹雪芹——紀念曹雪芹逝世二百周年》，《文藝報》1963年第12期。

〔註161〕《文藝報》1961年第9期。

是從作品出發，從歷史實情出發的。例如談到魯迅的民族形式與個人風格時，他指出魯迅作品「依稀可見外來的影響，然而又確是中國氣派，確是民族形式。——當然，這在我國民族形式的歷史上展開了新的一頁」。〔註 162〕他以小說、雜文爲例說明魯迅的作品具有洗練、峭拔而又幽默的獨特風格，又有多種藝術意境。這些對魯迅創作的精闢看法，在過去魯迅研究領域中是很少見的。這些符合實際，富有創造性的論斷，對於解決當時文壇存在的問題也是有啓發的。在這裏，文學歷史的研究同當時創作的需要取得了巧妙的統一。

　　建國後茅盾文學研究方法的特點在於主張堅持在唯物史觀的指導下，從文學實際出發，運用各種具體方法，探究新問題，尋求新的論斷。而這一些新問題、新見解對於發展社會主義文藝是有大裨益的。

　　通觀建國以來茅盾的文論歷程，不難看出：他依據馬克思主義關於基礎與上層建築之間的辯證關係的理論，認爲作爲上層建築的文學藝術負有加強並發展社會主義經濟基礎的作用和任務，因此社會主義文學工作者應以辯證唯物主義和歷史唯物主義武裝自己的頭腦，努力掌握社會主義現實主義或者革命浪漫主義同革命現實主義相結合的創作方法，充分展示社會主義革命與建設時期的各方面生活，提倡文學的民族形式的現代化與風格的多樣化。像茅盾這樣的對於社會主義文學創作有如此全面而又系統的主張者實在不多。

　　在社會主義文學的發展過程中，茅盾敢於批評各種不良創作傾向。建國以來，他一直反對公式化、概念化；1958 年以來他不斷地反對文學上「左」的傾向。他在《創作問題漫談》中批評當時文學作品中「夠轟轟烈烈」，然而「還不夠踏實」的傾向，如新民歌創作中的浮誇、空想的現象，還有追求不熟悉的所謂尖端題材等等；他又在《五個問題》（1961 年）中指出「領導出題目、群眾出生活、作家出筆的創作方法是不行的」；在《讀書雜記》（1962 年）中批評否定寫中間狀態（或者說居中游）人物的偏向；在《讀〈老堅決外傳〉等三篇作品的筆記》中反對不能正確地對待表現新社會的積極面和消極面的問題等等。當然，他對於創作上「照眞事直描」的自然主義以及形式主義也是堅決反對的。不能諱言，由於受當時政治形勢的影響，茅盾的批評文字留有「配合政治運動」的一些不當的提法，論辯時也有偏激之處。〔註 163〕儘管如此，茅盾對於有礙社會主義文學發展的各種傾向的正確批評，在建國後文壇中畢竟是異常突出的。

〔註 162〕《文藝報》1961 年第 9 期。
〔註 163〕《茅盾文藝評論集・序》，《茅盾文藝評論集》（上），第 1 頁。

　　爲了發展社會主義文學創作，茅盾不但認眞探討文學理論問題，而且重視推動創作實踐活動。他經常對於作家的作品作全面而又細緻的實事求是的分析，其中對於作品的藝術性、技巧的看法不乏眞知灼見。通過對具體作品的品評，他給作家、特別是青年作家以切實的幫助，從而有力地推動了社會主義文學創作的發展。在文學批評家中，像茅盾那樣善於通過對具體作品的分析、評論，以幫助、指導作家提高寫作水平而受到廣泛重視的，實在是無人與之相比。

　　建國後文藝界對於社會主義文論的探討及對創作問題的討論是非常活躍的，成績是巨大的。大體說來，郭沫若側重於對每個歷史階段社會主義文學發展作概括性的論述；周揚著重闡釋社會主義文學方向、道路和任務等方面的問題；馮雪峰則偏於聯繫有代表性的作品探討社會主義精神同現實主義內在聯繫的法則；茅盾擅長於從廣泛評論當代文學作品中研究社會主義文學的藝術規律，其中對於包括藝術技巧與文學的時代性等問題的探討，在當代評論家中相當引人注目。

第七章　社會主義文學新長征的理論追求（1976 年 10 月～1981 年 3 月）

　　1976 年 10 月粉碎「四人幫」以後至今，一般稱為社會主義新時期。茅盾從「四人幫」垮臺後到他 1981 年 3 月 27 日逝世之前，對於繁榮新時期社會主義文學發表了一系列相當精闢的看法，表明他的馬克思主義文藝觀跟隨著時代不斷前進。

一

　　社會主義新時期是促進社會主義經濟發展的時期，社會主義文學的新發展必須由這種社會主義經濟發展所決定，因為文學作為意識形態的上層建築最終是被經濟基礎所制約的。對此，茅盾有深切的體會，他在《漫談文藝創作》中說，「在全國人民建成偉大的現代化社會主義強國的長征中，隨著社會主義經濟建設高潮的到來，一個社會主義文化建設的高潮也已到來」。「我們的社會主義文藝」「一定會更加繁榮昌盛！」〔註1〕

　　新時期社會主義文學的繁榮離不開社會主義經濟新發展，同時又要促進社會主義經濟的新進展。這就是茅盾在《漫談文學創作》中所說的社會主義文學應「在實現四個現代化的偉大事業中作出應有的貢獻」，也就是他在《貫徹「雙百」方針，砸碎精神枷鎖》中所指出的：社會主義文學應「盡其反映偉大時代又從而推動時代前進的崇高使命」。〔註2〕

〔註 1〕《紅旗》1978 年第 5 期。
〔註 2〕1977 年 11 月 5 日《人民日報》。

　　新時期茅盾對於文學特徵作了更爲完善的表述。他在《漫談文藝創作》中指出，文藝創作中對生活素材的分析、綜合、提煉，主題思想的確定，主要是邏輯思維在起作用，但伴隨著形象思維。至於塑造典型環境中的典型人物，人物性格細節的描寫，社會環境和作品主角活動場所的具體描寫等，則主要是形象思維在起作用，但伴隨著，也有邏輯思維。他還說，在作家的構思過程中，邏輯思維與形象思維並不是自覺地分階段進行，而是不自覺地交錯進行的，但是作家在寫作初稿時自然主要運用形象思維。

　　茅盾在《作家如何理解實踐是檢驗眞理的唯一標準》中說，「文藝作品是用形象反映社會現實之典型環境中的典型人物的方式」〔註3〕來完成革命文學的任務的。這就非常清楚地標明了社會主義文學的特徵在於通過典型化的藝術形象反映社會現實的，因此社會主義文學特徵具有獨特的要求，那就是寓深刻思想與完美藝術於典型形象之中。

　　茅盾除了對新時期的社會主義文學的本質與特徵作了闡發外，還對文學創作的問題發表了一系列的看法，這裏既包括堅持以前的正確見解，又有針對新情況而提出的新主張。

　　在題材方面，茅盾在《貫徹「雙百」方針，砸碎精神枷鎖》中認爲應該做到「題材的多樣化」。這就是「要把重大題材作爲文藝創作的主要、或至少是首要對象」。同時，「也不應該因此而忽視重大題材以外的生活現象」，只有兩者兼顧，才能出現多樣化的境界。

　　對於這兩類題材，茅盾作了明確的說明。所謂重大題材，如 1927 年大革命、兩次國內革命戰爭、抗美援朝戰爭等。還有社會主義革命和建設的大事件，粉碎「四人幫」後全國人民爲實現四個現代化的壯舉等。

　　至於重大題材以外的生活現象，就是我國社會主義革命和建設大潮流中迸躍而出的浪花，然而它是同「大潮流俱生與大潮流共進的小浪花」。

　　茅盾一向主張社會主義文學題材多樣化，不過對多樣化的內涵，包括重大題材以及其他生活現象的看法，以往未曾明確論述過，這個時期作了概括性的明晰表述。

　　茅盾在《解放思想，發揚文藝民主》中重申「題材多樣化」，又加上「沒有禁區」的提法。他結合粉碎「四人幫」初期出現的作品，指出以「批判極左思想的不容忽視的殘餘影響，探索更深的歷史教訓」以及揭露「四人幫」

〔註 3〕　《文藝報》1978 年第 5 期。

封建法西斯罪行爲題材的作品，是有積極意義的。〔註4〕這些說明他對於社會主義文學題材「沒有禁區」的看法不是沒有原則的，那就是社會主義文學題材既要廣闊又要有意義。

同題材有關的問題，就是描寫光明面和揭露黑暗面的問題。茅盾在《溫故以知新》中認爲：「社會主義是一個歷史相當長的階段。在這期間，就人的思想而言，有先進的，也有落後的；就社會現實而言，是光明與黑暗的交織。但就其總的趨向而言，是前進的，是走向光明漸多而黑暗漸少的過程。因此，反映在文藝上，有表現前進的，自然也有表現落後的，有描寫光明面的，自然也有揭露黑暗面的。」他又說，「一個作品，如果寫寫這對立的兩面，那就是反映了社會現象的全面，是好的作品；如果只寫了這兩面中的一面，只要不是故意粉飾，不是故意抹黑，而是表現了客觀的眞實，那也正好給大家看兩個對立面而增加其對客觀現實的認識。」〔註5〕這裏清楚地告訴人們：一個作品可以表現社會主義光明面，也可以揭露黑暗面，即使一個作品只寫光明面，或只揭露黑暗面，也是可以的，問題在於如何反映。依據茅盾的意見，應該做到能夠「表現了客觀的眞實」。他在《在中、長篇小說座談會上的講話》中說，比如暴露「現實生活中不好的東西」，目的在於「指出來讓大家注意它、改革它」，「暴露即使多了一點，也還是可以的」。如果「專門找黑暗面寫，那麼這篇作品即使掩飾得多麼巧妙，也逃不了群眾的眼睛」。他又說，「過去有些作品，滿紙光明，一點黑暗也沒有，這是歪曲現實。而作者之所以如此寫，大部分原因是怕受批判，怕挨棍子，怕戴帽子」，現在應該「實事求是地反映生活」。〔註6〕

茅盾關於社會主義時期的描寫光明面與揭露黑暗面的論述，較之前個階段有了新的闡發，他明確地提出全面表現社會主義社會生活問題，即歌頌光明面與揭露黑暗面，同時主張揭露黑暗面時，反對故意對社會主義抹黑，描寫光明面時，反對粉飾社會主義社會的矛盾與鬥爭。這樣，就要求作者站在社會主義全局的高度，以全面的觀點處理描寫光明面與揭露黑暗面的問題。

在描寫人物問題上，茅盾在《在中、長篇小說座談會上的講話》中說，「什麼人物都可以寫，只要寫得深刻。假使這個人物是概念化的，沒有個性，我

〔註 4〕　《人民文學》1979 年第 11 號。
〔註 5〕　《文藝報》1979 年第 10 期。
〔註 6〕　《新文學論叢》1979 年第 1 期。

想就是寫正面人物也要失敗的。『四人幫』鼓吹的『三突出』，就是這樣的。」

茅盾一如既往地主張描寫正面人物，如今更強調從發展過程中去表現。他在《在中、長篇小說座談會上的講話》中說，「正面人物也應該有一個發展的過程，不能一出現就是非常正確，沒有發展過程。如果是一個短篇小說，也還可以這樣寫。」「如果一部長篇小說，故事發生在幾年以內，這個正面人物就要碰到很多事情，經過許多考驗，在這過程中，他一舉一動都正確，他的性格沒有發展，思想也沒有發展，這樣一貫正確的人，生活中也許有，」不過，「與其寫這樣的人，還不如寫他開始時有許多事情看得不很明白，有許多事情也許辦得並不完全正確，在鬥爭中受到鍛煉，思想上逐漸提高，到末後他性格上發展得比他在小說開頭時有所不同。我想寫這樣的人，更有教育意義，讀者讀起來更有親切感」。

關於描寫「中間人物」問題，這也是新時期茅盾所關注的。他在《在中、長篇小說座談會上的講話》中說，「假使小說裏沒有正面人物，也沒有反面人物，就寫中間人物行不行？文化大革命以前這是一個問題，討論過，結果主張寫中間人物的人大受批評，這個禁區，現在應該打破。」「你如果寫這樣的人物是在中間的道路上前進的話，雖然是在中間，不過總有一天要擺脫中間狀態，要上升到進步的方面去。我想這樣的作品教育意義也是很大的，因為社會上有那麼許多中間狀態的人物。」

關於社會主義文學能不能描寫中間人物問題，「文革」前茅盾就一再明確表示中間人物是可以描寫的，但是，由於「四人幫」的極左政策的迫害，有的提倡描寫中間人物者「因此惹下了『殺身大禍』」，〔註7〕描寫中間人物便成為禁區。茅盾在新時期重提這個問題，對於豐富社會主義文學的理論與創作不無裨益。

關於描寫反面人物問題，茅盾在《貫徹「雙百」方針，砸碎精神枷鎖》中揭露「四人幫」描寫反面人物時的「臉譜主義」傾向，「反面人物不僅面目灰溜溜，甚至衣服也是灰色的，以至他一出場，連小孩都立刻知道這是個壞蛋」。他主張要從生活出發，如實地描寫反面人物的形象。對於落後人物的描寫也應當是如此。

提倡題材、人物多種多樣，必然引發體裁、風格的多種多樣。他在《貫

〔註7〕茅盾：《沉痛哀悼邵荃麟同志》，《邵荃麟評論選集》（上冊），第2頁，人民文學出版社1981年出版。

徹「雙百」方針，砸碎精神枷鎖》中提倡「運用各種題材，驅遣多種體裁，並且也具有個人獨特的風格」。他又在《作家如何理解實踐是檢驗眞理的唯一標準》中提出要以「全新的文藝體裁和風格反映我們這偉大的時代」。這種「全新的文藝體裁和風格」究竟包括哪些具體內容，茅盾沒有明示，不過聯繫他在新時期發表的文章看，可以看出他仍然主張從繼承祖國文學遺產和借鑒外國文學經驗中得到啓發，而漸漸溶化前人的長處爲自己的血肉。

在繼承祖國文學遺產方面，他重視從《詩經》、《楚辭》直到章太炎、柳亞子的現實主義文學傳統。在借鑒外國文學經驗方面，他認爲凡在一個時期發生巨大影響的作家，包括象徵主義的大作家在內都可以成爲借鑒的對象，這樣才可以達到取精用宏的目的。〔註 8〕

在創作方法方面，茅盾在《解放思想，發揚文藝民主》中比之以前更爲明確地提出，「創作方法也應多樣化，作家有採用任何創作方法的自由」，〔註 9〕這樣才能有利於社會主義文藝園地的百花齊放。

茅盾對於社會主義現實主義的創作方法、革命現實主義同革命浪漫主義相結合的創作方法這兩者的特點的看法，既對以往的見解有所堅持，又有新的發展。他在《解放思想，發揚文藝民主》中認爲：「社會主義現實主義要求作家們從現實的革命發展中認識現實的本質。現實的革命發展就包含理想的因素，亦即社會主義的更高階段即共產主義社會的理想。」〔註 10〕因此，他認爲這種創作方法實質上既是革命現實主義，又是革命浪漫主義的。

關於「兩結合」創作方法，茅盾在《解放思想，發揚文藝民主》中指出，它「明確地提出了革命浪漫主義這一重要的因素。毛主席對這個新的創作方法沒有下明確的定義，留待理論家們去探討」。〔註 11〕他認爲探討「兩結合」的創作方法有待於作家的實踐，理論家可以根據我國作家的作品總結出「兩結合」的具體而明確的定義。他指出許多作家對「兩結合」的創作方法作出了努力嘗試，然而還沒有十分成功的作品，因此理論家暫時無從總結。

茅盾在《老兵的希望》中回顧自己對「兩結合」創作方法探討時說，「對這個問題，過去我探索過，也寫了些文章，但覺得都不切要。」〔註 12〕他

〔註 8〕　參見《爲介紹及研究外國文學進一解》，《茅盾文藝評論集》（下），第 734 頁。
〔註 9〕　《人民文學》1979 年第 11 期。
〔註 10〕　同上註。
〔註 11〕　同上註。
〔註 12〕　同上註。

希望理論界來個百家爭鳴。他在《解放思想，發揚文藝民主》中重申「豪言壯語」、「暢想未來」都不能算是「兩結合」中的革命浪漫主義。他還說，塑造一個勇往直前、不畏艱險、時時想著共產主義的遠景的革命的樂觀的英雄人物，是一般作家就「兩結合」的創作方法試圖作出的樣品。但是，這樣的人物在革命現實主義的作品中也是可以找到的。他還說，運用「兩結合」的創作方法的作品，一定應當具有在塑造這樣的英雄人物以外更高一步的而又並非空想的境界。這就需要在作家的實踐之後，理論家方能作出圓滿的答案。

儘管茅盾認為「兩結合」的成功作品並不多見，然而他仍支持作家們結合「我國文化傳統和社會階段」的特點進行嘗試。他在《關於培養新生力量》中希望「我國的文藝在革命的現實主義和革命的浪漫主義相結合的創作方法指導下進入新的長征」。〔註13〕他還在《老兵的希望》中說，中外文藝作品中就有革命現實主義或革命浪漫主義。如果光提現實主義，照恩格斯的說法，也並非是指爬行的現實主義，革命浪漫主義過去也是有的。這是依據革命文學歷史的經驗提出來的，革命現實主義或革命浪漫主義均可運用。因此，茅盾提出不能把「兩結合」創作方法作為社會主義文學工作者「必須遵守的創作方法」，而是「允許作家們有選擇創作方法的自由」。〔註14〕

由此看來，茅盾對於「兩結合」創作方法的看法，以及作家可以自由運用創作方法的主張等等，都較之前個階段有了明確的變化。不過，不管怎樣變化，茅盾一貫主張作家必須表現社會主義時代的新特徵，他在《解放思想，發揚文藝民主》中說，「在我國實現四個現代化的今天」，是「空前的壯麗、偉大、奇瑰、多變」，「能夠表現這樣一個時代的作家和藝術家，任務是光榮的，但也是艱鉅的」。

茅盾強調，繁榮新時期的社會主義文學，關鍵在於作家能夠掌握馬克思主義世界觀。他在《解放思想，發揚文藝民主》中肯定粉碎「四人幫」後，短篇中篇創作有豐富的收穫之後指出，「真正深刻地反映了時代精神的，也不多」，「大概作者雖有豐富的生活經驗，但還不善於在豐富的生活經驗中把握本質的東西而剔除非本質的東西」。他說，「我們反對文藝作品墮落為政治口號的圖解，但如果要在紛紜複雜的現實生活中探得其本質，探得其主流以及

〔註13〕《文藝報》1978 年第 2 期。
〔註14〕《解放思想，發揚文藝民主》。

發展方向，恐怕一定要把自己的頭腦用辯證唯物主義和歷史唯物主義武裝起來，一定要堅持實踐是檢驗真理的唯一標準。」這裏清楚地說明，寫好當代題材的作品，離不開馬克思主義的指導。

處理好歷史題材，同樣要以馬克思主義世界觀爲指導。茅盾在《在中、長篇小說座談會上的講話》中談及，臺灣現在還沒有回歸祖國，也許有一天回歸祖國，這當然很好，但不能說我們因此就不要寫蔣家王朝對人民欠下的血債；又如寫抗日戰爭的一些小說，真實地描寫了日本侵略者的「三光政策」，這個責任只能由日本軍閥來負，我們歷來是把日本人民同日本軍閥加以區別的；還有，抗美援朝戰爭也應該寫。這說明，只有掌握馬克思主義世界觀，才能真正地反映歷史的真實。

二

茅盾關於新時期社會主義文學批評主張的特點，如在《貫徹「雙百」方針，砸碎精神枷鎖》中所說的，一方面應當批判「四人幫」在文學上的謬論，另方面要爲香花鳴鑼開道。

關於前者，茅盾提出應當批判「『四人幫』荒謬絕倫地鼓吹什麼『三突出』、『三陪襯』等創作原則」以及「關於作品中人物描寫的臉譜式的創作方法」。他指出，這套創作論，「是十足的唯心主義、形而上學」。〔註 15〕「『四人幫』自己吹噓爲『創造性發明』的什麼『三突出』、『三陪襯』一類的創作『規則』，可以說是從歷史博物館裏偷來的古典主義的唾餘；妄圖強迫生動豐富的現實生活去服從某些人爲的僵化的藝術框框。」〔註 16〕他還指出，「四人幫」炮製的違反創作規律的所謂文藝理論，都是爲了篡黨奪權製造陰謀文學。從這裏可以看出，茅盾對「四人幫」炮製的創作論，不僅從創作思想上、源流上，而且從政治上進行分析、批判，顯得相當全面而有說服力。

關於後者，茅盾在《漫談文藝創作》中曾明確指出，「熱情支持和愛護社會主義的新生事物，扶植它們健康成長；就文藝作品來說，只要政治上符合六項標準，藝術上還比較好，就可以發表和上演，不要求全責備，在發表和演出後，還可以傾聽群眾的意見，加以修改和提高」。他對新時期出現的新花總是熱情扶植與殷切期待的。他在《溫故以知新》中對新時期三年來的

〔註 15〕　《貫徹「雙百」方針，砸碎精神徹鎖》。
〔註 16〕　《漫談文藝創作》。

文學作了充分的肯定，認為「它的蓬蓬勃勃的氣勢是可喜的，但是，還不能不說是新時期的幼年階段，所以雖然頭角崢嶸，還在成長過程中。社會提出的要求，會越來越高」。對於「傷痕文學」等等，也有同樣的要求，不能止步不前，必須向前發展。這不是指量的方面，而是指質的方面。「對作品的題材，還應該發掘得更深，還應該加強作品思想的深刻性和藝術表現的更完善。同時，也要想到已有的『傷痕』題材會越用越少，那就得作好準備，轉換題材。」

茅盾認為，認真地貫徹「雙百」方針，才能促進文學批評的健康開展，繁榮社會主義文學創作。他在《溫故以知新》中說：「百家爭鳴指文藝理論上的爭鳴，也指對文學作品評價之爭鳴。」對作品評價的爭鳴，能夠幫助作者前進一步，也使別的作家從中受到教益。「百家爭鳴是而且必然推進百花齊放。」他在《老兵的希望》中談到關於姚雪垠的長篇歷史小說《李自成》的不同看法時認為，來個百家爭鳴，對作者以後修改會有幫助。他也指出爭鳴有助於文藝理論問題的深化。他在《中國兒童文學是大有希望的》中說，「關於兒童文學的理論建設也要來個百家爭鳴。過去對於『童心論』的批評也應該以爭鳴的方法進一步深入探索。看看資產階級學者的兒童心理學是否還有合理的核心，不要一棍子打倒。」〔註17〕

對於「四人幫」扼殺文學批評的爭鳴風氣，茅盾非常憤慨。他在《老兵的希望》中說：「過去，『四人幫』的評論一出來，就是定論了，如有不同意見，就得挨整。文學評論只是『一言堂』。」這樣一來，造成了「文藝界百花凋零，萬馬齊喑的局面」。這種局面必須改變。

這個時期茅盾的文學批評較之以前具有明顯的特點，就是針對「四人幫」在文學批評上大搞「一言堂」的傾向，針對繁榮新時期社會主義文學創作而發的，因而具有時代的特徵。

三

新時期茅盾運用唯物史觀探討文學史上的問題，引人注意之處在於闡發作為上層建築的意識形態之一的文學同社會存在辯證關係時，強調文學的獨特作用。他在《作家如何理解實踐是檢驗真理的唯一標準》中指出，「客觀世

〔註17〕1979 年 3 月 26 日《人民日報》。

界的變化、發展，有其歷史階段。反映客觀世界的文藝作品其直接的教育作用，大概就在作品發表當時的歷史階段。」他還說：「文藝作品在其公之於世的歷史階段，既然發生過巨大的教育作用，那麼，作爲這一歷史階段的上層建築的組成部分，它就有其歷史價值，就會被人所欣賞喜愛，不承認這一點，那就是歷史虛無主義而不是歷史唯物主義了。」古代若干作品迄今還有藝術生命，即是如此。《講話》發表以來的優秀作品，例如《王貴與李香香》、《暴風驟雨》等還有藝術生命，也是同樣的原因。這些事例都說明，運用唯物史觀研究文學史現象，應在注意經濟基礎與上層建築之間的辯證關係時，重視文學作爲上層建築的特殊性。這樣有助於人們珍視優秀的文學遺產，特別是《講話》以來的革命文學傳統，並加以發揚光大。

　　重視人民大眾在文學上的作用，這是唯物史觀用於文學研究的內容之一。茅盾在過去的文論中非常注重創作中表現人民的力量，在新時期也十分強調人民群眾的社會實踐對於創作的作用。他在《作家如何理解實踐是檢驗眞理的唯一標準》中說：「廣大的讀者和觀眾的社會實踐，要比你個人（指作家——引者）經歷的，實在複雜得多，深刻得多，因而這次檢驗的權威性也是大得多。你應當根據他們的反應（批評或大體肯定而仍有不少疑問，或補充你的觀點，或提出新的意見），對自己的作品再作一次認眞的修改，務使作品所反映的現實更深化，有更高的典型性。」他在《在中、長篇小說座談會上的講話》中也說：「書和群眾見面，受到群眾的檢驗；群眾的意見，可以幫助作家提高思想，把初版本再加修改。」

　　「四人幫」以在文藝領域推行的那套幫規幫法以及有些人受其影響而立下的條條框框，作爲衡量作品的依據，完全抹煞或否定在「人民群眾中的反映和產生的社會效果」。對此，茅盾竭力反對。因此，他「對於一些敢於衝破『禁區』而深受群眾歡迎的作品」表示了敬意。〔註18〕

　　重視人民大眾對於作品的看法，從中吸取有益的意見，對於提高作品的質量，大有好處，因此，茅盾一再強調作者要重視群眾的聲音，反覆修改自己的作品。這表明他在文學上堅信人民大眾的創造力。

　　茅盾運用唯物史觀探討文學創作、特別是革命文學的歷史價值及人民大眾在文學創作中的作用，這是針對「四人幫」抹煞革命文學及否定群眾的作用而發的，因而他的文學史觀是具有鮮明的戰鬥特色的。

〔註18〕《作家如何理解實踐是檢驗眞理的唯一標準》。

四

這個時期茅盾關於文學研究方法的主張，如他在《作家如何理解實踐是檢驗真理的唯一標準》中所說，「學會用馬克思主義的立場、觀點和方法分析當前新長征中出現的新情況、新問題。」要在馬克思主義的基本原則的指導下，提出解決新時期出現的文藝問題的新見解，他認為既要堅持正確的政治、思想方向，又要大膽創新。這就需要反對思想僵化，又反對背離無產階級世界觀。茅盾在對待新時期出現的新情況、新問題時，都是這樣做的。例如，他主張運用文藝這個武器來為人民群眾服務，為四個現代化服務，要求作家掌握馬克思主義世界觀，創作方法要多樣化，作家有選擇創作方法的自由；又如，主張描寫光明面與揭露黑暗面都必須表現客觀真實，反對故意的粉飾或抹黑，等等。這些都是在馬列主義基本原理的指導下提出的富有創造性的見解，是值得肯定的。

「全面的瞭解與全面的評價」，〔註19〕這是茅盾觀察與估量文學現象的方法。他認為應在全面了解文藝情況以後，根據不同情勢作出全面的評價。他在《溫故以知新》中論述新時期三年的文藝現象時說，就作品題材來說，是多種多樣的。所謂「傷痕文學」、「感傷文學」或「暴露文學」，在總數中占的百分比是小的，但這百分比中的少數的東西卻引起社會上最大的注意。因為它們所提出的問題，是大家經歷過的，記憶猶新，且對社會發生了效果，這樣，應當給予充分評價。至於對百分比中的大多數作品，他也作了分析。他還對大多數與少數的作品的不足之處都提出了意見。他認為建國十七年來社會主義文學的主流是好的，但由於內在和外來的各種複雜因素，出現過「左」的或者右的偏差，這也是有目共睹的。這就是對建國十七年來文學作了全面的了解與評價。

由此可見，所謂全面了解，應包括多數與少數的情況，所謂全面評價，除了全面情況中主導面及次要面外，還指少數情況在全局中的意義、作用及其不足，多數情況在全局中的長處和短處。

茅盾還提倡運用列寧關於「判斷歷史的功績，不是根據歷史活動家沒有提供現代所要求的東西，而是根據他們比他們的前輩提供了新的東西」〔註20〕

〔註19〕 《溫故以知新》，《文藝報》1979 年 10 月 12 日第 10 期。

〔註20〕 《評經濟浪漫主義》，《列寧全集》第 2 卷，第 150 頁，人民出版社 1959 年出版。

的原則來評論文學。他認爲列寧的這一評斷歷史的原則，「可供我們評價『五四』以後二十年代的新文學，三十年代的左翼文學，抗日戰爭的文學，以至建國三十年來的社會主義文藝」。〔註 21〕他認爲建國後十七年的社會主義文學，「無論從題材和風格的多樣性，從思想內容的深刻性而言，都超過了三十年代」。〔註 22〕他又說。新時期的文學，「在三十年的社會主義文藝史上，現在是處在一個新的起點」，〔註 23〕他既看到新時期文學同「十七年文學」的聯繫，又指出它的創新，同時指出這種創新正處於「起點」的階段。這些研究成果都是有見地的。

新時期茅盾文學研究的新特點，是主張在無產階級世界觀的指導下，從歷史和現實的情況出發，從繼承和借鑒的需要出發，探討新問題，提出新看法，並且力求堅持革命傳統同創新意識的有機結合，以推進社會主義文學的新繁榮。

茅盾在粉碎「四人幫」以後一直到 1981 年臨終前，從新時期社會主義文學的本質、特徵、創作理論、文學批評、文學史觀以及文學研究方法等方面，探討社會主義文學新起點的特點及其發展趨向，認爲社會主義文學必須在爲人民服務、爲四個現代化服務的大方向下，既提倡創作方法的多樣化，又注重「兩結合」的嘗試，既重視題材多樣化，又關注重大題材，既強調人物多樣化，又注意正面人物的塑造，既提倡體裁、風格的多樣化，又重視時代需要與民族傳統。

茅盾認爲新時期社會主義文學是建國以來社會主義文學的繼承與創新，既不能背離優秀傳統，又不能因循守舊，它是在社會主義文學方向指引下的不斷拓新。

在探討新時期社會主義文學問題上，茅盾跟有些人離開社會主義大方向而追求標新立異不同，也同一些人陶醉於已往社會主義文學理論與成就大不相同，他主張通過反覆實踐和檢驗，肯定社會主義文學理論及其成就的方面，對不合時宜之處，或否定，或提出補充的看法，或提出新的見解，對於有爭議的問題，主張通過百家爭鳴或創作實踐來解決。對於形形色色的否定或曲解社會主義文論的謬論，他是堅決予以揭露與批判的。

〔註 21〕　《溫故以知新》。
〔註 22〕　同上註。
〔註 23〕　同上註。

　　從茅盾對待新時期社會主義文論建設中可以看出，他是主張作家堅持文藝為人民服務的原則，「發揮獨立思考、探索新境界的精神，開闢出題材上多姿多彩，體裁和風格上鬥豔爭奇的新局面」。〔註24〕這些主張在文藝界探討新時期社會主義文論中，具有獨特的色彩。

　　從茅盾對於社會主義新時期文論的探討中，可以看出他的無產階級文學觀跟隨著時代前進而不斷變化。他說，「一旦你停止學習馬列主義，你不再相信實踐的檢驗，那麼，你就會逐漸地變成一個思想僵化的人，頭腦不清醒的人，你的無產階級世界觀也將逐漸變質。」〔註25〕無產階級文藝觀自然也會發生質變，因此，掌握馬克思主義的世界觀，既不是讀幾本辯證唯物主義和歷史唯物主義的經典著作就可以算數的，也不是有了一些生活經驗就可以滿足的，而應該畢生地工作，即「做到老，學到老，改造到老」。〔註26〕

〔註24〕茅盾：《關於培養新生力量》。
〔註25〕茅盾：《解放思想，發揚文藝民主》。
〔註26〕同上註。

第八章 「溫故以知新」

當我們對茅盾文論的歷程進行掃瞄以後，遐思與聯想油然而生。

茅盾的文論是沿著中國現代和當代文學在無產階級的影響和領導下為人民群眾服務、為民主主義和社會主義服務的方向探索、前進的。

「五四」新文學初期，茅盾走上文學道路。他在文學革命的大潮中，提倡文學為人生；革命文學倡導期間，他積極探索革命文學理論；在無產階級文學運動中，他為建立具有中國特點的無產階級文論作出應有的建樹。抗戰文學運動勃興時期，他的文論在抗日文壇中大放異彩；毛澤東的《講話》發表以來，他在國統區提倡人民的文藝。建國後，他為具有中國特色的社會主義文論的形成與發展作出不斷的探求和可貴的貢獻。

從茅盾的文論歷程中，可以反映出中國新民主主義到社會主義時期現代當代文學的進步、革命文論形成和發展歷程的重要側面。

茅盾文論的發展同「五四」以來到當代的文論主潮是一致的，然而他的文論的歷程自有內在的一貫性，即主張文學同社會生活的統一性貫穿在他的文論發展過程之中。「五四」時期，他認為新文學應是藝術地反映人生與指導人生的，指出革命文學要以文學作品激勵人心，有助於「民族獨立與民主革命運動」；主張無產階級文學要以「感性地去影響讀者的藝術手腕」去「反映生活」、「創造生活」；〔註1〕認為社會主義文學或以典型形象反映社會現實，完成「它的團結人民、教育人民、打擊敵人、消滅敵人的任務的」，〔註2〕或「滿足人民對藝術欣賞的多方面的要求」，〔註3〕以提高人民的精神境界，等

〔註1〕 《我們所必須創造的文藝作品》，《北斗》1932年第2卷第2期。
〔註2〕 《作家如何理解實踐是檢驗真理的唯一標準》。
〔註3〕 《一九六○年短篇小說漫評》，《茅盾文藝評論集》（上），第470頁。

等。由此看來，茅盾一以貫之的探求，是文學作品應當如何以藝術的手腕反映生活並指導生活。這就構成了他的文論的突出特點。

從茅盾對於文學主張的獨特追求中，可以看出他的文學觀念具有時代意味和社會色彩，這說明茅盾文論的時代性同獨特性的統一。

茅盾文論的內容是豐富的，大體說來，包括：一、研究文學同社會生活的關係，即文學同社會發展、文學同經濟、政治、文化等方面的關係，還有文學表現社會生活的獨特手段問題，這便是文學的性質與特徵；二、探討文學創作規律，包括創作方法、文學的內容及形式等問題；三、研究文學批評或文學研究的原則、標準、範圍，以及同文學鑒賞的關係；四、探討文學史觀；五、研討文學研究包括文學批評在內的方法論。

茅盾經歷了由唯物主義走向辯證唯物主義和歷史唯物主義的變化，由無產階級思想領導下的革命民主主義走向馬克思主義的變化，他的文論也同樣經歷了質變的過程。「五四」文學興起時，他是以唯物主義和革命民主主義觀點來研究文論的；從探討革命文學理論起，他逐步掌握無產階級世界觀，開始以辯證唯物主義和歷史唯物主義爲思想武器，分析、探討文論的問題。當然，他的馬克思主義文藝觀的形成也是幾經周折的，即使馬克思主義文藝觀成熟以後，仍然存在著如何適應新的形勢的發展，不斷求新的問題。這一切都在他的文論中留下了印記。

茅盾的文論經歷著變化，不斷地完善著。儘管如此，他的文論都是圍繞著中國現代、當代文論的主潮這個軸心，從文學性質與特徵、文學創作論、文學批評論、文學史、研究方法論幾個方面進行探討，並揭示不同歷史階段的特點、相互聯繫以及發展趨向，做到文論的連貫性、一致性。當他成爲馬克思主義者以後，他的文論形成了完整的科學的理論體系。

茅盾對於中國現代、當代文論的貢獻是多方面的。

關於現實主義理論問題。茅盾從「五四」開始到臨終前，可說是一生爲提倡文學的現實主義而不懈努力。他對現實主義的理論建設付出了巨大努力，取得了很大的成就。

「五四」時期，在介紹西方現實主義、自然主義理論的學者群中，茅盾的介紹是比較全面和系統的。他還結合新文學的實際，對現實主義的特點作了理論闡發，給當時的創作以很大的助益。後來他在《論魯迅的小說》〔註4〕

〔註4〕《小說》（月刊）1948 年第 1 卷第 4 期。

中對「五四」時期以魯迅爲代表的現實主義的特點作了精闢的論述，指出魯迅的現實主義不同於批判現實主義，也有別於社會主義現實主義，而是中國的社會主義現實主義的先驅。

在探索革命文學及提倡無產階級文學時，茅盾從評論葉聖陶的《倪煥之》引發了新寫實派的理論特點，又從評介田漢的《梅雨》論述革命浪漫主義配合社會主義的寫實主義問題。

抗日戰爭初期茅盾提倡並闡發「與抗戰的現實血脈相連」的「現實主義」。毛澤東的《講話》發表以後，茅盾提倡革命現實主義或社會主義現實主義，並對這兩者之間的內涵及其關係作了概括而簡明的論述。

新中國成立後，茅盾對於社會主義現實主義、「兩結合」、革命現實主義、革命浪漫主義作了較之建國前更爲明確的論述，而且指出它們同 19 世紀歐洲的現實主義（批判現實主義和客觀的現實主義）的根本區別在於兩者的思想基礎不同。

茅盾對於中國及歐洲的現實主義的來源、特點，特別是對「五四」新文學中現實主義以及無產階級文學的社會主義現實主義的社會根源、基本內涵、思想基礎、認識方法、表現手法等方面，都作了論述。從「五四」到當代，像茅盾那樣全面而系統地闡發現實主義的理論問題者，並不是太多的。

國統區革命文學理論建設問題。「左聯」時期提倡無產階級文學，魯迅、瞿秋白、茅盾等人都結合創作實際發表了許多有關建設無產階級文學理論問題的意見，他們都認爲無產階級革命文學要求作家站在無產階級的立場，表現人民大眾的生活，反映革命的實際及未來。魯迅還對於無產階級文學的性質、任務，國統區如何創作革命文學等問題提出了精闢的看法。瞿秋白重視總結革命文學論爭的歷史經驗，指出革命文學存在脫離群眾的傾向，提出克服的意見。茅盾則就創作題材及其如何處理，包括作家的思想觀點、藝術手腕等方面發表了看法，他創作的《子夜》即是例證。茅盾創作理論的提出及實踐，顯示了茅盾對無產階級文學的獨特貢獻。毛澤東的《講話》發表以後，郭沫若和茅盾等人都根據國統區的實際，提出人民的文藝的主張，茅盾更具體地提出實現這一文藝主張的途徑，即作家要同人民大眾接觸，改變自己的生活方式、寫作方式，以便更好地反映人民群眾的要求、呼聲。這些看法都是茅盾在提倡人民的文藝方面的獨異之處。

探討有中國特色的社會主義文論。茅盾認爲這種文論要求社會主義文學

創作「帶有我國文化傳統和社會發展階段的烙印」，應充分反映社會主義不同
發展階段「帶有我國文化傳統」的烙印的社會生活，在藝術上應是中國人民
大眾所喜聞樂見的，而這種新的藝術追求要求批判地繼承傳統和借鑒外國，
並且在這個基礎上形成新的民族形式和個人風格。他的關於社會主義文學形
式及其藝術風格的理論，在建國後文壇上是獨標一格的，可以與之媲美的不
多。

　　對於文學特徵的構成進行多視角的探究。在茅盾看來，「文學的構成，卻
全靠藝術」，可以從方方面面去探討作為文學構成的藝術手段。以文學的共同
特徵來說，他認為是「意象的集團之藉文字而表現者，這種意象是先經過了
我們的審美觀念的整理與調諧（即自己批評）而保存下來」。這種看法認為文
學外在是「意象的集團之藉文字而表現」，內在是作家的「審美觀念」。他還
提出文學特徵的另一種看法，或是「具有生動活潑，豐富繁複的形象」，〔註5〕
或是「典型環境中的典型人物」。這裏所說的文學特質是外在的客體形象或典
型人物，而內在則是作家的主觀認識。再說不同創作流派對於藝術特點的不
同看法，現實主義認為文學是「理知的，冷觀的，分析的精神」，自然主義則
是認為文學是「照相機」，浪漫主義認為文學是「感情的，主觀的，理想的精
神」，現代主義認為文學是追求所謂「內在的真實」。從文學的效用說，茅盾
認為也是多方面的：或者可以具體地了解社會和人民的生活與鬥爭，具有教
育人民的作用；或者可以豐富對人類精神文化的知識；或者可以擴大文學視
野，並加以借鑒，以提高文學創作水平；或者可以培養欣賞能力，增強美感，
等等。他還特別重視藝術思維同邏輯思維的複雜關係，以及藝術技巧同生活
實踐、思想方法的關係等等。

　　中國現當代文藝理論家都注重對於文學特徵的藝術構成的探討，不過各
有側重，看法也未必相同。不過像茅盾那樣從不同的方面去探視文學的藝術
特徵，是很少的。人們議論茅盾的文論時，無不稱讚他是重視藝術的行家，
這就是有力的證明。

　　還可以從「五四」以來到當代文論的進程中考察茅盾的獨特貢獻。「五四」
時期，他是以從事文學理論、文學批評的身分開始文學生涯的。當時，像他
那樣專門致力於文學理論、文學批評而有成就者，實在太少，可以不誇大地
說，他是第一個。從這方面，他為新文學理論的形成與發展作出了不可磨滅

〔註 5〕　《如何縮短距離》，《青年知識》創刊號，1941 年 8 月 6 日。

的貢獻。大革命失敗後到建國前，他在創作的同時，仍從事文學理論與批評工作，爲建立與豐富革命文學理論也立下了汗馬功勞。建國以來，他主要從事文學理論研究及批評工作，對社會主義文論的建樹是有目共睹的。由此可見，他對新文學理論，特別是馬克思主義文論中國化方面所做的貢獻是巨大的。

茅盾的文論，是中國新文學理論及中國現當代的馬克思主義的文論不可缺少的組成部分。然而學術界對此認識並非一致。有些中國現當代文學史及有關書籍，對茅盾文論在新文學理論特別是中國化的馬克思主義文論建設中的貢獻，或者涉及極少，或者沒有觸及。這些現象至少說明：人們對於茅盾文論的價值還缺少足夠的認識，缺乏深入研究。

時代在前進。呼喚新的文論觀點的誕生，這是必然的。茅盾的文論儘管存在不足之處，它的歷史價值依然常存，它的理論意義並不過時。他運用馬克思主義基本原理解決文壇出現的新問題的觀點、方法，將永放光芒。

「溫故以知新」。認識、研究茅盾文論的歷史價值，爲了推進社會主義文論的創新、發展。

1982 年～1985 年 6 月擬定大綱

1986 年～1990 年撰寫初稿

1991 年～1992 年第一次修改

1993 年～1994 年第二次修改

1995 年 1 月～1995 年 8 月第三次修改，於廈門

後　記

　　拙著《茅盾的創作歷程》在 1982 年由人民文學出版社出版後，好些同行希望我寫一本有關茅盾文論的專書。我認爲這個意見是對的，並付諸實踐。

　　從 1982 年起，我就對茅盾的文論作了全面而系統的梳理，直到 1985 年在全國茅盾研究講習會上作了《茅盾文論的若干問題》的報告才形成對茅盾文論的總體看法。這個報告經整理成文，題爲《茅盾文論獨異性問題》收入《茅盾九十誕辰紀念論文集》一書。1990 年寫成本書的初稿，以後據此爲研究生開設《茅盾文論與中國現當代文學思潮》專題課。

　　全書的意圖是聯繫中國現當代文論的形成、發展進程，評述茅盾文論的發展軌跡及獨特貢獻，以顯示我國進步的、特別是中國化的馬克思主義文論的威力。

　　在形成初稿的過程中，先後發表了有關論文，如《茅盾現實主義時代性的理論演變及價值》、《茅盾文學風格論斷想》、《漫議茅盾從文化視角審視中國新文學》等。

　　從初稿到定稿都是利用教餘時間寫成的，頗費時日，改動不少。且不說不斷地壓縮篇幅，僅是大大小小的修改就不知多少處，即使已交稿，仍覺得未能盡如人意，有待專家和讀者的指正。

　　在成書的過程中，上海文藝出版社郝銘鑒、張有煌等同志對本書選題作了詳細的論證，對提交的大綱提出修改的意見，並對書名作了定奪；有關論文發表以後，不少同行談了許多有益的看法；在開設有關課程時，聽課的訪問學者、進修教師、研究生也提出不少值得思考的問題。這一切都有助於本書的寫作。周可、陳天助、王丹紅、曹清華、曹雲、郭寶林等同志做了許多繕寫、核對的工作。

　　對於來自各方面的支持、幫助，在此一併表示謝意！

作者　1995 年 8 月，於廈門